让日常阅读成为砍向我们内心冰封大海的斧头。

项塔兰

③

[澳大利亚]

格里高利·大卫·罗伯兹

著

黄中宪

译

SHANTARAM

GREGORY

DAVID

ROBERTS

北京联合出版公司
Beijing United Publishing Co.,Ltd.

献给我的母亲

第一章

对灵魂而言，海洛因是麻痹感官的水槽。漂浮在吸毒后迷幻的死海上，没有痛感，没有悔恨或羞愧，没有罪恶感或哀痛，没有抑郁，没有欲望。那沉睡的世界进入并包围生命的每个原子，了无生气的寂静与平和，驱散恐惧与苦痛。思绪像海草一般漂荡，消失在远方灰暗的梦境里，无人知晓而缥缈不定的梦境。肉体向低温麻木屈服：无精打采的心微微跳动，呼吸慢慢降为胡乱的低语。涅槃般沉沉的麻木使四肢动作迟滞，沉睡着往下，往更深处滑行，滑向一片空白，滑向全然而永恒的迷幻状态。

这化学药物带来的解脱和宇宙中的其他东西一样，以光为代价。吸毒者首先失去的光是眼中的光彩。吸毒者的眼睛，暗淡无光如古希腊雕像的眼睛，如被锤过的铅，如死人背上的弹孔。接下来失去的光是欲望之光。吸毒者把他们的渴望制成棒子，用来击死欲望，也用这同一把武器，击死了希望、梦想与荣耀。生命的其他光芒全都失去之后，最后一个失去的光芒是爱之光。吸毒者迟早会陷入最深的迷幻中，宁可抛弃他所爱的女人也不能不吸毒；每个无可救药的吸毒者迟早会变成逃亡的恶魔。

我升起，我漂浮，被举起，浮在汤匙里海洛因的表层液体上，而那汤匙大如房间。迷幻麻痹之筏漂行在汤匙里的小湖上，而在我头部上方交叉的橡木，似乎在它们的对称关系中藏着一个答案，某种答案。

我盯着那些橡木，心知答案就在那里，那答案或许能拯救我。我的眼睛如被锤过的铅，我再度闭上眼，失去那铅。有时我醒来，有时我非常清醒，清醒到想再吸食那让人麻木的毒品。有时我清醒到能记起一切。

阿布杜拉没有葬礼，因为没有遗体可供他们，供我们，埋葬。他的遗体在暴动中消失了，如毛里齐欧的遗体那般消失了，如突然发光而耗竭的恒星，消失得无影无踪。我和其他人将普拉巴克的遗体扛到河边的火葬场。我和他们跑过数条街道，和他们一起扛着装饰了花环的普拉巴克的小小身躯奔跑，嘴里念诵着上帝的名字，然后我看着他的遗体在火光中燃烧。火葬后，哀痛的情绪弥漫在贫民窟的每条小巷里，哀悼他的亲友逐渐聚集。我无法待在那里。他们站在几星期前普拉巴克举行婚礼的地方附近，某些小屋的屋顶仍垂挂着破烂的婚礼彩带。我跟卡西姆·阿里、强尼、吉滕德拉、基尚·芒戈说了几句话，然后离开，骑车到董里区。我有一些问题要问阿布德尔·哈德汗大人，如哈桑·奥比克瓦坑中的东西般盘踞在我心中的问题。

纳比拉清真寺附近的那栋房子大门深锁，悄然无声。清真寺前院或商店街上的人没人能告诉我他何时离去，何时会回来。我既沮丧又生气，只好骑车去找埃杜尔·迦尼。他的房门没关，但他的仆人告诉我，他离开孟买去度假了，几星期后才会回来。我去了护照工厂，看到克里须纳跟维鲁正在辛勤工作。他们证实，迦尼丢给他们几个星期的工作和资金，告诉他们他要去度假。我骑车去哈雷德·安萨里的公寓，一名值勤守卫告诉我，哈雷德人在巴基斯坦。他不知道那个个性阴郁的巴勒斯坦人何时会回来。

哈德的黑帮联合会的其他成员，同样很巧地突然全不在孟买。法里德在迪拜，索布罕·马赫穆德将军在克什米尔。我到凯基·多拉布吉家敲门，没人应门，每扇窗子都拉下了窗帘，房内一片漆黑。在我印象中，拉朱拜每天都一定要到他在要塞区的计账室，而这时他去了德里探望生病的亲戚。就连第二阶层的老大和主要助手也不在孟买，或没空见我。

留下来的人是孟买各地的黄金推销员、货币快递、护照接头人，全都客气而友善。他们的工作步调和例行作业似乎没变，和我的工作一样稳固。每个车站、交换中心、珠宝店，与哈德的帝国接头的其他点，都预料到我会前去。已有人留下指示，要我盯着黄金贩子、货币工作人员，以及负责买、偷护照的街头掮客。我不确定那是不是对我的肯定，肯定我可以在联合会停摆时独挑大梁，还是说他们认为我在他们的布局里无足轻重，因而无须给我任何解释。

不管是哪个原因，我在这城市里觉得孤单得要命。我在一个星期内失去了普拉巴克、阿布杜拉这两个最熟的朋友，因而失去了心灵地图上标记我所在位置的符号。在某些方面，个性和身份就像由我们的人际关系所绘成的街道图上的坐标值。以所爱之人和爱他们的理由为参照点，我们知道了自己是谁，也界定出自己是什么样的人。我曾是时空上的一个点，阿布杜拉的狂野凶狠和普拉巴克的快乐善变都在此点上交会。然后，我飘浮起来，且不知为何，因为他们的死，我失去人生的坐标，随之不安而又惊讶地领悟到，我已极度依赖哈德和他的黑帮老大联合会。我与里头大部分人士的互动似乎很生疏，但我怀念他们在这座城市时所带来的安全保障，几乎就和我怀念那两位死去朋友的相伴一样深。

我很愤怒。我花了一会儿才理解那愤怒，才领悟到哈德拜是我愤怒的根源和祸首。我把阿布杜拉的死怪在他头上，怪他没保护阿布杜拉，没救阿布杜拉。我无法相信我所爱的朋友阿布杜拉就是残酷的狂人萨普娜，但我相信阿布德尔·哈德汗与萨普娜及那些凶杀案件有关。此外，我觉得他离开孟买是背叛了我，像是他丢下我一个人……独自面对……这一切。这当然是可笑的想法，太自我膨胀。事实上，仍有数百名哈德的手下在孟买工作，我每天和他们之中的许多人打交道。但我仍然觉得他背叛、遗弃了我。一股由怀疑与强大恐惧形成的寒意开始袭来，朝着我对哈德汗情感的核心蔓延。我仍爱他，仍对他怀着孺慕之情，但他不再是我尊敬的英雄，不再是完美无瑕的英雄。

曾有位穆斯林游击战士告诉我，在我们的一生中，命运会赐予我们每个人三位导师、三个朋友、三名敌人、三个挚爱。但这十二个人总是不以真面目示人，总要等到我们爱上他们、离开他们，或与他们对抗时，才能知道他们是其中哪种角色。哈德是那十二人之一，但他的伪装一向最高明。在那些被遗弃的愤怒日子里，在我哀痛的心日益麻木而绝望时，我开始把他视为敌人——我深爱的敌人。

随着一件又一件交易，一桩又一桩犯罪，日复一日，我的意志、目标、希望，都蹒跚着步向深渊。莉萨·卡特努力想与昌德拉·梅赫塔、克利夫·德苏萨签约，最终如她所愿。为了她，我出席了签约仪式，以她合伙人的身份在合约上签下我的名字。那两位制片人很看重我的加入，我是他们取得哈德汗黑帮黑钱（未开掘而几乎取之不竭的资源）的安全渠道。那时候，他们未提及这层关系，但那是他们决定与莉萨签约的主要因素之一。合约上载明，莉萨和我为三大制片厂提供外籍的"资浅艺术家"，即他们所谓的临时演员，报酬与佣金的支付设定为两年。

签完约后，莉萨陪我走到摩托车处，我的车停在临海大道的海堤边。我们一起坐在几年前我的心灌满叫人没顶的海水时，阿布杜拉伸手搭上我肩膀的那个地点。莉萨和我都成了孤单之人，最初我们如孤单之人那样交谈，谈着零碎的怨言和从自己心中的自言自语剪下的段落。

"他知道会发生这样的事，"经过长长的沉默后她说，"所以他才给我那笔钱，以防万一。我和他谈过那个，谈过被人杀死的事。你知道在伊朗的那场战争，还有伊拉克的那场战争吗？他好几次死里逃生。那深深刻在他的脑海里，我很确定。我想，他是在求死，因为他逃离了那场战争，抛下了朋友和家人。而一旦到了那一刻，如果那一刻真的来了，他希望像那样结束一生。"

"或许。"我回答她，望着那壮阔而冷漠的大海，"卡拉说过，我们每个人一生中都曾试图自杀几次，而且迟早会如愿。"

莉萨大笑，因为我的这些话出乎她的意料，但那大笑最终化为一声长叹。她低下头，任风拨弄她的头发。

"乌拉那件事，"她轻声说，"一直折磨着我，林。莫德纳在我脑海中挥之不去。我每天都会翻所有的报纸，寻找关于他的消息，他们或许找到了他的消息。那很怪……毛里齐欧的事，你知道吗，让我难过了几个星期。我走在街上、读书或入睡时，总是哭个不停，每一次吃饭都觉得恶心反胃。我一直想着他的尸体，停不下来……那把小刀……乌拉把那小刀插进他身体时会有的感觉。那一切如今渐渐走远了。但那还在，你知道的，还在我内心深处，只是不再教我发狂。就连阿布杜拉，我不知道自己是受了惊吓还是逃避现实，还是什么，反正我不……让自己想起他。那像是……像是我接受了那件事。但莫德纳的影响越来越严重。我忍不住会一直想到他。"

"我也看到了他，"我呢喃道，"我看到了他的脸，而当时的我根本不在那家饭店里。那很糟。"

"我该打她一顿的。"

"乌拉？"

"对，乌拉！"

"为什么？"

"那个……狠毒的……贱女人！她把他丢在那里，任由他被绑在那个房间里。她给你惹来麻烦，给我惹来麻烦，还有……毛里齐欧……她跟我们谈起莫德纳时，我却抱着她，带她去冲澡，照顾她，好像她只是在告诉我，她没喂她的金鱼。那时候我真该甩她耳光，或往她下巴狠狠搂上一拳，或往她屁股踹上一脚之类的。如今她走了，我却还在为莫德纳的事生气不安。"

"有些人就是这样。"我说，微笑着回应她的愤怒，因为我也有同感，"有些人总是有办法让我们同情他们，不管事后我们会觉得那有多愚蠢，多叫人生气。那种人可以说是我们放在心里的煤矿坑金丝雀①。当他们令我们失望，而我们不再同情他们时，我们就有大麻烦了。总而言之，我卷进去不是为了帮她，而是为了帮你。"

"唉，我知道，我知道。"她叹气道，"那不是乌拉的错，其实算不上是她的错。'皇宫'毁了她，把她的脑子完全给毁了。凡是替周夫人工作的人，某方面都被毁了。可惜你没见到乌拉刚开始在那里上班的样子。她性感迷人，真的。而且可以说是……天真……我们其他人都没有的那种天真，如果你知道我的意思。刚到那里上班时，我已

---

① 金丝雀对沼气及一氧化碳特别敏感，早期煤矿工人进入矿坑时总会带着金丝雀，充当安全警报器。

经疯了。那工作也毁了我。我们每个人……我们得……我们在那里干了糟透的事……"

"你跟我提过。"我轻声说。

"我跟你说过？"

"对。"

"跟你说了什么？"

"你跟我说了……许多有关那里的事。那一晚我顺道去卡拉家拿我的衣服，我跟那个叫塔里克的小男孩一起去的。你喝得很醉，神情很恍惚。"

"而我跟你说了那些？"

"对。"

"天啊！我都忘了这事。那时候我正开始要戒毒。那是我试着摆脱毒品的第一个晚上，也在那个晚上真的摆脱了毒品。但我记得那个小男孩……我记得你不想跟我做爱。"

"噢，其实我想。"

她迅速转过头来，与我眼神相接。她的嘴唇漾着笑意，但微微皱起眉头。她穿着红色的纱尔瓦卡米兹，宽松的丝质长衬衫伏在她的胸脯上，强劲的海风吹来，让她身形毕露。她的蓝色眼睛散发着勇气和其他神秘气息。她既脆弱又勇敢坚韧。她把自己救出了周夫人的"皇宫"，那个淹没了她的深渊，她打败了海洛因。为保住她朋友和自己的性命，她帮忙杀了一个男人。但她失去了爱人，也就是我的朋友阿布杜拉，他的身体被子弹打得千疮百孔，不成人形。那一切全表现在她眼睛里和她瘦削的脸上——那张脸照理不该那么瘦。那一切就在那里，如果你知道该去寻找什么，如果你知道该往哪里瞧。

"对了，你怎么会沦落到'皇宫'里？"我问，见我转换话题，她的身体微微抽动了一下。

"我不知道，"她叹了口气说，"我小时候喜欢离家出走，我受不了那个家，一有机会，我就会逃走。大概两年后，我还是少女，却有了毒瘾，在洛杉矶卖淫，被当地辖管的皮条客毒打了一顿。然后有个男人出现了，一个和善、不多话、孤单、性情温和的男人，名叫麦特。我很同情他。他是我第一个真正爱上的人。他是个音乐家，到过印度两次。他信誓旦旦地告诉我，只要我们从孟买偷带某个东西回国，我们就能赚大钱，然后重新开始。他说他会出钱买机票，如果我同意带那样东西的话。结果到了那里，他就拿走了所有东西，包括钱和我的护照，一样不留。到现在我还不知道是怎么回事，不知道他是临阵退缩，还是另外找到人做这事，还是纯粹决定他自己做，至今我仍不知道。最后……我被困在孟买，海洛因瘾让我受不了。没有钱，没有护照，我开始在饭店房间里接客以免流落街头。这样过了大概两个月，某天有个警察闯进我的房间，告诉我，我被捕了。我会被关进印度监牢，除非我同意替他的朋友工作。"

"周夫人。"

"对。"

"你有没有见过她？你有没有当面见过她？"

"没有。除了拉姜和他兄弟，几乎没有人跟她讲过话或见过她。卡拉当面见过她。卡拉痛恨她，非常痛恨她……我这辈子从没见过那么强烈的恨。卡拉恨她入骨，恨到有点失去理智，如果你知道我的意思。她几乎时时刻刻都想着周夫人，她迟早会找她报仇的。"

"她朋友阿曼和克莉丝汀的事，"我低语道，"她认为是周夫人派人杀了他们，她为此很自责，无法释怀。"

"没错！"她惊讶地回答，带着微笑，皱起了眉头，露出不解的神情，"她告诉你那件事了？"

"对。"

"那可……"她大笑，"那可不简单！卡拉从不跟人提起那件事。我是说，任何人。但我想那也不稀奇，你深深打动了她。你知道贫民窟发生霍乱的那时候吗？事后她谈那件事谈了几个星期。她谈那事时就像在谈某种神圣的体验，某种无法形容的快感。她谈了许多你的事。我从没看过她那么……兴高采烈，我想。"

"卡拉找我把你救出'皇宫'，"我问，没看着她，"是为了你，还是只想借此杀杀周夫人的威风？"

"你是说，我们只是卡拉的棋子，你和我？你是想问这个？"

"差不多是。"

"我想，我得说，是，我们是。"她扯下脖子上的长围巾，拉着它拂过张开的手掌，专注地看着。

"啊，你知道，卡拉喜欢我，我很肯定。她告诉了我没人知道的事，连你都不知道的事。而我也喜欢她。她在美国住过，你知道的。她在那里长大，多少对那儿有点感情。在'皇宫'工作的女孩中，我是唯一的美国女孩。但从更深层来看，问题的核心在于跟周夫人的那场战争。我想，你和我，我们都被利用了。但那不重要，你知道吗？她把我救了那里，你和她把我救出了那里，我很感激。不管她是出于什么理由，我都不怪她，我想你也不该怪她。"

"我没有。"我叹了口气。

"但是？"

"但是……没什么。我们，卡拉和我，没有结果，但是我……"

"你仍然爱她？"

我转头看她，她的蓝色眼睛与我相对时，我换了话题。

"你有周夫人的消息吗？"

"完全没有。"

"她有问过你个人的事情吗？任何事情？"

"完全没有，谢天谢地。很怪，我不恨周夫人。除了不想再靠近她的地方，我对她完全没有感觉。我反倒恨她的仆人拉姜。如果你在'皇宫'上班，你得跟他打交道，听命于他。他兄弟管厨房，他管女孩。拉姜是阴森恐怖的浑蛋，像幽灵一样无所不在，他的后脑勺好像长了眼睛，他是这世上最恐怖的东西。我跟你说，我从没见过周夫人，她隔着一道铁栅栏跟人讲话。每个房间都至少有一道铁栅栏，以便她监看房间内的动静，跟女孩或客人讲话。那是个叫人毛骨悚然的鬼地方，林。我宁愿死也不要回到那里。"

我们再度陷入沉默。海浪拍打着海堤底部的海岸，上头布满了岩石和小漂砾。海鸥在空中盘旋，在风中搜寻岩缝间爬行、疾走的猎物。

"他留了多少钱给你？"

"不清楚。"她说，"我没算过，很多，七八万美元。比起毛里齐欧用刀逼问莫德纳、最后害死他的那笔钱，你知道的，多了不少。很可笑，不是吗？"

"你应该拿着那笔钱，离开这鬼地方。"

"这怎么行，我们才刚和昌德拉及他的制片公司签了两年约。你知道的，那个让我们大展宏图的合约。"

"去他的合约。"

"别这样，林。"

"去他的合约。你得避一避。我们不知道那到底是怎么回事，不知道阿布杜拉为什么死了，不知道他究竟做了什么，或他没做什么。如果他不是萨普娜，事情就糟了。如果他是，事情就更糟。你应该带着这笔钱，立刻……离开。"

"去哪里？"

"哪里都可以。"

"你也一起去？"

"不，我这里还有事没做完，而且我……在某方面来说，我已经完了。但你该走。"

"你没搞懂，对不对？"她质问道，"重点不在钱。我如果现在回去，可以带走那一大笔钱，但我得拥有钱以外的东西。我正努力要在这里，在这个事业上，有些成就，而且我可以在这里得到那些成就。我在这里会很引人注目，会有分量。我走在街上，别人会看着我，因为我不一样。"

"你到哪里都会引人注目。"我说，并对她咧嘴而笑。

"别开我玩笑，林。"

"我没有，莉萨。你那么漂亮、热情，别人总会盯着你看。"

"这条路行得通，"她坚持道，"我确信行得通。我没读过书，林，我没你那么聪明，我什么本事都没有。但这个……这个可以轰轰烈烈。我可以，我不知道……哪天，或许，我可以开始制作电影，我可以……有些成就。"

"你很了不起，你到哪里都会有成就。"

"不，这是我的机会。在成功之前，我不回去，什么地方都不去。我如果不做那件事，如果不试，那一切都白费了。毛里齐欧……还有已经发生的其他所有事，都将毫无意义。我如果离开这里，就要抬头挺胸地离开，要口袋里装满我自己赚的钱离开。"

我望着风，海风转了个方向，又往回吹过海湾，我的脸和手臂跟着海风一下子温热，一下子凉爽，又恢复温热。一小队捕鱼的小船划过我们身边，正要回到贫民窟附近那个多沙的渔村。我突然想起那一天在雨中，我坐在小船里，行过淹水的泰姬玛哈饭店前庭，行过响着低沉回音的印度门下方。我想起维诺德的情歌，想起把卡拉抱在怀里的那个晚上所下的雨。

然后，我凝望着无休无止的波涛，想起那个狂风暴雨的夜晚之后，我失去的所有东西：监狱、折磨、走了的卡拉、走了的乌拉、走了的哈德拜和他的联合委员会、走了的阿南德、死了的毛里齐欧、大概死了的莫德纳、死了的拉希德、死了的阿布杜拉，还有普拉巴克——真不敢相信，他也死了。而我跟他们一样，我虽然还在走路、说话，凝望着越来越狂暴的波涛，我的心却和他们一样，都死了。

"那你呢？"她问。我感受到她盯着我的眼神，听出了她话里的心情：同情、柔情，或许甚至还有爱意。"如果我留下来，其实，我肯定会留下来，你打算做什么？"

我望着她片刻，看出她天蓝色眼睛里的意向。我从海堤上起身，把她抱在怀里，吻她，吻了很久。在那一吻里，我们一起度过了一生：一起生活、相爱、变老，然后死去。接着我们的嘴唇分开，我们本来或许可以一起度过的一生退去，退到只剩一丝闪光，我们将永远在彼此眼里认出的闪光。

我大可以爱上她，或许已经有点爱上了她。但有时，对女人所能做的最糟糕的事就是爱上她。而我仍爱着卡拉。我爱卡拉。

"我打算做什么？"我重复着她的问话。我双手按着她肩膀，让她与我隔着一臂的距离。我微笑着说："我要去好好麻痹一下。"

我骑车离开，没有回头。我付了三个月的公寓房租，付了一大笔钱给停车场和大楼的管理员。我把一本上好的伪造护照留在口袋里，把所有备用护照和一沓现金放进包里，将包连同我的恩菲尔德子弹摩托车一起托付给狄迪耶，然后我搭出租车到吉多吉鸦片馆。那鸦片馆在修克拉吉街，也就是万妓街的附近。我走上破旧的木梯，来到四楼，走进吸毒者为自己打造的笼子，那个一次用一根发亮、尖锐的钢制烟枪所建成的笼子。

吉多吉为鸦片吸食者提供了一间铺有二十张睡垫和木枕的大房间。另外，在这毫无隐私可言的鸦片间后面，有其他房间专供有特殊需求的客人使用。穿过一个非常小的入口，我进入不起眼的走廊，前往那些后室。走廊很矮，我得蹲着走，甚至用爬的。我选的那间房间里有张铺了木棉蕊垫子的行军床、一块老旧褪色的地毯、一个小柜子，柜门用柳条编成，还有一盏套着丝质灯罩的灯、一只装满水的大陶罐。房间的三面墙以芦苇席架在木架上搭成，最后一面墙，靠床头的那面，有窗户可俯瞰外面有阿拉伯和本地穆斯林商人的热闹街道，但百叶窗一拉下，便只有些许阳光在缝隙中闪烁。房间里没有天花板，头上只见数根粗橡交错，撑住了陶瓦屋顶。这幅景象，我以后会很熟悉。

吉多吉拿了钱，说明一番，然后留下我一人。房间离屋顶很近，因此非常热。我脱下衬衫，关掉灯。幽暗的小房间像间囚室——夜里的监狱囚室。我在床上坐下，几乎立刻就落泪了。来到孟买后，我哭过几次。遇见兰吉特的麻风病人后，我掉过眼泪；在阿瑟路监狱，那陌生人擦洗我饱受折磨的身体时，还有跟普拉巴克的父亲一起待在医院时，我也流过泪。但那忧伤和苦楚始终被我压抑了下来。不知为什么，我总是有办法压下最深的忧伤和苦痛，堵住忧伤和苦痛的洪流。然后，独自一人待在鸦片馆的这间小房间时，因朋友阿布杜拉和普拉巴克的逝去之恸，我任由情绪奔流。

对某些男人而言，落泪比挨打还糟，啜泣所带来的伤害比挨皮靴、吃警棍的伤害更深。泪始于心中，但我们有些人太常否认心中的感觉，且久久不肯承认，因而当心中的感觉爆发出来时，我们听到的不是一种忧伤，而是心碎时的上百种忧伤。我们知道哭泣是合乎人性的好事，知道哭泣不是软弱，而是某种坚强。但哭泣会把我们盘结的根从土里拔起，我们哭泣时就像树倒下般，崩溃了。

吉多吉没催我。最后，我听到他走近门口时印度凉鞋摩擦地板的声音。我抹掉脸上的忧伤，捻亮灯。他带来了我要的东西——钢匙、蒸馏水、抛弃式注射器、海洛因、一条香烟，摆在小梳妆台上。有个女孩跟着他过来，她告诉我她叫席尔帕，负责伺候我。她很年轻，还不到二十岁，但专业工作人士的阴郁表情已夺走她那年纪应有的清纯。希望在她眼里蜷缩着，像挨了打的杂种狗般随时会狂吠或咆哮。我请她和吉多吉离去，然后煮上一剂海洛因。

那剂海洛因搁在注射器里将近一个小时。我拿起注射器，对准我手臂上一条又厚又粗又健康的血管五次，但每次我都还是缩手，没打。那汗流浃背的一个小时里，我一直盯着注射器里的液体。就是那东西，那个可恶的毒品。那是罪魁祸首，驱使我干下了那些愚蠢、凶狠的罪行。那东西使我入狱，使我失去家人，失去挚爱。那东西拿走一切，不给你任何回报。但它给你的空无，它给你的毫无感觉的麻木，有时正是你想要的。

我把针头插进血管，抽出玫瑰色的血液，确认针头安全扎进了血管，接着将注射器的柱塞往下推到底。还没拔出针头，海洛因就已使我的心变成撒哈拉沙漠。海洛因沙丘，炎热、干燥、明亮、单调，窒息所有思绪，埋掉了我心中失落的文明世界。那股炎热也注满我的肉体，驱走我在每个清醒的日子里忍受、忽视的上千个小疼痛、剧痛、不适。毫无痛苦，一片空无。

然后，在我的心仍是一片沙漠时，我感觉自己的肉体逐渐下沉，沉入令人窒息的湖水，打破那湖面。打了第一剂，然后过了一个星期？一个月？我爬上筏子，漂荡在汤匙里的致命湖面上，血液里带着撒哈拉。头顶上那些粗椽传达出某种信息，有关哈德、卡拉、阿布杜拉和我如何交会、为何交会的信息。我们所有人的生活，透过阿布杜拉之死这条链带，以某种深刻的方式交错，破解密码的关键就在那些粗椽里。

但我闭上眼睛，我会想起普拉巴克，想起他在死去的那个晚上那么拼命地工作，工作到那么晚，因为那出租车是他自己的，他是为了自己而工作。而那辆出租车是我买给他的，如果我没买出租车给他，他就不会死了。他是我在监狱囚室里训练出来、用面包屑喂大的小老鼠，是被钉上十字架的老鼠。有时，在未陷入迷幻的一个小时清醒的时光里，我想起阿布杜拉死前那一刻的样子，他只身陷在死亡的包围中，孤立无援。我应该在那里的，我每天都和他在一块，那时我应该和他在一起的。人们不会让朋友那样死去，那样孤身面对死亡和命运。他的尸体在哪里？如果他是萨普娜，该怎么办？我朋友，我挚爱的这个朋友，真有可能是那个冷血无情、丧心病狂的杀人魔吗？迦尼说了什么？遭肢解的马基德的尸体散落在屋中各处……我可能去爱干出这种事的人吗？我内心某个顽固的小角落担心他就是萨普娜而仍然爱他，这代表什么意思？

我再度把那银弹打进手臂，往后倒在漂浮的筏子上。我在头顶上的粗椽间看到了答案。我确信，再打一小剂，再一小剂，再一小剂，我就会了解那是怎么回事。

我醒来时，见到一张脸怒视着我，用我不懂的语言激动地说话。那是张丑陋、不怀好意的脸，几道深纹呈弧形从眼睛和鼻子往下划到嘴巴。然后那张脸还有了手，很有力的双手，我发觉自己从筏床上被抬起，由人扶着，摇摇晃晃地站起来。

"你来！"纳吉尔用英语咆哮道，"你来，立刻！"

"去……"我慢慢说，停下来，好竭尽所能地骂人，"……你的。"

"你来！"他重复道。他气得发抖，不自觉张开嘴巴，露出他外突的下门牙。

"不要。"我说，转身欲回床上，"你……走！"

他把我拉转过来，让我再度面对他。那双手很有力，像铁箍般紧紧扣住我的双臂。

"立刻！你来！"

我已在吉多吉的这间房间里待了三个月。三个月里，我每天注射海洛因，两天吃一次东西，唯一的运动就是走到厕所再回来的这短短一段路。那时我不知道自己已掉了十二公斤——我身上最好的肌肉。我又瘦又弱，仍沉陷在毒品中。

"好。"我说，挤出假笑，"好，放开我，可以吗？我得去拿我的东西。"

我朝放着我的皮夹、手表、护照的小桌子点头，他松开了手。吉多吉和席尔帕在房间外的走廊上等着。我收拾物品，放进口袋，假装配合纳吉尔。判定时机成熟后，我猛然挥出右拳，由上而下打向他。照理我可以打中他，如果我健康又清醒，那一拳他逃不掉。结果出拳落空，我失去重心。纳吉尔一拳打中我心脏正下方的心口。我弯下腰，喘不过气，无力反击，但我双膝没弯，双腿仍然挺直。他用左手揪住我一撮头发，举起我的头，右拳收回到肩膀高度，犹豫要打在哪里，然后出拳打中了我的下巴。那一拳他使出了脖子、双肩、背部的全部力道。我看见吉多吉噘起双唇，他脸部的肌肉不由得抽搐了一下，眼睛眯起，然后他的脸爆开，化为缤纷的亮光，之后就是空暗的世界，比睡满蝙蝠的洞穴还要暗。

那是我这辈子唯一一次被打得不省人事。我似乎一直在往下坠，距离地面却是不可思议地远。一阵子之后，我隐约察觉到自己在移动，在空间中飘浮。我想，没事，全是梦，吸毒造成的梦，我立刻就会醒来，再打更多海洛因。

然后我"啪嗒"一声，再度落在筏子上，但已不是那漫长三个月以来我一直乘坐的那张筏床。不知道为什么，但我感觉就是不一样的床，柔软而平滑，而且有股先前没有的宜人气味，很好闻的香水味。那是香奈儿的COCO香水。那味道我很熟。那是卡拉，那是卡拉肌肤上的香水。原来是纳吉尔扛着我下楼梯并一路走到外面街上，把我丢进出租车后座，而卡拉就坐在车里。我的头枕在她大腿上。我张开眼，望着她迷人的脸庞。她的绿色眼睛回望着我，眼神里有同情、忧心和其他的东西。我闭上眼，在移动的黑暗中，我知道她眼神里那其他的东西是什么。那是厌恶。她厌恶我的软弱、我的海洛因瘾、我作践自己、自我放纵的气味。然后我感觉到她的双手在抚摩我的脸，那感觉像哭泣，她抚摩我脸颊的双手是眼泪。

出租车终于停下，纳吉尔把我扛上两段阶梯，轻松得就像扛一袋面粉。我的身子挂在他肩上，再度清醒过来，朝下看着跟在我们后面走上阶梯的卡拉。我们从通往厨房的后门进入了一间大屋子，走过现代化的大厨房，我们进入宽敞的客厅。那是开放式客厅，有一面玻璃墙，隔着玻璃可以看到金黄色海滩和宝蓝色的大海。纳吉尔把我从他的肩上往前一甩，我摔在那面玻璃墙附近的一堆坐垫里，动作之轻超乎我预期。他把我从吉多吉鸦片馆劫走的前一刻，我才刚打了一剂海洛因，很大的一剂，太大的一剂。我全身无力，摇摇欲坠。那股想闭上眼睛、陷入恍惚的冲动，像无可抵挡的海浪席卷我全身。

"不要起来。"卡拉说着，在我身边跪下，用湿毛巾替我擦脸。

我大笑，因为站着是我这时最不想做的事。大笑时，恍惚之中，我感觉到下巴和腭部之间的关节在隐隐作痛。

"怎么回事，卡拉？"我问，听出自己的嗓音粗哑而不稳。三个月没讲话和意志消沉，使我几乎不会说话，笨嘴笨舌。

"你怎么会在这里？我怎么会在这里？"

"你想我会把你丢在那里不管吗？"

"你怎么知道的？怎么找到我的？"

"你朋友哈德拜找到了你，他要我把你带到这里。"

"他要你？"

"没错。"她说，盯着我的眼睛，眼神专注，划破了那片迷幻，犹如日出的阳光穿破晨间的迷雾。

"他在哪里？"

她微笑着，那微笑带着悲伤，因为我问错了问题。如今我知道自己问错了，如今我没有吸毒，很清醒。那是我了解全部真相的机会，或了解她所知道的真相的机会。如果我那时候问对问题，她大概会告诉我真相，告诉我她凝望的目光后面的那股力量。她那时正准备全盘告诉我。她甚至可能会爱上我，或开始爱我。但我问错了问题。我没问她的事，我问了哈德拜的事。

"我不知道。"她答，双手撑起身子，站在我身旁，"照理说他会来，我想他不久后就会来。但我不能等，我得走了。"

"什么？"我坐起身，想把迷幻的帘幕拨开，好看看她，跟她讲话，要她留下。

"我得走了。"她重复道，迈着轻快的脚步走向门口。纳吉尔在那儿等着她，粗壮的双臂从他膨胀的身躯里伸出。"我没办法，离开之前我有许多事要做。"

"离开？什么意思，离开？"

"我要离开孟买。我有事要忙，很重要的事，而我……唉，我得去完成。六或八个星期后我会回来。那时再来找你，或许。"

"太扯了。我搞不懂，如果你现在就要丢下我，当时就该把我留在那里。"

"听着，"她说，露出耐心的微笑，"我昨天才刚回来，我不想留下，甚至不想回利奥波德。顺便告诉你，我今天早上见到狄迪耶，他跟我打了招呼，但就只有这样。我不想留下。我同意帮忙，把你从吉多吉鸦片馆救出来，从你自己正在进行的可怜的自杀中救出来。现在你在这里，你安全了，我得走了。"

她转身对纳吉尔讲话。他们在讲乌尔都语，每句话我都只听得懂第三或第四个字。他大笑着听她讲话，转身看我，带着他一贯的轻蔑。

"他说什么？"他们俩不再讲话时，我问她。

"你没必要知道。"

"有必要。"

"他认为你熬不过去，"她答，"我告诉他，你会在这里彻底戒毒，然后在这里等我几个月后回来。他不以为然。他说你一开始戒毒，就会从这里跑出去再打一剂。我跟他打赌你会戒毒成功。"

"赌多少？"

"一千美元。"

"一千美元。"我若有所思地说。那是很大的赌注，胜算不大。

"对。那是他所有的钱，他存下来的钱。他把那些钱全拿来赌，赌你撑不下去。他说你是软弱的人，所以才会吸毒。"

"你怎么说？"

她笑了，见到、听到她笑出来实在是稀奇，我把那些爽朗、洪亮、开心的单字和词组放入自己体内，像吞入食物、酒、毒品一样。尽管心神恍惚、身体不适，我清楚地知道我将拥有的最大宝藏和欢乐就在那笑容里；就在于让那女人笑，在于感受她那贴着我的脸、我的皮肤的嘴唇发出的咯咯笑声。

"我告诉他，"她说，"好男人只要碰对女人，那女人要他多坚强，他就会有多坚强。"

然后她离开了，我闭上眼睛。一个小时后，或一天后，我睁开眼，见到哈德拜坐在旁边。

"Utna hain." 我听到纳吉尔在说话。他醒了。

醒着很不舒服，警醒、怕冷、需要海洛因。嘴巴臭，身体到处同时作痛。

"嗯，"哈德低声说，"你已经开始不舒服了。"

我在垫子上坐起，往房间四处瞧了瞧。天色已经开始暗下来，夜色的长影正爬过窗外的沙滩。纳吉尔坐在厨房门口附近的地毯上。哈德穿着宽松的灯笼裤、衬衫、普什图人的束腰背心，一身绿，先知穆罕默德最爱的颜色。不知为什么，只过了几个月，他就显得更老了些。但他看起来比我印象中更健壮，更冷静而坚毅。

"要不要吃点东西？"我沉默地盯着他看，他问道，"要不要泡个澡？这里什么都有。一天要泡几次都可以。你可以吃东西，东西多得很。你可以换上新衣服，我替你准备了。"

"阿布杜拉怎么了？"我质问道。

"你得养好身体。"

"阿布杜拉到底他妈的怎么了？"我大叫着，嗓音破掉。

纳吉尔看着我。他表面平静，但我知道他随时准备扑上来。

"你想知道什么？"哈德轻声问，避开我的目光，盯着他盘腿的膝盖间的地毯，缓缓点头。

"他是萨普娜？"

"不是。"他答，转头迎上我冷冷的目光，"我知道有人这么说，但我跟你保证，他不是萨普娜。"

我吐出一大口气，疲惫的一口气，如释重负。我感觉泪水刺痛眼睛，便咬住颊内的肉，不让泪水流出。

"为什么他们说他是萨普娜？"

"阿布杜拉的仇人让警方相信他是。"

"什么仇人？他们是谁？"

"来自伊朗的人，来自他国家的仇人。"

我想起那场架，那场令人费解的架。阿布杜拉和我在街上，跟一群伊朗人打了那场架。我努力回想那一天的其他细节，但那椎心、饱受愧疚折磨的后悔，后悔我从未问阿布杜拉那些人是谁或我们为何要跟他们打架，令我什么都想不下去。

"真正的萨普娜在哪里？"

"死了。我找到了那个人，真正的萨普娜。那人现在已经死了。该为阿布杜拉做的，我差不多都做了。"

我松懈下来，靠在坐垫上，闭上眼睛片刻。我开始流鼻水，喉咙哽住发疼。这三个月下来，我已染上很强的毒瘾——每天三克的纯泰国白粉。戒断症很快就会出现，我知道接下来两个星期我会吃足苦头。

"为什么？"过了一会儿，我问他。

"什么为什么？"

"你为什么找我？为什么叫他……叫纳吉尔带我来这里？"

"你为我工作，"他答，面带微笑，"而现在，我有项工作要给你。"

"哦，眼前，我恐怕做不来。"

我的胃开始痉挛。我呻吟，瞥向别的地方。

"没错，"他同意，"得先等你好起来。但三四个月后，那项工作非你不可。"

"什么……什么样的工作？"

"一个任务。一个神圣的任务，你或许会这么称呼它。你会骑马吗？"

"马？我对马一窍不通。如果可以骑摩托车执行这项任务，等我康复，如果我能康复，我就接下你的任务。"

"纳吉尔会教你骑马。楠格哈尔省有个村子，村里的男子个个马术傲视全省，而他是，或者说曾经是那个村子骑术最精湛的人。这儿附近的马厩里有马，你可以在沙滩上学着骑。"

"学骑马……"我喃喃自语，不知道接下来的一个小时，然后再一个小时，更难受的时刻，我能不能熬得过去。

"对，林巴巴①。"他微笑着伸出手，用手掌碰我的肩膀。那一碰令我的身子不由得抽动了一下，打起哆嗦，但他手掌的暖意似乎也进入我的身体，我平静了下来。"目前除了骑马，没有其他办法能进入坎大哈，因为公路上布满了地雷和炸弹。所以，你跟我的人去阿富汗参战时，得骑马去。"

"阿富汗？"

"对。"

"你……你为什么认为我会去？"

---

① "巴巴"置于人名后，表示对老师、圣徒或年迈的人的尊称。

"我不知道你愿意还是不愿意，"他答，带着似乎是发自肺腑的哀伤口吻，"但我会亲自参与这项任务。去阿富汗，我的家乡，我已超过五十年未曾踏上的家乡。我邀请你，我请求你跟我一起去。当然，去不去在你。任务很危险，这一点毫无疑问。你如果决定不跟我去，我也不会看轻你。"

"为什么找我？"

"我需要一个白人，外国人，一个不怕犯一大堆国际法、会被当成是老美的人。我们要去的地方有许多誓不两立的部族，数百年来他们相互砍杀，长久以来相互劫掠，劫走他们能带走的任何东西。眼前只有两样东西能让他们团结一心，一是对阿拉的爱，二是对苏联入侵者的恨。目前，他们对抗苏联人的主要盟友是美国人，他们靠美元和美国武器打仗。如果有个美国人同行，他们就不会干预我们，而是让我们通过，不会骚扰我们或勒索我们太多钱。"

"你为什么不找个美国人，我是说真正的美国人？"

"我试过，我找不到疯狂到肯冒这险的美国人，所以我才需要你。"

"这项任务是要走私什么东西到阿富汗？"

"寻常的战争走私品，枪支、炸药、护照、钱、黄金、机器零件、药。这趟旅程会很有意思。那些火力强大的部族会想抢走我们带的东西，只要能通过他们的地盘，就能将东西送到正围攻坎大哈市的穆斯林游击战士的手里。他们已经在那地方和苏联人打了两年的仗，需要补给。"

疑问，数百个疑问在我颤抖的脑海里翻腾，但戒断症使我无力再发问。与毒瘾抗争所流的油腻冷汗使我浑身不舒服。最后我终于开口问，但问得仓促而颤抖。

"你为什么要做这件事？为什么是坎大哈？为什么是那个地方？"

"那些穆斯林游击战士，也就是围攻坎大哈的那些人，是我的同胞，来自我的村子，也来自纳吉尔的村子。他们正在打圣战，要将苏联入侵者赶出家园。我们已通过许多方式帮助他们，如今该是用枪——如果需要，也该是用我的鲜血帮助他们的时候。"

他望着我，毒瘾让我的脸颤抖，眼神涣散。他脸上再度露出微笑，手指掐进我的肩膀，直到那疼痛，那触碰，他的触碰，一时之间成为我唯一的感觉。

"你得先好起来。"他说，放松手劲儿，手掌碰了碰我的脸，"愿阿拉与你同在，孩子。Allah ya fazak！"

他离开后，我走进浴室。胃部痉挛像鹰爪刺进我的肉里，翻搅着我的五脏六腑，教我阵阵发痛。腹泻又猛又急，拉得我全身抖个不停。我洗澡时，身子抖得牙齿直打战。我照镜子，看自己的眼睛，瞳孔大得整个虹膜都是黑的。当光线再现，不再注射海洛因时，戒断症开始出现，而当光线重返时，又通过眼睛的黑色漏斗突然涌入。

我腰缠浴巾，走回宽敞的客厅。我看起来很瘦，驼着背，发抖，还忍不住呻吟。纳吉尔上下打量着我，噘起他的厚上唇，面露鄙夷。他递上一叠干净的衣服，和哈德的绿色阿富汗装一模一样的衣服。我穿上，边穿边摇晃、发抖，好几次失去了重心。纳吉尔望着我，关节突出的拳头握在屁股后面。那股鄙夷使他的上唇皱成波状，犹如张开的蛤壳壳缘。他每个动作都很大刺刺的，发出很大的声响，使动作有哑剧的夸张效果，但他浅黑色的眼睛凶狠而不怀好意。他突然让我想起日本演员三船敏郎。他是丑陋巨人版的三船敏郎。

"你知道三船敏郎吗？"我边大笑边问他，那是自暴自弃而带痛的大笑，"你知道三船敏郎吗？啊？"

他的回答是走到屋子前门，猛然把门推开，然后从口袋里抽出几张五十卢比的纸钞，丢在地板上。

"Jaa，bahinchudh!"他指着敞开的门吼叫道，"滚！"

有堆垫子靠着主窗堆放，我踉踉跄跄走到那里，颓然倒下，接着拉起毯子盖住自己，在毒瘾发作的绞痛、痉挛中缩起身子。纳吉尔关上房门，一边看着我，一边在那块地毯上盘腿、挺直腰杆地坐定。

我们每个人都在某种程度上，靠着体内所制造并释放到脑中的化学合成物克服焦虑和压力，其中主要的化学物质是脑内啡群。脑内啡是能纾解疼痛的肽神经传导物质。焦虑、压力、疼痛，这些都会引发人体本能的应对机制，即脑内啡反应。人一旦吸食任何麻醉剂——吗啡、鸦片，特别是海洛因时，身体便会停止制造脑内啡。一停止吸食麻醉剂，便要再经过五至十四天，身体才会展开新的脑内啡制造循环。在这一至两个星期，在这没有海洛因，也没有脑内啡的黑暗、痛苦的空当儿，人体会感到什么是真正的焦虑、压力与疼痛。

卡拉曾问我，不靠任何疗法断然戒除海洛因，那是什么感觉？我试着向她解释。想想这辈子每一次感到害怕，真正害怕时的感觉。比如以为只有自己一人时，有人从背后偷偷潜近，大叫吓你；一群坏蛋围住你；梦中从高处落下，或站在陡峭悬崖的崖边；有人把你按进水里，你觉得已经没气了，拼命挣扎想浮出水面；车子失控，你叫不出声，眼睁睁地看着墙撞上你。然后把这些加在一起，这些叫人窒息的恐惧加在一起，同时去感受，时时刻刻、日复一日地去感受。然后想想你曾受过的每种疼痛，热油烫伤、玻璃碎片割伤、骨折、冬天时在粗糙的马路上跌倒而被碎石子擦伤、头痛、耳痛、牙痛。然后将这些疼痛，这些让鼠蹊部紧缩、胃部紧绷、失声尖叫的疼痛加在一起，同时去感受，一个小时又一个小时、日复一日地去感受。再想想你感受过的每种苦楚，想想心爱之人死去，想想被所爱之人拒绝，想想失败、丢脸、无法言喻的悔痛。然后把这些感觉，这些椎心刺骨的哀痛和不幸，加在一起，同时去感受，一个小时又一个小时、日复一日地去感受。这就是断然戒毒的感觉。不靠任何疗法，断然戒除海洛因，就像是被硬剥掉一层皮而活着。

毫无防备的心和缺乏天然脑内啡的大脑，一旦受到焦虑的攻击，人就会发疯。每个断然戒毒的吸毒者精神都会错乱。错乱来势汹汹，有些人承受不住而死去。而在那被剥了皮、饱受折磨的暂时精神错乱期间，人会犯罪。几年后，如果熬了过去，复原，一旦回想起自己的那些罪行，会感到苦恼、困惑，会和禁不住折磨而出卖自己同胞、国家的人一样厌恶自己。

饱受毒瘾折磨整整两个日夜后，我知道自己撑不过去了。大部分的呕吐、腹泻已过去，但疼痛和焦虑日益严重，每分钟都在恶化。我的血液中有尖叫声，而在尖叫声底下，有股冷静而清晰的声音：你可以阻止这个……可以改变这个……你可以阻止这个……拿钱……去打一剂……就能阻止这疼痛……

纳吉尔的行军床，用竹子、椰子纤维制成的行军床摆在房间的另一个角落。我摇摇晃晃地走向它，那个高大结实的阿富汗人仍坐在垫子上，在门附近，眼睛直盯着我。我疼痛呻吟，一边打战，一边将行军床拖到更靠近可远眺大海的落地窗前。我抓起一床棉被单，开始用牙撕咬，咬出几个破洞，然后从破洞处猛力扯到底，扯下四条布。我把两条绣着图案的厚被子丢上行军床当垫被，动作狂暴，近乎慌乱，然后躺了上去。我拿起两根布条，将两只脚踝绑在行军床上，再用一根布条绑住左手腕，然后躺下，转头看着纳吉尔。我递出剩下的布条，用眼神请他帮我将另一只手绑在行军床上。我们俩头一次以同样坦率的目光互望。

他从地毯上起身，走过来，眼睛直盯着我。他拿起我手里的布条，将我的右手腕绑在床架上。一声惊恐受困的大叫从我张开的嘴里发出，接着又是一声。我一口咬住舌头，咬破两侧的肉，直到血流出嘴唇。纳吉尔缓缓点头，从被单上又撕下一根厚布条，卷成螺旋形，放在我牙齿之间，把布条两端拉到我后脑勺打结绑住。我将这魔鬼的尾巴一口咬下，尖叫，转头看见自己的身影被绑在窗户的夜色里。一时之间，我成了莫德纳，等待，张望，用眼睛尖叫。

　　我被绑在床上两天两夜。纳吉尔一直守在旁边细心照顾我，片刻不离。每次我张开眼睛，都能感觉到他的粗手在我额头上，替我把汗水和眼泪拂去。每次痉挛突然来袭，让我的腿、手臂或胃部扭曲绞痛时，他都用温暖的手替我按摩，化掉纠结的疼痛。每次我咬着布条抽泣或尖叫时，他都会凝视我的眼睛，示意我忍耐，撑下去。我因为呕出东西而哽住，或因鼻子塞住而无法呼吸时，他就会拿下塞嘴的布条，而他个性刚强，知道我不想让别人听见我的尖叫声，因此我一点头，他就会再次塞上布条，迅速绑好。

　　接下来，我知道自己已达到了继续撑下去，或者干脆放弃的极限，这时我向纳吉尔点头、眨眼，然后他最后一次除下我的塞嘴布条。他陆续解开缠住我手腕、脚踝的布条。他端来用鸡肉、大麦和番茄熬制，只放盐而不加其他调味料的肉汤。那是我这辈子尝过的最丰富、最美味的东西。他一勺一勺地喂我喝。一个小时后，我喝完了那一小碗汤，他首次对我露出微笑，而那微笑就像夏雨过后洒在海岩上的阳光。

　　断然戒毒必须实行约两个星期，但头五天最难熬。只要能熬过头五天，只要能忍住毒瘾，熬到第六天早上，就知道自己干净了，知道自己会成功。接下来的八到十天，你每过完一个小时都会觉得自己更健康，更强壮。痉挛渐渐消失，不再有作呕感，发烧和畏寒渐渐退去。一阵子之后，最难熬的就只剩失眠。夜里躺在床上辗转反侧，身子不舒服地扭来扭去，就是睡不着。断然戒毒的最后几个白天和漫漫长夜，我成了"站立巴巴"：整日整夜不坐不躺，直到体力透支，双腿支撑不住，我才终于睡着。

一觉醒来，戒断症过去，挨过海洛因瘾的致命噬咬，你就像任何劫后余生的人：茫然，带着永远磨灭不掉的伤口庆幸自己活了下来。

断然戒毒的第十二天，我首次开了几个挖苦的玩笑，纳吉尔由此判断我已经可以接受骑马训练。从第六天起，我开始跟着他走路，借此稍稍舒展身体，呼吸新鲜空气。我第一次走得很慢，步履蹒跚，只走了十五分钟就回到屋子里。到了第十二天，我已跟着他走完整个沙滩，希望累垮自己以便入睡。最后他带我去了哈德的马厩。那马厩是以停船棚屋改造而成，距沙滩一条街。厩里的马是训练来给初学者骑的，好在旅游旺季时载游客上下海滩。白色骟马和灰色母马，体形大而温驯。我们从哈德的马厩管理人那里牵来那两匹马，带到平坦而压实的沙滩上。

世上最诙谐的动物莫过于马。猫能让你显得笨手笨脚，狗能让你显得愚蠢，但只有马能让你既笨手笨脚又愚蠢。马只要轻轻挥一下马尾，或往你脚上随意一踩，就能让你知道它是故意这么做的。有些人一与马接触，就知道自己很能驾驭马，从而与马儿结下不解之缘。我不是那种人。我有个朋友很奇怪，天生和机器不对头，手表一戴上她的手腕就停，她一靠近收音机就收讯不良，一碰复印机就出故障。我与马的关系就和这差不多。

那个粗壮的阿富汗人伸出双掌，要我踩着骑上骟马的马背。他点头要我爬上去，眨眼鼓励我。我一脚踩进他手里，跳上那匹白马。但我一坐上马背，这匹原本温驯且受过良好训练的马立即扬腿猛力一踢，把我甩了下来。我飞过纳吉尔肩膀，"咚"的一声落在沙地上。骟马朝着沙滩的另一头自顾自疾驰而去。纳吉尔目瞪口呆，望着它跑走。后来他拿来遮眼袋，盖住它的头，它才安静下来，回到我身边。

自那之后，纳吉尔不得不慢慢认识到，我将会是他所碰过最不会骑马的人。照理说那份失望应该会使他更看不起我，但事实上，那反倒激起截然相反的反应。接下来的几个星期，他变得关心我，甚至同情我。对纳吉尔而言，拿马没辙是男人的奇耻大辱，就像得了下不了床的病一样可怜。状况最好的时候，我可以在马背上待几分钟，双腿夹拍马腹，双手扯着缰绳，绕骑一圈。但即使在这时候，我的笨拙仍让他看得眼泪都快掉下来了。

但我没有退缩，每天练习。我要求自己做二十组俯卧撑，每组三十下，每一组之间休息一分钟。我每天都做这么多俯卧撑，接着做五百下仰卧起坐，跑五公里路，在海里游四十分钟。如此每日锻炼了将近三个月，我变得结实又强壮。

纳吉尔希望我到崎岖不平的地方骑马，磨炼磨炼。于是在昌德拉·梅赫塔的安排下，我们到了"电影城"制片厂的牧场骑马区。许多剧情片里都有骑马场景。一组一组的马平时由居住在广大丘陵区的不同组的人照料，一有特技和动作场景就上场演出。这些马都受过非常精良的训练，但纳吉尔和我骑上分配给我们的褐色母马才两分钟，我的马就把我甩进一堆陶罐里。纳吉尔抓起我的马缰，坐在他的马鞍上，同情地摇头。

"嘿，精彩特技，yaar。"一名特技替身演员大喊着。有五名特技演员和我们一起骑，个个大笑。其中两人跳下马扶我起来。

摔了两次之后，我疲惫地再次爬上马鞍，就在这时，我听到一个熟悉的人声。我四处瞧，看见一群骑马者。骑在最前头的是个长得像埃米利亚诺·萨帕塔（墨西哥民族英雄）的牛仔，一顶黑帽靠帽带拉着，垂在颈后。

"我他妈就知道是你。"维克兰大喊道。他把马牵到我的马旁，亲切地跟我握手。他的同伴跟纳吉尔和特技演员一起骑马走开，留下我们两个人。

"你怎么会在这里？"

"这个鸟地方是我的，老哥！"他把双臂张得老大，"哎，也不全是。莉蒂以合伙人身份和莉萨一起买了一份。"

"我的莉萨？"

他扬起一边眉毛，神情惊讶。

"你的莉萨？"

"你知道我的意思。"

"没错，"他说，咧嘴大笑，"她和莉蒂，你知道的，她们一起经营那个演员经纪公司，你们几个创立的那家公司。她们经营得有声有色，老哥。她们做得很好，于是我也加入了。你的朋友昌德拉·梅赫塔告诉我，特技演员马厩有一份股可以认购。嘿，那自然是归我喽，不是吗？"

"噢，的确，维克兰。"

"于是我投资了点钱在那上头，现在我每个星期都来这里。我明天要在他妈的一部电影里当临时演员！过来看我拍戏，兄弟！"

"我很想去，"我说，跟着他大笑，"但我明天就要离开一阵子了。"

"你要离开？多久？"

"我不是很清楚。一个月，或许更久。"

"然后你会回来？"

"当然。记得把特技画面录下来，我回来后，我们好好乐一乐，看你如何在慢动作里被杀死。"

"哈！就这么说定！来！一起骑，老哥！"

"不，不！"我大喊道，"我绝不要骑着这匹马跟你一起走，维克兰。你也看到了，我骑术那么差。我已经从这匹马上摔下来三次了，能够骑着它走直线，我就偷笑了。"

"来嘛，林兄弟！我教你，我把帽子借你，它从没让人失望过，老哥。这可是顶幸运帽。你骑得不好，就是因为没戴帽子。"

"我……我想那顶帽子没这么神，兄弟。"

"这是顶他妈的魔法帽，老哥，真的！"

"你还没看过我骑。"

"你也还没戴上帽子。这帽子能摆平所有东西，而且你是白人。我无意冒犯你的白皮肤，yaar，但这些是印度马，老哥。它们就是需要从你那里看到一些印度作风，就是这样而已。用印地语跟它们讲话，跳点舞，然后你就会明了。"

"我想没用吧。"

"当然有用，老哥。来，下来，跟我一起跳舞。"

"什么？"

"来跟我一起跳舞。"

"我可不要跳舞给这些马看，维克兰。"我义正词严地说，极尽可能地把这句古怪的话说得既庄重又真诚。

"你一定要！你现在就下来，跟我一起跳个印度魔舞。得让那些马看到，你表面上是个正经八百的白人，内在其实是个很酷的印度浑蛋。我保证，那些马会爱上你，你会骑得像他妈的克林特·伊斯特伍德！"

"我可不想骑得像他妈的克林特·伊斯特伍德。"

"不，你想！"他大笑道，"每个人都想。"

"不，我不干。"

"快嘛。"

"门都没有。"

他下马，开始把我的靴子扳离马镫。我很恼火，下马，站在他旁边，面对那两匹马。

"像这样！"维克兰说，摇起屁股，跨出步子，跳起电影里的成套舞步。他开始唱歌，跟着拍子拍手。"来，yaar！多摆些印度东西进去，老哥。别总是他妈的欧洲作风。"

这世上有三样东西是印度男人无法抗拒的：美丽脸庞、动人歌曲、跳舞之邀。我跟着维克兰跳起舞，在我那疯狂的白人作风里，我其实非常印度化，否则，即使我再怎么不忍心看他一个人跳，也不可能应他之邀跳舞。我摇头，忍不住大笑，跟着跳起他那套舞步。他带着我跳，加进新舞步，直到我们俩连转身、走路、手势都完全一致为止。

那两匹马用马特有的神情看着我们，既有画眉鸟的胆怯，也有喷鼻息的倨傲。但我们还是在那起伏的丘陵里，绿草如茵的野地上，对着它们载歌载舞，头上的蓝天和沙漠里营火的烟一样干燥。

跳完舞，维克兰用印地语跟我的马讲话，任它呼哧呼哧地闻着他的黑帽。然后他把帽子递给我，要我戴上。我迅速往头上一戴，爬上马鞍。

幸亏这招还真的管用。马儿开始慢跑，慢慢加快为疾驰。这辈子第一次，也是唯一一次，我几乎像个骑师。前后一刻钟的时间，我感受到与这种豪迈动物一起放胆奔驰、合作无间的雀跃。维克兰骑马在前，我紧跟在后，奔向陡坡，翻越坡顶，急速俯冲，迎向打旋的风和零落的灌木。马蹄翻飞，我们轻松驰过数片更平坦的草地，然后纳吉尔和他的骑师快马奔来，与我们会合。有那么一会儿，那么片刻，我们达到了马儿所能教导我们的极致奔放和自由。

两个小时后，我们走上阶梯，进入沙滩上的那栋房子，我仍为驰骋的痛快而大笑，仍在跟纳吉尔讲个不停。我带着兴奋的微笑走进大门，见到卡拉站在那长形景观窗旁，凝望着大海。纳吉尔以粗哑的嗓音向她亲切地打招呼。一抹开朗的浅笑从他眉头延展至下巴，想躲在他阴沉的脸色底下。他从厨房抓起一瓶一升装的水、一个火柴盒、几张报纸，离开了屋子。

"他想让我们两人独处。"她说。

"我知道，他会在下面的沙滩上生火。他有时会这么做。"

我走向她，吻她。那是短暂而近乎害羞的一吻，但我满怀的爱意尽在其中。嘴唇分开时，我们紧抱在一起，望向大海。片刻之后，我们见到纳吉尔在海滩上捡拾漂流木和干废料，准备生火。他把揉成一团的报纸塞进细枝与枯枝之间，点火，坐在火边，面朝大海。他不冷，在这炎热的夜晚，有温热的海风吹拂。夜色乘波御浪，越过落日。他点起火让我们知道他仍在附近，在海滩上，让我们知道我们仍不受打扰。

"我喜欢纳吉尔，"她说，头贴着我的喉咙和胸膛，"他很和善，很好心。"

没错。我也体会到了这一点。透过惨痛的经验，我终于发现这点。但她跟他只有数面之缘，怎么会知道？在那段逃亡的岁月中，我犯了许多天大的错，其中之一就是对别人的好浑然不觉：我总要等到对别人的亏欠多到我无法回报时，才会察觉到那人有多好。卡拉之类的人，眼睛一瞥就能看见别人的好，而我凝视再凝视，却多半只看到了怒容或怨恨的眼神。

我们看着下面越来越暗的海滩，看着纳吉尔直挺挺地坐在他生起的小火堆旁边。在我身子仍虚弱而倚赖他在旁扶持时，我在许多小地方胜过他，语言是其中之一。我学他的语言快过他学我的语言。我的乌尔都语说得颇溜，因而大部分时间里，他不得不用乌尔都语和我交谈。他试着说英语，但说出来的是截头去尾、破碎的粗劣对句，词汇不多，语意不明，措辞生硬而磕磕巴巴。我不时嘲笑他的烂英语，夸大我困惑不解的表情，要求他再讲一遍，致使他结结巴巴说了一句又一句叫人摸不着头脑的话，最后惹得他火大，用乌尔都语、普什图语骂我，然后闭嘴不再讲。

　　但事实上，他那口截头去尾的不完全英语向来说得很流利，且往往如诗一般抑扬顿挫。没错，他的句子有所删节，但那是因为肤浅的糟粕都已被砍掉，剩下的是他自己纯正的、精确的语言，胜过口号而未达谚语之境的语言。最后，在不知不觉中，在他不知情的情况下，我开始复述他说过的某些话。有一次，他在替他的灰色母马梳理毛发时对我说，马全都好，人全都不好。那之后的几年里，每当我碰上残酷、诈伪和其他自私行径，特别是我本身的自私行径时，我就会不自觉地念起纳吉尔的这句话——"马全都好，人全都不好。"而在那个晚上，我紧抱着卡拉一起看着纳吉尔所生的火在沙滩上舞动时，我想起他常说的另一句英语："没有爱，没有生命。没有爱，没有生命。"

　　我抱着卡拉，仿佛抱着她能治愈我，直到夜色点亮窗外天空上最后一颗星星，我们才开始做爱。她的双手落在我的肌肤上，像是吻。我的双唇吻开她蜷缩的心叶。她轻声细语地引导我，我以呼应自己需求的言语一拍拍地跟她讲话。激情将我们结合在一起，我们尽情投入肌肤的碰触、品尝彼此，陶醉在充满香气的声音中。玻璃上映着我们鲜明的轮廓，那透明的影像，我的影像叠上沙滩的火，她的影像叠上星星。最后，我和她的清晰倒影融化，结合，成为一体。很美妙，非常非常美妙，但她从未说她爱我。

"我爱你。"我抵着她的嘴唇低声说。

"我知道你爱我。"她答道。她回报我，同情我："我知道你爱我。"

"我其实可以不跑那一趟，你知道吗？"

"那你为什么还要去？"

"我也不清楚。我觉得……要忠于他，忠于哈德拜，而且我在某方面仍亏欠他。但不只是如此。那……你有没有过这种感觉，不管是对什么东西，你觉得自己是某种前奏曲之类的，好像自己所做的每件事都是在引领你走到目前这个点，而你，不知为何，就是知道自己有一天会到达那个点。我解释得不是很清楚，但——"

"我懂你的意思，"她立即打断我的话，"没错，我曾有那样的感觉。我曾经做过一件事，让我觉得在一瞬间就过了一辈子，即使我的人生还有许多日子可活。"

"什么事？"

"我们是在谈你，"她纠正我，避开我的目光，"谈你可以不必去阿富汗的事。"

"哦，"我微笑着说，"就像我说的，我可以不必去的。"

"那就不要去。"她冷漠地说，转头看向夜色和大海。

"你希望我留下？"

"我希望你平安无事，还有……我希望你自由。"

"我不是那个意思。"

"我知道不是。"她叹了口气。

她的身体贴着我，我感觉到她的身体不安地动了一下，表示她想移动。我没动。

“我会留下，”我轻声说，克制住激动，心知那是个错误，“如果你告诉我你爱我的话。”

她闭上嘴巴，把嘴唇紧抿得像道白疤。我感觉她正一点一滴慢慢收回她不久前给我的她的身体。

“你为什么要这么做？”她问。

我不知道为什么。或许是因为过去几个月我挨过了断然戒毒，因为自觉已赢得新生。或许是因为死，普拉巴克的死，阿布杜拉的死，我隐隐担心在阿富汗会躲不过的死。不管是什么理由，那都是愚蠢、毫无意义，甚至是残酷的，而我无法克制自己不那么想。

“如果你说爱我。”我再次说。

“我不爱。”她终于低喃道。我用指尖按住她的嘴，想阻止她，但她转头面对我，说得更清楚而有力：“我不爱，不能爱，不愿爱。”

纳吉尔从沙滩上走回来了，他咳了咳，大声清嗓子，好让我们知道他就要到了。他进屋时，我们已经洗过澡，穿上衣服。他的目光从我身上移到她身上，再回到我身上，脸上始终带着微笑，难得的微笑。但我们眼中冷冷的忧伤使他脸上往下弯的曲线变成失望的圆形，他别过头去。

在那个漫长而孤单的夜里，我们看着她搭出租车离去，然后奔赴哈德的战场。纳吉尔的目光终于与我相遇时，他点了点头，缓慢而严肃地点头。我望着他好一会儿，接着换我别过头去。我不想面对那既哀痛又雀跃的古怪复杂表情，我在他眼里见到的表情，因为我知道那在告诉我什么。卡拉是走了，但那一晚我们所失去的，乃是整个爱与美的世界。投身哈德的战争大业，我们得把那世界全抛开。而另一个世界，那个一度天宽地阔任我们遨游的世界，则一个小时又一个小时地逐渐萎缩，最后化为子弹般大小，在血红中戛然而止。

第二章

天还没亮，纳吉尔就叫醒我，黎明第一道惺忪的阳光射进渐渐退去的夜色里，我们走出门。到了机场，下了出租车，我们看到哈德拜和哈雷德站在国内线航站大厦的入口附近，但我们没跟他们打招呼。哈德已安排好复杂的行程，会把我们从孟买送到巴基斯坦境内靠近阿富汗边界的奎达，途中我们会换四种交通工具。他指示我们时时刻刻要表现得像独行的旅人，而这样的旅人，绝不该向别人打招呼。我们要与他一同跨越三国边界，进行一二十项不法活动；要与他一同介入战争，介入阿富汗自由穆斯林游击战士与强大的苏联之间的战争。他打算完成他的使命，但也有失败的心理准备。他已打点妥当，我们之中若有人在任何阶段遇害或被俘，绝不会让人循线摸回孟买。

那是趟漫漫长路，在缄默之中展开。纳吉尔一如既往恪守哈德拜的指示，从孟买到卡拉奇的第一段行程中一言不发。但当我们各自住进昌德尼饭店的房间后，过了一个小时，我听到轻轻的敲门声。门开不到一半，他就闪身进来，身子往后一顶，关上门。他十分激动，眼睛睁得老大，神色焦虑，近乎狂躁。他表现出来的害怕使我不安，又有些厌恶，我伸手搭在他一边的肩膀上。

"放轻松，纳吉尔。瞧你一副紧张兮兮的模样，这让我很不安，兄弟。"

尽管他不完全理解这些话，他还是看出了我微笑背后的傲慢。他紧咬牙关，露出莫名的决心，皱起眉头，狠狠地看着我。这时我们已是朋友，纳吉尔和我。他已向我敞开心胸。但对他而言，友谊表现在为朋友所做、所忍受的事情上，而不是在朋友共享、喜爱的东西上。面对他的认真严肃，我几乎都是回以戏谑和不在意，因而使他感到不解，甚至难过。讽刺的是，我们其实是差不多阴郁、严肃的人，但他的阴郁严肃太过鲜明，鲜明到让我把自己从严肃中唤醒，激起我恶作剧的念头，并做出挖苦他的幼稚举动。

"俄罗斯人……每个地方。"他说得很轻，但鼻息粗重，显得很激动，"俄罗斯人……什么都知道……知道每个人……花钱查探所有动静。"

"苏联间谍？"我问，"在卡拉奇……"

"在巴基斯坦的每个地方。"他点头，侧头往地板上啐了一口唾沫。我不清楚这动作是表示不屑，还是祈求好运。"太危险了！不要跟任何人讲话！你去……法鲁达馆……博赫里市集……今天……saade char baje。"

"四点半，"我重复道，"你要我在四点半到博赫里市集的法鲁达馆，跟某人见面？是不是这样？你要我跟谁见面？"

他露出淡淡的苦笑，然后打开门，迅速瞥一眼走廊，随即闪到门外，就像他进来时那般迅速、无声。我看手表，一点钟。我还有三个小时可消磨。先前为了走私护照，埃杜尔·迦尼给了我一条他独创的藏钱带。那带子以坚韧、防水的乙烯基塑料制成，比一般藏钱带宽了几倍，贴着肚子缠在腰上，最多可放十本护照和大笔现金。到卡拉奇的第一天，那带子里装了四本我的护照。第一本是英国护照，用来购买机票、火车票，还有应付住房登记；第二本是全新的美国护照，哈德拜要我用它进入阿富汗执行任务；另外两本是瑞士、加拿大护照，以防万一用得上。里头还有一万美元的应急现金，也是我接下这趟危险任务的部分酬金。我把这条厚厚的藏钱带系在腰上，用衬衫盖住，将弹簧小折刀插进裤子后面的刀鞘，出门去熟悉这城市。

天气炎热，比平常暖和的11月天还热，不合时节的一场小雨使街上冒出蒸腾的热气，眼前一片雾蒙蒙。那时候卡拉奇是个紧绷而危险的城市。尽管情势如此紧绷，也正因为这样，卡拉奇才成为做生意的好地方。来自不下五十个国家的外国人涌入卡拉奇的咖啡馆和饭店，个个怀着犯罪、冒险之心。

在某种意义上，我和他们是同类，和他们一样前来劫掠，和他们一样要从阿富汗的战争中牟利。但与他们为伍教我不舒服。三个小时里，我从某餐厅来到某饭店，再换到某茶馆，坐在想大发横财的成群外国人附近或当中。他们的谈话围着自己的利害打转，令人心寒。其中大部分人开心地推断，阿富汗战争还有好些年才会结束。

他们谈到"经济作物"——违禁品和黑市商品的暗语。在巴基斯坦、阿富汗的整条边界上，这类货物需求很大。香烟，特别是混合烟丝的美国烟，在开伯尔山口的卖价比已然高涨的卡拉奇烟高了十五倍。各种药物的贩卖利润也逐月递增，雪衣奇货可居。有个胆子很大的德国盗匪从慕尼黑开了一辆奔驰卡车来到白沙瓦，车上载满了德国陆军多出来的高山制服，还搭配着整套保暖内衣裤。他卖掉了那批货，包括那辆卡车，获利四倍。买家是个受西方诸强权和机构（包括美国中情局）支持的阿富汗军阀。那批厚重的冬衣从德国经奥地利、匈牙利、罗马尼亚、保加利亚、土耳其、伊朗，千里迢迢运到巴基斯坦，最后却没发给在冰天雪地的阿富汗山区作战的穆斯林游击战士，反倒存放在那位军阀位于白沙瓦的仓库里，打算等战争结束后再使用。这个叛教徒和他的小股部队待在安全要塞里保存实力，盘算着别的部队击退苏联军队之后再出动部队夺权，坐收战争的果实。

这个军阀有中情局注入大笔资金，又不惜高价买进物资，对卡拉奇的外籍机会主义者而言，代表了一个新商机。得知这个新商机后，他们个个摩拳擦掌，想进场大赚投机钱。那个下午，关于那个大胆的德国人和他那一卡车高山制服的故事，我就听到了大同小异的三个版本。那些外国人替一批批罐头食品、一包包拉绒羊毛、一货柜又一货柜的引擎零件、整仓库满满的二手酒精炉、一批批从刺刀到榴弹发射器的各式武器寻找买家，敲定买卖后，就在自己的圈子里转述这故事，就像着了魔，近乎对淘金的狂热。每个地方，每个聊天场合，我都听到那恶毒而令人愤慨的话，如口头禅般挂在每张嘴上的话：只要这战争再打上一年，我们肯定会发大财……

我苦恼、沮丧，很想大叫发泄，便走进博赫里市集的法鲁达馆，点了一杯颜色鲜艳的甜饮，名字就叫法鲁达甜饮。这饮料甜得叫人发腻，由白面条、牛奶、玫瑰花香料和其他几种糖浆调制而成。孟买董里区哈德拜家附近的费尔尼馆同样以美味的法鲁达饮品而闻名，但比起卡拉奇法鲁达馆供应的这款著名甜饮就逊色多了。有人把高高一杯透着粉红、红、白颜色的甜奶端到我右手旁，我以为那是侍者，抬起头想致谢，结果发现是哈雷德·安萨里，他捧着两杯饮料。

"看起来你似乎需要比这还烈的东西，老哥。"他说，面带微笑，浅浅而哀伤的微笑，然后在我旁边坐下，"怎么回事？出了什么问题吗？"

"没事。"我叹口气，回以微笑。

"别这样，"他坚持，"说来听听。"

我望着他那坦率、没有心机的带疤脸庞，顿时想起哈雷德了解我更胜于我了解他。我在想，如果我们两人角色互换，换成他如此心事重重地进入法鲁达馆，我会注意、明白他碰上了多大的麻烦吗？大概不会。哈雷德常常一脸阴郁，我大概不会特别注意到他的心烦。

"哎，只是小小地反省自己而已。我出外查看了一番，到你告诉我的部分茶馆、餐厅，到黑市贩子和佣兵常出没的某些地方，了解了一下。结果很让我沮丧。这里有许多人希望这场战争永远打下去，根本不在乎谁会丢掉性命或谁在杀人。"

"他们在赚钱，"他耸耸肩，"那不是他们的战争。我本来就不期待他们关心。现实就是如此。"

"我知道，我知道，不是钱的问题。"我皱起眉头，寻找合适的语句，而非寻找教我说出那些语句的情绪，"只是，如果你想界定什么是病态、真正病态的人，你做出的事可能比那些希望战争打得更久的人还糟糕。"

"而……你觉得……简直就是同流合污……简直就和他们一样？"哈雷德轻声问道，低头望进他的杯子。

"或许是，我不知道。你知道的，如果我在别的地方听到别人这样说，我连想都不愿意想。我如果不在场，如果不是自己正在做同样的事，我不会心烦。"

"并不完全一样。"

"是完全一样，差不多一样。哈德付钱给我，所以我和他们一样在发战争财，而且我把新东西偷偷带进一场狗屁战争里，这一点和他们没啥两样。"

"而你或许已开始问自己到底在这里干什么？"

"那也是。如果我告诉你我还是一头雾水，你相信吗？老实说我不知道自己为什么要接这任务。哈德要我当他的美国人，我照办，但我不知道为什么要这样。"

我们沉默片刻,在生意兴隆的法鲁达馆里各自啜饮冷饮,聆听周遭的喧哗声和叽叽喳喳的谈话声。有台手提大收音机正在播放乌尔都语的浪漫情歌。我听到附近顾客的交谈,用到三或四种语言。我听不懂他们在讲什么,甚至也无法听出他们在用哪种语言交谈:俾路支语、乌兹别克语、塔吉克语、法尔西语……

"好吃!"哈雷德说着用长匙从杯里舀起面条,放进嘴巴。

"对我来说太甜了。"我回应他,但还是喝了这饮料。

"有些东西本来就应该太甜。"他答道,边吸吸管边向我眨了下眼,"法鲁达如果不是太甜,我们就不会喝了。"

我们喝完饮料,走进傍晚的阳光,在门外停下来点烟。

"我们分头走。"哈雷德划了根火柴,用手护住,让我点烟,同时小声说道,"沿着那条路,往南一直走,几分钟后我会赶上。别说再见。"

他转身走开,走到马路边缘,走进人行道与汽车之间行色匆匆的人潮里。

我转身朝反方向走去。几分钟后,在市集边缘,一辆出租车急驶到我的身边停下。车后门打开,我跳进去,坐在哈雷德旁边。副驾驶座坐着一名男子,三十出头,深褐色短发从高而宽的额头往后梳。深凹的眼睛是暗褐色,暗到近似黑色,直到直射的阳光穿过他的虹膜,才让人看出眼眶里转动的土褐色。他的眼睛直视前方,透着睿智,两道黑眉几乎要在中央相接。鼻子挺直,往下是短短的上唇、坚定刚毅的嘴、浑圆的下巴。那人显然那天刮了胡子,而且大概是不久前刮的,下巴上有着整齐分明的蓝黑色胡楂儿轮廓,让脸的下半部看起来很暗。那是张方正、对称、坚定的脸,在坚毅上,乃至比例上,都令人激赏，甚至每个突出的部位都令人激赏。

"这位是艾哈迈德·札德，"出租车驶离时，哈雷德介绍道，"艾哈迈德，这位是林。"

我们握手，以同样的坦率和亲切相互打量。要不是那个奇特的表情——眼睛眯成一条缝，脸颊浮现出微笑的线条——他那张坚毅的脸大概会叫人觉得严厉不可亲近。只要是处于专注、戒备的情况下，艾哈迈德·札德总会露出那种好像在一群陌生人里寻找朋友的表情。那是叫人卸下心防的表情，教我立刻就有好感的表情。

"我听说过许多你的事。"他说，放开我的手，把手臂靠在出租车的前座上。他的英语说得不流利但很清晰，腔调是混合了法语、阿拉伯语的动听北非腔。

"我想不全是好事。"我大笑道。

"你比较喜欢别人说你坏话？"

"我不知道。我朋友狄迪耶说，在背后赞美人很不可取，因为你无法替自己辩解的事，就是别人对你的赞美。"

"D'accord（没错）！"艾哈迈德大笑，"正是！"

"嘿，说到这儿我倒想起来了。"哈雷德插话，手在几个口袋里翻找，最后找出一个折起的信封。

"我差点儿忘了，我们离开之前的那晚，我遇见了狄迪耶。他在找你。我不能告诉他你在哪里，所以他要我转交这封信给你。"

我收下折起的信封，迅速塞入衬衫口袋，打算独处时再看。

"谢了。"我低声道，"怎么样？我们要去哪里？"

"去一座清真寺。"哈雷德答，带着那哀伤的浅笑，"我们要先去接个朋友，然后去见哈德和其他一些跟我们一起越过边界的人。"

"会有多少人一起越过边界？"

"我想是三十个人左右，等我们全部到齐的时候。他们大部分都已经在奎达，或边界附近的查曼。我们明天走，你、我、哈德拜、纳吉尔、艾哈迈德，还有一个人，马赫穆德。他是我朋友，我想你不认识他，几分钟后你会见到他。"

"我们是小型联合国，non（对不对）？"艾哈迈德问，语气里已表示了肯定的答案，"阿布德尔·哈德汗来自阿富汗，哈雷德来自巴勒斯坦，马赫穆德来自伊朗，你来自新西兰，噢，对不起，你现在是我们的美国人，而我来自阿尔及利亚。"

"不只，"哈雷德补充道，"我们有个人来自摩洛哥，有个人来自波斯湾，有个人来自突尼斯，两个人来自巴基斯坦，一个人来自伊拉克。其他全是阿富汗人，但是来自阿富汗的不同地区，各属不同的少数民族。"

"Jihad（圣战）。"艾哈迈德说，他脸上的笑容严肃，几乎叫人害怕，"圣战，这是我们的神圣义务，抵抗俄国入侵者，解放穆斯林土地。"

"别让他说个没完，林。"哈雷德皱了皱眉，"艾哈迈德是个共产主义者，接下来他会用列宁痛击你。"

"你不觉得有点……违背个人原则？"我问，冒着触怒他的风险，"去对抗社会主义军队？"

"什么社会主义者？"他反驳道，眯起眼睛，更为火大，"什么共产主义者？请别误解我，苏联人在阿富汗也做了一些好事——"

"在这点上没错，"哈雷德打断他的话，"他们建造了一些桥梁、所有干道、一些学校和大学。"

"还有用来供应淡水的水坝、发电站——所有好事。他们做这些事来帮助阿富汗时，我支持他们。但他们入侵阿富汗，用武力改变这国家时，就抛弃了他们坚信的所有原则。他们不是真正的马克思主义者，不是真正的列宁信徒。苏联人是帝国主义者，我代表马克思、列宁和他们作战——"

"还有阿拉。"哈雷德咧嘴而笑。

"对，还有阿拉。"艾哈迈德也认同，露出白齿对我们微笑，用手掌拍打椅背。

"他们为什么要入侵？"我问他。

"这个问题哈雷德可以解释得更清楚。"他答，推了推这位打过几场战争的巴勒斯坦老兵出来代答。

"阿富汗很有价值，"哈雷德开口道，"没有庞大的石油矿藏、黄金或其他引人觊觎的东西，但仍然很有价值。苏联人要它，因为它与苏联接壤。他们曾试图透过外交手段，透过整套援助方案、纾困计划和所有类似行动，掌控阿富汗，然后扶植自己人在那里掌权，架空政府。因为冷战和刻意营造危急局势的边缘政策让美国人非常不满，他们转而支持那些对苏联傀儡不认同的人，就是伊斯兰宗教学者之类的，来推翻亲苏势力。那些留着长胡子的人无法忍受苏联人改变他们的国家——让女人出外工作、上大学、不穿罩住全身的长袍在外头四处晃荡。美国人主动表示愿意给他们枪支、炸弹、钱，让他们拿去攻击苏联人，他们欣然接受。一阵子之后，苏联人决定撕开伪装，派兵入侵。于是战争爆发。"

而因为那些军方将领的关系，巴基斯坦站在美国这一边，美国也帮他们。美国人如今在巴基斯坦各地的伊斯兰神学院，即马德拉沙训练人，训练战士，那些战士叫塔里布。我们打赢这场战争后，他们会进入阿富汗。我们会打赢这场战争，林。但下一场战争，我不知道……"

我转头朝向窗子，那两个男子像是把这当作信号，开始用阿拉伯语讲话。我聆听那流畅迅疾的音节，让思绪随着那发出唑唑声的美妙音乐流动。窗外，街头变得乱起来，建筑也变得更加破旧脏乱。用泥砖、砂岩建成的房子有许多是平房，明显住了一家人，但房子似乎还没盖完——才勉强盖成空壳子，就有人住进去，充当栖身之所。

我们穿过一个又一个杂乱且仓促兴建的郊区。为了安置大量往卡拉奇迁移的乡村居民，郊外住宅区在这个急速扩张的城市里陆续冒出。往大马路两边的街巷望去，可以看到同样简陋的房子，彼此大同小异的房子一直绵延到视力所及的尽头。

我们缓缓驶过一条又一条拥挤的街道，有时街上挤得水泄不通，如此过了将近一个小时后，车子停下来接另一个男子，那人与我们合挤在后座。然后，出租车司机按照哈雷德的指示掉头，循着拥挤的来时路回去。

这名新乘客叫马赫穆德·梅尔巴夫，三十岁的伊朗人。第一次瞥见他的脸——黑浓头发、高颧骨、如血红夕阳下沙丘颜色的眼珠，我就深深忆起死去的朋友阿布杜拉，身体不由得痛得缩了一下。但过了好一会儿，那相似就消失了：马赫穆德的眼睛有些外突，嘴唇没那么厚，下巴是尖的，好像是设计来留山羊胡的。事实上，那是一张和阿布杜拉完全不同的脸。

但就在阿布杜拉·塔赫里的影像清楚浮现在脑海，因想念他而心痛之时，我突然意识到，我为何跟着哈雷德等人千里迢迢投入别人的战争。我甘愿冒着生命危险接下哈德的任务，很重要的一个原因是我心中仍未消去的愧疚，愧疚于让阿布杜拉在乱枪之中孤单死去。我要把自己放进最接近的情境，让自己陷入敌人的枪林弹雨中。一想到这里，一将那未说出口的话——一心求死——涂在自己灰扑扑的心墙上，我立即将之摒除，全身上下一阵颤抖。打从同意替阿布德尔·哈德汗执行这项任务的几个月来，我首次感到害怕。当下，我知道自己的性命无异于我紧握在拳头里的沙子。

在与图巴清真寺相隔一条街的地方，我们下了车，排成一列，彼此相隔二十米，陆续抵达清真寺，脱下鞋子。一名上了年纪的哈吉负责看鞋子，嘴里轻声念着赞颂真主的词句。哈雷德把一张折起的纸钞塞进那人长茧又患有关节炎的手里。我走进清真寺，抬头一望，倒抽了一口气，又惊又喜。

清真寺里面很凉爽，一尘不染。大理石和石砖片在有凹槽的柱子、饰有镶嵌画的券拱与大片的拼花地板上闪闪发亮。但凌驾在这一切之上，叫我们目眩神迷的，是巨大的白色大理石圆顶。那壮观的圆顶有一百步宽，镶有擦得发亮的小镜子。我站在那里，因它的美而目瞪口呆。就在这时，清真寺里头的电灯打开了，头顶上的大理石圆顶像照在万千山头和波光粼粼湖面上的阳光闪闪发亮。

哈雷德立刻离去，他保证会尽快回来。艾哈迈德、马赫穆德和我走进可看到圆顶的凹室里，在擦得发亮的瓷砖地板上坐下。日落祈祷已结束了一段时间，坐出租车时，我已听到宣礼员召唤信徒礼拜的声音，但清真寺各处仍有许多男子在专注地做个人祷告。艾哈迈德确认我觉得自在之后，表示要利用这机会祷告一下。他欠身告辞，走到净身泉边，遵照仪式洗过脸、手、脚，回到圆顶下面的一小块空地，开始祈祷。

我望着他，对他与真主沟通时的安然自在感到些许嫉妒。我没想要加入他，但他默念的真诚不知为何让我孤单无依的心更觉落寞。

他祈祷完毕，开始往回走，就在这时候，哈雷德回来了，一脸苦恼。我们紧挨着坐在一块，彼此的头几乎要相碰。

"我们有麻烦了，"他悄声说，"警察去过你的饭店。"

"警察？"

"政治警察，"哈雷德答道，"ISI，三军情报局。"

"他们想要什么？"我问。

"你，还有我们所有人，我们已经被盯上了。他们也突袭了哈德的房子，你们两个很走运。他不在屋子里，没让他们逮到。你离开饭店时带了什么在身上？把什么留在了那里？"

"我带了护照、钱和小刀。"我答道。

艾哈迈德对我咧嘴而笑。

"你知道吗，我开始喜欢你了。"他悄声说。

"我把其他东西全留在那里了，"我继续说，"不多。衣服、盥洗用品、几本书，就这样。但票，我买的机票和火车票，都留在随身包里。那是唯一有名字的东西，我很确定。"

"警察破门而入的一分钟前，纳吉尔拿着你的随身包离开那里了。"哈雷德说，并朝我点头，要我放心，"但他只来得及拿走那包东西。经理是我们的人，他暗中向纳吉尔报信。最严重的问题是，谁把我们的行踪告诉了警察？必定是哈德身边的人，非常靠近核心的自己人。这很糟。"

"我不懂，"我悄声说，"警察为什么会对我们有兴趣？巴基斯坦在这场战争中支持阿富汗，照理他们应该希望我们走私东西给穆斯林游击战士，应该会帮我们这么做。"

"他们帮某些阿富汗人，但不是所有阿富汗人。我们准备要接济的那些人，靠近坎大哈的那些人，是马苏德的人。巴基斯坦讨厌他们，因为他们不接受希克马蒂亚尔或其他任何亲巴基斯坦的反抗军领袖。巴基斯坦和美国已选了希克马蒂亚尔，要他当阿富汗战后的首位统治者。但马苏德的人一听到他名字就吐口水。"

"这是场可笑的战争，"马赫穆德以粗哑的嗓音悄声补充道，"阿富汗人互相打来打去，打了这么久，打了几千年。只有一件事比自相残杀更好，就是抵抗……你们怎么说来着……入侵。他们肯定会打败苏联人，但他们也会继续打下去。"

"巴基斯坦人希望在阿富汗人打赢这场战争之后，由他们来赢得和平。"艾哈迈德替他接话道，"不管是谁替他们打赢这场战争，他们希望战后由他们掌控和平局势。如果他们办得到，他们会把我们所有的武器、药物、其他补给品全拿走，交给他们自己的……"

"代理人。"哈雷德小声说，压低的嗓音里突然跳出纽约腔，"嘿，你们听到了吗？"

我们聚精会神地聆听，听到清真寺外某处传来歌声和音乐声。

"他们开始了。"哈雷德说，利落地站起身，"该走了。"

我们起身，跟着他出清真寺，取回鞋子。天色越来越暗，我们绕着清真寺走，走近歌声的源头。

"我……我听过这歌声。"我们边走，我边向哈雷德说。

"你知道盲人歌手？"他问，"啊，你当然知道。在孟买，他们唱给我们听时，你和阿布德尔·哈德在场。那是我第一次见到你。"

"那一晚你在场？"

"对，我们都在。艾哈迈德、马赫穆德，你还没见过的悉迪奇，还有一些要跟我们一起跑这趟的人，那一晚全都在场。那是为这个前往阿富汗的任务所举行的第一场大型聚会。那是那时候我们聚在一块的原因，那是那场聚会的目的。你不知道？"

他边问边笑，口气率直真诚，一如既往，但那几个字仍刺痛我的心。你不知道？你不知道？

原来在那么久以前哈德就在计划这趟行程，我心想，在我遇见他的第一个晚上。我清清楚楚地想起那个烟气缭绕的大房间，盲人歌手为他们私人献唱的那个房间；我想起我们吃的东西，我们吸的大麻胶；我想起那一晚我认出的少数几张熟悉的面孔。他们全参与了这项任务？我想起那个毕恭毕敬向哈德拜致意的年轻阿富汗人，身子弯低，露出他放在披巾折层里的手枪。

哈雷德和我看见数百名男子盘腿坐在清真寺旁开阔前庭的瓷砖地板上。盲人歌手唱完一首歌，众人鼓掌，大叫"阿拉！阿拉！荣耀归阿拉！"哈雷德带我们穿过人群，来到一个稍显隐蔽的凹室，哈德和纳吉尔几个人都坐在那里。

我与哈德拜眼神相遇时，哈德拜举起手，示意我过去。我走到他旁边时，他抓住我的手，拉我坐在他旁边。一些人转头看我们。我忐忑不安，两种截然相反的情绪在心中翻腾。一则害怕，害怕自己和哈德汗的密切交情如此公然呈现；二则骄傲，骄傲于他在众人之中单独把我拉到他身旁坐下。

"命运轮盘已转了整整一圈。"他把手搭在我的上臂，附耳悄声对我说，"我们相见，你和我和盲人歌手，如今我们再度听到他们的歌声，就在我们要开始这项重要任务之时。"

他在解读我的心思，不知为什么，我断定他是刻意的，我认为他肯定完全了解他的话有多么蛊惑人心。我突然很生他的气，突然痛恨他，甚至痛恨他的手碰着我的手臂。

"你安排盲人歌手到这里？"我问他，直视前方，口气很尖锐，"就像我们第一次见面时，你安排好一切那样？"

他不吭声，最后我转头面对他。我与他目光相遇时，感觉到不由自主流出的眼泪刺痛了我，我咬紧牙关，不让眼泪流出。这么做很有用，我灼痛的眼睛保持着干燥，但我的心一团混乱。这个有着肉桂褐肤色和整齐白胡子的男子，利用、操控我和他认识的每个人，把我们都当成他上了锁链的奴隶。但他金黄色的眼睛里有着爱，有着我内心最深处始终渴望的那份完整的爱。他浅浅微笑而深深忧心的眼里的那份爱，是父爱，是我这辈子唯一感受到的父爱。

"从现在起，你跟我们一起，"他悄声说，盯着我的眼睛，"你不能回饭店。警方已经掌握了你的形貌，他们会继续找。这是我的错，我得向你道歉。我们身边有人出卖了我们。我们没被抓，是我们运气好，他运气不好。他会受到惩罚。他的失手使他露出马脚。我们已经知道他是谁，知道该怎么处置他，但得等我们完成任务回来后再处理。明天我们去奎达，我们得留在那里一段时间。等时机成熟，我们就跨过边境进入阿富汗。而从那一天起，只要待在阿富汗，你就会是被悬赏缉拿的对象。苏联人以高额赏金鼓励人捉拿协助穆斯林游击战士的外国人。我们在巴基斯坦这里没什么朋友，我想我们得替你弄来一些本地衣服。我们会把你打扮成我村子里的年轻男子，像我这样的普什图人。就用顶帽子盖住你的白发，用条帕图，也就是披巾，披在你宽厚的肩膀和胸膛上。我们会要你假扮成，或许，我的蓝眼儿子。你觉得怎么样？"

我觉得怎么样？盲人歌手在大声清嗓子，乐队以簧风琴如泣如诉的琴声和塔布拉鼓令人热血偾张的鼓声，奏出新歌的前奏。我望着鼓手修长的手指拍击、轻抚震颤的鼓面，觉得自己的脑子跟着那催眠似的拍击声和流泻出来的乐音渐渐空掉。在澳大利亚，我的国家政府悬赏捉拿我，凡通报我的行踪使我被捕的人都可领到奖赏；在这里，跨过大半个地球，我又成为被悬赏捉拿的对象。盲人歌手的大悲与狂喜再度打动听众的心坎，群众的眼睛再度燃起出神的热情，我则再度感叹命运的捉弄，觉得自己，自己的一生，都跟着命运之轮在打转。

然后我想起口袋里的那封信，两个小时前哈雷德在出租车里交给我的狄迪耶来信。我深陷在人生无常、历史会自行重演的迷信心情中，突然急着想知道信中的内容。我从口袋里迅速抽出信，就着顶上高处灯泡射下的琥珀色灯光，凑在眼前细读。

亲爱的林：

　　我要告诉你，我的好朋友，我已查出是谁，是哪个女人，向警察出卖你，害你入狱，被打得那么惨。那真是惨！直到现在我仍为你难过！哎，干这档子事的女人是周夫人，"皇宫"的老板。目前我还不知道她为什么要这么做，但即使不清楚她为什么要把你害得这么惨，根据最可靠的消息来源，我还是要告诉你，这是真的。

　　期盼早日收到你的回音。

你的好朋友

狄迪耶

周夫人。为什么？就在我如此自问时，我知道了答案。我猛然想起一张带着莫名恨意盯着我的脸。那是周夫人的阉仆拉姜的脸。我想起淹大水的那一天，我们搭着维诺德的船将卡拉救出泰姬玛哈饭店时，我见到他盯着我瞧。我想起他看着我和卡拉，看着我坐襄图的出租车离去时，他眼中恶毒的恨意。就在那晚、夜更深的时候，警察逮捕了我，我的监狱折磨生涯开始了。周夫人惩罚了我，因为我挑战她，因为我大胆质疑她，因为我伪装成美国领事馆官员，因为我把她的莉萨·卡特带走，还有，或许因为我爱卡拉。

我把信撕碎，放回口袋。我很平静，恐惧已消失。在卡拉奇那漫长的一天结束时，我知道自己为何投入哈德的战争，知道自己为何愿意回来。我去，是因为我渴望得到哈德拜的爱，得到从他眼中所流出的爱，那能填满我生命中缺乏父爱的遗憾。当其他许多爱陆续消失，我的家人、我的朋友——普拉巴克、阿布杜拉，乃至卡拉，哈德眼里的那份爱，对我而言，就是生命的全部。

为爱而参战，看似愚蠢，以当时来说是愚蠢的。他不是圣徒，不是英雄，这我知道。他甚至不是我父亲。但我知道，只为了他几秒钟关爱的眼神，我愿跟随他上战场，跟随他做任何事。那并不愚蠢，就和只为了恨而保住性命以便回去报仇一样，都不愚蠢。因为归根结底，就是这么一回事：我很爱他，爱到甘冒生命危险；我很恨她，恨到一心想活下来，回去报仇。我知道，只要挨过哈德的战争，我会去报那个仇，我会找到周夫人，要她的命。

我在心里紧握着那个念头，就像紧握着刀鞘般。盲人歌手唱出他们从对真主的热爱中感受到的欢喜与痛苦。我身边的人，我四周的人，情绪跟着亢奋。哈德拜转头迎上我的目光，缓缓点了点头。我对着他金黄色的眼睛微笑，那对眼里填满了摇曳的小小灯光、秘密、来自歌唱的圣喜。主助我，我满足，无畏，近乎快乐。

第三章

我们在奎达等了一个月，漫长的一个月，因出师不利而士气消沉。这次耽误是由一位穆斯林游击队指挥官造成的，那人名叫阿斯马图拉·阿查克扎伊·穆斯林，是坎大哈地区阿查克扎伊人的领袖，而我们此行的目的地就是坎大哈。阿查克扎伊人是以养绵羊、山羊为生的牧人部族，原属于最大的杜兰尼部族。1750 年，现代阿富汗的国父艾哈迈德·沙赫·杜兰尼让阿查克扎伊人脱离杜兰尼人，自成一个部族。这做法符合阿富汗传统，子部族的规模或力量达到足够自立的程度时，就脱离母部族自立。这也表示用兵奇诡多变的建国者艾哈迈德·沙赫承认，阿查克扎伊人是不容轻视且必须加以安抚的力量。两个世纪之后，阿查克扎伊人的地位更高，势力更大，赢得了名不虚传的骁勇善战之名，部族里的每个男子都随时听候领袖差遣，绝无二心。抗苏战争的头几年，阿斯马图拉将他的人打造成武器精良、纪律严明的民兵部队。在他们的地区，这支部队成为抗苏先锋，驱逐入侵者的圣战主力。

1985 年年底，我们在奎达准备越界进入阿富汗时，阿斯马图拉的抗苏意志开始动摇。这场战争非常依赖他的民兵部队，因此他将他的人撤离战场，开始与苏联人和苏联人扶植的喀布尔傀儡政权秘密和谈，坎大哈地区的整个抗苏战力也随之瓦解。其他不归阿斯马图拉管辖的穆斯林游击部队，例如坎大哈市北方山区的哈德人马，仍坚守阵地。但他们陷入了被孤立的境地，每条补给线都岌岌可危，易遭苏联人截断。情势混沌不明，迫使我们只能等待，等待阿斯马图拉决定是继续打圣战，还是转而支持苏联人。没有人能预知他会做何选择。

等待的日子令每个人都烦躁不安，一等就是好几个星期，大家开始觉得似乎遥遥无期。但我充分利用这空当儿，学会了法尔西语、乌尔都语、普什图语，甚至通过平常的交谈，学到了一些塔吉克、乌兹别克的方言。

我每天骑马。要马儿停下或转向时，我总是改不掉那小丑似的挥舞手脚的动作，但有时我的确可以顺利爬下马，而非被四脚朝天地甩到地上，狼狈下马。

我每天从一个奇怪的书堆里找书读，题材包罗万象，是个名叫阿尤布汗的巴基斯坦人帮我弄来的。我们这群人里，只有他在奎达出生。我们藏身在奎达市郊的养马牧场，非常安全。他们认为我离开这藏身处太危险，因此阿尤布汗替我从中央图书馆弄了书来。那儿收藏着冷僻但引人入胜的英文书，是英国殖民统治时期遗留下来的。奎达（Quetta）之名来自普什图语"垮塔"（Kwatta），意为要塞。奎达靠近通往阿富汗的查曼山口路线和通往印度的博兰山口路线，数千年来都是军事、经济要地。1840 年英国第一次占领了这古要塞，但因暴发了传染病，又有阿富汗人顽强抵抗，英军战力大减，不得不撤出此地。1876 年英军再度占领此地，将这里打造成印度西北边境地区首要的英国大本营，牢牢掌控在手。英属印度境内用来培训军官的帝国参谋学院就设在此地，繁荣的经济重镇在这个气势磅礴、山峦环抱的天然盆地里兴起。1935 年 5 月的最后一天，一场毁灭性的大地震摧毁了奎达大部分地区，夺走两万人性命，但经过重建后，干净、宽阔的林荫大道和宜人的气候使它成为巴基斯坦北部热门的度假胜地。

对我而言，被困在牧场大宅院的那段时间，奎达最大的魅力是阿尤布汗带给我的书，他随意挑选的书。每隔几天，他就会出现在我门口，乐观开朗地咧嘴而笑，递上一捆书，仿佛是从考古遗址挖出的珍宝。

于是，我白天骑马，适应海拔超过一千五百米的稀薄空气，晚上读作古已久的探险家的日记、绝版的古希腊经典著作、以古怪观点批注的莎士比亚著作、以三行诗节隔句押韵法翻译且译笔感情异常丰沛的英文版但丁《神曲》。

"有些人认为你是圣典学者。"我们在奎达待了一个月之后，某天晚上，阿布德尔·哈德汗在我房间门口对我说。我合上正在读的书，立即起身迎接。他拉起我的手，用他的双手包住，小声念祷祝福文。我挪椅子给他，他就座，我在一旁的凳子上坐下。他腋下夹着一个用浅黄色岩羚皮包着的包裹。他把包裹放在我床上，舒服地往后坐下。

"在我的祖国，阅读仍是透着神秘的事，是某些恐惧与许多迷信的根源。"哈德拜说，一脸疲倦，一只手抚过疲倦的褐色脸庞，"十个男人中只有四人完全识字，女人识字的比例更只有男人的一半。"

"你在哪里学到……你所学到的东西？"我问他，"比如，你在哪里把英语学得这么好？"

"有个很好的英国先生指导过我。"他轻声笑，脸上因回忆而绽现光彩，"就像你指导过我的小塔里克。"

我拿出两根线手纸卷小烟卷，用火柴点燃，递一根给他。

"我父亲是部族领袖，"哈德继续说，"他个性严厉，但也公正而聪明。在阿富汗，男人靠本事出任领袖，他们口才很好，善于管钱，碰上必须打斗时则很勇敢。领袖一职绝不世袭，领袖的儿子若没有智慧、没有勇气或当众说话的口才，领袖一职就会转给较有本事的人。我父亲很希望我继承他的职位，继续他一生的志业，也就是让族人摆脱无知，确保族人的未来幸福安康。有个四处云游的苏非神秘主义者，一个上了年纪的圣徒，在我出生时来到了我们的地区。他告诉我父亲，我长大后会成为我们部族历史上耀眼的星星。我父亲满心期待这一天，但很遗憾，我未显露任何领导才华，也没兴趣培养这样的才华。简而言之，我让他失望透顶。他把我送到我叔叔那里，我叔叔现在人在奎达。那时候，我叔叔是个有钱商人，请了个英国人照顾我，那人成为我的家庭教师。"

"你那时多大？"

"我离开坎大哈时十岁，伊恩·唐纳德·麦肯锡先生教了我五年。"

"想必你是个好学生。"我说。

"或许，"他若有所思地回答，"我想麦肯锡先生是个很好的老师。离开他之后的这些年里，我听说苏格兰人以乖张、严厉的作风著称。有人告诉我，苏格兰人天性悲观，喜欢从阴暗面看事情。我想这即使在某种程度上是真的，也没告诉我们，苏格兰人觉得事情的阴暗面非常、非常有趣。我的麦肯锡先生是个眼神里透着笑意的人，即使他对我非常严厉时也是。每次想起他，我就想到他眼里的笑，而且他很喜欢奎达。他喜欢这里的山，冬天的寒风。他粗壮的双腿天生适合走山路，他每个星期都到这些山里四处走，常常只带我一个人做伴。他是个懂得如何笑的快乐的人，他是了不起的老师。"

"他不再教你之后呢？"我问，"你回坎大哈了吗？"

"我回去了，但那不是我父亲所希望的光荣返乡。你知道吗，麦肯锡离开奎达的隔天，我就在市集，在我叔叔的店铺外面杀了一个男人。"

"你十五岁的时候？"

"对，我十五岁时杀了一个男人，我第一次杀人。"

他陷入沉默，我思索着那几个字，"第一次"的分量。

"那件事其实发生得莫名其妙，那是命运的捉弄，是毫无来由的一场架。那个男人在打小孩，那是他的小孩，照理我不该多管闲事。但那是毒打，下手很重，我看了于心不忍。仗着自己是村落领袖的儿子，是奎达有钱商人的侄子，我要那个人别再打小孩。他当然很生气，当场起了争执，争执变成了打架。然后他就死了，胸口插着他自己的匕首，他用来杀我的匕首。"

"那是自卫。"

"对，有许多目击证人，那事发生在市集的主要街道上。那时我叔叔很有影响力，替我向有关当局疏通，最后安排我回坎大哈。遗憾的是，我杀掉的那个人的家人不肯收我叔叔的偿命钱，派了两个男子跟踪我到坎大哈。我收到叔叔的示警，先下了手，用我父亲的旧长枪杀了那两个人。"

他再度沉默片刻，盯着我们之间地板上的一个点。我听到从宅院另一头传来的音乐声，遥远而模糊。这个宅院有许多房间，以中庭为中心往外辐射出去，那个中庭比哈德在孟买家里的中庭大，但没那么气派。我听到水泡般的低沉私语声和击鼓般偶尔的大笑声从较近的几间房间传来。我还听到隔壁房间，哈雷德·安萨里的房间，传出卡拉什尼科夫 AK-47 突击步枪清枪之后，扳起击铁，打空枪的声音，"喀哩喀—喀恰喀"，AK-47 的招牌声。

"那两次杀人和他们试图杀我报仇，铸下了双方的血海深仇，最终毁掉我家和他家。"哈德冷漠地说，再度回到他的故事里。他神情忧郁，说话时，仿佛光芒正从他下垂的眼睛里一点一滴默默流逝。"他们干掉我们一个人，我们干掉他们两个。他们干掉我们两个人，我们干掉他们一个。我父亲努力想终止这仇怨，但没办法。那是个邪魔，让男人一个接一个着了魔，使每个男人凶性大发，爱上杀人。血仇持续了几年，杀戮也持续了几年。我失去了两个兄弟、两个叔叔。我父亲遇袭重伤，无力再阻止我。然后，我要家人四处散播我已遇害的谣言，我离开了家。那之后的一段时间，血仇化解了，两个家族不再冤冤相报。但对我家人而言，我已经死了，因为我向母亲发誓这辈子绝不回去。"

先前透过金属框窗子吹进来的晚风是凉风，这时突然让人感到了寒意。我起身关上窗子，拿起床头柜上的陶罐倒了一杯水。哈德接下水杯，悄声祈祷，把水喝下，喝完把杯子递还给我。我往同一个杯子里倒水，在凳子上坐下，小口啜饮。我没说话，生怕问错问题或说错话，导致他不再讲，转身离开房间。他很平静，似乎十足放松，但那开朗、大笑的光彩正从他眼里逐渐消失。如此侃侃而谈自己的生平，对他而言也着实是大出预料。他曾花好几个小时跟我谈《古兰经》，或先知穆罕默德的生平，或他道德哲学的科学、理性依据，但自我认识他以来，他从未跟我或其他人谈过这么多私事。在那越来越长的沉默里，我望着他瘦而结实的脸庞，连呼吸声都压抑下来，生怕打扰到他。

我们两人都是阿富汗标准打扮，宽松长衬衫和宽腰长裤。他的衣裤是褪了色的浅绿，我的是淡蓝白色。我们都穿着皮凉鞋当家居拖鞋。我的胸膛比哈德拜厚，但身高和肩宽我俩都差不多。他的短发和胡子是银白色，我的短发是金白色。我的皮肤晒黑了，很像他天生的杏壳褐色。若不是我眼睛是天空般的蓝灰色，他眼睛是冲积土般的金黄色，别人大概会当我们是父子。

最后我担心那越来越长的沉默，而非我的发问，可能让他掉头走人，于是开口问他："你是如何从坎大哈打进孟买黑帮的？"

他转头面对我，露出微笑。那是开心的笑，温和的、率真的、新的微笑。从认识他以来，我跟他交谈了那么多次，却从未在他脸上见过这样的微笑。

"逃离坎大哈的老家后，我横越巴基斯坦和印度，来到孟买。和其他数百万人一样，我希望在这个生产印地语电影偶像的城市发财赚大钱。最初我住在贫民窟，很像我现在在世贸中心附近的那个贫民窟。我每天练习印地语，很快就学会了。一段时间后，我注意到一个赚钱办法，就是到戏院购买卖座电影的门票，然后在戏院挂出'满座'的标牌之后，以更高的价钱卖出去。于是我用我存下的一点钱，去买孟买最卖座的印地语电影门票，然后站在戏院外，等'满座'的标牌挂出，卖出手中的票，我捞了一票。"

"黄牛票，"我说，"我们称这为卖黄牛票。在我的国家，碰上最热门的足球比赛时，那黑市生意，可是好得很。"

"没错。做这一行的头一个星期，我就赚了一大笔钱。我开始憧憬着搬到舒适的公寓，穿上高级的衣服，甚至买车。然后，有天晚上，我拿着票站在戏院外时，两个很魁梧的男人走了过来，亮出家伙，一把剑和一把切肉刀，要我跟他们走。"

"地痞流氓。"我大笑道。

"流氓。"他重复道，跟着我大笑。我们这些人都只知道他是阿布德尔·哈德汗大人、黑帮老大、孟买犯罪王国的统治者，以致我一想到他在羞涩的十八岁时被两名街头混混儿挟持的模样，就不禁捧腹大笑。

"他们带我去见乔塔·古拉布，也就是小玫瑰。他的脸曾遭子弹射穿，子弹打掉了他大部分牙齿，留下一个状如玫瑰般往里皱缩的疤。因为这个疤，他才有了那个绰号。那时候，他是那整个地区的老大，他想叫人把我活活打死，以儆效尤。但在打死我之前，他也想看看这个不知天高地厚、胆敢侵犯他地盘的家伙。

"他怒不可遏。'你在搞什么，在我的地盘上卖票？'他问我，印地语、英语交叉着用。他英语说得很烂，但他想用英语吓唬我，仿佛把自己当成了法庭里的法官。'你可知道，为了掌控这地区所有戏院的黑市门票，有多少人死掉，有多少人我不得不杀掉，我损失了多少好手？'坦白地讲，我当时吓得要死，以为这条小命只剩几分钟可活。于是我豁出去，放胆说，'这下你得再除掉一个讨厌的家伙，古拉布。'我告诉他，用远比他流利的英语说，'因为我没别的赚钱办法，没有亲人，没有东西可失去。当然，除非你给我一个体面的工作，一个能让忠心而又足智多谋的年轻人替你效劳的工作。'

"嘿，他大声笑，问我在哪里把英语学得这么好。我告诉他，告诉他我的遭遇，他立即给了我一个工作。然后拿被打掉的牙齿给我看，张大嘴巴指出他换上的金牙。乔塔·古拉布张开嘴让人往里瞧，对他的手下而言可不是人人都能享有的殊荣。他最亲近的心腹，有些就很嫉妒我第一次和他见面，就能如此亲近地观赏他那张有名的嘴。古拉布喜欢我，他的角色就像我在孟买的父亲，但从我跟他握手的那一刻起，我身边就有了敌人。

"我开始工作，当打手，用拳头、剑、切肉刀、锤子替乔塔·古拉布巩固地盘。那是段恶劣的日子，联合会制度还没建立，每日每夜都要打打杀杀。一阵子之后，他有个手下特别不喜欢我，他看不惯我与古拉布走得那么近，找了个理由跟我决斗。我杀了他。他最好的朋友攻击我，我也杀了他，然后我替乔塔·古拉布杀了一个人。然后我又杀了人，再杀人。"

他陷入沉默，盯着前面地板与泥砖墙交接的地方。一会儿之后，他才开口。

"再杀人。"他说。

他重复着这几个字，随之又陷入沉默，那沉默围住我，越来越浓，像要逼上我灼热的眼睛。

"杀人。"

我看着他走进过去，眼睛因回忆而闪现光彩，然后他摇醒自己，回到现在。

"很晚了。喏，我有个礼物要送你。"

他打开岩羚皮包裹，露出一把放在腋下枪套里的手枪、几个弹匣、一盒子弹、一个金属盒。他掀开金属盒盖，里面是整组的清洁工具，包括油、石墨粉、几把小锉刀、几把刷子、一条用来拉动枪膛擦拭布的新短绳。

"这是斯捷奇金手枪。"他说，拿起手枪，卸下弹匣。他确认弹膛里没有子弹后，把手枪递给我："苏联制的。可以在苏联人的尸体上找到许多弹药补充，如果你得跟他们打仗的话。九厘米口径手枪，一个弹匣可装二十发子弹。可以单发射击，也可以设定成自动射击。不是世上最好的枪，但可靠。在我们要去的地方，只有一种轻型武器可装填更多子弹，那就是卡拉什尼科夫步枪。我希望你把这把枪带在身上，从现在起随时随地醒目地带上。吃饭带着它，睡觉带着它，洗澡时把它放在伸手可及的地方。我要跟我们在一块的人、看到我们的人，个个都知道你有这把枪。懂吗？"

"懂。"我盯着手里的枪答道。

"你要知道，凡是协助穆斯林游击战士的外国人，都是被悬赏捉拿的对象。我要你带着这把枪，好让那些想拿赏金、想用你人头拿赏金的人也想到你随身佩带的斯捷奇金手枪。你知道怎么清洁自动手枪吗？"

"不知道。"

"很好，我会教你怎么清洁，然后你就睡觉。我们明天早上五点天还没亮就要前往阿富汗，等待已经结束，时候到了。"

哈德拜教我如何清洁斯捷奇金手枪，那比我想象的还要复杂，他花了大半个小时，才让我了解了所有保养、维修与操作须知。那是令人兴奋的一个小时。凶暴的人，不分男女，都会知道当我说我陶醉于这人生乐事时，我想要表达的是什么。我丝毫不怕丢脸地承认，与哈德在一块，学会如何使用、清洁斯捷奇金自动手枪的那一个小时所带给我的欢喜，胜过和他一起学习他的哲学的数百个小时。那个晚上，我们在毯子上埋头拆解那杀人武器，再重新组合，我觉得那是我这辈子与他最亲近的时刻。

他离开后，我关灯躺在行军床上，无法成眠。漆黑之中，我因咖啡因作祟，精神特别好。最初我想着哈德告诉我的那些事，任思绪驰骋在那时候的孟买，那个我现在已非常熟悉的孟买。我想象着哈德汗是个年轻、结实的危险分子，为脸上带着玫瑰状小疤的黑帮老大乔塔·古拉布打斗卖命。我知道哈德的其他事迹，从孟买那些为他卖命的打手口中，我已得知那些事迹。他们告诉我，这个带疤老大在他某家戏院外面遭人暗杀之后，哈德拜如何夺下古拉布的小帝国。他们描述了在全市各地爆发的帮派战争，谈到哈德拜如何勇敢、无情地打垮敌人。我还知道哈德拜是联合会制度的创立者之一，这制度替幸存帮派划分了地盘和战利品，让孟买从此恢复安宁。

我躺在漆黑中，空气里有地板擦亮后的气味和生亚麻布沾油清洁枪支后的气味。我不解哈德拜为何要投入战争。他大可不必去，有上百个像我这样的人愿意为他卖命。我想起他告诉我他与乔塔·古拉布第一次见面的事时他脸上那开心得古怪的微笑。我想起他教我清洁、使用手枪时，他那双手多敏捷、多年轻。我突然觉得，他冒着生命危险跟我们一起前来，或许只是因为他向往年轻时更狂野的日子吧。一想到这儿，我暗暗担忧，因为我确信那至少有一部分是真的。但另一个动机——结束流亡生涯、回老家探望家人的时机已到，则让我更忧心。我忘不了他所说的。那场夺走他许多亲人性命、使他有家归不得的血仇，完全是因为他向母亲承诺不再回去才得以终止。

片刻之后，我思绪翻飞，不知不觉一再想起我逃狱前的那个漫漫长夜。那也是个无眠的夜晚，也是害怕、雀跃、畏惧在心中翻腾的夜晚。一如多年前那个夜晚，我在早晨第一声骚动传出之前就起床，在漆黑中准备动身。

天亮后不久，我们搭火车到查曼山口。火车上有我们一行十二人，但在几个小时的车程里，没有人讲话。纳吉尔跟我坐在一起，这趟车程的许多时候，只有我跟他在一块儿，但他仍冷冷地不讲话。我用隐藏在墨镜后面的浅色眼睛凝视着窗外，想让自己专注在壮观的景色上，放空头脑。

著名的南亚次大陆铁路网里，奎达到查曼的这段路是最叫人称颂的路段之一。铁轨蜿蜒穿过深谷，越过美得令人惊叹的江河风景。我不知不觉复诵起沿线经过的城镇名字，仿佛在复诵诗句。从古杰拉克到博斯坦，在雅鲁卡雷兹越过小河，火车爬升到沙迪宰。在古利斯坦，火车再度爬升，沿着吉拉阿布杜拉的那座古旱湖绕了一个大弯。而这段铁路上最耀眼的明珠，当然是科贾克隧道。那是十九世纪末期英国人花了几年时间建成的，在坚硬的岩石里硬生生地打出四公里的通道，是南亚次大陆最长的隧道。

在汗吉利，火车一连驶过数个急弯，在查曼之前的最后一个偏远小站，我们和一些一身尘土的当地人下车，迎面看到一辆遮篷卡车。人都走光后，我们爬上那辆过度装饰的卡车，驶上通往查曼的主干道。但在抵达查曼镇之前，我们转进支线公路，尽头似乎是条荒无人烟的小径，只有一片树林和几块杂木丛生的牧草地，位于主干道和查曼山口北方约三十公里处。

我们下车。卡车开走时，我们已经在树林里与等候我们的该地主力部队会合。那是我们第一次全员到齐，共有三十个人，全是男的。一时之间，我想起在监狱院子里的那些人，他们也以类似的方式集合起来。那些战士似乎很能吃苦，意志坚定。其中许多人很瘦，但看起来健康强壮。

我拿下墨镜，扫视每张面孔，结果与其中一个人四目相遇，那人从阴暗处回盯着我。他年纪将近五十或五十出头，在这群人里头年纪可能是第二大，仅次于哈德拜。他一头短灰发，戴着褐色圆边阿富汗帽，跟我的一模一样；短而挺的鼻子将长而尖的脸一分为二，凹陷的脸颊上有很深的皱纹，深到像是被人用弯刀劈出来的；两眼下方垂着厚厚的眼袋；眉毛像黑蝙蝠的双翼在眼睛上方竖起，但吸引、定住我目光的是他的眼睛本身。

我盯着他，回敬他那发狂的瞪视，就在这时候，他开始摇摇晃晃地走过来。前几步走得步履蹒跚，但接下来他的身体猛然一动，转为较有效率的模式，开始迈开大步走。他弯低身子，如猫般轻盈，大步走过我们之间的三十米距离。我忘了腰侧带着手枪，手本能地移到刀鞘，右脚往后退半步。我懂那眼神，懂那表情。那人想跟我打架，甚至可能想杀了我。

就在他走到我面前，用我听不出的方言喊着什么时，纳吉尔突然闪出来，站在我面前，挡住了他。纳吉尔朝着他吼，吼什么我听不懂，但对方不理会，隔着纳吉尔瞪我，一再吼着发问。纳吉尔一再回答，也不甘示弱地吼回去。这个发狂的战士想用双手把纳吉尔推开，但犹如蚍蜉撼树。这个粗壮的阿富汗人拒不退让，迫使那个疯汉首次将目光移离我身上。

我们四周围了一群人。纳吉尔狠狠地盯着那人发狂的目光，以较轻柔的恳请语气说话。我等着，肌肉紧绷，准备开打。我们连边界都还没越过，我心想，我就要用刀捅自己人……

"他在问你是不是俄罗斯人。"艾哈迈德·札德在我旁边小声说道，他的阿尔及利亚口音把 Russian（俄罗斯人）的 R 发成了颤音。我瞥了他一眼，他指着我屁股，说："那把枪，还有你浅色的眼睛，让他认为你是俄罗斯人。"

哈德拜走到纳吉尔和那疯汉之间，手搭在那疯汉的肩上。那疯汉立即转身，以似乎泫然欲泣的眼神细察哈德的脸色。哈德以类似抚慰的口吻，复述了先前纳吉尔小声说的话。我没法完全听懂，但意思很清楚。"不，他是美国人，美国人在这里帮我们。他到这里来跟我们一起打俄罗斯人。他会帮我们杀俄罗斯人，他会帮我们。我们会一起杀掉许多俄罗斯人。"

那人转身，再度面对我，表情有了一百八十度的大转变，教我感动得同情起他来，而就在片刻之前，我还准备把小刀插进他胸膛里。他的眼神仍然狂乱，两边眼睛拉得异常开，褐色虹膜上翻，露出下面的眼白，但他发狂的表情已委顿为令人同情、难过的不幸。眼前他的那张脸让我想起先前马路边许多废弃的小石屋。他再度审视哈德的脸，一抹带着迟疑的微笑闪过他的脸庞，那微笑好似被一股电脉冲启动而发出。他转身走开，穿过人群。众硬汉小心翼翼地让出一条路给他，带着既同情又害怕的眼神看着他走过。

"抱歉，林。"阿布德尔·哈德轻声说，"他叫哈比布，哈比布·阿布杜尔·拉赫曼。他是小学老师，哦，应该说他曾经是小学老师，在这些山另一边的某个村子里教书。他教小孩，最年幼的小孩。七年前，俄罗斯人入侵时，他生活惬意，有个年轻的妻子和两个健壮的儿子。和这地区其他的年轻男人一样，他加入了反抗运动。两年前，他结束任务后回来，发现村子已遭俄罗斯人攻击过。他们用了毒气，某种神经毒气。"

"俄罗斯人否认了，"艾哈迈德·札德插话道，"但毫无疑问，他们在这场战争里测试新武器。有些用在这里的武器，地雷、火箭等，是实验性新武器，先前从未用在战争上，比如他们用在哈比布村子的毒气。这是场与众不同的战争。"

"哈比布孤零零地走遍村子，"哈德继续说，"每个人都死了。所有的男人、女人、小孩。他一家几代人，他祖父母、外祖父母、父母、岳父岳母、叔舅姨婶、兄弟姐妹、妻子、他的小孩，全都死了，就在某天的仅仅一个小时里。就连山羊、绵羊、鸡等牲畜，也全死了。就连昆虫、鸟，也都死了。没有东西会动，没有东西活着，没有东西存活。"

"他埋了……所有男人……所有女人……所有小孩……"纳吉尔补充说。

"他埋了所有人，"哈德点头继续道，"他所有的亲人，他自幼就认识的所有朋友、所有邻居。他花了好久才埋完，从头到尾都是一个人做，到最后他生不如死。然后，做完这事之后，他拿起枪，重新加入穆斯林游击战士的行列。失去亲友已使他变成恐怖的人，从此他就像是换了一个人。他拼命抓俄罗斯人或替俄罗斯人打仗的阿富汗士兵。他真的抓到了，抓到许多人，因为在那件事情之后，他成为个中高手。他真的抓到后，就把他们钉在削尖的钢桩上折磨至死。那钢桩是以他用来埋葬亲人的那把铲子的木柄和铲片制成，他现在就带在身上。你可以看到，就捆在他背包上头。他把俘虏双手反绑在后，绑在那钢桩上，桩尖抵着背部。他们体力一不支，钢桩就开始刺进身体，最后从肚子穿出。哈比布弯腰看着他们，盯着他们的眼睛，朝他们尖叫的嘴里吐口水。"

哈雷德·安萨里、纳吉尔、艾哈迈德·札德，还有我，全都一言不发地站着，发出重重的呼吸声，等哈德继续讲。

"没有人比哈比布更了解这些山，更了解这里和坎大哈之间的地区。"哈德断言道，疲累地叹了口气，"他是最佳向导。他在这地区执行过数百次任务都安然脱身，他会带我们顺利抵达坎大哈。也没有人比他更忠心、更可靠了，因为在阿富汗没有人比哈比布·阿布杜尔·拉赫曼更恨俄罗斯人，但是……"

"他完全疯了。"艾哈迈德·札德无奈地耸耸肩，打破众人的沉默，我突然喜欢上他这个人，同时怀念起狄迪耶。若是狄迪耶在场，大概也会如此实际、如此冷酷直率地总结。

"没错，"哈德同意，"他是疯了，悲痛毁了他的心智。虽然我们非常需要他，我们仍得时时看着他。从这里到赫拉特，每个穆斯林游击队都不欢迎他。我们要去打替俄罗斯人卖命的阿富汗军队，但不容否认，他们是阿富汗人。我们的情报大多来自阿富汗军队里想帮我们打败他们俄罗斯主子的士兵。哈比布不懂这中间的细微差别，他对这场战争只有一个认知，就是把他们全部快快杀掉，或者慢慢杀掉，而他比较喜欢慢慢杀掉。他非常残暴，残暴到不只是他的敌人，连他的朋友也一样害怕。因此，他跟着我们时，我们得看好他。"

"我来负责看着他。"哈雷德·安萨里语气坚定地说,我们全转头看着这位巴勒斯坦裔的朋友。他脸上呈现出痛苦、愤怒又坚定的表情。眉头紧蹙,嘴巴拉成宽而平的一条线,流露顽强的决心。

"很好……"哈德说。他大概还有话要说,但哈雷德一听到这两个表示同意的字眼,就立即走开,朝消沉、孤独绝望的哈比布走去,哈德只好咽下想说的话。

我看着他离开,突然想大喊拦住他。我心里升起一股没来由的忧虑,椎心的忧虑,忧虑我会失去他,再失去一个朋友,那真是愚蠢。我的嫉妒太可笑,太卑鄙,所以我忍了下来,什么都没说。然后我看着他在哈比布对面坐下,他伸手扶起疯汉那张大嘴巴、杀气腾腾的脸,最后他们四目相接,互看着对方,而我不知为什么,觉得我们失去了哈雷德。

我把沉重的视线脱离他们的身上,就像船夫拖着钩子走在湖上。我口干舌燥,我的心是个在捶打我脑中墙壁的囚犯。我觉得双腿沉重,被羞愧、忧虑的根固定在土地上。抬头看那高不可攀的山峰,我感觉到未来在我体内抖个不停,就像在暴风雨中,雷打了下来,打得柳树的叶子和疲累的垂枝一阵颤动。

第四章

那几年，从查曼通往坎大哈的主干道跨越了达里河的一条支流，经过斯平布尔达克、达布赖、梅尔卡雷兹，全程不到两百公里，开车要几个小时。我们当然没走那条干道，而且我们没有车。我们骑马翻越上百座山口，花了一个多月才抵达坎大哈。

我们在树下扎营，度过第一天。我们的行李，就是我们要偷偷运进阿富汗的货物和个人必需品，散放在附近牧草地上，上面用绵羊皮和山羊皮盖着，好让人从空中看到时以为是一群牲畜。我们甚至在那些披着毛茸茸兽皮的行李之间拴了一些真的羊。夜色终于吞没夕阳时，一声兴奋的口哨声贯穿整个营地。不久就听到闷闷的马蹄声，我们的马儿渐渐走近。有二十匹马当坐骑，十五匹当驮兽。那些马比我学马术时所骑的马稍小一些，我的心里浮现了希望，觉得它们或许会好驾驭。大部分人立即起身，将行李抬到驮兽上，绑好固定。我起身想加入，但纳吉尔和艾哈迈德·札德牵来两匹马拦住我。

"这匹是我的，"艾哈迈德宣布道，"那匹是你的。"

纳吉尔把缰绳递给我，检查了阿富汗马鞍上的挽具，马鞍又短又薄。一切正常，他很满意，点头表示可以。

"马好。"他说，嗓音低沉、粗重而沙哑，但让人听了愉快。

"马全都好，"我答，引用他的名言，"人全都不好。"

"这匹马超好。"艾哈迈德附和道，朝我的马投来赞赏的目光。那是匹栗色母马，胸膛厚实，腿粗短而有力，眼神炯炯而无畏。"纳吉尔从我们所有的马里替你挑了它。他第一个抢到它，那边有些人为此很失望。他眼光很好。"

"我算过，我们有三十个人，但载人的马不到三十匹。"我说，同时轻拍马颈，想与它搞好关系。

"没错，有些人骑马，有些人步行。"艾哈迈德答。他左脚跨上马镫，身子一翻，轻松跃上马鞍，"大家轮流。有十只山羊跟着我们，有人要照管它们。还有，我们这一路上会失去一些人。这些马其实是要送给坎大哈附近哈德的族人的。这趟路，骑骆驼会比较好。走在狭窄的山路上，依我的看法，骑驴最理想。但马是很有地位的动物。我想哈德之所以坚持用马，是因为我们与桀骜不驯的部族接触时，摆出来的形象很重要，那些人会想杀了我们，抢走我们的枪和药。马会提升我们在他们眼中的分量，而且对哈德汗的族人而言，马是很贵重的礼物。从坎大哈打道回府时，他不打算把马带走。前往坎大哈时，有部分行程我们骑在马上，但回家时，一路上都要走路！"

"你是说我们会失去一些人？"我问，朝他皱起眉头。

"对！"他大笑道，"有些人会在途中离开我们，回村子老家。但没错，也可能有些人会死在途中。但我们都会活着，你和我，印沙阿拉①。我们有好马，好的开始！"

他熟练地策马掉头，让马快跑到五十米外，加入聚在哈德拜周遭的骑马人群。我朝纳吉尔瞥了一眼，他点头示意，对着我做了个鬼

———————————

① Inshallah，来自阿拉伯语，如蒙阿拉允许。

脸，低声祷告，鼓励我骑上马去。我们都预期我会被甩出去。他的眼睛开始闭上，缩起身子不敢看即将发生的事。我踩上马镫，右脚一跃而上。身子落在马鞍上时，比我预期的还要猛，但那匹马不以为意，迅速点了两下头，急着想开始跑。纳吉尔睁开一只眼睛，看到我安稳地坐在新马上，他大为高兴，很自然地感到自豪而红了脸，对我露出难得的微笑。我扯了扯缰绳，掉转马头，脚往后踢。马的反应很镇定，但动作优雅、敏捷、漂亮，几乎是精神抖擞，一下子就转为优美的快跑。我没再催促，它立即带着我来到哈德拜周遭的那群人中。

纳吉尔与我一同过去，骑在我左侧后方。我往后迅速一瞥，与他互换了同样瞠目结舌的不解表情。那匹马让我得意起来。看来没事，我在心里低声说。但就在这几个字迅速穿过我心中的妄想浓雾时，我心知自己也说出了某种不祥的定律。骄傲……在败坏以先……这句俗语撷取自旧约《箴言》第十六章第十八节：骄傲在败坏以先，狂心在跌倒之前。据说出自所罗门之口。如果他真说了这句话，那他就是非常了解马性，比咔嗒咔嗒骑着马到哈德那群人身边时、自以为知道（仿佛之前就知道）怎么轻松驾驭那匹马的我还了解得多。

哈德正以普什图语、乌尔都语及法尔西语向手下下达最后指令。

我俯身过去，对着艾哈迈德·札德说："山口在哪里？乌漆墨黑，我看不到。"

"什么山口？"

他悄声回我。

"穿过山的山口。"

"你是说查曼？"他问，被我问得一头雾水，"那在后面，在我们后方三十公里。"

"不是，我是说，我们如何穿过那些山，进入阿富汗？"我问，朝着离我们不到一公里处那拔地而起、顶部插入黑色夜空的陡峭岩壁点头。

"我们不穿过那些山，"艾哈迈德答，手上的缰绳轻轻对着空中一甩示意，"我们要翻过那些山。"

"翻过……那些山……"

"Oui（对）。"

"今晚。"

"Oui."

"摸黑。"

"Oui."他严肃地重复道，"但没问题。哈比布，那个 fou，那个疯子，他知道路。他会带着我们。"

"还好你告诉我这件事。老实说我很担心，但现在觉得好多了。"

他露出白牙，迅速对我一笑。接下来哈雷德发出信号，我们开始动身，慢慢形成一个纵队，队伍绵延将近一百米。十人走路，二十人骑马，十五匹马驮负重物，还有十只山羊。我注意到纳吉尔没骑马，深感过意不去。这么会骑马的人在走路，我却骑在马上，总让我觉得荒谬又奇怪。我看着他走在我前方的一片漆黑里，看着他粗而微弯的双腿规律地摆动着，我暗暗发誓，待会儿第一次休息时，一定要说服他跟我轮流骑马。最后如我所愿，但纳吉尔答应得很不情愿，骑在马上时一脸愁苦，愤愤地看着我，只有在我们互换位置，他从石砾小径上抬头看我时才露出笑容。

人当然不是骑着马翻过山头，而是又推又拉地把马带过去，有时还要帮忙抬马。查曼山脉是阿富汗西南部与巴基斯坦的界山，我们走近那山脉的峭壁底部，赫然发现其实峭壁之间有道缺口，上头有小路及步道。原本看似光秃秃的平滑岩壁，更靠近看，上面居然有一道道波浪状的峡谷和一条条裂隙。岩架和表面覆有坚硬石灰而寸草不生的土块蜿蜒于岩壁上，有些很宽、很平坦，好似人工道路；有些地方却非常崎岖又狭窄，马或人走在上面，每一步都落得战战兢兢。而且我们全程都是在一片漆黑之中，摇摇晃晃地在滑跤、拖拉、硬挤下，克服这山壁障碍。

　　我们这一行人，相较于过去那些浩浩荡荡走在丝路上，来往于土耳其、中国、印度的部落队伍，人数实在很少。但因为正值战时，我们这样的人数就变得很显眼。我们时时担心会被人从天上看出行踪。哈德拜严格管制灯火，行进途中不准抽烟，不准持火把，不准开灯。第一个晚上，天上悬着一弯新月，但偶尔，滑溜的小路带我们走进峡谷，光滑的岩石猛然立起，阴影吞没了我们。在那些倚着黑壁的山径上，伸手不见五指，整个纵队在黑漆漆的岩壁缝隙里缓缓前进，人、马、山羊紧挨着岩石，踉踉跄跄地撞在一块。

　　就在如此漆黑的某道深窄峡谷的深处，我听到一声音调陡然升高的低沉哀鸣。那时我正走在，或者说，滑行在两匹马之间。我右手抓着自己的马缰，左手抓着前面马匹的尾巴，脸贴着花岗岩壁，脚下的小径只有我的手掌那么宽。随着那声音拉得越尖越响，那两匹马出于同样的本能，立起后腿，不时因害怕而猛以马蹄跺地。然后那哀鸣声突然化为一声大吼，震动整座山，再化为猛然爆出的一声可怕尖叫，在我们头部的正上方回荡。

　　我左边那匹马在我前方猛然跃起，尾巴随之从我手中挣开。我想抓回它的尾巴，但黑暗中我没踩稳，滑倒跪地，脸擦过岩壁而受了伤。我的马被吓到了，跟我一样惊恐，逃跑的冲动使它在狭窄小径上奋力想往前跑。我仍握着缰绳，且拉着缰绳站起身，但那匹马的头再度撞上我，我觉得自己从小径往后滑。我跌倒，滑行，从小径跌落，掉入黑漆漆的深渊，恐惧刺入我的胸中，压碎我的心。我感觉整个人直往下掉，然后"啪"的一声，我抓在手中的缰绳一紧，止住了坠势。

我腾空悬在漆黑的深渊之上，感觉自己从狭窄的岩架上一点一点地往下掉，皮革缓缓滑动，发出吱吱声。我听到人群大叫，他们全在我上方的岩架上，正努力安抚马儿，大叫朋友名字以确认他们是否安在。我听到马儿害怕得嘶鸣，呼哧喷着鼻息表示抗议。峡谷里的空气弥漫着浓浓的尿味、马粪味、惊吓的人汗味。我还听到我的马奋力想站稳，马蹄在岩架上猛扒、猛刮，发出一连串清脆的撞击声。我猛然省悟，这匹马虽壮，但踩在脆弱而崎岖不平的小径上，很难站得稳，我的重量可能会把它也拖下岩架。

在伸手不见五指的漆黑中，我猛挥左手，抓住了缰绳，开始往上爬，往岩架爬。我的一只手终于攀住石径边缘，然后身子突然下滑，滑向漆黑深渊，我想尖叫却叫不出声。缰绳再度绷紧，我悬在峡谷之上，处境很危急。那匹马担心自己会被拖下悬崖，正激烈地上下左右晃着头。这只聪明的动物想把马笼头、马嚼子、挽具给甩掉。我知道它随时可能如愿。我咬紧牙关，奋力一吼，再度攀上岩架。

我急忙跪起，此时已是精疲力竭，大汗淋漓，猛喘气。然后，我凭着一股直觉，一股源自恐惧且受肾上腺素所激发的直觉，跳到了右边，就在这时候，我身旁的马在漆黑的夜色中横空踢出一脚。我如果没移动，那大概会踢中我的头侧，而我的战争任务大概也会当场结束。结果，那出于本能的救命一跳，让马那一脚踢中我的臀部和大腿，把我踢向岩壁，使我撞上我那匹马的马头。我双手抱住马颈，既借此肢体接触安抚自己的心情，也借此支撑自己麻木的腿和发疼的臀部。当我听到忙乱的脚步声，感觉到有人的手从岩壁迅速搭上我的背时，我仍抱着马的头。

"林！是你吗？"哈雷德·安萨里朝着夜色问道。

"哈雷德！对！你没事吧？"

"当然。喷气战斗机！去他妈的！有两架。在上方不远处。一百米，老哥，就这么近。操！他们想突破音障！你听那声音！"

"是苏联人？"

"不是，我想不是。他们不会这么靠近边界。应该是巴基斯坦的战斗机，飞行员驾驶的是美国飞机，飞进阿富汗领空一小段距离，骚扰苏联人，他们不会飞得太往里。苏联的米格飞行员太厉害，但巴基斯坦人还是喜欢提醒他们别太嚣张。你确定没事？"

"当然，当然。"我没老实讲，"走出这个黑漆漆的鬼地方，我会更好。你可以说我是胆小的孬种，但牵着马走在十层高大楼的鹰架上时，我想知道自己要去哪里。"

"我也是。"哈雷德笑道。那是有所压抑而感伤的笑，但我让自己沉浸在那笑容的安慰中。"谁在你后面？"

"艾哈迈德，"我答，"艾哈迈德·札德。我听到他在后面用法语咒骂着，我想他没事。纳吉尔在他后面。我还知道马赫穆斯，那个伊朗人，在他附近。我想我后面大概有十个人，包括赶山羊的两个人。"

"我去查查。"哈雷德说，往我肩膀安慰地一拍，"你继续走，贴着岩壁再走大概一百米就可以。不远，只要走出这道峡谷，就会有一点月光。一路顺风。"

抵达那令人安心、有苍白月光的地方后，我觉得安全而笃定。但不久后我们继续上路，紧挨着峡谷的灰冷岩石，几分钟后，再度陷入漆黑中。我的眼前除了信心、恐惧、求生意志，什么都没有。

我们大多在夜间赶路，所以有时就像盲人般靠手指摸索前往坎大哈的路，而且我们也像盲人一样，全心全意地信赖哈比布。哈比布对那些隐秘通道和突然冒出来的岩架小径了如指掌，而我们这一行人里的阿富汗人没有一个在这边境地区住过，他们和我一样依赖他。

但在不带路时，他就远远没那么让人放心。有次休息时，我爬过几块岩石，想找个地方小解，结果碰上了他。那时他跪在一块约略呈方形的石板前，用额头撞那石板。我跳下去想拦住他，却发现他在哭，在啜泣。血从他撞破的额头往下流，流到胡子里，和泪混在一块。我拿出水壶，倒出些许水在我围巾的一角，擦掉他头上的血，然后检视伤口。伤口血肉模糊，边缘凹凸不平，但伤得不深。他乖乖让我带回营地，哈雷德立即冲上前，把药膏涂在他的额头上，缠上干净的绷带。

"我让他自己去，"处理完伤口时，哈雷德低声说，"我以为他要去祷告，他跟我说他想祷告。但我觉得……"

"我想他是在祷告。"我答道。

"我很担心。"哈雷德坦承道，定定地望着我眼睛，眼神里满是哀伤与恐惧，"他不断四处设捕人陷阱，他斗篷里面有二十颗手榴弹。我试着向他解释，设捕人陷阱并不妥当，那可以轻易干掉苏联士兵或阿富汗士兵，但同样也有可能一下子就让当地的游牧民或我们的自己人送了命。他不听，只是咧嘴对我笑，然后设陷阱时更加鬼鬼祟祟。他昨天在某些马的身上装了炸药，他说那是为了不让那些马落入苏联人之手。我跟他说，那我们呢？如果我们落入苏联人之手怎么办？那我们身上是不是也该装炸药？他说那是他一直在担心的问题，怎么确保我们不被苏联人活捉，确保在我们死后还能多杀些苏联人。"

"哈德知道吗？"

"不知道。我一直盯着他，以免他离开队伍。我懂他的心情，林，我也曾有那种心情。我家人遇害后的头两年，我跟他一样发狂。我知道他心里的痛苦。他心里装满了许许多多死去的朋友和敌人，因此可以说满脑子只想着一件事：杀掉苏联人。在他清醒之前，我得尽可能待在他身边，在他后面盯着。"

"我想你该告诉哈德。"我叹了口气，摇摇头说。

"我会的，"他回我一声叹气，"我会的。很快，我很快就会跟他讲。他会变好，哈比布会变得更好，他在某些方面已经开始变好。现在我已经能跟他好好谈，他会熬过去的。"

但随着这趟路走了数星期，随着我们每个人都更仔细、更忧心地观察哈比布，我们每个人都渐渐明白，为什么那么多游击队容不下他。

我们在夜间赶路，有时也选在白天走，沿着山区边界往北边的帕特罕村前进，一路上提高警觉，严防来自内、外的威胁。接近帕特罕时，我们折向北北西，进入荒无人烟的山区，数条冷冽鲜甜的溪水蜿蜒流过。哈比布拟出一条路线，我们走在城镇与大村落之间，离两者大致一样远，始终避开当地人走的主要通道。我们拖着疲累的步伐，走过帕特罕村与海罗塔纳之间，走过胡迈·哈雷兹与哈吉·艾格哈·穆罕默德之间。我们在洛埃·卡雷兹与雅鲁之间蹚过几条小河。我们以"之"字形路线从穆拉·穆斯塔法与小村子阿布杜尔·哈米德之间穿过。

我们在路上被当地土匪拦住了三次，勒索过路费。每次，他们都是先在制高点现身，拿枪对准我们，然后他们的地面人马从隐身处倾巢而出，截断我们的去路和退路。每次哈德都举起他的绿、白穆斯林游击战士旗，旗上饰有《古兰经文》：

Inalillahey wa ina illai hi rajiaon.
我们来自真主，回归真主。

当地土匪不认得哈德的旗子，但尊敬旗子上的文字和含意。不过，要等到哈德、纳吉尔和我们的阿富汗战士向他们解释我们当中有个美国人同行，一路受那美国人保护时，他们才会卸下那凶狠敌视的姿态。土匪检查过我的护照，狠狠盯了我的蓝灰色眼睛之后，就把我们当成战友来欢迎，邀我们一起喝茶，吃大餐。

所谓邀请是委婉的说法，其实是拐个弯要我们付过路费。我们碰到的土匪中，没有一个想攻击由美国人赞助的人马，以免阻断在这场长达数年的战争里资助他们的美国至关重要的援助。但若不缴点儿过路费就想通过，那也想得太美了。为此，哈德带着一批沿路打点用的货物，包括绣有繁复金线图案的孔雀蓝及绿色丝绸、短柄小斧和厚刃小刀、缝补工具、蔡司双筒望远镜（哈德就给了我一副，我每天用）和用来读《古兰经》的放大镜，以及上好的印度制自动表。为土匪头子准备的则是一些金锭，每个金锭重一托拉①，也就是约十克，上面刻有阿富汗月桂枝叶浮雕。

哈德不只预想到会被那些土匪拦截，还指望他们拦截。一旦行礼如仪地寒暄完毕，打点的物品敲定，哈德会立即和每个土匪头子商谈我们旅行队的补给事宜。靠着这样的安排，我们这一路上的口粮才不虞匮乏，而且在受土匪头子掌控或保护的村子里，人和牲畜也都有得吃。

这样的补给不可或缺。弹药、机器零件、药物是我们优先携带的东西，没有多少空间可带多余货物。因此我们替马带了一些食物（顶多两天份），但完全没带我们自己要吃的东西。每个人有一只水壶，但那是紧急用水，要省着供自己和马喝。有好多天，我们一天只喝一

———————————
① 印度和南亚的一种传统质量单位。

杯水，吃一小块印度烤饼。

展开那趟长途跋涉时，我已有吃素的习惯，但还不到只能吃素的地步。在那之前，如果可以，我偏爱吃水果、蔬菜填饱肚子，如此已有数年。但展开那趟跋涉的三个星期后，在拉着马翻山越岭、涉过冰冷河水，且饿得发抖之后，我一看到土匪招待的小羊肉、山羊肉，就立即扑了上去，拿起半熟的带骨羊肉，用牙扯下肉，大嚼特嚼。

阿富汗陡峭的山坡寸草不生，刺骨寒风把那些地方吹成不毛荒地，但每个平原不管再怎么小，都是绿意盎然，生机勃勃。有些野花绽放星状红颜，有些开着天蓝色绒球状花朵，有些矮灌木长着山羊爱吃的黄色小叶，许多种野草的顶上结有饱满低头的穗子，而马儿爱吃那些干种子。许多岩石上长着暗黄绿色的苔藓，还有些长着颜色更淡的地衣。这些淡绿色柔嫩的地毯出现在绵延起伏的光秃秃石山之间，那种冲击，要比出现在较肥沃的恬静大地上还更强烈得多。每次看到绿草如茵的山坡，或植物丛生、枝叶茂密的沼地，我们的反应都差不多，那生意盎然的绿总能激起我们来自深层潜意识的反应。这些吃苦耐劳的硬汉，疲累地走在慢慢踱步的马儿之间时，有许多人弯下身子摘起一小把花，用他们干燥长茧的手感受它们的美。

我伪装成哈德的美国人，这身份帮我们顺利通过了土匪出没的穷山恶地，但也使我们在第三次，即最后一次被拦住时，耽搁了一星期。为避开小村子阿布杜尔·哈米德，向导哈比布带我们走进一座小峡谷，峡谷宽仅容三四匹马并肩。在两边净是陡峭岩壁的峡谷小径走了将近一公里后，我们的眼前豁然开朗，进入一座更长且更宽的峡谷。那是理想的伏击地点，哈德不等敌人出现，就先展开他的绿、白旗，骑在队伍最前头。

走进大峡谷不到一百米，麻烦就来了。上方高处传来一声令人胆寒的号叫，那是男人拉高音调，模仿部落女人凄厉号哭的声音。突然小巨石滚滚而下，犹如小山崩般落在我们前方的峡谷里。我和其他人一样，在马鞍上转身，看到一群当地部落的人已在我们后面占好有利位置，拿着各式武器对准我们的背部。我们一听到声响就勒住马，哈德独自一人再往前，缓缓走了约两百米，然后停下，直挺挺地坐在马上，旗子迎着刺骨强风啪嗒作响。

数把枪在身后对准我们，头顶上有石头准备放下，我们静静等待，过了漫长的一分钟。然后有个人出现，骑着高大的骆驼朝哈德走来。阿富汗的土生骆驼是双峰骆驼，但这人骑的是单峰阿拉伯骆驼，由北方塔吉克地区的长程骆驼夫所饲养，用于极寒冷天候的那种骆驼。它头顶上有蓬乱的毛发，颈毛粗而浓，腿长而有力。骑在那巨兽上的男子又高又瘦，看上去比六十五岁的健壮哈德至少要老十岁。那人穿着白色长衬衫，下面是白色阿富汗长裤，外面套着无袖及膝斜纹黑背心；头上缠着雪白的头巾，头巾很长，缠出的头巾特别气派；上唇和嘴旁的灰白胡子刮掉了，只剩下巴的灰白胡子垂下，轻触他瘦薄的胸膛。

我在孟买的有些朋友称那种胡子叫瓦哈比胡。恪守传统教义的正统沙特阿拉伯穆斯林（瓦哈比教派）模仿先知穆罕默德偏爱的胡子造型，将胡子刮成那样，因此得名。在那峡谷里，像是种符号，告诉我们眼前的这位陌生人拥有的道德权威至少和他拥有的世俗权力一样大。而他那把古老长滑膛枪所营造出的瞩目效果，则昭告了他的世俗权力。他直直地拿着那把枪，枪托倚在他腰骨上平放着。那把前膛步枪的木质表面全装饰了圆形、涡卷形、菱形饰物，饰物以铜币、银币打造而成，擦得非常亮。

那人骑着骆驼来到哈德拜身旁，面向我们，与我们的老大相隔一臂之遥。他的姿态高高在上，很显然，他惯于接受众人的敬仰。事实上，在我认识的人之中，只有极少数人和阿布德尔·哈德汗一样，光靠姿态和个人完全燃烧的生命所发出的气势，就能博得他人的敬重（甚至是崇敬），而眼前这人就是其中之一。

经过漫长的商谈，哈德拜缓缓掉转马头，面对我们。

"约翰先生！"他叫我，用我假美国护照里的名字叫我，且用英语，"请上前来！"

我往后踢，发出吆喝声，希望那声音能让马儿争气些。我知道地面上和头顶上的人全都盯着我，在那漫长而无声的几秒钟里，我脑海里浮现出了马儿把我摔落在哈德脚边的出粮景象。但那母马回应以轻快、雀跃的小跑步，不用我带就自行穿过队伍，来到哈德的旁边停下。

"这位是哈吉·穆罕默德。"哈德宣布，手掌大大一挥，扫过我们，"他是可汗，在这里，他是部族里所有人和所有家庭的领袖。"

"Asalaam aleikum。"我开口问候，一只手放在胸口以示尊敬。

这位领袖认定我是异教徒，未回礼。先知穆罕默德要求他的追随者碰到信徒祝安问候时，要回以更为客气的问候。因此对方以 Asalaam aleikum，即"愿你平安"问候时，最起码应回以 Wa aleikum salaam wa rahmatullah，即"也祝你平安，并获主的悲悯"。但那位老者骑在骆驼上，居高临下地盯着我，以突兀的提问回礼。

"你们什么时候给我们毒刺导弹好打仗？"

自我们进入阿富汗，每个阿富汗人都会问我这个所谓的美国人这个问题。哈德拜再度替我翻译这句话，但我早就听懂他在问什么，且已排练好该怎么回答。

"快了，若阿拉意欲如此，天空将会和山一样自由。"

这答复很漂亮，哈吉·穆罕默德很满意，但他的问题更漂亮，照理应得到比我那存心蒙骗的谎言更好的答复。从马扎里沙里夫到坎大哈的阿富汗人都知道，如果美国人在战争一爆发时就送他们毒刺导弹，穆斯林游击战士几个月内就会击退入侵者。有了毒刺，就可以把天上那些杀伤力强大的可恶的苏联直升机给打下来，就连难缠的米格战斗机都怕肩射式毒刺导弹。失去了绝对的空中优势，苏联人和听命于他们的阿富汗军队，就得和穆斯林游击反抗势力在地面对决，而打地面战，他们绝无胜算。

有些阿富汗人看破国际现实，深信这场战争的头七年，美国人一直不肯给他们毒刺导弹，就是因为美国人希望借阿富汗战争消耗苏联的国力。然后在苏军师老兵疲时，美国一旦真的运来毒刺导弹，就可以让苏联大败，损失大量兵力和物力，进而拖垮整个苏联。

不管这些愤世嫉俗的人是对或错，这场致命游戏的发展确实完全如他们所盘算的。在哈德带我们进入阿富汗的几个月后，毒刺导弹终于运到了阿富汗反抗军手中，战争形势随之逆转。那些阿富汗村民和数百万像他们一样的人群起而反抗，使俄罗斯国力大衰，以俄罗斯为中心的庞大帝国将跟着在几年后土崩瓦解。若这办法奏效，苏联的确会走上败亡之路，而为此付出的代价，是一百万阿富汗人丧失性命，三分之一的阿富汗人口流离失所；是人类有史以来最大的被迫迁徙，三百五十万难民穿过海拜尔山口避难至白沙瓦，另有一百万人逃亡到伊朗、印度、苏联境内的诸穆斯林共和国；是五万男女老少误触地雷而少掉一只或不止一只手脚；是阿富汗失去心与灵魂。

而我，为黑帮老大效命的通缉犯，假冒的美国人，看着那些人的眼睛，骗他们说那些武器——我无法给他们的武器——就快到了。

哈吉·穆罕默德很满意我的答复，于是邀我们一行人参加他小儿子的结婚典礼。哈德担心若拒绝可能会惹恼这个老领袖，且对方的诚挚邀请真的令人感动，于是同意参加。让哈吉·穆罕默德如愿拿到所有进献的东西之后（他狠狠地讨价还价，最终要到哈德的马作为额外的个人礼物），哈德拜、纳吉尔和我同意随他到村中。

其他人在一处山谷扎营，那山谷有牧草地，还有丰沛的清水。我们一路上马不停蹄，到此暂歇反倒让他们有时间替马梳毛，让马休息。驮运货物的马，一路上得有人紧盯着；扎营后，货物被搬到受到保护的山洞里，藏了起来。那些卸下重负的马终于可以恣意跳跃，四处漫步。我们的人准备享用大餐：四只烤羊、印度香料饭、新鲜的绿叶茶，那是哈吉的村子提供的，以感谢我们投入抗苏圣战。亲兄弟明算账的过路费谈妥且交到他们手里之后，哈吉·穆罕默德村里的长者，和我们一路上碰到的所有阿富汗部族领袖一样，承认我们是为同一个大业并肩作战的战友，竭尽所能地协助我们。哈德、纳吉尔和我骑马离开临时营地，往村子走去时，歌声和笑声跟着我们，欢笑声一路回荡。长途跋涉二十三天以来，我第一次听到我们的人轻松愉快的笑声。

我们抵达时，哈吉·穆罕默德的村子已开始庆祝了。他与我们这队武装汉子交手，不流一滴血就顺利要到过路费，使村民期待婚礼的兴奋情绪更加激昂。哈德解释说，在我们抵达前，阿富汗繁复的结婚仪式已进行了数月，男方家人已遵照礼俗访问过女方家不止一次。每次访问准亲家时，双方都会互赠手帕或香料、甜点之类的小礼物，并严格遵循礼仪。新娘的嫁妆，华丽绣花布、进口丝织品、香水、首饰等，公开陈列供众人欣赏，然后交给新郎家人，替新娘代为保管。新郎甚至可以偷偷和准新娘相会，在和她讲话时献上私人礼物。根据习俗，私会期间，绝不可让女方家的男子看到他，但习俗也要求他接受准丈母娘的协助。哈德告诉我，新人首次面对面交谈时，善尽职责的准丈母娘会一直待在两个人身边，充当他们的社交场合监护人。这一切的礼数都尽到之后，新人就准备迎接为期三天的婚礼。

哈德带我了解这些仪式，巨细无遗地解说，但他那一如以往温和而循循善诱的作风，却似乎透着某种急切。最初我猜，应该说是我认为，流亡在外漫长的五十年后，他是在重新熟悉同胞的习俗。他在重温年轻时的场景和庆祝活动，他在向自己证明，在他的心所理解并感受的所有事物上，他仍是个阿富汗人。但接下来几天他仍继续向我解说，他对那些习俗的关注也一直未曾减少，我终于领会到，那些不厌其烦的解释和历史课，主要是为了我而来，而非为了他自己。他在开一堂速成课，要我在短时间内了解这个国家的文化。我可能会在这个国家送命而长埋于此，而他正以他所知道的唯一方式，让我理解它，理解我与他生命的联结和我可能的死亡。明白这一点之后，我未把自己的领悟告诉他，只是乖乖地听，尽可能地将听到的一切都记在心里。

那几天，亲人、朋友和其他受邀的宾客大量涌入哈吉的村子。哈吉·穆罕默德的男丁院盖得有如要塞，有四间主屋，每间主屋都是高大方正的泥砖建筑。宅院有高墙围绕，围墙四个角落各有一间大屋。女眷院的围墙更高，里面另有一批建筑。我们睡在男丁院的地板上，自己料理三餐。哈德、纳吉尔和我住进去时，房子已经很挤了，但来自遥远村子的新客人一一到来时，我们只好往更里面挤，好挪出空间给新客人。我们和衣而睡，躺满整个地板，每个人的头都顶着下一个人的脚。有人说夜里睡觉时打呼，是潜意识的防卫本能反应：旧石器时代早期，我们的先祖挤在山洞里睡觉，难以防御野兽入侵，就靠打鼾声警告潜在的掠食者，让它们不敢接近洞口。这群阿富汗游牧民、骆驼夫、绵羊和山羊牧人、农民、游击战士，正证明了这说法，因为他们鼾声如雷，在那漫长寒冷的夜里，那股打鼾的狠劲儿整晚不退，若有一群猛狮靠近，大概会给吓得如受惊的老鼠般落荒而逃。

白天时，同样是由那些人为星期五的婚礼准备菜肴的。菜式多样，包括调味酸奶、辛辣的山羊或绵羊奶酪；以玉米粉、枣子、干果、野生蜂蜜为原料，放进烤炉烤成的糕饼，以及用充分搅拌发泡的山羊奶油烘烤而成的饼干，当然还有各种符合伊斯兰教法的肉食和蔬菜炒饭。大伙儿料理食物时，我看到有几个男人把一具用脚操控的磨轮拖到空地上，然后新郎花了一个小时，卖力地将一把装饰华丽的大匕首磨成刮胡刀般锋利。准岳父带着挑剔的眼神，全程在旁紧盯，查看磨好的刀，对那削铁如泥的锋利感到满意后，一脸严肃地收下这名晚辈送他的礼物。

"新郎刚刚磨利了小刀，以便将来他如果虐待新娘，岳父可以用此来教训他。"我们边在一旁看着，哈德边向我解释。

"很不错的习俗。"我若有所思地说。

"不是习俗，"哈德笑着纠正我，"那是新娘的父亲自己想出的点子。我从没听过，但如果有效，说不定会成为习俗。"

男人每天都和雇来替庆祝活动助兴的乐师、歌手排演婚礼上要跳的集体舞。那场舞让我有机会见到了纳吉尔新的一面，全然出乎我意料的一面。他会冲进那排成一列的人群里，跟大家一起转身，动作洒脱，兴致昂扬。而且我那身材矮短、膝盖外弯，粗壮手臂从他那如树干般的粗颈厚胸伸出来的朋友，还是那群人里头舞技最精湛的一位，并立刻赢得他们的赞赏。他那神秘而掩藏起来的内在生命，那饱满的创造天赋和灵性，在那舞蹈里表露无遗。而那张因愤怒而总是皱着的脸（之前我曾说过，我从未见过有人的脸笑得那么消沉），在跳舞时变成了另一张脸，绽放出无比坦率、忘我的笑意，化为令我感动得热泪盈眶的美丽脸庞。

"再跟我说一次。"我们在阴凉的墙下，站在有利位置看着他们跳舞时，阿布德尔·哈德汗向我命令道，眼神里闪着调皮的微笑。

我笑了，转身看他，他也笑了出来。

"快，"他催，"说来听听，让我高兴一下。"

"但你已经听我说了二十次，不如你回答我一个问题如何？"

"你再跟我讲一次，我就回答你的问题。"

"好，我说了。宇宙始于大约一百五十亿年前，那时几乎是绝对的简单，之后，宇宙越来越复杂。这一由简而繁的变动，被安置在宇宙的体系结构中，人称复杂倾向。我们是这一复杂倾向的产物，鸟、蜂、树、星，乃至银河，全都是。如果发生某场宇宙爆炸，例如小行星撞地球之类的，把我们消灭殆尽，会有跟我们同样复杂的生命出现，因为那是宇宙的本质，而且那很可能会在宇宙各处继续进行。说到这里，你觉得如何？"

我等待，他没反应，我便继续说。

"好，那最后的复杂或终极的复杂，也就是这复杂倾向的最终目的地，就是我们或许会称之为上帝的东西或人。所有东西，只要能促进、推动或加速这趋向上帝的运动，都是善的。而凡是抑制、妨碍或阻止那运动的，都是恶的。如果想知道某件事是善或恶，例如战争、杀人、走私枪械给穆斯林游击战士，就要问以下这个问题：如果每个人都做那件事，会怎么样？那会帮助我们从宇宙里头的这一小小块地方抵达那里，或阻碍我们前进？然后我们就能充分了解那是善还是恶。更重要的是，我们知道那为什么是善或恶。说到这里，还可以吗？"

"很好。"他说，眼睛没看我。我扼要复述他的宇宙论模型时，他闭上眼睛点头，噘起嘴，露出似笑非笑的表情。我说完时，他转头看我，那压抑的笑意豁然绽开，眼神里闪现出欢乐和淘气。"你知道吗，你如果想做，你可以把那观念从头到尾表达得跟我一样好，一样精确。我这辈子几乎所有时间都在研究那观念，思索那观念。听到你用自己的话跟我说那观念，你不知道我有多高兴。"

"我想那是你的言论，哈德，你常常教导我，但我真的有两个问题。我现在可以发问了吗？"

"可以。"

"好。这世上有些东西是没有生命的，例如石头；有些东西是有生命的，例如树、鱼、人。你的宇宙论没告诉我生命和意识来自何处。如果是同一个东西造出了石头和人，那为何石头没有生命，而人有生命？我是说，生命来自何处？"

"我太了解你了，我知道你一定希望我简短又直接地回答这个问题。"

"我想我希望每个提问都得到简短又直接的答复。"我答道，笑了出来。

对我轻浮而愚蠢的反应，他扬起一边的眉毛，然后慢慢地摇头。

"你可知道英国哲学家罗素？有读过他的书吗？"

"有，我读过一些，在大学和监狱的时候。"

"他是我尊敬的麦肯锡先生最欣赏的人之一。"哈德微笑着说，"罗素的论点，我不全都认同，但我的确喜欢他推断出那些论点的方式。总而言之，他曾说，凡是可以言简意赅的，就言简意赅。我很同意他这句话。但话说回来，对你的提问，我的回答是：生命是万物的特色。我们可以称那是 characteristic，我最喜欢的英文单词之一。对于不是以英语为母语的人，characteristic 这个单词的发音令人惊奇，像击鼓的声音，或折断引火柴以便生火的声音。言归正传，宇宙中每个原子都有生命的特色。原子聚合的方式越复杂，生命特色的表现也越复杂。石头是非常简单的原子组合，因而石头里的生命简单到我们无法看见。猫是非常复杂的原子组合，因而猫的生命清楚可见。但生命是存在的，存在于万物之中，甚至石头之中，甚至在我们看不见生命之时。"

"你从哪里得到这观念的？从《古兰经》？"

"其实那是大部分主要宗教都有的观念，只是表现的方式不尽相同。我稍微调整，以配合我们过去几百年来对世界万物的了解。但《古兰经》激发了我从事这种研究，因为《古兰经》要我研究万物，了解万物，以便服侍真主。"

"但'生命特色'这个词来自哪里？"我不罢休，认定我终于要把他困在简化论的死胡同里。

"生命，还有宇宙万物的所有其他特色，例如意识、自由意志、复杂倾向，乃至爱，诚如我们所知，都是在时间开始时，光所赐予宇宙的。"

"在大爆炸时？你是在说那个？"

"对。大爆炸扩张始于一个叫作 singularity（奇点）的点，又是一个我最喜欢的五音节英文单词。那个点几乎无限稠密，几乎无限热，且如我们所知，它不占空间，不占时间。那个点是光能的大沸锅。某种东西促使它扩张，我们还不知那是什么东西。因为光，所有粒子和所有原子，还有空间、时间，我们知道的所有力量，开始出现了。因此光在宇宙诞生之初给了每颗小粒子一组特色，随着那些粒子以更复杂的方式结合，那些特色也以越来越复杂的方式呈现出来。"

他停下，看着我的脸，我正努力和我心中打转的观念、疑问、情绪搏斗。他再度甩掉我，我心想，突然因为他回答了我的问题而感到生气，但又出于同样的理由对他心生敬佩。在黑帮老大阿布德尔·哈德汗充满洞见的长篇大论（有时像是布道）里，总是有不协调的地方，而且那不协调叫人觉得诡异。我们在阿富汗境内一个近乎石器时代的村子里背靠石墙坐着，准备走私的枪支和抗生素藏在附近。在这样的情境下，他那冷静、深奥的演讲，关于善与恶、光与生命及意识的演讲，显得极不协调，不协调到足以让我满腔怒火。

"我刚刚告诉你的，乃是意识与物质之间的关系。"哈德说道，然后再度停下，直到我看着他的眼睛，才又继续说，"这是种测试，而现在你懂了。若有人告诉你，他明白生命的意义，你就应该用这来测试那人。你所遇见的每个修行大师和导师、每个先知和哲学家，都应该回答两个问题：什么是客观且放诸四海而皆准的善恶定义？还有，意识与物质之间有何关系？如果无法像我一样回答这两个问题，你就知道那人未通过测试。"

"你怎么知道这些物理知识的？"我质问道，"这些关于粒子、奇点、大爆炸的知识。"

他盯着我，看出我无意中发出的侮辱之意：像你这样的阿富汗黑帮分子，怎么会懂这么多科学和高深知识？我回看他，想起有一天与强尼·雪茄在贫民窟时，我所犯下的残酷错误：只因为他穷，就认定他无知。

"有句俗话说，学生准备好了，老师就出现，你听说过吗？"他问，笑了。那似乎是在嘲笑我，而不是在跟我一起说笑。

"听过。"我紧咬牙关，耐心地吐出答复。

"就在我研究哲学和宗教而需要科学家指点特殊知识时，有个人适时出现了。我知道生命、星体、化学的学科，可以给我许多答案，但遗憾的是，我亲爱的麦肯锡先生除了给我最基本的知识，无法教我那些东西。然后我遇见了一位物理学家，一个在孟买的巴巴原子研究中心任职的男子。他人很好，但在那时候有个缺点，爱赌。他碰上了大麻烦，输掉一大笔钱，而他赔不起那么多钱。他在一家俱乐部赌输了，而那俱乐部的老板我很熟，我需要他帮忙的时候，他都肯为我卖力。麻烦不止这一桩。那个科学家还和一个女人扯上关系，他爱上那女人，为了那份爱干了一些蠢事，惹上许多危险的麻烦。他找上我，我替他解决那些麻烦，且严守口风，没把那些事告诉别人。没有人知道他做了那些轻狂的事，没有人知道我帮他解决了那些事。为了回报我，自那天起，他就一直在教我，至今仍在教。他叫沃夫冈·珀西斯，我已经安排好，回去后不久就让你跟他见面，如果你想的话。"

"他教了你多久？"

"过去七年，我们每个星期见一次面，一起研究。"

"天啊！"我倒抽一口气，想着睿智而又呼风唤雨的哈德，碰上自己想要的东西时，即使那合法但不合理，也要强索到手，心里不禁感到些许卑鄙的高兴。但一转眼，我又为自己有这想法而觉得丢脸：我很爱哈德汗，才会跟着他参战。那位科学家难道不可能跟我一样爱他？想到这一点，我知道我是嫉妒那个人，那个我不认识且大概永远不会见面的科学家。嫉妒，就像滋生那嫉妒的不完美的爱，不理会时间，不理会空间，不理会具有智慧的推理论证。嫉妒单凭一个恶意的辱骂就能让死者复活，或者让人只因为听到某人的声音就恨起那人，尽管那是个十足的陌生人。

"你问生命，"哈德改弦易辙，和颜悦色地说，"因为你在思索死。你在思考如果逼不得已，你必须射杀人，必须夺人性命。我说对了吗？"

"对。"我喃喃道。他说得对，但萦绕在我心中的杀人念头和阿富汗无关。我想杀的人在孟买，在名叫"皇宫"的丑恶妓院里，那人高坐在一间密室的宝座上。那人是周夫人。

"切记，"哈德锲而不舍，一只手搭上我前臂，强调他要说的话，

"有时，为了对的理由，必须做不对的事。重点在于，要确认理由是否对，在于坦承做了不对的事，在于不自欺，不自认自己做了对的事。"

稍后，在闹哄哄的婚礼走到悲喜交织的尾声时，在我们与自己人急速会合，哐当哐当而吃力地穿越新的高山时，我试图卸下哈德用话语圈住我心坎的荆冠。为了对的理由，做不对的事……在这之前，他就曾以那句话折磨过我一次。我在心里咀嚼它，就像熊会咬拴住它腿的皮带。我这辈子干过的不对的事，几乎都是出于不对的理由；就连我干过的对的事，也往往是受不对的理由所驱使。

郁闷包围了我。那是因抑郁而心存怀疑的心情，我甩不掉那心情。我们骑马走进冬天时，我常想起阿南德·拉奥——我贫民窟的朋友。我想起在阿瑟路监狱的会客室里，阿南德的脸隔着金属栅栏对着我微笑：那张温和、英俊的脸，如此平静，洋溢在他心中的平静心情，使他脸上没有一丝怨恨。如他所认知的，他为了对的理由，做了不对的事；如他跟我说的，他平静地接受他应得的惩罚，好像那是特权或权利。最后，经过太多的思考，我咒骂起阿南德。我骂他，要他别再纠缠我的心，因为有个声音不断在告诉我（我自己的声音，也可能是我父亲的声音），我永远不可能理解那份平静。我永远无法抵达心灵上的伊甸园，无法坦然接受惩罚、坦然承认对错，无法摆脱那像石头一样安立在荒凉的逃亡心田里的烦恼。

我们再度摸黑往北走，攀爬、穿过哈达山脉狭窄的库萨山口。那段路直线距离三十公里，但我们上攀又下降，走了将近一百五十公里。然后，天空豁然大开，我们在较平坦的地区走了将近五十公里，越过阿加斯坦河和其支流三次，然后抵达沙巴德山口的山麓丘陵。在那里，在我还在为这趟远征的是非对错而烦乱不堪之际，我们首次遇上敌人并开枪攻击。

哈德下令不休息，一鼓作气攀越沙巴德山口。因为那个决定，我们许多人，包括我，在那个寒冷的傍晚保住了性命。我们以小跑步猛赶路，穿过那开阔的平原之后，大家都疲惫不堪。每个人都希望在那山口的山麓丘陵休息一下，但哈德催我们继续走。他从队伍前头骑到后头，大叫着要我们不要停，不要停，跟上。因此，枪声刚传来时，我们正在快速移动。我听到那声音，敲击空心金属的声音，好像有人正拿着铜管敲空的汽油桶。我蠢得很，一开始没想到那是枪声，仍拖着疲累的步伐，牵着马慢慢走。然后，我们进入了枪支射程，子弹打中地面，打中我们的队伍，打中我们四周的岩壁。众人急忙寻找掩护。我趴下，把脸猛埋进石砾小径的土里，告诉自己那不是真的，告诉自己前头那个人背部爆开往前倒下不是真的。我们的人开始从我身边开枪反击。我猛喘气，把土吸进嘴里，吓得一动不动。我陷身战场。

要不是因为我的马，我可能会一直待在那里，把脸埋在土里，让心把怦怦跳的恐惧震波传进地里。我趴下时，缰绳脱手，马儿怕得用后腿站立起来。我担心被它踩到，赶紧站起来，一阵乱抓，抓住四处甩的缰绳，想重新控制住它。原本非常温驯的马，这时突然成为整队马匹里最不听话的一匹。它后腿立起，然后猛然弓背跃起。它猛跺马蹄，想拖着我往后走；它猛踢脚，拉着我一起急绕圈，想找到可往后踢中我的角度。它甚至还咬我，往我前臂狠狠咬下，虽然隔着三层衣服，还是让我痛得要命。

我飞快地往左右看了一眼整队人马。最靠近山口的人正往山口逃，牵着自己的马往突出的岩石寻找掩护。在我前头和后头的人费了一番工夫，已让自己的马伏下，他们就蹲在马旁或马后。只有我的马仍然后腿立起，目标鲜明。我欠缺骑师的驯马本事，要让马在交战区躺下，无异难上加难。其他马正害怕得尖叫，每声恐惧的嘶鸣都使我的马更为慌乱。我想救它，想叫它伏下，以减少中枪的概率，但我也害怕自己中枪。敌人的子弹射中了我上方和旁边的岩石，每个碎裂的声音都教我像只靠近荆棘篱的鹿，猛然抽动身子。

等待中枪的感觉很奇怪，记忆中最类似的经验是从空中落下，等着安全伞张开。那是特别的感觉，独一无二。我的皮肤感受到某种不同的气味。眼睛变硬，仿佛突然变成是用冰冷金属制成似的。就在我决定放弃，任它自生自灭时，它整个身子软掉了，随着我的拉扯侧身倒下。我跟着它趴下，用它圆滚滚的身体中部当掩护。我想安抚它，伸手过去轻拍它的肩，结果拍到在流血的伤口，啪嗒作响。我抬起头，看见马中了两枪，一枪在肩膀高处，另一枪在腹部，伤口随着呼吸而大量流出血。马在号哭，我只能用这字眼形容。那是伴有粗重鼻息、断断续续的哀鸣。我把头贴着它的头，一只手抱住它的脖子。

我们的人对着约一百五十米外的山脊集中火力反击。我紧贴着地面，从马鬃上方往外看，看见一颗又一颗子弹打中地面，扬起的尘土漫过遥远的山脊。

然后战火平息。我听见哈德用三种语言叫喊，要大家停火。我们等了漫长的几分钟，一动不动，呻吟、悲叹、啜泣。我听见附近有嘎吱嘎吱踩过石子的声音，抬头见到哈雷德·安萨里蹲低身子朝我跑来。

"没事吧，林？"

"没事。"我答道，首次怀疑自己是不是也中了枪，双手往腿、臂迅速摸了摸，"对，我没事，毫发无伤。但我的马中枪了，它——"

"我在清点！"他打断我的话，伸出两只手要我冷静，要我不要说话，"哈德派我来查看你是否没事，并清点人数。我很快会回来。待在原地不要动。"

"但它——"

"它完了！"他悄声说，语气愤怒而强硬，然后变得较温和，"那匹马完了，林。它没救了，没救的不止它一个。哈比布会把它们了结。待在原地，低下头。我去去就回。"

他蹲低身子跑开，往我后面的队伍一路跑去，沿途不时停下。我的马正吃力地呼吸，每轧轧作响地呼吸三四次，就会发出一声呜咽。血流缓慢但稳定，它腹部的伤口冒出深色的液体，比血色还深的液体。我想安抚它，轻抚它的颈子，随即想到我还没替它取名字，让它至死都没名字，似乎太残忍。我在脑海里搜索，当思绪之网从蓝黑色的深处拉起时，一个忠实的名字，闪闪发亮的名字，呈现在眼前。

"就叫你克莱尔，"我对着那母马的耳朵悄声说，"她是个漂亮女孩。和她在一块，不管去哪里，她都让我出尽风头。和她在一块，我总显得笃定而自信。直到她最后一次从我身边走开时，我才真的爱上她。她说我对什么都感兴趣，对什么都不肯投入。她对我说过那样的话。她说得没错，她说得没错。"

那时的我吓得胡言乱语，激动得猛讲话。如今我知道那是什么症状，因为我已见过其他人首次陷身枪林弹雨时的反应。只有极少数人清楚知道该怎么办，知道在身体本能地完成蹲低、翻滚之前，就开枪还击。其他人则笑，笑到停不下来。有些人哭，叫喊妈妈、妻子或上帝。有些人变得非常安静，缩到自己的内心世界里，就连他们的朋友看了都觉得害怕。而有些人讲话，就和我对自己垂死的马讲话一样。

哈比布以"之"字形路线跑过来，见我正对着母马耳朵讲话。他彻底检查它全身，双手飞快摸过它的伤口，伸手到分布着浓密静脉的皮下，摸索子弹的位置。他从刀鞘里抽出小刀，那是把长小刀，刀尖有如犬牙。他拿着小刀准备刺入马喉，然后停住。他发狂的眼睛与我的眼睛相遇。他瞳孔周边有如太阳般四射的金黄光芒，瞳孔似乎在搏动，旋转。那是对大眼睛，但眼神里的疯狂更大，那疯狂在他眼睛里使劲儿撑开，使劲儿鼓胀，仿佛想从他脸上喷出似的。但他足够理智，意识到我无助的哀痛，把小刀递给我。

或许那时我该接过小刀，杀死那匹马，我自己的马。或许那是个好男人，一个有担当的男人在那情况下会做的。但我办不到。我望着小刀和马儿颤动的喉咙，下不了手。我摇摇头。哈比布把小刀插进马颈，微微地、近乎优美地转动手腕。母马浑身颤动，但乖乖接受人的抚慰。小刀抽离喉咙，血随着心脏的猛然推送大量喷出，喷到她胸膛上，喷到浸湿的地面上，她使劲儿紧咬的腭部慢慢松开，眼睛渐渐黯淡，然后硕大的心脏停止了跳动。

我把视线从温和、无畏、了无生气的马眼上移开，定定望着在哈比布眼里横冲直撞的病态，我们共有的那一刻充满激动的情感，与我所知的世界格格不入的情感，因而我的手不知不觉顺着身体滑，滑向枪套里的枪。哈比布对我咧嘴而笑，狒狒似的露牙而笑，叫人茫然不解的笑，然后他迅速走开，走向下一匹受伤的马。

"你没事吧？"

"你没事吧？"

"你没事吧？"

"什么？"

"我说，你没事吧？"哈雷德问，抓住我的领口猛摇，直到我看着他的眼睛。

"没事，当然没事。"我定定地望着他的脸，不知自己盯着死去的马，把手放在它穿孔的喉咙上已有多久。我望向四周的天空，夜色开始逼近，原来只过了几分钟。

"如何……情况如何？"

"损失了一个人，麦基德，本地人。"

"我看到了，他就在我前面，子弹像开罐器一样划开他的身子。操，真快。他活得好好的，然后背部开花，他像个断绳的傀儡一样倒下。我很确定他膝盖还没着地，人就死了。快成那样！"

"你确定没事？"我停下喘口气时，哈雷德说。

"当然，我当然他妈的没事！"我厉声说，用地道的澳大利亚腔说出那脏话！他的眼神让我想再度发火，我差点儿对他大叫，但接着我看到他表情里的温暖和关心，我转而笑了出来。他松了口气，跟着我笑。"我当然没事，如果你不再问我，我会好得多。我只是有点……爱讲话……就这样而已。让我放松一下。天啊！有个人在我前方中枪死掉，我的马在另一边也中枪死掉了。我不知道自己是运气好，还是倒霉透顶。"

"你运气好。"哈雷德立刻回答，语气比他带笑的眼神更认真，"形势很糟，但本来可能更糟。"

"更糟？"

"他们没用重武器，没用迫击炮，没用重机枪。如果他们有那些武器，不会放着不用，那样我们的死伤会更严重。那表示那是支小型巡逻队，大概是阿富汗人，不是俄罗斯人，只是想摸我们的底或碰碰运气。事实上，我们有三个人受伤，损失了四匹马。"

"受伤的人在哪里？"

"在前头上面，山口里。想不想跟我去看看？"

"当然，当然。帮我卸下马具。"

我们费劲儿拔下我的死马身上的马鞍和马勒，快步跑过成列的人马，来到狭窄山口的入口。伤者躺着，以一块肩状石为掩护。哈德站在附近，皱着眉头看向我身后的平原。艾哈迈德·札德正替一名伤者脱衣服，动作轻巧而迅速。我瞥了一眼越来越暗的天色。

　　有个人断了一只胳臂，他的马中枪倒下时，压到了他。骨折很严重，前臂靠近手腕的地方骨折，一根骨头突起，突起的角度叫人触目惊心，但仍包在肉里，未刺穿皮肤，那断臂得固定。艾哈迈德·札德脱掉了第二个人的衬衫，我们看出他中了两枪。两颗子弹仍留在他体内，而且太深，不动大手术拿不出来。一颗打进胸腔上部，打碎锁骨，另一颗留在肚子里，在两边髋骨之间划出一道很宽的致命伤口。第三个人是名叫悉迪奇的农民，头部伤势严重。他的马把他甩出去了，他靠近头顶的地方撞上了巨石。伤口在流血，颅骨裂口清晰分明。我用手指滑过断骨突起处，血让那里变得湿滑。头皮已裂成三块。其中一块严重松动，我知道如果用力扯，就能把它扯下。他的颅骨完全靠着纠结成团的头发才不致散开。颅骨底部，头与颈交接处，还有个肿起的大包。他陷入了昏迷，我看他大概永远睁不开眼睛了。

　　我再度瞥了一眼天空，天光熹微，时间已经不多，我得下决定，得做抉择，或许可救活一个人，但得任由另外两个人死掉。我不是医生，没打过仗。那份工作落在我身上，似乎是因为我比别人多懂一些，而且我愿意接。天气很冷。我很冷。我跪在黏糊糊的血渍里，可以感觉到血透过长裤渗到膝盖。我抬头看哈德，他点头，像是看透我的心思。愧疚和恐惧教我不舒服，我拉上毯子盖住悉迪奇，以免他冷，然后抛下他去救治断了手臂的那个人。

　　哈雷德拉开我身旁的综合急救箱。我把塑料瓶装的抗生素粉、消毒水、绷带、剪刀丢在艾哈迈德·札德脚边的那个中枪男子身旁。我火速说明了清洗、处理伤口的要领，艾哈迈德照做，开始包扎枪伤伤口，我则把注意力放在断臂上。那人跟我讲话，语气急切。那张脸我很熟悉。他有项过人的本事，能把不听话的山羊赶拢，我常看到他在我们营地四周晃荡，那些容易躁动的山羊自动地乖乖跟着他。

"他说什么？我听不懂。"

"他问你会不会痛？"哈雷德低声说，努力不让嗓音和表情露出情感，好让他放心。

"我自己碰过一次和这差不多的伤，"我答，"我知道会很痛，非常痛，兄弟，所以我想你最好拿走他的枪。"

"没错，"哈雷德答道，"妈的。"

他张嘴微笑，迅速移到受伤男子的旁边，慢慢抽走他握在手里的卡拉什尼科夫枪，放到他拿不到的地方。然后，在夜色笼罩之际，那男子的五个朋友按住他，我使劲儿扭他断掉的手臂，直到它很接近原来平直而健康的样子——它永远无法完全恢复的样子。

"Ee-Allah!Ee-Allah!"他紧咬牙关，一再大叫。"天啊！天啊！"

断臂包扎好并上了夹板固定，中枪男子的伤口贴上膏药之后，我火速替不省人事的悉迪奇敷药、包扎。然后我们立即动身进入狭窄的山口，货物由剩下的所有马平均担负。中枪的那名男子骑马，由他朋友在两旁扶着。悉迪奇被绑在驮马上，中枪身亡的阿富汗人麦基德的尸体也是。其他人步行。

坡陡但不长，空气稀薄，大家走得猛喘气，刺骨寒气冻得人直发抖，我和其他人又推又拉，逼不愿走的马前进。那些阿富汗战士从无一声抱怨或不满。坡度越来越陡，在这趟长途跋涉中，我们还没碰到这么陡的陡坡，我最终停下，猛喘气，好恢复体力。两个人转身看我停下，不惜放弃他们已爬上去的几米宝贵高度，滑下到我身边。他们张大嘴巴笑，拍着我的肩膀打气，帮我把一匹马拉上陡坡，然后跳着走开，前去帮前头的人。

"这些阿富汗人或许不是世上最好同生的人，"艾哈迈德·札德在我身后吃力往上爬时，喘着气说，"但无疑是世上最好共死的人！"

爬了五个小时，我们抵达了位于沙里沙法山脉的营地。那营地里有个庞大的岩架能挡风，下方的地面经人挖掘成大洞穴，里面有地道通往相连的其他洞穴。几个经过伪装的较小掩体呈环形围住这洞穴。掩体延伸到那平坦、岩石林立的高原边缘。

哈德叫我们停下，渐渐上升的满月洒下清辉。他的斥候哈比布已把我们到来的消息先行通告营地的人，穆斯林游击战士正满怀兴奋等着我们，还有我们带来的补给品。我位于纵队中间，前面有人传话过来，说哈德找我。我小跑步上前和他会合。

"我们要循这条小径进入营地。哈雷德、艾哈迈德、纳吉尔、马赫穆德和其他一些人。我们不清楚营地里有谁。我们在沙巴德山口遭到了攻击，表示阿斯马图拉·阿查克扎伊已再度改变立场，改投入苏联阵营。那山口由他掌控已有三年，照理我们到那里应该很安全。哈比布告诉我，那营地的人很友善，是自己人，他们在等我们。但他们仍躲在掩体后面，不肯出来跟我们打招呼。我想我们的美国人如果跟我们一起骑马过去，骑在前头，我的后面，会比较好。我不能命令你这么做，只能请你做。你肯不肯跟我们一起骑马过去？"

"愿意。"我答道，希望这答复听在他耳里比听在我耳里更坚定。

"很好。纳吉尔等人已备好马匹，我们立刻出发。"

纳吉尔牵来几匹马，我们疲累地爬上马鞍。哈德想必比我还要累，他的身体想必经受了比我更多的疼痛和疲劳，但他依然直挺挺地骑在马上，僵直的手臂握着那根绿、白旗，旗杆底部撑在腰骨上。我效仿他，挺直背杆，脚利落地往后一踢，驱马前行。我们几人排成短短一列，缓缓骑进银色月光里。月光很亮，在灰色岩壁上投射出模糊的巨影。

从南边陡坡前往营地，要走过狭窄的石径。石径由右往左弯，弧度优美而均匀。在我们左边是约三十米深的悬崖，底下是由巨石碎裂形成的石砾，右边是平滑陡峭的石壁。我们的人马和营地里的游击战士，个个聚精会神地盯着我们。走过大约一半的石径时，我的右臀突然很不识相地抽起筋来，然后就立刻变成刺骨的疼痛。我越是想不理会它，就越是疼得厉害。我把右脚拔出马镫，想伸直腿，以减轻臀部的紧绷，然后把全身重量放在左腿，在马鞍上稍稍站起身子。突然，我左脚的靴子从马镫滑落，左脚踩空，我感觉自己从马鞍上往旁边掉，就要掉向那又深又满是石头的悬崖底下。

　　我整个人往下翻转时，出于求生本能，手脚狂挥乱舞，两只手臂和未受束缚的右脚抱住马颈。在叫人捏把冷汗的瞬间，我已从马鞍上落下，手脚抓着马颈，头下脚上地吊着。我要马停下，它不理我，依然在那狭窄小径上缓缓前行。我不能放手。小径那么窄，悬崖那么深，一放手，肯定会掉到悬崖底下。马不肯停，于是我就头下脚上地苦撑着，双臂双腿缠住它脖子，它的头在我的头旁轻轻上下摆动。

　　我听到自己人先大笑。那是不由自主、断断续续、叫人喘不过气的大笑，让人笑得肋骨发疼、一疼数天的大笑，那是你很肯定如果笑岔了气会要你命的大笑。然后我听到营地里传来穆斯林游击战士的大笑。我把头往后仰看哈德，看到他在马上转过头，和其他人一样放声大笑。然后我开始大笑，笑得手臂都软了，我使劲儿抓住马，再度大笑。我憋住气，以低沉粗哑的嗓音痛苦大叫："吁！停！Band karo!"众人更是笑翻了。

　　我就以这副模样进入了穆斯林游击战士的营地。众人立即在我周边弯下身子，把我从马颈上扶下来，站稳。我们自己人跟着走过那狭窄石径，来到营地，轻抚或是重拍我的背。穆斯林游击战士看到我们之间的熟络，跟着有样学样，一个个上前拍我，整整十五分钟后，我才得以清闲，坐下歇歇我软绵绵的腿。

"要你一起骑不是哈德出过的最好的主意。"哈雷德说着，滑下巨石，在我身旁坐下，背靠石头，"但是妈的，老哥，耍了那把戏之后，你还真受欢迎。那很可能是那些家伙这辈子所见过的最搞笑的事了。"

"饶了我吧！"我叹口气，冒出最后一个不由自主的哈哈大笑，"我骑马翻越数百座山，渡过数十条河，其中大部分是摸黑，这样过了整整一个月都没事，进这营地却是摇摇晃晃，像只臭猴子吊在马颈上。"

"别逗我再来一次！"哈雷德上气不接下气地大笑，手紧抓着腰。

我跟着他笑。我虽然累垮了，任由别人嘲笑，但实在不想再笑，于是我瞥向右边，避开他的目光。一顶涂上迷彩的帆布帐篷供我们的伤员栖身。在帐篷旁边的阴影里，有人正在卸下马背上的货物抬进洞穴里。我看见哈比布从搬运队伍后面拖着又长又重的东西走开，没入更远处的漆黑夜色里。

"哈比布……"我开口说，仍止不住哧哧地笑，"哈比布在那里做什么？"

哈雷德立刻警醒，猛然站起身。他急迫的神情刺激了我，我跳起来，跟上去。我们跑向平坦的高原，绕过边缘的一排石头，见到他跪着，双腿跨在某人身上，那是悉迪奇。当大伙儿把注意力全放在那一捆捆迷人的货物时，哈比布将不省人事的悉迪奇从帐篷开口下面拖出。就在我们跑到他身旁时，哈比布把长长的小刀刺进悉迪奇的脖子，如先前那般轻轻转动刀子。悉迪奇双腿小小抽动了一下，然后不再动。哈比布拔出小刀，转头看到我们正从背后盯着他。我们脸上的惊惧和愤怒似乎只使他发狂的眼神更为疯狂，他对我们咧嘴而笑。

"哈德！"哈雷德大喊，脸色苍白得如周遭沐浴在月光下的石头。

"哈德拜！Iddar ao! 来这里！"

我听到身后某处传来一声大喊回应，但我站在原地。我盯着哈比布。他转身面对我，一脚从尸体上方绕过来，蹲在地上，像是准备向我扑来。那发狂的咧嘴狞笑定在他的脸上，但他的眼神变得更阴沉，或许是更害怕或更狡猾。他迅速转头，把头歪成古怪的角度，像是正以野兽的敏锐听力倾听遥远黑夜里某个隐约的声音。我什么都没听到，只听到身后营地里的嘈杂声和风吹过大小峡谷和秘密小径所发出的轻柔呼啸声。在那一刻，那陆地，那些山，阿富汗这个国家，对我而言似乎无比凄凉，似乎被拿走了太多的亲切与温馨，因而就像哈比布那疯狂的心中世界。我感觉自己被困在他脑子里石头林立的幻觉迷宫中。

当他以动物的蹲姿绷紧身子，脸扭向别处，倾听周遭动静时，我迅速解开枪套的钉扣。我小心地拔出枪，握在手里。我大声喘着气，不自觉遵照起哈德的指示，关保险，把一发子弹推上膛，扳起击铁，然后才意识到自己竟不知不觉这么做了。枪支的声响使哈比布转头面对我，他望着我手里的枪，枪正对准他的胸口。他把目光移回我的眼睛，移得很慢，近乎懒洋洋。小刀仍在他手上。我不知道月光下我作何表情，想必不好看。我打定主意，他只要往我这儿移动一分一毫，我就猛扣扳机，直到他倒地为止。

他的咧嘴而笑变成嘴巴张得更大的大笑，至少看起来是大笑。他动了动嘴巴，摇了摇头，但没有声音。他的眼睛完全无视哈雷德的存在，定定盯着我，从中把讯息传给我。然后我能听到他，在脑海里听到他的说话声。他的眼睛告诉我，你看？我说得没错，你们没一个人可靠……你们想杀我……你们所有人……你们要我死……没关系……我不在意……我允许……我要你做……

我们听到身后有声音，是脚步声。哈雷德和我害怕地跳了起来，转身见到哈德、纳吉尔、艾哈迈德·札德冲过来。我们回头看，发现哈比布已不见踪影。

　　"是哈比布。"哈雷德答，在漆黑的夜色里寻找那疯子的踪影，"他疯了……真的疯了……他杀了悉迪奇……把他拖到这里，一刀刺进他喉咙。"

　　"他人在哪里？"纳吉尔火大地质问道。

　　"我不知道。"哈雷德答，摇摇头，"你有没有见到他走开，林？"

　　"没有。我跟你一起转头，看到哈德，再回头他就……完全……不见人影。我想他肯定跳下峡谷了。"

　　"他不可能跳下去，"哈雷德皱眉，"那儿有五十米深。他不可能跳下去。"

　　阿布德尔·哈德在尸体旁跪下，双手掌心朝上，悄声祷告。

　　"我们可以明天再找他。"艾哈迈德说，一只手搭在哈雷德肩上以示安慰。他抬头望向夜空，"今晚没剩多少月光可供我们干活儿了，还有许多事要做。别担心，如果他仍在这儿附近，明天会找到他的。如果没找到，如果他走了，那也未必是最糟的事，Non（是不是）？"

　　"今晚的哨班要提防他，"哈雷德下令，"我们自己的人，熟悉哈比布的人，不是这里的人。"

　　"Oui（是）。"札德附和。

　　"如果可以避免，我不希望他们射杀他。"哈雷德继续说，"但我也不希望他们陷入危险。查查他所有的东西，查查他的马和行李，摸清他可能带了什么武器或爆裂物在身上。以前我没好好查过，但我想他的夹克里有东西。操，真是一团乱！"

　　"别担心。"艾哈迈德低声说，再度伸手搭在哈雷德肩上。

哈德祷告完毕，我们把悉迪奇的尸体抬回帐篷，用布包住，等隔天可以办葬礼时再解开。我们又忙了几个小时，然后在洞里紧挨着躺下睡觉。打鼾声很大，众人累了一天，睡不安稳。但我躺着，因为其他理由而失眠。我的眼睛不断飘回那个因为没有月色而阴影深浓的地方，哈比布消失的地方。哈雷德说得没错，哈德的战争从一开始就不顺，那几个字在我清醒的脑海里回荡。一开始就不顺……

　　在那个不祥的夜晚，我想把视线锁定在黑色天穹上颗颗分明的繁星，但注意力就是一再涣散，反倒不自觉地盯着高原的黑暗边缘瞧。而我知道，以无须言语就令我们知道爱已远去的那种方式，或者以我们一瞬间就笃定知道某位朋友的虚伪，他不是真心喜欢我们的那种方式，知道哈德的战争，对我们所有人而言，结局将比序幕要惨得多。

第五章

我们和游击战士一起在沙里沙法山脉上的洞穴群住了两个月，天气寒冷，且越来越冷。从许多方面来看，那是难熬的两个月，但我们的山区据点从未受到炮火的直接攻击，相对安全多了。营地与坎大哈的直线距离只有五十公里。距喀布尔主干道约二十公里，距西北边的阿甘达布水坝约五十公里。苏联人占领了坎大哈，但他们对这南部首要大城的掌控不足，坎大哈一再遭到包围。反抗军将火箭射入市中心，在郊区作战的游击队让俄军付出了可观的代价。主干道落入了几支武装精良的游击队手里。从喀布尔开来的苏联坦克和卡车车队，得用火力炸掉沿途的路障，才能抵达坎大哈提供补给，而且每个月都是如此。忠于喀布尔傀儡政权的阿富汗正规部队保护具有重要战略地位的阿甘达布水坝，但大坝频频遭到攻击，危及他们对这珍贵资源的掌控。因此，我们大致位于三个激烈冲突区的中央，而每个冲突区都不断需要补充新兵员和枪支。对我们的敌人而言，沙里沙法山脉不具战略价值，因此，我们藏身在伪装良好的山洞里，战火未找上门。

那几个星期里，天气转为酷寒的严冬。下雪了，还刮起阵阵大风和飑，我们身上穿了好几层拼缝而成的制服，却仍旧被打湿了。冰冷的雾在山中缓缓飘移，有时停滞不动达数小时。一动不动的白雾像结霜的玻璃，遮天蔽日，放眼望去什么都看不到。地上常常都是泥泞一片或结了冰，甚至我们住的山洞里的石壁，似乎都被冬天冰冷的寒气冻得嘁嘁作响，直发抖。

哈德带来的货物，有一部分是手工工具和机器零件。抵达后的头几天，我们就已搭设好两家工厂，在那个冬天，漫长的几星期里，我们一直忙个不停。我们把六角车床拴在一张自制的桌子上，那车床靠柴油引擎运转。游击战士很确定在听力所及的范围内没有敌军踪影，但我们还是用粗麻布袋搭成圆顶小屋，盖住引擎，留下开口通风并排放废气，借此压低运转声。磨轮和高速钻机也靠同一引擎驱动。

靠着那组机器，游击战士修复了武器，有时甚至改造武器，以符合不同的新需求。其中第一个改造的武器是迫击炮。在阿富汗战场上，俄罗斯制八十二厘米的迫击炮是杀伤力仅次于飞机和坦克的武器。游击队买来、偷来这类迫击炮，或通过徒手搏斗抢来，往往会为此付出性命。然后，他们用这武器对付将它们带进阿富汗以征服这个国家的俄罗斯人。我们的工厂将这些迫击炮拆解、改造，装在涂蜡防水袋里，用于最西至札兰吉、最北至昆杜兹的各个战区。

除了弹壳钳子和一般的钳子、弹药和爆裂物，哈德运来的货物还包括他在白沙瓦的军火市集买来的卡拉什尼科夫枪新零件。AK 步枪是二十世纪四十年代由卡拉什尼科夫设计出来的，以应对德国在武器上的创新。第二次世界大战步入尾声时，德国陆军将领不顾希特勒的明令禁止，制造出一款自动突击步枪。德国武器工程师胡戈·施梅瑟以先前俄罗斯人提出的概念为基础，发展出一款又短又轻的武器，可以每分钟一百多发的速度射出弹匣里的三十发子弹。希特勒看了这款他原先禁止研发的武器后大为赞赏，将它命名为 Sturmgewehr，也就是"风暴步枪"，并立即下令大量生产。施梅瑟的"风暴步枪"威力太小，来得又太迟，无法扭转纳粹的败亡命运，但在此后的二十世纪期间，它为所有突击步枪的研发立下了方向。

卡拉什尼科夫的 AK-47[1]，是最具影响力且广泛制造的新型突击步枪，操作方法是将击发子弹时所产生的部分推进气体导入枪管上方的导气管。气体推动活塞，进而迫使枪机回撞弹簧，扳起击铁，以便射出下一发子弹。这款步枪重约五公斤，弧形金属弹匣可装填三十发子弹，以每秒约六百九十米的射速射出 7.62mm 的子弹，有效射程超过三百米。在自动模式下，每分钟可连续射出一百多发；半自动、单发模式下，每分钟可射出约四十发。

穆斯林游击战士很快就向我说明了这款步枪的局限。沉重的 7.62mm 子弹，离开枪口时的初速低，使它的弹道呈大弧形，需要巧妙调整才能击中三百米外或更远的目标。AK-47 射击时，枪口火光很亮，特别是新的 AK-74 系列，因而在夜间使用时会使射击者看不清前方，且往往容易暴露射击者的位置。枪管很快就会过热，热到握不住。有时弹膛里的子弹会太热，而在射击者面前爆开。这就是为什么那么多游击战士在作战时会把枪拿离身体，或举在头上。

但这枪即使泡过水、烂泥巴或雪，操作也完全不受影响，至今仍是有史以来最有效率、最可靠的杀人武器之一。它问世之后的头四十年，有五千万支 AK-47 问世（生产量高居史上所有火器之冠），各型卡拉什尼科夫步枪，广受全世界战区的革命分子、正规军、佣兵与帮派分子青睐。卡拉什尼科夫步枪的始祖 AK-47，以锻钢、轧钢制成；二十世纪七十年代生产的 AK-74，以金属冲压零件制成。有些老一辈的阿富汗战士拒用这种子弹较小（5.45mm）而弹匣为橘色塑料材质

---

[1] 全称为 1947 年卡拉什尼科夫自动步枪。AK 为 Avtomat Kalashnikova 的缩写。

的新款枪支，偏爱扎实而较沉的AK-470，有些年轻一辈的战士选择AK-74，把较重的AK-47斥为古董。他们所用的枪型产自埃及、叙利亚、俄罗斯，其实没什么两样，但战士往往偏爱某一款，而这些武器的买卖即使在同一支游击队的内部也很热络。

哈德的工厂修理、重组每个系列的AK步枪，按需求予以修改。两家工厂的人气都很旺。那些阿富汗人很想了解武器，学习新的武器操作技巧。那不是发狂或没有人性的好奇，纯粹是因为在这个曾屡遭亚历山大大帝、匈奴人、萨卡人、锡西厄人、蒙古人、蒙兀儿人、萨法维人、英国人、俄罗斯和其他外族入侵的土地上，有必要懂得操作武器。他们即使不是来工厂学习或帮忙，也仍聚在那里，架起酒精炉煮水泡茶，喝茶、抽烟、聊聊心爱的人。

有两个月的时间，我每天和他们一起干活儿。我用小锻铁炉熔化铅和其他金属；帮忙捡拾木柴，从附近峡谷底部的泉水里取水；费力走过轻柔的雪地，挖掘新厕所，厕所满了，再小心地将它们盖住、藏起来。我用六角车床车削出新零件，把削下来的螺旋状金属薄片熔掉，制造出更多的零件。我每天早上照料马，把马安顿在较下方的山洞里。轮到我挤山羊奶时，我会把羊奶搅制成黄油，帮忙做印度烤饼。有人割伤、擦伤或扭伤脚踝时，我会拿出急救箱，竭尽所能地治疗他们。

我还学到了一些歌曲的应答式副歌。每天晚上，火熄灭后，大伙挤在一块取暖时，我跟着他们极尽轻声地唱歌。我听他们在漆黑中悄声说故事，哈雷德、马赫穆德、纳吉尔翻译给我听。每天大伙祷告时，我跟他们一起静静跪着。夜里，置身在此起彼伏的呼吸声、打鼾声中，置身在沉睡的他们所散发出的士兵气味中：柴烟、枪油、廉价檀香皂、屁、屎、渗入湿哗叽衣服的汗水、未梳洗的人发、马毛、擦在身上的药、马鞍柔软剂、莳萝、芫荽、薄荷牙粉、茶、烟草，以及其他上百种气味，我跟着他们一起梦到家，梦到我们渴望再见到的心爱之人。

然后，第二个月结束，最后一批武器修理、改造过，我们带来的补给品也差不多用完了，哈德拜要我们准备踏上迢迢的归乡路，步行的归乡路。他打算往西，绕往离巴基斯坦边界更远的坎大哈，送一些马给他的家人。然后，带着行军包和轻武器连夜赶路，直到抵达安全的巴基斯坦边界为止。

"东西差不多都放到马匹上了。"我打包好个人装备后，向哈德报告，"一切就绪后，哈雷德和纳吉尔会回上面这里。他们要我跟你说。"

我们站在平坦的石山顶部，可一览周边河谷，以及从山脚一路逶迤到地平线上坎大哈城的荒凉平原。朦胧的雾难得散去，雪停了，我们得以一睹这壮阔的全景。我们东边有数个又黑又厚的云团积聚，云团将带来雨和雪，当下的冷空气因此显得潮湿。但眼前，我们可一眼望到世界的尽头，迎着寒风的眼睛里满是那美景。

"1878年11月，在我们开始这任务的同一个月，英国人强行通过开伯尔山口，阿富汗对英国的第二场战争开打。"哈德说，不理会我的报告，或者可能是以他自己的方式回应报告。他凝视着在地平线微微荡漾的烟雾，由远方坎大哈的烟与火造成的烟雾。我知道地平线上闪光和毛毛雨般洒落的东西，有些大概是爆炸的火箭，而火箭则是由原本居住在那座城市，原本以教书、经商为生的人射进城里的。在这场反抗俄罗斯入侵的战争中，他们成为流亡在外的恶魔，对着自己的家、商店、学校猛轰炮火。

"有个人穿过开伯尔山口而来，他是英国殖民统治印度时期最可怕、最英勇、最残酷的军人之一。那人叫罗伯茨，弗雷德里克·罗伯茨勋爵。他攻下喀布尔后，在该地实施残酷的戒严。有一天，八十七名阿富汗军人被吊死在公共广场；建筑和市场惨遭摧毁，村庄被烧掉，数百名阿富汗人被杀。六月，一位名叫阿尤布汗的阿富汗王宣布展开驱逐英国人的圣战，他带了一万兵众离开。他是我家族的祖先，我家族的人有许多在他招募的军队里效命。"

他不再说话，朝我迅速瞥了一眼，银灰色眉毛下的金黄色眼睛闪现着光彩。他的眼睛在微笑，但他的下巴定住不动，双唇紧抿，致使唇缘失去血色。或许是看到我正专心倾听，他放了心，转头再次望着闷烧着的地平线，重新开口。

"当时掌管坎大哈市的英国军官名叫巴洛斯，六十三岁，和我现在一样的年纪。他率领一千五百名士兵，有英国兵和印度兵，他们走出坎大哈，在名叫迈旺的地方与阿尤布王子相遇。天气够好时，从我们坐的地方，可以看到那个地方。两军交锋，互相以火炮轰击，数百人丧命，血肉横飞，惨不忍睹。对战时，当一个士兵对上另一个士兵，他们在那么近的距离内开枪，以致子弹射穿了一人后会再打中后面的人。英军损失了一半兵力，阿富汗人损失了二千五百人。阿富汗打赢了，英军被迫撤回坎大哈。阿尤布王子立即包围了坎大哈，围城战开打。"

天气异常晴朗，阳光耀眼，但在那刮风的石山上很冷，刺骨地冷。我感觉双腿双臂渐渐麻木，很想站起来跺跺脚，但又不想打断他的谈兴。于是我点了两根纸扎手卷小烟卷，递一根给他。他收下，扬起一边眉毛致谢，深深抽了两口，然后继续讲。

"罗伯茨勋爵——你知道吗，林，我的第一个老师，我尊敬的麦肯锡先生，时时把'Bobs your uncle'（一切顺利，问题都解决了）这句话挂嘴上，我模仿他，也开始用这句话。然后，有一天，麦肯锡先生告诉我，这句俗语来自他，来自弗雷德里克·罗伯茨勋爵，因为这个杀了我几百个同胞的人，对他自己的士兵非常好，因而他们叫他 Uncle Bobs [①]。有人说当初若是由他掌管，一切都会没事，于是有了 'Bobs your uncle' 这俗语。他告诉我那事之后，我没再用过那句话，再也不用。有件事很奇怪，我尊敬的麦肯锡先生的祖父曾在罗伯茨勋爵麾下效力。他的祖父和我的亲人在第二次英阿战争中曾相互厮杀。难怪麦肯锡先生对我国家的历史这么着迷，这么了解那些战争。那场战争杀死了他的祖父和我的同胞。感谢阿拉，在打过那场战争而负伤带疤的人仍在世时，我把他当朋友，当老师。"

他再度停下，我们倾听风声，感受随风而来的新雪的第一道扎刺。那颤抖的风来自遥远的巴米扬，把每座山的雪、冰、冰冷空气一路挟带到坎大哈。

"于是，罗伯茨勋爵带领一万兵力，从喀布尔前来替坎大哈解围。他的士兵有三分之二是印度人，那些印度兵很能打。罗伯兹带着他们从喀布尔走到坎大哈，三百里路，走了二十二天。比我们，你和我，所走的路，从查曼到这里的路，要长上许多。而你知道，那段路我们走了一个月，有好马可骑，还得到了沿途村庄的协助。他们从天寒地冻的雪山走到炎热的沙漠，然后在经过艰苦得让人难以置信的二十天行军后，他们和阿尤布汗的部队大战，打败了阿尤布汗，罗伯茨拯救了坎大哈市的英国人。自那之后，即使他已经成为大英帝国的陆军元帅，他仍始终以坎大哈的罗伯茨之名为人所知。"

"阿尤布王被杀了？"

"没有，他逃掉了。然后英国人把他的近亲阿布杜尔·拉赫曼汗

[①] 鲍勃兹大叔，鲍勃兹为罗伯兹的昵称。

扶上阿富汗的国王宝座。阿布杜尔·拉赫曼汗也是我家族的祖先，统治国家很有一套，让英国人在阿富汗掌握不到实权。政治局势和之前——和那位伟大军人暨伟大杀人魔 Uncle Bobs 率兵强行通过开伯尔山口掀起的那场战争之前没有两样。这段故事的重点在于：坎大哈是阿富汗的关键，而现在我们坐在这里，看着我的城市燃烧起火。喀布尔是心脏，但坎大哈是这个国家的灵魂，谁宰制了坎大哈，谁就宰制了阿富汗。俄罗斯人一旦被赶出我的城市，就打不赢这场战争。在那之前，胜负难定。"

"我痛恨这一切。"我叹口气道，心知这场新战争最终什么都改变不了，心知所有战争其实都改变不了什么。割下最深伤口的，乃是和平，我心想。如今我记起来，记起那时我想着这段句子，认为那很精辟，希望能找个机会放进我们的谈话里。我想起那天的每件事，想起每个字，还有所有愚蠢、浮夸、肤浅的念头，仿佛命运刚用这些念头狠狠甩了我一耳光。"我痛恨那一切，真庆幸我们今天就要回家了。"

"你在这里有哪些朋友？"他问我。那一问令我意外，我猜不出他的用意。他看出我困惑的表情，于是又问了我一遍，脸上明显透着惊奇："在这山上，你认识的人当中，谁是你的朋友？"

"噢，哈雷德，谁都看得出来，还有纳吉尔——"

"哦，你现在把纳吉尔当朋友？"

"对，"我笑了，"他是朋友。此外我喜欢艾哈迈德·札德，还有马赫穆德·梅尔巴夫那个伊朗人。苏莱曼不错，还有贾拉拉德，狂放不羁的小伙子，还有札赫·拉苏尔那个农民。"

我一个个地念人名，哈德逐一点头，但他不置一词，我不得不继续讲。

"他们都是好人，我想。在这里的每个人。但那些……那些是跟我最合得来的人。你的意思是那样吗？"

"你在这里最喜欢的任务是什么？"他问，话题转换之快之突然，和他的胖朋友埃杜尔·迦尼没有两样。

"我最喜欢的……那很怪，我从没想过会这么说，但我想，照料马是我最喜欢的工作。"

他微笑，然后微笑扩大为大笑。不知为什么，我确信他是在想我倒吊在马颈下进营地那晚的事。"对啦，"我咧嘴而笑，"我不是这世上最会骑马的人。"

他笑得更起劲儿。

"但我一到这里，真的就开始怀念它们了，而你要我们把马都留在这山区。说来奇怪，我有点习惯有它们在身边。不知什么，下去看它们，替它们梳毛、喂食，总是让我觉得愉快。"

"我懂。"他低声道，看透我的眼神，"告诉我，其他人在祷告，而你跟着他们一起祷告时，我有时看到你跪在他们后面，隔着一小段距离，那时你嘴里念着什么？是祷告文吗？"

"我……我其实什么都没念。"我答，皱起了眉头。我再点起两根小烟卷，不是因为想抽，而是想借由点烟转移注意力，想汲取烟的小小暖意。

"那么，你什么都没讲，你心里在想什么？"他问，丢掉烟屁股，接下第二根烟。

"我不能把那叫作祷告。我想不是。我在想人，大部分时候。我想妈妈……女儿。我想阿布杜拉……普拉巴克——我跟你讲过他，我死去的朋友。想起朋友，我爱的人。"

"你想起你妈，那你爸呢？"

"没想。"

我说得很快，或许太快了，我感觉他仔细盯着我瞧，时间一秒一秒地过去。

"你爸爸还在吗，林？"

"我想是。但我……我无法确定。总之，那不关我的事。"

"你得关心你爸爸。"他严肃地说，再度望向别处。那时候，我觉得那是非常自大的告诫：他对我爸爸或我们父子的关系一无所知。我整个人陷入怨恨中，新的怨恨及旧的怨恨，因而未听出他语气里的极度痛苦。如今的我知道他是以同样有家归不得的儿子身份谈论他自己的父亲，但那时的我不懂。

"你比他更像我父亲。"我说。我觉得那是肺腑之言，我在向他表白心迹，但那句话听来却像是在生气，几乎是怀着恨意。

"不要那样说！"他厉声道，怒目瞪着我。那是他在我面前表现得最接近生气的一次，那突然的发火令我身子不由得抽动了一下。他立即放松表情，伸出一只手搭在我肩上。"你的梦呢？你最近做了什么梦？"

"梦？"

"对。谈谈你的梦。"

"我的梦不多。"我答道，开始努力回想，"很怪，你知道吗，过去我一直做噩梦，越狱之后做了许多噩梦。梦到自己被捕，或梦到拒捕。但自从来到这里之后，不知是不是因为空气稀薄，还是因为睡觉时太累、太冷，还是或许只是因为担心战争，我没做那些噩梦。在这里没有。反倒做了一两个好梦。"

"说下去。"

我不想说下去，因为那是梦到卡拉的好梦。

"就是……开心的梦，陷入爱河的梦。"

"很好。"他低声说，点了几次头，抽回放在我肩上的手。他似乎对我的答复感到满意，但表情消沉，近乎严峻。"我在这里也做了几个梦，梦到先知穆罕默德。你知道的，我们穆斯林如果梦到先知是不能告诉别人的。那是很好、很美妙的事，在穆斯林里很平常的事，但我们不准说出来。"

"为什么？"我问，冷得发抖。

"因为教法严禁我们描述先知穆罕默德的五官，严禁把他当成被看见的人来谈。这是先知穆罕默德的想法，这样世间男女才不会崇拜他，不会失去对真主的虔诚。因此我们没有先知穆罕默德的肖像、素描、画像、雕像，都没有。但我真的梦到他了。我不是很好的穆斯林，对不对？因为我把梦告诉了你。他徒步走在某个地方，我骑马来到他后面，那是匹完美、漂亮的白马，我没看到他的脸，但我知道是他。于是我下马，把马给他。出于尊敬之心，我始终低着头。但最后我抬起眼睛，看他骑马走开，骑进落日余晖中。那是我的梦。"

他神情平静，但我够了解他，因此看出他的眼神笼罩着沮丧，而且还有别的东西，非常新而奇怪的东西，我花了一些时间才理解那是什么。那是恐惧，阿布德尔·哈德汗在害怕。我感觉自己起了鸡皮疙瘩，我怎么也想象不到，在那之前，我一直认为哈德拜天不怕地不怕。我感到不安、忧心，决定改谈别的。

"哈德拜，我知道我在改变话题，但你能不能回答我这个问题？我一直在想前阵子你说的话。你说生命、意识和其他东西都来自大爆炸时的光，光就是上帝？"

"不是。"他答，脸上的表情我只能形容为慈爱的微笑，顿时驱散了我那突如其来的害怕和沮丧。"我不认为光是上帝。我认为光有可能是上帝的语言，这么说不无道理。光说不定是上帝对宇宙讲话、对我们讲话的方式。"

我站起身，暗自庆幸如愿转换了话题和心情。我跺脚，拍打身体两侧以活化血脉。哈德跟着我做，我们开始走上返回营地的短短路程，同时往冻僵的手呵气。

"说到光，眼前这光真奇怪。"我吐了口气说，"阳光普照，却那么冷，没有一丝暖意，感觉自己被困在寒冷的太阳和更冷的阴影之间。"

"搁浅在纠缠的闪光中……"哈德引述别人的话，我猛然转头，转得太猛，感觉脖子一阵剧痛。

"你说什么？"

"一句引述的话。"哈德拜答得很慢，意识到我很看重那句话，"某句诗。"

我从口袋拿出皮夹，从里面抽出一张折叠的字条。那张字条起皱、磨损得厉害，我一打开，折叠处就裂开破洞。那是卡拉的诗。在两年前的"野狗之夜"，我带塔里克去她公寓时，从她笔记本上抄下来的诗，之后我一直带在身上。在阿瑟路监狱时，官员拿走了那张字条，撕碎了。维克兰用钱把我救出监狱时，我凭记忆把它再写在纸上，从不离身。卡拉的诗。

"那首诗，"我兴奋地说，把那张破烂、飘动的字条递上去给他看，"那是个女人写的，一个叫卡拉·萨兰恩的女人。你曾派那女人和纳吉尔到吉多吉的店里……把我弄出那里。我很惊讶你知道那首诗。难以置信。"

"不是，林。"他答，语气平静，"那首诗是名叫萨迪克汗的苏非诗人所写的。我记得他的诗，他的许多诗。他是我最欣赏的诗人，也是卡拉最欣赏的诗人。"

那番话像冰封住了我的心。

"卡拉最欣赏的诗人？"

"我是这么认为。"

"你到底……到底多了解卡拉？"

"非常了解。"

"我以为……我以为你是在把我弄出吉多吉的店时认识她的。她说……我是说，我以为她说她是在那时候认识你的。"

"不，林，不是那样的。我认识卡拉已经有好几年了，她替我工作，或者最起码，她替埃杜尔·迦尼工作，而迦尼替我工作。想必她跟你说过这事，没有吗？你不知道？真让我惊讶。我一直认定卡拉应该跟你谈过我，而我确实跟她谈过你，谈过许多次。"

我的心像喷气机，在幽暗峡谷从我们的上方尖声呼啸而过，里头全是噪声和令人不明所以的恐惧。在对抗完霍乱疫情之后，我们躺在一块儿竭力抵抗睡意时，卡拉跟我说了什么？我在飞机上，遇见一个生意人，印度生意人，我的命运从此改变……那是埃杜尔·迦尼？她说的就是这个？我那时为什么没多问她的工作？她为什么不告诉我她的工作？她替埃杜尔·迦尼做什么工作？

"她替你，替埃杜尔，做什么事？"

"许多事。她有许多本事。"

"我了解她的本事，"我怒冲冲对他说，"她替你做什么？"

"许多事，"哈德答，答得缓慢而清楚，"其中之一是物色有用、有本事的外国人，例如你。她帮忙物色能在我们需要时替我们工作的人。"

"什么？"我问，喘着气说出这个其实不是在发问的字眼，感觉我的脸和心都结成了冰块，然后一块块掉下，在我的周遭裂成碎片。

他开口要继续讲，立刻被我打断。

"你是说卡拉吸收了我——为你？"

"没错，她是这样做的，而且我很高兴她这样做。"

寒意陡然在我体内升起，沿着血管蔓延，双眼变成雪做的。哈德继续往前走，注意到我停下，也跟着停住了。他转身面对我时，脸上仍在微笑。就在这时，哈雷德·安萨里走近，大声拍手。

"哈德！林！"他带着我已爱上的哀伤的浅浅微笑，迎接我们，"我决定了。哈德拜，我照你所说的，好好想了一下，我决定留下，至少留一阵子。哈比布昨晚在这里出现，哨兵看到了他。他在失踪以后干了许多骇人听闻的事，就是他对付俄罗斯俘虏的那些手段，甚至过去两个星期以来他就在这儿附近的坎大哈道路上，有些阿富汗俘虏也……这……这实在太可怕，我觉得很反感。事情太诡异，他们决定要动手处理。他们很害怕，打算一见到他就射杀。他们在谈猎杀他的事，像猎杀野兽那样猎杀他。我得……不知为什么，我觉得该帮他。我打算留下，我想找到他，劝他跟我回巴基斯坦。所以……你们今晚照原定计划走，不必管我，我会……我会在大概两个星期后出发。就……就这样，我想。我……我就是来说这些。"

这么长长的一段话之后，现场陷入了冷冷的沉默。我盯着哈德，等他开口。我既生气又害怕。那是种很特别的恐惧，那种只有爱才能激起的冷冷的恐惧。哈德回盯着我的脸，看出了我的心思。哈雷德看看我，又看看他，一脸困惑与忧心。

"我遇见你和阿布杜拉那晚呢？"我紧咬牙关说，抵住寒意和像痉挛般撕裂我更冷的恐惧。

"你忘了。"哈德汗答，口气更坚定了些。他的脸和我一样阴郁而坚决。那时，我从未想到他也会有受骗、被出卖的感觉。那时我忘了卡拉奇和警察突然搜捕的事，忘了他手下有个叛徒，有个很接近他的人想要他、我、我们其他人被捕或丧命。他那无动于衷的超然，我一直只当成无情的漠视。"在我们相见那晚之前很久，你就已经见过阿布杜拉。你在站立巴巴的庙里遇见了他，不是吗？那晚他去那里照应卡拉。她那时还不是很了解你，不是很清楚你，不清楚你可不可以信任，在她不熟悉的地方。她希望能有人在场帮她，如果你对她意图不轨的话。"

"他是她的贴身保镖……"我喃喃道，想着她不信任我……

"对，林，他是，而且是很称职的保镖。我知道那晚有人要狠动粗。阿布杜拉出手救了她，或许也救了你，是不是？那是阿布杜拉的责任，保护我的人。因此我侄子塔里克跟你一起住在佐帕德帕提区时，我派他跟在你后面。而在第一个晚上，他的确帮你打退了一些野狗，是不是？塔里克跟你在一起的时候，阿布杜拉始终按照我的吩咐，待在你和塔里克的旁边。"

我没在听。我的心里满是愤怒的箭，每支箭都往回呼啸，飞往更早的某个时空。我在心里寻找卡拉，寻找我所认识并深爱的那个卡拉，但每次想起跟她在一起的情景，秘密和谎言就跟着开始露出真相。我想起第一次，第一秒钟，遇见她时，她伸出手扶住我，使我免遭巴士碾过。那是在阿瑟班德路上，靠近科兹威路的转角，距印度宾馆不远。那是最多游客出没的地方。她是在那里等我，猎寻像我一样的外国人，寻找有用的新血，以便在哈德需要有人替他卖命时派上用场？她的确是。我住在贫民窟时，从某方面来说，也在做同样的事。我在同一个地方晃荡，寻找刚下飞机而想换钱或买大麻胶的外国人。

纳吉尔走上前来，加入我们。艾哈迈德·札德在他后面，隔了几步。他们与哈德拜、哈雷德站在一块儿，面对我。纳吉尔皱着脸，蹙起眉头，眼睛从南到北扫过天空，算计还有几分钟暴风雪就会降临。回程的东西都已打包好，且再次清点完毕，他急着想出发。

"那你为我诊所所做的事呢？"我问，觉得身体很不舒服，心知如果松掉硬撑的膝盖，放松双腿，我就会腿一软跪下。哈德没说话，我又问了一次："诊所的事呢？你为什么帮我？那是你计划的一部分？这个计划？"

刺骨寒风吹进开阔的高原，猛刮我们的衣服和脸，我们猛打哆嗦，几乎站不稳。一波灰暗肮脏的云团越过山头，涌向远处的平原和那座闪着亮光而垂死的城市，天色迅即变暗。

"你在那里干得很好。"他答。

"我不是问你这个。"

"我想眼前不是谈这类事情的时候，林。"

"是，就是。"我坚持。

"有些事你不会懂。"他严正地说，仿佛这句话他已经反复思量了许多次。

"告诉我就是了。"

"很好。我们带来这营地的所有药，作战需要的所有抗生素、盘尼西林，都是兰吉特的麻风病人供应的。我得知道用在这里会不会有问题。"

"哦，天哪……"我痛苦地呻吟道。

"所以我利用那机会，利用你身为外国人而又与家人、大使馆都没有联系这个不寻常的情况，在我自己的贫民窟开了一家诊所。我利用那机会测试药品，以贫民窟的居民为对象。你知道的，把那些药带上战场之前，我必须确认是否安全。"

"天啊，哈德！"我气得吼叫。

"我不得不——"

"只有他妈的疯子才会干这种事！"

"放轻松，林！"哈雷德厉声回应我。其他人站在哈德两侧，一脸紧张，仿佛担心我会攻击他。"你有点过分了，老哥！"

"我是过分了！"我说得结结巴巴，感觉牙齿在打战，努力想让麻木的四肢听自己使唤，"我是他妈的过分了！他把贫民窟里的人当天竺鼠或实验鼠或他妈的不管什么东西，利用他们来测试他的抗生素。他利用我来骗他们接受测试，因为他们相信我。这叫我怎么不过分！"

"没有人受伤，"哈雷德大吼，"那些药都很好，你在那里做的事很好。那些人都康复了。"

"我们应该立刻离开这冷得要死的地方，以后再来谈那个。"艾哈迈德·札德急急地插话，希望化解紧张的气氛，"哈德，我们得等这雪停了再离开，我们进去吧。"

"你要知道，"哈德强硬地说，不理会他，"那是为了战争而下的决定。二十人冒生命危险以拯救一千人的性命，一千人冒生命危险以拯救一百万人。你要相信我，我们知道那些药没问题。兰吉特的麻风病人供应不纯药物的概率很低。我们把药给你时，几乎百分之百确定那药是安全的。"

"那说说萨普娜。"在这空旷的户外，我对他，对自己与他的密切关系起了最深沉的恐惧，"那也是你的杰作？"

"我不是萨普娜，但他杀人的确是受我指使。萨普娜为我杀人，为了这场大业。你如果希望我告诉你全盘真相，我的确从萨普娜的血腥行径里得到了很大的好处。因为萨普娜，因为他的存在，因为他们害怕他，因为我承诺揪出他，阻止他，政界和警方同意我运送枪和其他武器从孟买运到卡拉奇和奎达，送到这战场。萨普娜的残杀的确有助于我们推动大业。我会再这么做，我会利用萨普娜的杀人行径，我会用自己的双手，再杀更多人，如果那对我们的大业有帮助的话。我们有大业要完成，林，这里所有人。我们如果赢得这场战争，我们将在这个地方，借由这些战役，永远改变整个历史。那是我们的大业——改变整个世界。你的大业是什么？你的大业是什么，林？"

雪花开始落下，在我们的身边纷飞，我很冷，冷得发抖，牙齿止不住直打战。

"那……那周夫人的事怎么说……当卡拉要我假扮美国人时。那是你的点子？你的计划？"

"不是。卡拉与周夫人之间有私人恩怨，她有她自己的理由。但我赞成她利用你把她的朋友救出'皇宫'。我想看看你能不能办到。那时候我就已经想到，有一天我要找你当我在阿富汗的美国人。而你干得很好，林。在周夫人的'皇宫'里，和她周旋得那么漂亮，这样的人不多。"

"最后一件事，哈德，"我结结巴巴地说，"我在牢里时……你和那件事有没有关系？"

现场陷入难堪的沉默，那是比最尖锐的声音更能钻入记忆里的沉默，是只有呼吸声的致命沉默。

"没有，"他终于回答，"但老实说，就在第一个星期过去后，我如果决定救你，我是有可能把你救出那里的。我几乎是立即就知道那件事。我有力量救你，但我没出手。在我本来有可能救你的时候，我没出手救你。"

我望着纳吉尔和艾哈迈德·札德。他们回盯着我，不动声色。我把目光转向哈雷德·安萨里。他回以极度痛苦而愤愤不平的表情，脸部扭曲，整个脸往把他的脸部分成两半的锯齿状伤疤处纠紧。他们全知道，他们全知道哈德把我留在那里。但那没什么，哈德又没欠我什么。他不是害我坐牢的人，他没有义务把我弄出去。而且最后他做了，他最后真的把我救出狱，他真的救了我的命。我挨了那么多打，还有人为了替我传口信给他而挨打……而我们即使办到，即使真的传口信给哈德，他大概也会置之不理，仍把我留在那里，直到他肯出手搭救为止。原来所有希望都是一场空，都毫无意义。让人知道自己的希望是多么枉然，自己的期待就是那么枉然，就等于是打掉你心中想要得到爱的那个角落，幸福而相信人的那个角落。

"你想让我……让我……出来后会大大感激你，因此……把我留在那里。是不是这样？"

"不是，林。那纯粹是不凑巧，纯粹是你那时的命运。我和周夫人有个约定，她那时正协助我结识政治人物，协助我博取巴基斯坦某将领的好感。他是卡拉的……人脉，他其实是她的特别客户。她第一个把那个巴基斯坦将领，带到周夫人那里。那条人脉至关重要，他对我的计划至关重要。周夫人非常气恼，认为除了让你坐牢，没别的办法可消她心头之恨。她想让你死在那里面。我的工作一办完，立刻就派你的朋友维克兰去救你。你要相信我，我从来不想伤害你。我喜欢你，我——"

他突然停下，因为我把手放在了腰间的枪套上。哈雷德、艾哈迈德、纳吉尔立即紧张起来，举起手，但他们距我太远，无法一跳就抓住我，而且他们也知道这点。

"哈德，你如果不转身，立刻走开，我对天发誓，我会做出让我们两个都完蛋的事。我不管自己会有什么下场，只要我不必再看到你，不必再跟你讲话，不必再听你讲话就可以。"

纳吉尔慢慢地，近乎随意地跨出一步，站在哈德前面，用身体护住哈德。

"我对天发誓，哈德。现在我不在乎自己的死活。"

"但雪一停，我们就要离开，前往查曼。"哈德答道，那是我第一次听到他的声音里有犹豫和畏缩。

"我说真的，我不跟你走，我要留在这里。我要自己走，或者留在这里。这不重要。只要……你他妈的……滚出……我的视线就好，看到你就让我反胃！"

他站在原地又过了片刻，我感受到想掏枪射他的冲动，要把自己溺死在寒冷、厌恶和愤怒的浪潮里的冲动。

"你得知道，"他最后说，"不管我做错了什么，都是出于对的理由。我对你做的那些事，都在我认为你能承受的范围内。你该知道，你得知道，我一直把你当成朋友，当成我挚爱的儿子。"

"而你该知道，"我回应他，头发、肩膀上的积雪越来越厚，"我全心全意痛恨你，哈德。你的全部智慧，最终都是要让人陷入怨恨，对不对？你问我，我的大业是什么，我唯一的大业就是获得自由。如今，那大业就是摆脱你，永远摆脱。"

他的脸因寒冷而僵硬。雪落在他的胡髭上，看不出他的表情。但他金黄色的眼睛隔着灰白的雾发亮，那双眼睛里仍有存在已久的爱。然后他转身走开。其他人跟着他转身，留下我一人在暴风雪里，搭在枪套上的手冻得发僵、颤抖。我啪嗒一声关掉保险，抽出斯捷奇金手枪，娴熟而利落地扳起扳机，一如他教我的。我把枪拿在身体的一侧，对准地面。

几分钟过去了，让人难以忍受的几分钟。在那几分钟里，我本可以追上去，开枪杀了他，然后自杀。然后我想丢下枪，但枪粘在我冻僵麻木的手指上掉不下来。我想用左手把枪掰离手指，但所有手指都在抽筋，我只得放弃。我的世界成为打转的白雪穹顶，然后我向白色的雨举起双臂，一如在普拉巴克村子里，在温暖的雨下面我所曾做过的。我孤独一人。

许多年前爬上监狱的围墙时，我像是爬上世界边缘的围墙。我滑下围墙得到自由时，我失去了我所知道的整个世界，还有那世界所容纳的所有爱。在孟买，我试图打造一个充满爱的新世界，希望那儿能像是那个我已失去的世界，甚至能取代那个世界，但那时我并未察觉自己在这么做。在我打造的新世界里，哈德是我父亲，普拉巴克和阿布杜拉是我兄弟，卡拉是我爱人。然后，他们一个接一个消失了。另一个世界整个儿消失。

一个清晰的念头不请自来，浮现在我脑海里，像念出的诗句在我脑海里翻腾。我知道哈雷德·安萨里为什么要那么坚定地帮助哈比布。我突然清楚地领悟到，哈雷德那么做的真正用意。他想拯救自己，我说，说了不止一次，感觉麻木的嘴唇随着那句话而颤抖，却是在脑子里听到那句话。而就在我说出那句话，思索那句话时，我知道我不恨哈德或卡拉。我恨不了他们。

我不知道自己的心情为何突然就变了，而且变得如此彻底。大概是握在手里的枪，它给我的夺命威力或诸如此类的，以及来自我内心最深处的直觉，使我没用上这把枪。大概是因为失去哈德拜的这个事实。因为他转身走开时，我从血液里，在浓白空气中闻出的血，在嘴里尝出的血，我从那些血液里知道，完了。不管是什么理由，那改变像钢铁市集里的季雨席卷我的全身，不久之前我感受到的翻腾而充满杀气的恨意随之一扫而空。

我仍气自己把那么多孺慕之情放在哈德身上，气自己的灵魂不理会清醒时的想法，而去乞求他的爱。我气他把我当作消耗品，当作达成他目的的工具。我很愤怒，他拿走了我在贫民窟行医的工作。那工作本来可以让我自己，甚至别人重新看重我，本来可以在某种程度上弥补我干过的所有错事。尽管那小小的好事已遭污染、玷污，尽管我心中的愤怒和壁炉底部的玄武岩石板一样硬、一样重，我知道那要花几年光景才能磨掉，但我恨不了他们。

他们欺骗我，出卖我，把我的信赖打得伤痕累累，我不再喜欢、尊敬、欣赏他们，但我仍爱他们。我别无选择。站在那白茫茫的荒凉雪地里，我完全知道这点。人无法杀掉爱，甚至，无法用恨杀掉爱。人可以杀掉陷入爱河的心情、被爱填满的感觉，甚至杀掉可爱迷人的特质。人可以把它们全杀掉，或把它们化为麻木、强烈、沉重的遗憾，但无法杀掉爱本身。爱是狂热的追寻，追寻自己以外的真理。一旦真诚而彻底地感受到爱，爱就永远不死。每个爱的行动，每个付出真情的时刻，都是宇宙善的一部分。那是上帝的一部分，或者，那就是我们所谓的上帝，而且它永远不死。

最后，雪停了，我站着，与哈雷德隔着些许距离，看着哈德拜、纳吉尔和他们的人带着马离开营地。那个大汗，黑帮老大，我父亲，直挺挺地骑在马上。他拿着长矛，他的旗收卷在长矛上。他头也不回地离开了。

我决定与哈德拜分道扬镳，和哈雷德等人留在营地，但这么一来，我也将面临更大的危险。没有哈德汗罩着，保护自己变得困难许多。看着他离开，我理所当然认定自己不会回巴基斯坦。我甚至暗暗对自己说：我不会回去……我不会回去……

但当阿布德尔·哈德汗大人骑马没入雪花纷飞的朦胧之中时，我心里感受到的不是恐惧。我接受命运，甚至欢迎命运。我心想，最终我会得到我应得的。不知为什么，那想法让我变得纯净、清澈。我感受到的不是恐惧，而是希望，希望他会活着。我跟他之间完了，我不想再见到他，但看着他骑马进入那白影幢幢的山谷时，我希望他会活着。我祷告，祈求他平安无事，祈求他感受到我的心碎，我爱他。我爱他。

第六章

　　人为利益和原则而发动战争，但为土地和女人而厮杀。其他的原因和有力的理由迟早会被淹没在血泊中，失去其意义。生死存亡迟早会成为人们脑海里唯一的考虑，求生迟早会成为唯一合理的东西，而死亡迟早会成为唯一听得见、看得见的东西。然后，当最好的朋友在尖叫中死去，因疼痛、愤怒而发狂的好人在血泊中失去理智，当世上所有公平、正义、美好跟着兄弟、儿子、父亲的手、脚、头一起随风而逝，那时，叫人年复一年继续战斗下去、送命，然后再送命的，将是保住家园与女人的意志。

　　在上战场的几个小时前倾听他们的心声，就知道那所言不假。他们会谈到家，谈到心爱的女人。当你看着他们死去，就知道那所言不假。垂死之人在临终之际如果位于靠近土地的地方或者就在土地上，那人会向土地伸长手，以抓起一把土。如果可以，那人会抬起头看山峦、看谷地或看平原。如果那人离家很远，他会想到家，谈起家，会谈起他的村子或故乡或自小成长的城市。最终，土地才是他所关切的。在生命的最后一刻，他不会高声叫喊崇高的战争目标；在最后一刻，就在他说出他所信奉的上帝之名时，他会低声或喊着说出姐妹或女儿或爱人或母亲的名字。结局映照着序幕，最终还是为了某个女人、某座城市。

哈德拜离开营地的三天后，我看着他骑马走进轻飘的新雪中的三天后，在营地靠坎大哈那一侧的南监视哨，哨兵叫喊着有人接近了。我们冲到南缘，看到一团模糊不清的人影在陡坡上费力往上爬，可能有两个或三个人。我们立即同时拿出望远镜，朝那里望去。我看出有一个人在爬行，跪着慢慢往上爬，后面拖着两个脸朝上的人。经过一番打量，我认出那壮硕的双肩、弓形腿和鲜明的灰蓝色工作服。我把望远镜递给哈雷德·安萨里，跳过掩体，边滑边跑。

"是纳吉尔！"我大喊，"我想是纳吉尔！"

我是最早接应他的人之一。他趴在雪地里猛喘气，双手牢牢抓着那两个人的领口，双腿猛往雪地踹，想找立足点。他就这样一只手抓一个，把仰着身体的他们拖到那个地方。他拖了多远，我猜不出来，但看来是很长一段，而且大部分是上坡。纳吉尔左手抓的是艾哈迈德·札德，他还活着，靠我最近，但似乎受了重伤；另一个是阿布德尔·哈德汗，已经死去。

我们出动三个人才把纳吉尔的手指掰离他死抓着的衣服。他又累又冷，说不出话，嘴巴又开又合，但说出来的话低沉沙哑，拖得很长，且音量忽高忽低。两个人抓住他肩膀上的衣服，把他拖回营地。我扯开哈德胸口的衣服，希望能救活他，但当我的手碰到他的身体时，发觉他冰冷、僵硬如木头。他已死了好几个小时，或许超过一天。他身体僵硬，手肘和膝关节微弯，双手收握成爪。但那覆着薄薄一层雪的脸很安详，毫无瑕疵。他的眼睛、嘴巴闭着，仿佛在静静沉睡。他走得那么安详，教我不愿相信他已经死了。

哈雷德·安萨里摇着我的肩膀，我猛然回到眼前，仿佛从梦中醒来，但我知道，自哨兵最早向我们发出警报以来，我一直很清醒。我跪在雪地里，靠在哈德身上，把他英俊的脸贴在我的胸膛上抱着，但我事后不记得自己曾这么做。艾哈迈德·札德不见了，他已被拖回营地。哈雷德、马赫穆德和我半抬半拖，把哈德的尸体搬回大山洞。

有三个人正在救治艾哈迈德·札德，我上前帮忙。那个阿尔及利亚人的胸膛与腰部之间的衣服因血结冻而变得僵硬。我们一块块割掉衣服，就在我们碰到他裸露皮肤上血肉模糊的伤口时，他张开眼看我们。

"我受伤了。"他说，用法语，然后阿拉伯语，然后英语。

"对，兄弟。"我回答，与他眼神相交。我努力挤出浅浅微笑，觉得麻木而不自然，但我确信那使他心情好了些。

他的身上至少有三处伤口，但到底有多少伤口，很难弄清楚。他的腹部被硬生生地扯出一个洞，可能是迫击炮的炮弹碎片造成的，惨不忍睹。我分析金属碎片可能留在他体内，往上顶到他的脊椎，他的大腿和腹股沟也有裂开的伤口。他失血太多，伤口周边的肌肉蜷缩，没有血色。我简直不敢想象他的胃和其他内脏受了什么伤害。空气中散发着强烈的尿臊味和其他排泄物、体液的味道。他能挨这么久根本是奇迹。天寒地冻似乎保住了他的性命，但他时间不多了，只有几个小时甚至几分钟可活，而我束手无策。

"很糟？"

"对，兄弟。"我答，我忍不住——因为难过，我说这话时，声音哽住了，"我无能为力。"

如今我真希望当时没说那话。在我坏事做尽的一生中，在我后悔自己曾说过、做过的数百件事情之中，这脱口而出的小小真心话几乎是最教我后悔莫及的。那时我不知道，他能撑那么久，是因为他抱着能得救的希望。然后，因为我的那些话，他在我眼前往后掉进黑暗的湖里。他的皮肤开始失去血色，随着他放弃求生意志，随着让他紧紧绷住皮肤的小小硬撑意志瓦解，他从下巴到膝盖开始微微抽动。我想去拿注射筒和吗啡帮他止痛，但我知道我只能眼睁睁地看着他死，我不忍心把手拿开，而是继续握住他的手。

他睁亮眼睛，往周遭的洞壁四处瞧，像是第一次看见。马赫穆德和哈雷德站在他的一侧，我跪在另一侧，他凝视着我们的脸。他的目光从布满恐惧的眼窝发出，因为他心知已遭命运抛弃，死亡已在他体内，在曾是他生命之所寄的空间里撑开、鼓胀、填满。那是在接下来的几个星期、往后几年里我再熟悉不过的表情。但那时，在那一天，那是我从未见过的表情，我感觉头皮因害怕而发麻，感同身受他的害怕。

"应该用驴子的。"他用粗哑的嗓门说。

"什么？"

"哈德早该用驴子的，我一开始就告诉他。你听我说过，你们全听我说过。"

"对，兄弟。"

"驴子……在这项任务里。我在山区长大，我了解山。"

"对，兄弟。"

"应该用驴子。"

"对。"我重复同样的回答，不知该如何回应他。

"但他太骄傲了，哈德汗。他想感受……为了同胞……英雄回到故乡……那一刻。他想带马给他们……许多好马。"

他停下，被嘴里一连串咕哝作响的倒抽气动作呛到。那些动作从他受伤的肚子里发出，往上猛撞进噗噗作响的胸腔，再传到喉咙。暗色的液体——血液和胆汁——从他的鼻子和嘴角细细流下。他似乎未察觉。

"为了那件事，只因为那件事，我们朝巴基斯坦走时选择了错误的方向。为了那件事，为了把那些马送给他的同胞，我们走上了死亡之路。"

他闭上眼睛，痛苦呻吟，然后快速地再睁开眼睛。

"要不是为了那些马……我们会往东走，往边界走，直直往边界走。因为……因为他的骄傲，知道吗？"

我抬头看，与哈雷德、马赫穆德互瞥了一眼。哈雷德与我目光相接，随即转移视线，专注望着他垂死的朋友。马赫穆德与我四目交接良久，直到我们互相点头，才移开。那动作很轻，外人大概看不出来，但我们两人都知道，我们已回应了对方，轻轻点头，并在那动作中获得某种共识。说得没错，是骄傲葬送了这枭雄的一生。别人或许会觉得奇怪，但我直到那时候，直到了解骄傲如何要了他的命，才开始真正接受哈德拜已死的事实，才开始感受到他的死亡带给人的茫然空虚。

艾哈迈德又讲了一会儿话。他告诉我们他老家的村名，指点我们如何根据它与最近的大城市的相对位置找到它。他跟我们谈起他的父母亲，谈起他的兄弟姐妹。他想要我们转告他们，他在临终之际想起了他们。然后，他死了，那个勇敢、爱大笑的阿尔及利亚人，那个老是一副像是在拥挤的陌生人里找朋友的人，在说着对母亲的爱时死去了。在他吐出最后一口气时，说出了真主的名字。

我们看着艾哈迈德死去，一动也不动，寒气透骨，身子快冻僵了。穆斯林葬礼里的净身工作由其他人接下，哈雷德、马赫穆德和我前去查看纳吉尔的情况。他没受伤，但整个人都累垮了，睡得不省人事。他张着嘴，眼睛微睁，露出眼白。他身体是温的，历尽艰辛的他似乎已开始恢复元气。我们离开他，前去查看哈德汗的尸体。

有颗子弹从哈德的体侧的肋骨下面穿进去，似乎直直打中心脏。没有子弹穿出的伤口，但左胸有大面积的血液凝结和挫伤。那个年代，俄罗斯 AK-74 所射出的子弹，弹尖是空的。子弹的钢质核心让子弹重心后移，使子弹翻转。它以横冲直撞、撕扯的方式进入人体，而非只是细细一点地钻进人体。国际法禁用这种子弹，但死于战场的阿富汗人几乎个个身上都有这种残暴子弹的可怕伤口。我们的大汗身上亦然。子弹从体侧进入，造成一个破碎、又深又开的伤口，然后子弹在他的体内一路肆虐，留下一道横跨胸膛的伤痕，最后在心脏上打出一朵蓝黑色"莲花"。

我们知道纳吉尔想亲自处理哈德拜的遗体，以供埋葬，所以用毯子裹住哈德，把他留在山洞入口附近挖出的一道浅雪沟里。刚挖好那雪沟，就传来颤动如鸟儿鸣啭的口哨声，我们立即起身，相对而望，恐惧而困惑。然后一声剧烈的爆炸撼动我们下方的地面，同时有橘光一闪，肮脏的灰烟冒出。迫击炮炮弹落在掩体围起的营地的远端边缘，距我们有百余米，但那气味和硝烟已使我们附近的空气又浓又呛，让人难以呼吸。然后第二发、第三发炮弹炸开，我们奔往洞口，扑进抢在我们前头躲进山洞的人群。那群人挤在一块，就如一只蠕动身子的章鱼。迫击炮弹扯裂洞外的岩质地面，犹如撕破混凝纸浆一般。我们伏低身子，手、脚、头挤在一块，惊恐万分。

情况不妙，而在那之后，情势更是逐日恶化。炮火停歇后，我们在营地熏黑的污痕与弹坑之间寻找死伤者。有两个人死亡，其中一个人是卡里姆。我们抵达营地的前一晚，我曾替他固定断掉的前臂。还有两人重伤，肯定难逃一死。许多补给品被毁了，其中最重要的是供发电机和炉子使用的燃料桶，而炉子和灯是取暖、烹煮不可或缺的。大部分燃料没了，所有的储水也没了。我们开始清理废墟（我的急救箱被火熏黑，变了色），把剩下的补给品集中放在大洞里。众人安静无声，担心且害怕。我们的确该担心害怕。

其他人忙着做那些事情时，我照料伤员。有个人被炸掉了一部分小腿和足部，脖子和一只上臂里有炮弹碎片。他才十八岁，在我们抵达的六个月前跟哥哥一起加入这支反抗军。他哥哥已在某次攻击坎大哈附近的俄罗斯前哨基地时身亡，而那男孩生命垂危。我从机械工的工具箱摸来不锈钢长镊子和长铁嘴钳，用来拔出他体内的金属碎片。

至于那条断腿，我帮不了什么大忙。我清理伤口，用钳子尽可能拔出碎骨。他的尖叫声落在我冒着油亮汗水的皮肤上，每阵刺骨寒风吹过，我就发抖。我在皮肤干净、坚硬而撑得住缝线的地方，把线缝进凹凸不平的肌肉，但没办法完全封住那个大张的伤口。有根粗骨从那凹凸不平的肉里伸出来。我突然想起该拿锯子把那根长骨锯掉，好让断肢的伤口平整，但我不确定那样处理是否妥当，我不确定那不会让伤口恶化，我不确定……在不确定自己所做是否妥当的情况下，你能促成的就只是持续不断的尖叫。最后的结果是，我往伤口撒上厚厚的抗生素粉，缠上无黏性纱布。

第二个伤者的脸和喉咙被炸伤，两眼毁掉，嘴、鼻大部分都不见了。从某些方面来说，他现在的外貌类似兰吉特的麻风病人，但他的伤口露出肉且出血，牙齿被炸得所剩无几，以至兰吉特损毁的外形相对来讲似乎还不算惨不忍睹。我取出他眼睛、头皮、喉咙处的金属碎片。他的喉咙处有几个伤口，伤势严重，呼吸虽然相当平稳，但我猜情况还会恶化。替他清理、包扎伤口之后，我替他们两个人打了一针盘尼西林和一安瓿吗啡。

最大的麻烦是缺血，我无法替失血严重的伤者输血。最后那几个星期我问过这些穆斯林游击战士，没有一个人知道自己或别人的血型。因此我根本无法替那些战士做血型配对，也无法建立捐血库。我的血型是 O 型，输给任何血型的人都不会引发不良反应，因此，我的身体就成为唯一的输血来源，我成为这整支作战队伍的活动血库。

　　一般来讲，捐血人一次输血约半升。人体约有六升的血，因此一次输血的量还不到人体总血量的十分之一。我架起哈德偷运进来的静脉滴注器，替那两名伤员各输进半升多一点的血。针存放在敞开的容器里而非密封袋里，我把那样的针扎进我和伤者的血管时，心里想着这套装备是不是来自兰吉特和他的麻风病人。输血给他们，耗掉了我将近五分之一的血。抽得太多，让我感觉头晕，微微作呕，我不确定那是自然的反应，还是纯粹由害怕所激起的错觉。我知道我有一段时间内不能再捐血，处境的绝望无助、我的绝望无助和他们的绝望无助令我极度痛苦，心情跌到谷底。

　　那是肮脏又叫人害怕的工作，我没受过那方面的训练。年轻时所受的急救训练内容包罗万象，但不包含作战伤害。而在贫民窟诊所的工作经验在这山区也没什么帮助。此外，我是凭直觉在做。前半辈子，在我自己的城市，那同样的直觉，救治他人的直觉，使我救活了吸毒过量的海洛因吸毒者。当然，那主要是出于不为人知的心愿，就像哈雷德对待那个穷凶极恶的狂汉哈比布一样，那是出于我想让自己获得帮助、拯救、治愈的心愿。虽然不多，虽然不够，但那是我唯一拥有的。因此，我竭尽所能，竭力不呕吐，不哭，不流露害怕，然后用雪清洗双手。

　　纳吉尔恢复得差不多后，坚持阿布德尔·哈德汗的葬礼要一丝不苟地遵守仪礼。办完葬礼之前，他不吃饭，连水都不喝。我看着哈雷德、马赫穆德、纳吉尔各自净身，一起祷告，然后准备处理哈德拜的遗体以便下葬。他的绿、白旗已不见了，有位穆斯林游击战士捐出自己的旗子当裹尸布。清一色白的底子上，写有这么一行字：

La illa ha ill'Allah

万物非主，唯有真主

马赫穆德·梅尔巴夫，从在卡拉奇一起搭出租车起就一直和我们在一起的那个伊朗人，主持仪式时深情、投入、充满爱意，因而他主持仪式和祷告时，我的目光一再投向他那平静而坚强的脸庞。即使他要埋葬的是自己的小孩，神情都不可能比眼前更平和或慈祥。我就在那场葬礼的那些时刻里，开始把他当成难得的朋友。

葬礼结束时，我看到纳吉尔的目光飘向我，我立即低下头，盯着我靴子旁边结冰的地面。他一脸羞愧，困惑，悲痛，难过。他活着是为了保护、服侍哈德汗，可如今哈德汗死了，他却还活着。更难堪的是，他毫发无伤。他的生命，光是好端端活在世上的这个事实，似乎就像个背叛。每次心跳都是一次新的不忠。而哀痛和疲惫让他元气大伤，病得很重。他看着像是瘦了十公斤，脸颊凹陷，眼睛下面出现黑色凹槽，双唇皲裂脱皮。双手双脚的情形也叫我忧心。我检查过他的手脚，知道那些部位的血色和体温还没完全恢复。我想他在雪地里爬行时，可能已经冻伤了。

其实，那时有项任务，让他的生活有了目标，甚至有了意义，但我当时不知道。哈德拜事先给了他一项最终的任务，一旦哈德在这次任务中丧命，他就要开始执行。哈德说了一个人的名字，要纳吉尔杀了他。那时候，他其实已经在执行那指令，才让自己苟活于人世，留下身躯以执行那项杀人任务。他的生存意志就靠那任务撑着，他整个生命萎缩为那个绝望的执着。那时的我完全不知道那件事，随着哈德下葬，寒冷的数日变成更寒冷的数星期，我无时无刻不在担心这个顽强、忠心耿耿的阿富汗人的神智。

哈德的死也改变了哈雷德·安萨里。那改变没那么明显，但同样深刻。我们之中许多人受到这个打击之后，干起例行工作时都浑浑噩噩，精神涣散，但哈雷德却变得更犀利，更有干劲。我常不知不觉发起愣，陷入伤痛、又悲又喜的沉思中，思念那个我们深爱但已失去的人。哈雷德却几乎每天都接下新工作，且总是精神抖擞。他因为打过几场战争，经验丰富，所以接替哈德拜的角色，担任穆斯林游击队队长苏莱曼·沙巴迪的军师。这个巴勒斯坦人显得审慎而从容，热情、坚毅、深谋远虑到了不苟言笑的程度。那些并不是哈雷德的新特质，他向来是个严肃而热心的人，但哈德死后，他散发出乐观和一定要赢的心情，是我从没见过的。他也祷告，从埋葬了哈德汗那一天起，哈雷德一直是第一个召唤众人祷告，最后一个从冰冻的石头上抬起膝盖的人。

苏莱曼·沙巴迪成了我们这群人之中（我们有二十个人，包括伤者）年纪最大的阿富汗人，他曾任加兹尼附近数个村落的共同领袖，也就是名叫 Kandeedar 的职务，加兹尼位于前往喀布尔三分之二路程的地方。他五十二岁，投身阿富汗战争已有五年，从围城到打了就跑的游击战到会战，各种战斗他都有经验。艾哈迈德·沙赫·马苏德，全国抗俄战争的非正式领袖，亲自指派苏莱曼在坎大哈附近设立几个南方防御区。我们这支混杂了数个民族的部队，每个人都对马苏德敬畏有加，敬畏到把那情感称为某种爱亦不为过。由于苏莱曼是"潘杰希尔之狮"马苏德直接任命的，大家对他也是同样的崇敬。

在雪地里发现纳吉尔的三天后，纳吉尔恢复到已能做完整报告时，苏莱曼·沙巴迪召开会议。他身材矮小，手大脚大，面容忧愁，高而宽的额头上有七道像田中犁沟的皱纹。厚厚缠起的白头巾遮住他的秃头，带点灰白的浅黑色胡子被修剪整齐，圈住了嘴巴。他下巴的胡子很短，双耳微尖，在白头巾衬托下尖得更明显，那微微流露的顽皮，加上他张大的嘴巴，意味着他原本可能是个爱作怪的逗趣之人。但那时，在那山上，眼神主宰了他的表情，那眼神透着说不出口的伤心，枯槁而哭不出泪的伤心。那是让我们心生同情，但又阻止我们与他热络交好的眼神。他尽管睿智、勇敢、亲切，但他心中的哀伤太沉重，无人敢冒险触碰。

除去在营地周边站岗的四名哨兵和两名伤者，我们有十四人聚集在洞里听苏莱曼讲话。天气极冷，气温在零度或零度以下，我们坐在一块儿取暖。

我很后悔在奎达的漫长等待期间没更用心学达里语和普什图语。在那场会议上，大家都讲那两种语言；开完会后，每个人也都讲那两种语言。马赫穆德·梅尔巴夫替哈雷德将达里语翻译成阿拉伯语，哈雷德再将阿拉伯语译成英语，于是会上只见他先倾身向左听马赫穆德讲，再倾身向右悄声向我说。如此转译再转译，花时间又拖沓，但让我惊奇且汗颜的是，每次哈雷德为我转译时，众人皆耐心等待。欧美的通俗讽刺漫画将阿富汗人描绘成粗野、杀人不眨眼的人（阿富汗人听到自己被描绘成这副德行，笑得乐不可支），但每次我与他们直接接触时，感受都完全相反。与阿富汗人面对面时，他们爽朗、和善、坦率，生怕失礼于我。那第一场会议上，我从头到尾没开口，接下来的每场会议也是，但他们仍旧让我知道他们所说的每句话，毫无隐瞒。

纳吉尔报告了让哈德汗遇害的那场攻击，听了让人心惊：哈德带着二十六人和所有骑乘用、驮负重用的马离开营地，踏上照理来说很安全的路线，前往他老家的村子。出发后的第二天，距哈德拜的村子还有整整一天的路程时，他们因为要和当地部族领袖互换礼物而不得不停下脚步。这种事碰过多次，他们不以为意。

会面时，对方问起哈比布·阿布杜尔·拉赫曼的事，口气很不客气。那时，距哈比布杀掉不省人事的可怜的悉迪奇，然后离开我们，已过了两个月。在那期间，他在他的新战区沙里沙法山脉，展开了一场单枪匹马的恐怖战争。他把一名俄罗斯军官折磨至死。他对阿富汗军人，乃至在他眼中不够投入抗俄大业的穆斯林游击战士，施行了他眼中符合正义的制裁。那些令人发指的折磨使那地区的所有人都提心吊胆，草木皆兵。有人说他是幽灵，或者《古兰经》中的大撒旦，前来撕裂男人的身体，把脸皮从颅骨剥下。原本是战区之间较平静的狭长地带，突然变成军人与其他战士愤怒、惊恐的骚乱之地，人人誓要揪出万恶的哈比布，把他给杀掉。

哈德拜意会到自己已陷入为捕捉哈比布而设的陷阱，意会到周遭的人对他此行的目的抱有敌意，哈德拜想尽快脱身，于是献出四匹马作为礼物，然后集合人马离开。就在快要脱离敌人高地的攻击范围时，枪声大作，子弹射进那道峡谷，双方激战了半个小时。结束后，纳吉尔清点自家人死伤，十八人死亡，其中有些人是负伤躺在地上时遭杀害的，割喉。纳吉尔、艾哈迈德·札德挤在横七竖八的人、马尸体中装死，才得以保住性命。

有匹马受了重伤，但没死。纳吉尔叫起那匹马，把哈德的尸体和垂死的艾哈迈德绑在马背上。马拖着缓慢而沉重的步伐在雪地上走了一个白天、半个晚上，体力不支倒地，在距我们营地将近三公里处死亡。然后纳吉尔拖着两人走在雪地上，直到被我们发现为止。哈德一行人遇袭后，有五人下落不明，他猜他们可能已脱逃或者被捕。有件事可以确定：纳吉尔在敌人尸体中见到了阿富汗军人制服和一些新俄罗斯装备。

苏莱曼和哈雷德·安萨里推断，攻击我们阵地的迫击炮和夺走阿布德尔·哈德性命的那场交战有关。他们猜那支阿富汗部队已重新集结，或许正跟着纳吉尔的足迹，或者从俘虏口中拷问出我们营地的位置，然后发动迫击炮攻击。苏莱曼判断敌人还会进攻，但大概不会发动全面的正面攻击。这样的攻击要死很多人，且未必能攻下。但如果有俄罗斯军队支持阿富汗政府军，只要天气够晴朗，可能就会有直升机来犯。不管是哪种攻击，我们的人员都会有所折损，最后我们可能会失去这块高地。

热烈讨论过有限的可行方案之后，苏莱曼决定以迫击炮发动两次反击。为此，我们需要可靠情报，掌握敌人的阵地位置和敌我兵力的多寡。他准备向年轻健壮的哈札布兹族游牧民贾拉拉德简单说明侦察任务时，才刚要开口，他突然定住，盯着洞口。我们每个人都跟着转头，瞠目结舌地望着明晃晃的椭圆形洞口冒出一道黑色人影。是哈比布。他躲过哨兵，溜进营地，潜行匿迹的工夫到了不可思议的地步。他站在我们旁边，相隔两小步。我很庆幸，我不是唯一伸手掏武器的人。

哈雷德冲上前，带着微笑，那是张大嘴巴、发自内心的微笑，让我看了讨厌的微笑，且因哈比布引发了那样的微笑而更讨厌他。哈雷德带那疯子进洞，要他坐在一脸惊吓的苏莱曼旁边。然后，哈比布开始讲话，神情自若，口齿清晰。

他说他见过敌人阵地，知道他们的虚实。他看到迫击炮攻击我们的营地后，便偷偷溜到下面他们的营地附近，近到可以听到他们决定午餐要吃什么。他能带我们到新的制高点，在那里可以把迫击炮射入他们的营地、杀死他们。他要求当场没炸死的人归他处理，那是他要的回报。众人辩论哈比布的提议，在他面前畅所欲言。有些人不放心把自己交给这个丧心病狂的人，这个以令人发指的折磨行为将战火带到我们洞穴的人。那些人说，跟他的邪行扯上关系会走霉运，既不道德又倒霉；有些人则担心那会杀掉许多阿富汗正规军。

这场战争有个看似古怪的矛盾之处，就是阿富汗人其实不愿自相残杀，每有同胞死亡时，都是由衷遗憾。在阿富汗境内，部族、民族相互对立、冲突的历史太久，除了哈比布，没有人真的恨替俄罗斯打仗的阿富汗人。真正教他们痛恨的阿富汗人，就只有阿富汗版的KGB[1]，也就是阿富汗的情报单位KHAD[2]。阿富汗的卖国贼纳吉布拉[3]最终夺下了政权，自命为国家统治者。他主持那个恶名昭彰的情报机构数年，该机构许多惨无人道的酷刑折磨都是由他主使。阿富汗的反抗军战士无不想着有一天能拉下套住他脖子的绳子，把他吊上空中。至于阿富汗军队的士兵乃至军官，就不一样了。他们是亲人，其中许多人奉召入伍，只是奉命行事以求保命。阿富汗正规军常把俄军调动或轰炸的重要情报传给穆斯林游击战士。事实上，没有他们的秘密协助，就不可能打赢这场战争。而以迫击炮突袭哈比布摸出的那两个阿富汗军队阵地，将夺走许多阿富汗子弟的性命。

经过漫长的讨论，最终的决定是打。我们认定处境太危险了，除了反击，把敌人赶出这山区，别无选择。计划很周全，照理应会成功，但就像那场战争的其他许多行动一样，最终带来的只有混乱和死

---

① KGB，克格勃，全称"苏联国家安全委员会"，是苏联的情报机构，与美国中央情报局、英国军情六处和以色列摩萨德，并称为"世界四大情报机构"。
② KHAD，国家信息服务部，是阿富汗民主共和国安全机构和情报机构，成立于1978年，并在苏联占领阿富汗期间担任秘密警察的工作。
③ 纳吉布拉，穆罕默德·纳吉布拉·阿赫马德扎伊，1947年8月6日—1996年9月28日。他在1986年至1992年担任苏联傀儡政权阿富汗民主共和国最高领导人。1992年，反政府军攻入喀布尔，纳吉布拉被迫下台。1996年塔利班攻入喀布尔之后，将纳吉布拉处死。

亡。四名哨兵留守营地，我也待在后方照料伤员。突击队十四个人分成两组，哈雷德和哈比布带第一组，苏莱曼带第二组。按照哈比布的指示，他们在距敌营约一公里处（最大有效射程的范围内）设立迫击炮。天一亮就开炮，持续了半个小时。突击小组进入残破的营地，发现了八名阿富汗军人，有些人还活着。哈比布开始解决幸存者。我们的人虽已同意，但还是受不了他要干的事，因此，先返回营地，希望再也不要见到那个疯子。

回来后不到一个小时，我们的营区就遭到了反炮轰，弹如雨下，伴随嗖嗖、咻咻、砰砰的爆炸声。猛烈的攻击平息后，我们爬出藏身处，听到奇怪的嗡嗡震动声。哈雷德距我几米，我看到他带疤的脸上猛然闪过一丝恐惧。他开始跑向山洞群对面由岩石缝隙构成的小掩蔽处，他大叫，挥手要我一起过去。我朝他跨出了一步，随即定住，一架像狰狞的巨大昆虫的俄罗斯直升机越过营区边缘，浮现在空中。人在遭受炮火攻击时，那些机器显得格外庞大和狰狞，非言语所能形容。那怪物塞满你的眼和心，有一两秒时间，这世上除了那金属、那噪声、那恐惧，似乎别无他物。

它一出现，就立即向我们开火，然后转向飞开，犹如俯冲扑杀猎物的隼。两枚火炮箭似的冲向山洞，空气中传来烧焦味。火箭炮的速度太快，我的眼睛远远跟不上。我猛然转身，看见一枚火箭炮打中山洞群入口上方的峭壁，爆炸，冒出烟、火光、石头、金属碎片纷纷落下。紧接着，第二枚火箭炮射入洞口，爆炸。

震波扎扎实实打在我身上，就像是我站在游泳池边缘，有人用手掌把我推入池中。我被震倒，仰躺在地，由于体内的空气瞬间被抽走，我猛喘气，又被浓烟呛得喘不过气来。我看到了山洞入口，伤员在洞里，其他人躲在洞里。有人从黑烟和火焰中冲出，或跑或爬出山洞，其中一个人是名叫阿莱夫的普什图族商人。哈德拜很喜欢他，因为他善于取笑、无厘头地讽刺自大浮夸的毛拉（伊斯兰宗教学者）和地方政治人物。他的背部，从头到大腿都被炸掉了，衣服着火，在他背部裸露、炸开的肉的周边燃烧、成为冒烟的余烬。他的髋骨和肩胛骨清楚可见，随着他的爬行在张开的伤口里移动。

他在尖叫求救。我咬紧牙关跑向他，但那架直升机再度出现，轰轰地高速飞过我们，两次急转，掉转方向，好让机身在疾飞而过时从新的角度攻击。然后它大刺刺地悬在高原（原本一直是我们安全的藏身之处）的边缘附近，姿态傲慢、冷淡，丝毫不怕遭到攻击。就在我起身要往前移动时，它再度朝山洞群发射两枚火箭炮，接着又是两枚。齐发的火箭炮使整个洞内瞬间火光四射，翻滚的火球和白热的金属碎片融化了雪。有块碎片落在我身旁，砸进雪里，咝咝作响了几秒钟。我跟着哈雷德爬开，挤进狭窄的岩缝里。

武装直升机的机枪开火，向开阔地扫射，杀光了地上无处藏身的伤者。然后我听到了不一样的枪响，意会到我们这儿有人正朝直升机开枪反击。那是 PK 机枪（我们所拥有的俄制机枪之一）在反击。紧接着，另一挺 PK 机枪也发出长长的"吞—吞—吞—吞"的射击声，我们有两个人在朝直升机开火。我唯一的本能是找地方藏身，躲过那杀人不眨眼的杀人机器，但他们不仅挺身而出面对那怪物，还挑战它，引来它的攻击。

我身后某处传来一声大叫，一枚火箭炮咝咝飞过我藏身的岩缝，朝直升机奔去。那是我们某个弟兄用 AK-74 发射的火箭炮。那一枚未打中直升机，接下来的两枚也是，但我们弟兄的反击火力已找到目标，直升机的驾驶员眼看不妙，决定趁早溜走。

我们的人群一起大喊："Allah hu Akbar! Allah hu Akbar! Allah hu

Akbar!（阿拉至大！）"哈雷德和我慢慢挤出岩缝，见到有四个人在往前冲，朝那直升机开火。直升机低头飞离时，细细的一股赭黑色的烟从机身约三分之二处慢慢冒出，引擎拼命急转，声音尖锐刺耳。

第一个开枪反击的年轻人是哈札布兹族游牧民贾拉拉德。他把沉重的 PK 机枪交给战友，一把抓起用胶布缠了双排弹匣的 AK-74 步枪，急急跑去寻找可能在直升机的掩护下已偷偷摸到附近的敌军士兵。另有两个年轻男人跟着跑过去，又滑又跳地爬下雪坡。

我们在营区里寻找生还者。攻击发起时，包括两个伤员在内，我们有二十个人。结束后，我们剩十一个人：贾拉拉德，还有跟着他去防守圈内搜索阿富汗正规军或俄罗斯士兵的两个年轻人朱马和哈尼夫、哈雷德、纳吉尔、年纪很轻的战士阿拉乌丁、三名伤者、苏莱曼，还有我。我们失去了九个人，比起我们用迫击炮突袭杀掉的阿富汗士兵数量还多一个。

我们的伤兵伤势严重。一人被火烧得手指熔在一块，犹如蟹螯，脸被烧得看不出是人脸，靠红色脸皮里的一个洞呼吸，那个在他脸上颤动的洞可能是他的嘴巴，但无法确认。他的呼吸发出吃力的刮擦声，而且越来越微弱。我替他打了吗啡后，转去看下一个伤者。那是来自加兹尼的农民，名叫札赫·拉苏尔。先前我只要读起书或写起笔记，他都会端杯绿茶给我。四十二岁的他亲切又谦逊，在这个男人平均寿命只有四十五岁的国度里，他算是老人。他有条胳膊从肩膀以下完全不见了。炸掉他胳膊的那枚炸弹，不管是什么样的炸弹，还在他的身体上划出了一条口子，口子从胸膛拉到右髋骨。已经无法知道在他的伤口里还留有什么金属碎片或石头碎片。他在念词句重复的齐克尔（赞颂阿拉的诗词）：

真主伟大

真主原谅我

真主慈悲

真主原谅我

他的断臂处上方，断口处血肉模糊的肩膀残肢上缠了止血带，由马赫穆德·梅尔巴夫紧紧拉着。马赫穆德一时没拉紧，温热的血立即喷出，溅到了我们身上。马赫穆德再度拉紧止血带。我望着他的眼睛。

"动脉。"我说，苦恼于眼前的难题。

"对，在他手臂下方。看到了吗？"

"看到了，得缝合或夹住之类的，得止血。他已经失了太多血。"

医药箱里剩下的东西都已被熏黑或沾上灰末，全摆在我膝盖前的帆布上。我找到了一根缝针、一把生锈的机械工钳子、一些丝线。雪地上冷得让人发抖，裸露的双手也抽了筋。我把线缝入动脉、肌肉，那整个区域，拼命想封住大量喷出的红热鲜血。线几度卡住。我僵硬的手在发抖。这个男人是清醒的，意识清楚，并且处于极度疼痛之中。他断断续续地发出尖叫和号哭，但随即又继续赞颂真主。

我向马赫穆德点头，示意他可以放松止血带。虽然冷得发抖，但我眼里满是汗水。血从缝线处渗出，血流缓慢多了，但我知道即使是这么小量的渗血，最终仍会要了他的命。我开始把一团团绷带塞进伤口，然后包上加压性敷料，就在这时，马赫穆德沾满鲜血的双手用力抓住我的两只手腕。我抬头，看见札赫·拉苏尔已不再赞颂，不再流血。他死了。

我剧烈地喘气。那样的喘气只会给身体带来伤害，没什么好处。我猛然意识到自己已有好几个小时没吃东西了，我很饿。那念头——

饿、食物，开始浮现，我首次觉得不舒服，觉得那让人发汗的作呕感阵阵漫过全身，便摇头想甩掉。

我们回头再去看那个烧伤的患者，发现他也已经死了。我用迷彩帆布盖住他不动的躯体，往他那烧焦、熔化、面目模糊难辨的脸瞥了最后一眼，那一瞥变成了感谢的祷词。医护兵工作有个令人不忍面对的事实，那就是祈求人死掉跟祈求人活着的心情同样坚定，且几乎同样频繁。第三名伤者是马赫穆德·梅尔巴夫。他的背、颈、后脑勺上有灰黑色的小金属碎片和看似熔化塑料的东西。好在那些激射出的热烫物质只穿到皮肤上层，和金属碎片差不多，不过还是花了一个小时进行清除。我清洗伤口，撒上抗生素粉，在可包扎的地方予以包扎。

我们查看补给品和存粮。遭到攻击前我们有两只山羊，被攻击后，其中一只跑掉了，不见踪影。另一只找到时正瑟缩在由两面高悬陡峭的岩壁夹成的隐蔽凹洞里。那只山羊是我们唯一的食物。面粉已和米、印度液体奶油、糖一起烧成了灰。储备的燃料一点不剩。不锈钢医疗器材直接中弹，大部分已扭曲变形成一团废金属。我在残骸里找回一些抗生素、清毒剂、药膏、绷带、缝针、线、注射器、吗啡安瓿。我们有弹药和一些药物，可以融雪取水，但缺少食物，这是个危急的问题。

我们有九个人。苏莱曼和哈雷德决定离开营地。另一座山上有个山洞，往东边步行约十二个小时可到，他们希望那里的地形足以抵御攻击。顶多再过几个小时，俄罗斯人肯定会再派一架直升机来。不久后，地面部队也会抵达。

"每个人把两只水壶都装满雪，步行时放在衣服内，贴着身体。"哈雷德把苏莱曼的命令翻译给我听，"带武器、弹药、药物、毯子、一些燃料、一些木头、那只山羊。其他都不带。出发！"

我们空着肚子出发，在接下来的四个星期，当我们蹲在新山洞里时，一直处于空腹状态。贾拉拉德的年轻友人哈尼夫在家乡时是按伊斯兰教法宰牲畜的屠夫。我们抵达时，他宰了那只羊，去皮，挖掉内脏，并分成了四份。我们用木头和少量酒精生火，木头是从那个报废营地带来的，酒精取自酒精灯。除了某些部位，例如膝关节以下的羊小腿，是穆斯林不准食用的，羊身上的肉全部被煮掉，然后再将细心煮熟的肉分为许多小份，作为每人每日的配给。我们在冰雪里挖洞，充当临时冰箱，把煮熟的肉块存放在那里。然后，有四个星期的时间，我们都是小口啃咬肉干果腹，身体缩成一团，受尽老是吃不饱的痛苦折磨。

九条汉子靠着一只山羊的肉挨过了四个星期，说明我们纪律良好并有患难与共的情操。我们偷溜到附近村落许多次，试图补充食物，但当地所有村落都由敌军占领了，整个山脉被俄罗斯人所率领的阿富汗军方巡逻队包围。哈比布的酷刑折磨，加上我们对那架直升机造成的伤害，已激怒俄罗斯人和阿富汗正规军，他们发誓要消灭我们。有次外出觅食时，我们的侦察员听到最近的山谷里回荡着广播声。原来是俄罗斯人在一辆军用吉普车上装了扩音器，一个阿富汗人用普什图语把我们形容成土匪、罪犯，说政府已派驻一支特种部队来追捕，他们要悬赏捉拿我们。我们的侦察员想开枪打那辆吉普车，但心想那说不定是陷阱，想把我们诱出藏身之处，于是作罢。猎捕者的广播声像潜行的狼嗥，在陡峭的岩石峡谷里回荡。

驻扎在周遭所有村落的俄罗斯人似乎情报有误，也或许是他们跟踪了哈比布残酷处决的犯案踪迹，因而把搜索行动锁定在我们北方的另一座山脉。只要继续待在这偏远的山洞里，我们似乎就不会有事。因此我们只能等待，无处可逃、挨饿、害怕，挨过那一年最冷的四个星期。我们躲着，白天在阴影里匍匐，每天晚上，在没有光、没有热气的黑夜里挤成一团。随着一刻刻冰冷时光的流转，战争的刀子慢慢削掉了我们的期盼和希望，最后，在环抱住自己颤抖身躯的双手里，在那僵硬而沮丧的双手里，我们所拥有的，只剩一个东西、一个念头——活着。

第七章

我无法面对失去哈德拜，失去我的父亲梦。我用双手埋葬了他，但我并没有哀悼他。内心感触并未大到要我表现出那种难过，因为我的心不愿相信他已死去。在那场战争的那个冬天，我似乎爱他太深，而不愿相信他就这样走掉、死掉。如果这么深的爱能消失于土里，不再说、不再笑，那爱算什么？我不信，我认定必然会有所回报，并一直在等那回报到来。那时我不知道爱是单行道，如今我知道了。爱，像是敬意，不是得来的东西，而是付出的东西。

但在酷寒的那几个星期，我不知道那道理，未思索那道理，我转身离开生命中的那个洞，那个原来存有那么多充满爱之希望的洞，不肯去感受渴望或丧失。我瑟缩在寒冷刺骨、埋藏身躯的伪装里，由雪和阴暗石头构成的伪装里。我咀嚼我们仅剩的韧如皮革的羊肉块，那塞满心跳与饥饿的每一分钟，更将我拖离哀痛与真相。

最后，我们当然吃光了所有的肉，大伙开会讨论接下来要走的路。贾拉拉德和较年轻一辈的阿富汗人想逃命，想杀出敌人防线，前往靠近巴基斯坦边界的扎布尔省沙漠地区。眼见别无选择，苏莱曼、哈雷德无奈同意，但希望清楚掌握敌军的部署，以便决定从哪里突围。为此，苏莱曼派年轻的哈尼夫前去查探虚实，要他在二十四小时内回来，只在夜间行走。为了这个任务，哈尼夫要从我们的西南方绕一个大圈，到我们的北方和东南方。

等待哈尼夫回来的时间又冷又饿又漫长。我们喝水，但那仅能止住饿意几分钟，然后更饿。二十四小时变成两天，然后进入第三天，仍没有他的踪影。第三天早上，我们判定哈尼夫不是已死就是被捕，朱马自告奋勇去找他。朱马是赶骆驼人，来自阿富汗西南部靠近伊朗边界，为外族所包围的塔吉克人小聚落。他肤色浅黑，脸部瘦削，鹰钩鼻，有一张贴心的嘴。他和哈尼夫、贾拉拉德的感情很好，那是在战时牢里人与人会有的感情，怎么也预想不到的感情，鲜少以言语或肢体动作表达的感情。

朱马所属的塔吉克部族是赶骆驼人，哈尼夫、贾拉拉德所属的穆罕默德·哈札布兹族，则是以运送货物为业的游牧民族。这两个族群历来相互竞争，随着阿富汗迅速现代化，竞争更为激烈。1920年，阿富汗有整整三分之一的人口是游牧民，仅仅两个世代后的1970年，游牧民的比率只剩2%。这三个年轻人虽有竞争关系，但战争使他们不得不密切合作，成为形影不离的好朋友。他们的友谊孕育自战火暂歇而心情消沉、隐伏危险的那几个月，且在战斗中历经多次考验。他们最成功的一仗是使用地雷和手榴弹摧毁了一辆俄罗斯坦克。他们三人各捡了一块坦克金属碎片做纪念，系上皮绳，挂在脖子上。

朱马表示愿去寻找哈尼夫时，我们每个人都知道无法阻止他。苏莱曼疲累地叹了口气，同意他去。朱马不愿等到天黑，立即背着枪，蹑手蹑脚地离开营地。他和我们一样，已三天没进食，但他最后一次回头时抛回给贾拉拉德的微笑，炯炯有神，充满勇气。我们看着他离开，看着他渐渐远去的瘦削身体，在我们下方雪坡的阴影地上快速移动。

饥饿使寒冷更为难受，那是个漫长严酷的寒冬，每隔一天就有雪落在我们周边的山上。白天时气温在零度以上，但日暮后，会降到让人牙齿打战的零度以下，直到天亮过了许久才回温。我的双手双脚时时都觉得冷，让人发疼地冷。脸上的皮肤麻木，皲裂得如普拉巴克老家村子里农民的脸。我们尿在自己手上，以驱除那刺痛的冷，双手因此暂时恢复知觉；但我们太冷了，以致连小便都成问题。首先得把衣服完全打开，但那让我们畏惧，然后把膀胱里温热的液体排掉，让人寒意陡增。失去那暖乎乎的东西，会使体温急速下降，我们总是忍到受不了才去释放。

　　那天晚上，朱马没回来。午夜时，饥饿和恐惧使我们无法入睡，黑暗中传来微微的窸窣声响，我们每个人都跳了起来，七把枪对准出声处。然后我们惊讶地看见一张脸从阴影处浮现，比我们预期的更近得多。原来是哈比布。

　　"你在干吗，兄弟？"哈雷德用乌尔都语轻柔地问他，"让我们吓了一大跳。"

　　"他们在这里。"他答，嗓音理智而平静，像是发自另一个人或另一处，仿佛神灵附体，在代替神灵说话。他的脸很脏，我们每个人都没梳洗，没刮胡子，但哈比布的脏是那种黏得又厚又恶心的脏，叫人惊骇的脏。那种恶臭像是从受感染的伤口里流出的毒液，仿佛是深层的秽物从毛孔里被挤出来似的。"他们无所不在，遍布在你们四周，明天或后天，他们有更多的人手到来，就会上来抓你们，把你们杀光，很快就会来。他们知道你们的位置，他们会把你们杀光，眼前只有一条脱身之路。"

　　"你是怎么找到我们的，兄弟？"哈雷德问，嗓音和哈比布一样冷静而超然。

"我跟你们来的，我一直在你们附近，你们没看到我？"

"我的朋友，"贾拉拉德问，"你在哪里看到过朱马和哈尼夫吗？"

哈比布没答。贾拉拉德再问了一次，语气更急迫。

"你有看到他们吗？他们人在俄罗斯营区？被捕了？"

我们静静听着，满心恐惧，空气里充斥着哈比布身上那有毒的腐肉味。他似乎在沉思，也或许是在听别人听不到的声音。

"告诉我，bach-e-kaka，"苏莱曼轻声细语地问，用了"侄子"这个亲昵的字眼，"你说什么，眼前只有一条脱身之路？"

"到处都是他们。"哈比布答道，脸孔因张大嘴巴、精神错乱般的凝视而扭曲变形。马赫穆德·梅尔巴夫替我翻译，凑近我耳边悄声说："他们的人力不够，他们在最容易离开这山区的路上都布设了地雷，北边、东边、西边，全都布设了地雷，只有东南边没有，因为他们认为你们不会想从那条路脱逃，他们不在那条路布雷，好上来抓你们。"

"我们不能从那条路逃，"哈比布突然停住时，马赫穆德悄声对我说，"俄罗斯人控制了东南边的山谷，那是他们前往坎大哈的路。他们来抓我们时，会从那个方向过来，如果走那条路，我们一个都活不了，而且他们也知道这点。"

"现在他们在东南边，但明天，他们全会在这山的另一头，就是西北边，待上一天。"哈比布继续说。他的嗓音仍然镇静自若，但脸像斜睨的滴水嘴兽（gargoyle），那反而让我们每个人感到不安。"明天他们只会有少数人留在这里，只会有少数人留下，其他人则会在天亮后去西北边布雷，如果明天冲向东南边，攻击他们、和他们打，那里只会有少数人，你们就可以突围逃走，但只有明天。"

"他们总共多少人？"贾拉拉德问。

"六十八个。他们有迫击炮、火箭炮、六挺重机枪，他们的人太多，你们不可能趁夜溜过他们身边。”

“但你溜过了他们身边。”贾拉拉德不服气地说。

“他们看不见我，”哈比布平静地回答，“对他们而言，我是隐形人。直到我把小刀插进他们的喉咙，他们才看得到我。”

“太扯了！”贾拉拉德口气强硬地悄声对他说，“他们是军人，你也是，你如果能溜过他们身边而不被发觉，我们也能。”

“你的人有回来的吗？”哈比布问他，首次用那丧心病狂的目光盯着这位年轻战士。贾拉拉德张嘴想说话，但话又没入他心中翻腾的一小片海。他垂下目光，摇头。“你们能像我一样进入那营地而不被看到或听到吗？如果你们想溜过他们身边，绝对会像你们的朋友一样死路一条，你们没办法溜过他们身边，我能办到，但你们办不到。”

“但你认为我们可以杀出生路？”哈雷德问他，口气温和轻柔，但我们全都听出他话中的急迫之意。

“你们可以，那是唯一的路。我走遍了这座山的每个角落，我曾非常靠近他们，近到能听到他们抓痒的声音，所以我才出现在这里。我来告诉你们如何自救，但有个条件，你们明天没杀掉的人、幸存的人，全归我处理，要把他们交给我。”

“好，好，”苏莱曼爽快同意，生怕他变卦，“快，bach-e-kaka，说说你所知道的，我们想知道你所知道的。坐下来说说你所知道的，我们没吃的，没办法请你吃一顿，多多包涵。”

那几个星期，我们躲藏、等待，没有暖可取，没有热食可吃，每天都度日如年。在那期间，我们讲已讲过的故事，借此娱乐彼此，相互打气。在那最后一晚，几个人讲过故事之后，再次轮到我。数个星期前，我讲的第一个故事，讲我如何越狱，坦承自己是个罪犯，曾因犯罪而入狱，让他们大为惊骇，但他们也听得津津有味，在我讲完后，问了许多问题。

我第二个故事讲的是"暗杀之夜"的事，讲阿布杜拉、维克兰和我如何追踪到那些尼日利亚杀手，如何和他们扭打，并打败他们，然后把他们赶出印度；讲我如何追捕捅出这所有篓子的毛里齐欧，痛揍他一顿；讲我如何想杀他泄恨，最后还是饶了他一命，然后后悔自己一时心软，以致他后来去打莉萨·卡特，迫使乌拉出手杀了他。

那故事也很受欢迎，而当马赫穆德·梅尔巴夫在我身边坐定，准备替我的第三个故事翻译时，我不知道该讲什么才能再度勾起他们的兴致。我在脑海里搜寻故事主角，有很多主角，太多男、女主角，而第一个主角就是我的母亲，她的勇气和牺牲让我想起他们。但我开口时，却说起了普拉巴克的故事。那些话，就像某种绝望时的祷告，无须召唤，自然而然就从心里涌出来。

我告诉他们普拉巴克如何在小时候就离开他如天堂般的老家村子前往城市；如何在青少年时期和狂放不羁的街头少年拉朱等朋友返回家乡，对抗土匪的威胁；普拉巴克的母亲鲁赫玛拜如何鼓舞村民的斗志；年轻的拉朱如何走向自大的土匪头子，连开数枪，直到那人倒地身亡；普拉巴克如何喜爱大吃大喝、跳舞、音乐；他如何在霍乱流行时救了他心爱的女人、娶了她，最后如何在我们伤心的亲友围绕下死在了病床上。

马赫穆德替我译完最后一句话后，他们思索着那故事，现场陷入长长的沉默。我正以为他们和我一样，为我那矮子好友的一生而感动时，有人发问。

"那他们那个村子养了几只山羊？"苏莱曼一脸严肃地问道。

"他想知道有几只羊——"马赫穆德还没译完，我就回答。

"我懂，我懂，"我微笑地说，"嗯，我估计有八十只，或许多达百只。每户人家有约两三只山羊，但有些人家多达六或八只。"

那回答引来一阵比手画脚的轻声讨论，且比他们之间偶尔出现的政治辩论或宗教辩论更为热烈，壁垒更分明。

"那些山羊是……什么……颜色？"贾拉拉德问。

"颜色，"马赫穆德正经八百地解释，"他想知道那些山羊的颜色。"

"哦，这个嘛，我想是褐色、白色，有一些是黑色。"

"体型很大，像伊朗的山羊？"马赫穆德替苏莱曼翻译，"或者瘦巴巴，像巴基斯坦的山羊？"

"嗯，差不多这么大……"我边说，边用双手比画。

"他们，"纳吉尔也不由自主地加入讨论，"从那些山羊挤出多少乳汁，每天？"

"我……其实不是很懂山羊……"

"试着，"纳吉尔不放弃，"试着想想看。"

"噢，搞什么。我……老实说，根本只能瞎猜，但我要说，或许，一天两公升……"我说，无奈地举起双掌。

"你那个朋友，他开出租车能赚多少？"苏莱曼问。

"你那个朋友结婚前跟女人单独出去过吗？"贾拉拉德想知道，结果引来众人大笑，有些人还拿起小石子丢他。

那场谈话会就以这种方式谈论与他们有关的所有主题，最后我说声抱歉并离开，找到可以凝望夜空且较能躲避风寒之处。冰冷的夜空罩着雾，什么都见不到。恐惧在我空虚的肚子里潜行，然后猛然跳起，用利爪扑向关在肋骨围笼里的心脏，我努力想压下那恐惧。

我们就要杀出去了。没有人说，但我知道其他人全都在想我们活不成了。他们太高兴、太轻松。一决定迎战，他们过去几个星期的紧张、忧惧全部一扫而空。那不是心知获救的人那种愉悦的释怀，那是别的东西，那是我孤注一掷越狱的前一晚在囚房的镜子里看到的东西，那是我在与我一起越狱的那人眼里见过的东西。那是豁出去，拿生死当赌注，什么都不在乎的雀跃。明日某个时候，我们就会自由，或者死去。驱使我翻过监狱前围墙的那股决心，这时正驱使我们翻过山脊，迎向敌人的炮火，与其像老鼠一样死在陷阱里，不如战死。我逃出监狱，横越大半个世界，过了这么些年，结果竟置身在一群与我对自由和死亡抱持一模一样观点的人之中。

而我仍然害怕：害怕受伤，害怕脊椎中弹而瘫痪，害怕被活捉，在另一个监狱受狱警折磨。我突然想起，卡拉和哈德拜如果在身边，大概会跟我说有关恐惧的珠玑妙语。而想到这里，我了解到他们距离这一刻、距离这山、距离我，何等遥远。我明白我不再需要他们的才智，那帮不了我。这世上所有的聪明才智，都无法让我的心免于因那潜行的恐惧而紧揪。人一旦知道自己会死，机智聪明也无法让人心安。过人的天赋终归徒劳，机智聪明终归虚无。真正令人安心的东西，如果那东西真的降临，乃是时间、空间、感觉混合而成且透着古怪斑纹的东西，我们通常称为智慧的东西。

对我而言，在那场战争之前的最后一晚，那是我母亲的说话声，那是我朋友普拉巴克的生与死……上帝让你安息，普拉巴克。我仍爱你，当我想起你时，那股哀痛钉在我的心上，钉在我闪着灼热明星的眼睛里……在那个冰冷的山脊上，教我安心的东西是浮现在脑海里的普拉巴克的笑脸，我母亲的说话声：这辈子不管做什么，都大胆去做，就不会出太大的差错……

"喏，给你一根。"哈雷德说，往下滑到我身边蹲着，未戴手套的手拿着两根抽剩一半的烟，递上一根给我。

"哇噻！"我吃惊地望着他，"你从哪里弄来的？我以为上星期大家都抽光了。"

"是抽光了，"他说，用小打火机点燃了香烟，"但这两根例外。我留着供特殊时机抽的，我想现在是时机了。我觉得不妙，林，真的觉得不妙。心里的感觉，而我今晚甩不掉那感觉。"

自从哈德那晚离开之后，这是我们第一次讲了必要之外的话。我们每个白天、夜晚工作在一起、睡在一起，但我几乎从未和他目光相遇，我一直冷冷地避免和他交谈，因此他也一直与我无言。

"嘿……哈雷德……关于哈德和卡拉……不要觉得……我是说，我没有——"

"我知道，"他插话道，"你发火是理所当然的。站在你的立场，我能理解。我始终能理解。你受到了不公平的对待，哈德离开的那晚，我也跟他说起了这事。他该相信你的，说来好笑，他最信赖的人，这世上他唯一真正彻底信赖的人，最后竟是个疯狂杀手，竟是出卖我们所有人的人。"

那纽约腔，带着越来越强的阿拉伯口音，像是起着泡沫的温暖波浪席卷着我的全身，我几乎要伸出手拥抱他。他的嗓音总让我觉得笃定，他那带疤的脸让我看到真正的苦，但因为心中的芥蒂，我看不到那笃定和苦。能与他重修旧好，我太高兴了，因而误解了他刚刚论及哈德拜的那番话。我未用心思索，以为他在谈阿布杜拉，但其实不是。而那次机会，仿若其他无数个可以在一次交谈中了解全部真相的机会，就这样流失掉了。

"你有多了解阿布杜拉？"我问他。

"很了解。"他答道，淡淡的微笑渐渐变为不解地皱眉：这是扯到哪里去了？

"你喜欢他？"

"其实不喜欢。"

"为什么不喜欢？"

"阿布杜拉什么都不信。在一个没有足够造反者为真正目标而奋斗的世界里，他是个没有目标的造反者。我不喜欢什么都不信的人，也不是很信任那样的人。"

"我也是其中之一？"

"不是，"他大笑道，"你相信一些东西，因此我才喜欢你，因此哈德爱你。他真的爱你，你知道的，他跟我这样说过几次。"

"我相信什么？"我嘲笑道。

"你相信人，"他迅即回答，"贫民窟诊所那件事，还有其他类似的事，例如，你今晚讲的故事，关于那村子的故事。你如果不相信人，不会记得那些鸟事。霍乱肆虐时你在贫民窟努力的事，哈德很欣赏你那时候的作为，我也是。哎，有一阵子，我以为你甚至让卡拉也相信人。你要了解，林，如果哈德有选择，如果有更好的办法去完成他必须完成的事，他不会那样做。事情那样发展是不得已的，没有人想要你。"

"连卡拉也没有？"我微笑地问，享受完最后一口烟，在地上按熄。

"这个嘛，卡拉或许有，"他坦承道，笑出那有所压抑、带着难过的笑，"但卡拉是那样的人，我想她从没耍弄过的人是阿布杜拉。"

"他们曾在一块儿？"我问，惊讶得按捺不下嫉妒，眉头紧皱在一起。

"这个嘛，不能说是一起，"他不带感情地回答，凝视着我的眼睛，"但我曾是，我曾跟她同居。"

"你什么？"

"我跟她同居过六个月。"

"什么？"我问，咬紧牙根，觉得自己很蠢。我没资格生气或嫉妒。我从没问卡拉爱过谁，她也从没问我爱过谁。

"你不知道，是不是？"

"知道就不会问了。"

"她甩了我，"他缓缓吐出这几个字，"就在你出现时。"

"哦，妈的，老哥……"

"没事。"他微笑道。

我们沉默了片刻，各自回想最近几年的事。我想起阿布杜拉，想起在哈吉阿里清真寺附近的海堤边，我遇见阿布杜拉和哈德拜的那晚。我记得他说过，他用英语说的漂亮句子，是个女人教他的，那想必是卡拉，无疑是卡拉。我想起初见到哈雷德时，哈雷德举止的生硬不自然，我猛然领悟，他那时想必正受失恋之苦，或许还怪在我头上。我清楚理解到，他像一开始那样和善、亲切地对待我，内心想必经历过很大的煎熬。

"你知道吗，"片刻之后他又说，"跟卡拉相处，真的要很小心，林。她……一肚子火……你知道吗？她受了伤。她受伤严重，在所有关键之处。她小时候，他们真的伤了她，她的精神有点不稳定。来印度之前，她在美国做了某件事，而那也伤了她。"

"她做了什么？"

"我不知道。非常严重的事，但她没告诉我是什么事。我们绕着那事谈，如果你懂我意思的话，我想哈德拜知道那事，因为，你知道的，他是第一个遇见她的人。"

"不，我不知道，"我答道，想到自己对爱了这么久的女人了解这么少，不由得感到不悦，"为什么……你为什么认为她从没跟我谈起哈德拜？我认识她很久了，我们两人都为他工作时就认识了，而她从没说。我谈过他，但她一句话都没说，她从没跟我提过他的名字。"

"我想她纯粹是忠心于他，你知道的。我想她对你没有不良居心，林，她纯粹是太忠心，唉，她过去对他太忠心，把他当成父亲一样，我想。她的父亲在她小的时候死掉了，而且她继父在她还很年轻时也死掉了。哈德及时出现救了她，因此成了她的父亲。"

"你说他是第一个遇见她的人？"

"对，在飞机上。照她告诉我的，那过程有点离奇。她不记得自己上了飞机，那时她正为某件她干的事而逃亡，她有了麻烦。最后，她在几个机场搭了几架不同的班机，如此过了几天，我想。然后她在飞往新加坡的飞机上，从……我不知道……某个地方飞往新加坡。她想必是紧张崩溃或有诸如此类的情绪，因为她的精神崩溃了，她记得的下一件事，就是在印度的某个洞穴和哈德拜在一起，然后他把她交给阿曼照顾。"

"她跟我谈过他。"

"她谈过？她讲得不多。她喜欢那个人，他照顾她将近六个月，直到她的精神完全恢复为止。他带她回来，回到光明的世界。他们很亲密，我想阿曼是她这辈子最像她兄弟的人。"

"你和她在一起，我是说，当阿曼遇害时，你认识她吗？"

"我不知道他遇害了，林。"哈雷德严肃地说，紧皱眉头努力回想，"我知道卡拉认定了那样，认定是周夫人杀了他和那女孩……"

"克莉丝汀。"

"对，克莉丝汀。但我很了解阿曼，他是个性情很温和的男人，那种非常单纯、温和的男人。他完全是那种如果认为无法和女友自由自在地在一起，就会像浪漫的爱情电影那样，和女友服毒自杀的人。哈德查了那件事，非常仔细地查，因为阿曼是他的人，他肯定周夫人跟那件事无关。他证明她是无辜的。"

"但卡拉不信？"

"对，她不相信。那件事，加上先前其他的事，使她非常伤心。她有没有告诉你，她爱你？"

我迟疑了，一部分是因为不愿让出那小小的优势，如果他相信她真的说了那句话，我可能稍稍胜他一筹的优势；还有一部分是因为忠于卡拉，因为那毕竟是她的事。最后我还是回答了，我得知道他为什么问我这个问题。

"没有。"

"太可惜了，"他平淡地说，"我以为你或许是那个人。"

"那个人？"

"那个帮她的人，帮她突破的人，我想。那女孩的遭遇很惨，碰上了一些不幸的事。哈德使她的处境雪上加霜，我想。"

"怎么说？"

"他要她替他工作。他遇见她时救了她，他保护她，使她免受那件事的伤害——她在美国害怕的那件事。但就在那时，她遇见了那个男人，一个政治人物，他很迷恋她。哈德需要那个男人帮忙，因此他要她替他工作，而我想她不适合那工作。"

"什么工作？"

"你知道的，她那么美，那双绿色的眼睛，那么白的肌肤。"

"去他的。"我叹气道，想到哈德曾跟我长篇大论，谈到不道德之事里的不法成分，不法之事里的不道德成分。

"不知道哈德的心里在想什么，"哈雷德断言道，怀疑且不解地摇头，"最起码可以说……那不符合他的个性。老实说，我认为他不觉得那是在……伤害她。但她可以说是整个心凉掉，那就像是她的亲生父亲……要她去做那种下流事。我想她没有原谅他，但她还是出奇地忠于他，始终不变，我一直搞不懂。但我就是那样跟她搭在一块儿，从那件事开始到结束，我都看在眼里，我替她难过，如果你懂我意思的话。一阵子之后，事情一件接一件。但我从未进入她的心房，而你也是。我想永远没有人能。"

"永远可是很久的。"

"对，你抓到重点了。但我只是想提醒你，我不希望你再受伤了，兄弟。我们已吃了太多苦，na？而且我不希望她受伤。"

他再度沉默。我们盯着岩石和结霜的地面，避开对方的目光，兀自发着抖，度过几分钟。最后他深深吸了口气站起来，拍拍双臂双腿驱除寒意。我也站起身来，冷得发抖，猛踩麻木的脚。在最后一刻，哈雷德猛然伸出双手抱住我，动作之突然，仿佛是要挣脱纠缠的藤蔓。他抱得很紧，但他的头缓缓靠在我头上，动作轻柔一如沉睡小孩慢慢垂下的头。

他把身子抽离我时，脸别到一边，我看不到他的眼睛。他走开，我跟在后面，脚步更慢，双手抱胸驱寒。直到我独自一人时，我才想起他刚刚对我说：我觉得不妙，真的觉得不妙……

我决心跟他谈谈这点，但就在这时，哈比布从我身旁的阴影窜出，吓得我跳了起来。

"他妈的拜托！"我悄声说，口气强硬，"你他妈的吓死我了！别做那种让人讨厌的事，哈比布！"

"好，好。"马赫穆德·梅尔巴夫从那疯汉身边走出来。

哈比布口齿不清地对我说话，说得很快，我一个字都没听懂。他的双眼从头部瞪着前方，又黑又重的眼袋更夸大了效果。眼袋将下眼皮往下拉，在那圈碎裂、溃散的虹膜底下，露出了太多的眼白。

"什么？"

"没事，"马赫穆德重复道，"他想跟每个人讲话，今晚他想跟每个人讲话。他来找我，要我用英语把他说的话转述给你听，你是倒数第二个，然后是哈雷德，他想最后一个跟哈雷德讲。"

"他说了什么？"

马赫穆德要他把刚刚对我说的话重述一遍。哈比布照办，速度一样快，语气一样亢奋，同时盯着我的眼睛，仿佛觉得会有敌人或怪兽从我的眼里窜出。我回盯着他，眼神一样固定不动——我已被凶狠、疯狂的人缠住，江湖经验告诉我，这时绝不可以把眼睛转开。

"他说坚强的人让好运出现。"马赫穆德替我们翻译。

"什么？"

"坚强的人，他们自行造就好运。"

"坚强的人创造自己的好运？他是这意思？"

"对，就是，"马赫穆德同意，"坚强的人能创造自己的好运。"

"什么意思？"

"我不知道，"马赫穆德答，很有耐心地微笑，"他就这样说的。"

"他四处走，就告诉每个人这个？"我问，"坚强的人创造自己的命运？"

"不是。对我，他说先知穆罕默德，愿他安息，他先成为伟大的军人，然后才成为伟大的导师。对贾拉拉德，他说星星闪亮，因为它们满是秘密。他对每个人说的都不一样。他太赶了，没时间告诉我们这些东西，那对他很重要。我不懂，林，我想那是因为我们明天就要和敌人厮杀。"

"还有吗？"我问，对这番交谈大感不解。

马赫穆德问哈比布还有没有要说的。哈比布定定望着我的眼睛，用普什图语、法尔西语噼里啪啦地说了一些。

"他只说世上没有好运这回事，他要你相信他说的，他又说了一遍坚强的人——"

"创造自己的好运，"我替他译完，"好，告诉他，我很感谢他的指点。"

马赫穆德开口时，哈比布更专注地盯了我一阵子，在我眼里寻找我无法给他的肯定或回应。他转身，佝偻着曲膝大步跑开，不知为什么，我觉得那姿势比他眼里清楚可见的疯狂，更让人胆战心惊。

"接下来他要去干什么？"我问马赫穆德，宽慰他终于离去。

"他会去找哈雷德，我想。"马赫穆德答。

"妈的，真冷！"我结结巴巴地说。

"对，我冷死了，和你一样。我整天在想什么时候才不会这么冷。"

"马赫穆德，我们去听盲人歌手演唱，和哈德拜在一起时，你在孟买，对不对？"

"对，那是我们所有人第一次聚在一起，我在那里第一次见到了你。"

"很抱歉。我那晚没能认识你，我没注意到你在那里。我想问你的是，你是怎么和哈德拜走到一起的？"

马赫穆德大笑。很少看到他放声大笑，我不由得微笑回应。这趟任务让他瘦了，我们每个人都瘦了。他的脸瘦得毫无赘肉，露出高颧骨、尖下巴，下巴上留着浓黑的胡子。他的双眼即使在寒冷的月光下，仍如擦得发亮的神庙铜瓶。

"那时我站在孟买的街上，正在和朋友做护照生意。有只手搭在我肩上，是阿布杜拉，他告诉我哈德汗想见我。我去见哈德了，上了他的车。我们坐在车里谈，然后我就是他的人了。"

"他为什么挑上你？什么原因让他挑上你？什么原因让你同意加入？"

马赫穆德皱起眉头，看来他可能从没想过这些问题。

"我反对巴列维国王[①]，"他说，"巴列维的秘密警察，名叫萨瓦克的组织，那组织杀了许多人，把许多人关进牢里打。因为反抗那个国王，我父亲死在牢里，母亲死在牢里。那时我年纪很小，等我长大，我也反抗那国王，两度入狱，两度被打，身体遭过电击，痛得不得了。我为伊朗革命而战。霍梅尼催生出伊朗革命，巴列维逃往美国后，霍梅尼[②]成为新当权者。但萨瓦克秘密警察仍然横行，只是这时他们效忠霍梅尼。我再度入狱、再度被打、被电击，巴列维时代的同一批人，牢里的同一批人，这时效忠霍梅尼。我的朋友都死在牢里，死在对抗伊拉克的战争里。我逃到了孟买，和其他伊朗人做黑市生意。然后，阿布德尔·哈德汗吸收了我。我这辈子只遇到过一位了不起的人，就是哈德，如今，他死了……"

他哽咽得说不出话，用粗布夹克的袖子擦干两眼的泪水。

他说了长长一段，我们冷得要死，但我还想问他。我想知道全部真相，以填补哈德拜所告诉我的、哈雷德所告知我的秘密间的所有空白。但就在这时，传来了一声凄厉恐怖的尖叫声，然后戛然而止，仿佛声音的线被人用剪刀给剪断。我们互望，基于同样的本能，手往武

---

① 巴列维国王，穆罕默德·礼萨·巴列维（1919年10月26日—1980年7月27日）伊朗末代国王，礼萨汗国王的长子。1941年登基为王，以美国为靠山，成为美国的附庸，引起了国内不满，1979年被伊朗伊斯兰革命推翻。他是巴列维王朝的第二位君主，也是伊朗的最后一位沙赫（国王），常被称为"伊朗末代沙赫"或是"沙赫"。
② 霍梅尼，鲁霍拉·穆萨维·霍梅尼（1902年9月24日—1989年6月3日），伊朗什叶派宗教学者，大阿亚图拉（意为"真主最伟大的胜利"，是什叶派宗教学者中的最高等级），1979年伊朗革命的政治和精神领袖。在经过革命及全民公投后，霍梅尼成为国家最高领袖。

器上摸。

"往这边！"马赫穆德大喊道，踩着小心翼翼的步伐，跑过滑溜的雪和烂泥。

我们和其他人同时抵达出声处。纳吉尔、苏莱曼快步穿过人群，想了解我们正盯着什么瞧。他们怔怔定住，一动也不动，只见哈雷德·安萨里跪着，俯身在哈比布的身体上。那疯汉仰躺着，死了。

几分钟前，他说出好运那番话的喉咙，这时插着一把小刀。小刀插进他的脖子，左右扭转，一如哈比布对我们的马和悉迪奇所干的。但那把小刀，那把像河床上伸出的树枝，从沾满烂泥的喉咙里伸出的小刀，不是哈比布的小刀。我们每个人都很熟悉那把刀，我们全都见过它那造型独特、刻有图纹的兽角握柄，见过太多次。那是哈雷德的小刀。

纳吉尔和苏莱曼轻轻将哈雷德扶离尸体。他接受这帮忙，但不久就把他们甩开，跪回尸体旁。哈比布的帕图披巾围住胸膛的部位起皱了，哈雷德从尸体防弹背心的胸前拔出东西。那是金属，两块金属，用皮绳挂在哈比布的脖子上。贾拉德冲上前一把抓住，那是他和哈尼夫、朱马摧毁坦克后，捡来当纪念品的金属碎片，他那两个朋友一直戴在脖子上的。

哈雷德站起来，转身慢慢走离现场。他经过我时，我一只手搭上他的肩，跟着他走。我身后传来愤怒的咆哮声，贾拉德用卡拉什尼科夫步枪的枪托砸哈比布的尸体。

我回头，看见那疯汉发狂的眼睛被枪托上上下下的重击砸烂。恻隐之心执拗地生起，我竟为哈比布难过起来。我不止一次希望能亲手杀了他，我知道我会很高兴他死了，但那一刻，我非常替他难过，以致心情像失去朋友般哀痛。他曾是个老师，我听到自己这么想。这个我所认识的最残暴危险的人，原是个幼儿园老师。我甩不掉那想法，仿佛在那一刻那是唯一真正重要的真相。

众人终于把贾拉拉德拖开，现场只剩血、雪、毛发，还有被砸碎的骨头——那个饱受仇恨折磨的心灵原来寄身的骨头。

哈雷德回到山洞，用阿拉伯语低声讲着什么。炯炯有神的眼睛里满是教他精神为之一振的憧憬，使那带疤的脸散发出近乎骇人的坚毅。

他在山洞里卸下挂着水壶的腰带，任它滑落地上。他举起肩上的弹带，绕过头，同样任它落地。接着他在各口袋翻找，清出一个个口袋里的东西，最后他身上什么都没有，只剩下衣服。他脚边有假护照、钱、信、皮夹、武器、饰物，乃至他死去已久的家人照片，那皱了角的照片。

"他说什么？"我急切地问马赫穆德。过去四个星期，我一直在回避哈雷德的目光，冷冷地拒绝他的友善。突然，我无比担心，担心会失去他，担心已失去他。

"《古兰经》，"马赫穆德悄声回答，"他在念《古兰经》的经文。"

哈雷德离开山洞，走到营区边缘。我跑上去阻止，用双手把他推回来。他任由我推，然后再度走向我。我伸出双手抱住他，硬把他拉回几步，他没抗拒。他直直地盯着前方，盯着只有他看得见的幻象，令他非常恼火的幻象，嘴上同时念着具催眠效果的《古兰经》诗文。我放开他，他继续走出营地。

"帮帮我！"我大喊道，"你们没看到吗？他要走了！他要离开这里！"

马赫穆德、纳吉尔和苏莱曼走过来，但不是帮我拉住哈雷德，反倒是抓住我的双臂，轻轻掰离他身上。哈雷德立即往前走，我挣脱，冲上前再度拦住他。我向他大喊，甩他耳光以唤醒他注意危险。他没反抗，没有反应。我感到冰冷的脸上有热热的泪水，泪水流到我冻裂的嘴唇，一阵刺痛。我感到胸腔里在呜咽，像河水拍打、翻腾过冲蚀成圆形的石头，不断呜咽。我紧抱住他，一只手臂绕过他脖子，另一只手绕过他的腰，两只手在他背后紧紧相扣。

经过这几个星期的折磨，纳吉尔变得又瘦又虚弱，尽管如此，他的力气还是大得让我无法挣脱。他有力的双手抓住我的手腕，硬是把它们掰离哈雷德身上。我反抗，伸手想抓住哈雷德的夹克，马赫穆德和苏莱曼却帮着纳吉尔阻止我。然后我们看着他走离营地，走进已毁了或杀了我们所有人的寒冬。

"你没看到吗？"他走开时马赫穆德问我，"你没看到他的脸吗？"

"看到了，看到了。"我啜泣道，摇摇晃晃地回山洞，栽进我那已被不幸压垮的内心囚室中。

最后，当大家都恢复元气，所有人都做完祷告，每个人都准备就绪时，我们聚集在营区东南边附近，哈比布建议我们发动攻击的地方。他信誓旦旦地告诉我们，那道陡坡是我们杀出生路的唯一机会；他打算和我们一起攻击厮杀，因此没理由怀疑他的建议。

我们有六个人，另外五个是苏莱曼、马赫穆德·梅尔巴夫、纳吉尔、贾拉拉德和年轻的阿拉乌丁。阿拉乌丁二十岁，生性害羞，有着老人家褪了色的绿眼睛和男孩的笑容。他迎向我的目光，点头鼓励，我回以点头微笑，他的脸顿时化为灿烂的大笑，头点得更用力。我看向别处，羞愧于和他共处这么久，共处过艰苦的几个月，却从未想过找他聊聊。我们就要一起赴死，我却对他一无所知。

黎明点燃了天空。遥远平原上被风吹着跑的云朵红似火，旭日灼热的初吻把它们吻成绯红。我们握手、拥抱，一再检查武器，凝望着下面那通往永恒的陡坡。

结局来到时，总是来得太快。我脸皮紧绷，因为脖子、下巴的肌肉把我的脸皮往下拉，而那些肌肉又被紧抓着痛苦根源（枪）的双肩、双臂、冻伤的双手给拉紧。

苏莱曼下达了命令，我的胃猛然下垂、紧揪，像靴子下毫无感觉的冰冷土地般冻硬。我站起身，翻过山脊边缘，我们开始下坡。那是灿烂光明的一天，几个月来最晴朗的一天。记得几个星期前，我觉得阿富汗像座监狱，被关在群山环绕的石笼里，没有黎明、没有日落。但那天早上的黎明比我之前经历过的黎明都更美丽迷人。坡度从变得更陡，渐渐变得较和缓，我们加快脚步，小跑步越过最后一块玫瑰红的雪地，走上灰绿色的崎岖土地。

最初的几个爆炸声离我们太远，但并未教我害怕。好。来了。就这样……这几个字像连珠炮般在我脑海里一直出现，好似出自别人之口，好似有人，例如教练，正在为我做心理准备，以迎接最后一战。然后爆炸声更近，敌人的迫击炮找到了射击的方位。

我朝队伍尽头望去，看见其他人跑得比我更卖力，只有纳吉尔还在我身边。我想跑快点，但双腿似乎麻木不听使唤，看着双腿一步一步往前跑，我却感觉不到它们。我花了好一番努力，才把指令传给双腿，要它们加快。最后，我踉踉跄跄地加快跑步速度。

两枚迫击炮弹的爆炸落点很靠近我，我继续跑，等那疼痛，等那可笑至极的笑话降临。我的心在胸腔里翻腾，我猛喘气，呼噜呼噜地小口吸进冷空气。我看不到敌军阵地。迫击炮射程远超过一公里，但我知道一定没那么远。然后，首次传来枪响，子弹如阵雨般射来，AK-74 的"吞—吞—吞—吞"声，开枪者包括他们和我们。我知道他们已靠得很近，近到足以射死我们，近到我们可以射死他们。

我迅速扫视前方崎岖的地面，寻找洞穴或巨石，以找出最安全的通道。队伍里有人倒下了，就在我的左边，那是贾拉拉德。他跑在纳吉尔的旁边，距离我不到一百米。一枚迫击炮在他的正前方爆炸，把他年轻的身躯炸得粉碎。我再度往下看，跳过岩石、巨石，跌跌撞撞但没有倒下。我看到苏莱曼在我前方五十米处，紧抓着喉咙，然后往前倾，弯着腰再跑了几步，好似在找他前面地上的什么东西。他不支倒地，手捂着脸，往旁边翻滚。他的脸和喉咙流血、破掉、裂开，我往前跑，想绕过他，但地面崎岖、布满石头，我只好跳过他。

敌人卡拉什尼科夫枪的火光首次映入眼帘，离我很远，至少两百米，比我先前猜想的还远得多。一颗曳光弹"咻"的一声掠过我身边，我若往左偏一步就中弹。我们逃不了，也逃不出去；因为他们人虽不多，开火的枪也不多，但他们可以好整以暇地瞄准我们，把我们射倒，他们会把我们全射死。然后敌人阵地里响起一阵猛烈爆炸。白痴！他们炸掉自己的迫击炮弹，我心想，立即有枪声从四面八方响起。纳吉尔举起突击步枪，边跑边开枪，我看到马赫穆德·梅尔巴夫在我右前方，在苏莱曼原来的位置开火，我举起枪扣下扳机。

极近距离处传来了一声叫人不寒而栗的骇人尖叫，我猛然认出那是我自己在尖叫，但我控制不住。我望着我身边那些勇敢而漂亮的人冲进枪林弹雨里。是上帝让我这么想，也祈求上帝原谅我这么说，但假若荣耀是庄严又令人痴狂的兴奋，那是荣耀的，那真的很荣耀。如果爱是一种罪，那便是爱该有的模样；如果音乐能杀人，那便是音乐该呈现的感觉。而我使劲儿跑，翻过一道监狱围墙。

然后，周遭突然无声如海底的深处，我的双腿停住不动，炸起的土又热又脏，夹杂着沙子，堵住我的眼睛和嘴巴。有东西打中了我的双腿，有又硬又热又尖锐得吓人的东西打中了我的双腿。我往前倒，好似在漆黑中奔跑，撞上了倒下的树干。一发迫击炮，炮弹的金属碎片，震耳欲聋后的无声，烧灼的皮肤，遮住眼睛的沙土，呛得喘不过气。有股气味塞满我的脑子，那是我自己死亡的气味，死前闻到的气味，带着血味、海水味、潮湿土味、木头燃烧后的灰烬味，然后我重重倒地，穿过地面，坠入既深且想象不到的漆黑中。一直往下坠，没有光……没有光。

第八章

你如果盯着相机没有感情的死眼睛，那么相机总是会用真相嘲弄你。哈德的穆斯林游击队的所有成员几乎都在那张黑白照片里，大伙儿凑在一起拍正经八百的人像照。因此，照片中的那些阿富汗人、巴基斯坦人与印度人都失去了平日的真性情，变得不自然，别扭且绷着脸。从那张照片中无法看出那些人有多爱大笑、多容易露出笑容。没有人直视镜头，除了我，所有人的眼睛都稍稍往上或往下看，或者是稍微往左或往右瞧。照片里的人靠在一起，排成参差不齐的数排。我把照片拿在缠了绷带的手里，想起那些人的名字，照片中只有我自己的眼睛盯着我。

马兹杜尔·古尔是个石匠，名字的字面意思是"劳动者"，因为和花岗岩为伍数十年，他的双手永远呈灰白色；达乌德喜欢别人用他名字的英语版"戴维"叫他，梦想着到大都市纽约一游，到高级餐厅吃一顿；札马阿纳特，字面意思是"信赖"，勇敢的笑容掩饰他心中羞愧的极度痛苦，羞愧源自他们一家住在贾洛宰，即白沙瓦附近的庞大难民营，吃不饱、环境脏乱；哈吉阿克巴，只因为曾在喀布尔某家医院住了两个月，就被指派为游击队的医生，而我来到山上营地，同意接下他的医生职务时，他高兴得以祷告和苏非派苦行僧的狂舞回报我；阿莱夫，喜欢以顽皮的口吻讽刺世事的普什图商人，死在爬行于雪地时，背部被打出窟窿，衣服着火；朱马和哈尼夫是两个放荡不羁的男孩，被疯汉哈比布杀死；贾拉拉德，他们天不怕地不怕的年轻朋友，死在最后一次冲锋时；阿拉乌丁，英语简称为阿拉丁，毫发无伤地逃出来了；苏莱曼·沙巴迪，有着带了皱纹的额头和忧伤的眼睛，带领我们冲进枪林弹雨时丧生。

在那张团体照的中央，有靠得更紧的一小群人围着阿布德尔·哈德汗：艾哈迈德·札德，阿尔及利亚人，死的时候一只手握拳，放在冰冻的土地上，另一只拳头紧握在我手里；哈雷德·安萨里杀掉疯汉哈比布后，走进铺天盖地的大雪中，下落不明；马赫穆德·梅尔巴夫在最后一次冲锋时，和阿拉乌丁一样幸存，毫发无伤；纳吉尔不顾自己有伤在身，把不省人事的我拖到了安全的地方……还有我，我站在哈德拜后面稍偏左方，表情自信、坚决、镇静。据说，相机不会说谎。

救我的人是纳吉尔。我们冲进枪林弹雨时，迫击炮弹在极近处爆炸，爆声划破、撕裂了空气，冲击波震破了我的左耳膜。同一时刻，炸开的火热金属碎片高速掠过我们身旁。没有大块金属击中我，但有八块小炮弹碎片刺进我的两条小腿，一条腿有五块，另一条腿三块；还有两块更小的打中我的身体，一块打中肚子，一块打中胸。这些碎片贯穿了我厚厚的数层衣服，甚至刺穿了厚厚的钱袋和急救袋的坚实皮带，灼热地钻进我的皮肤；另一块则砸中了我左眼上方的额头处。

都是小碎片，最大的大概是美国一分钱硬币上的林肯人像那么大。但如此高速地刺进来，还是让我双腿一软，不支倒地。爆炸扬起的尘土撒满了我的脸，让我看不见，呛得喘不过气。我重重地倒在地上，在脸部正面撞上地面的前一秒，把脸侧到一边。不幸的是，我把被震破耳膜的那只耳朵朝向地面，那重重一撞，使耳膜的裂伤更严重。我眼前一黑，昏了过去。

双腿和一只手臂受伤的纳吉尔，把不省人事的我拉进壕沟状的浅凹地避开炮火。他颓然倒下，用他的身体盖住了我的身体，直到轰炸停息。他抱住我的脖子躺在那里时右肩后方中弹。若不是哈德的人用爱保护我，那块金属大概会击中我，而且可能会要了我的命。四周归于寂静后，他把我拖到安全地带。

"是赛义德，对不对？"马赫穆德·梅尔巴夫问。

"什么？"

"是赛义德拍下这张照片的，对不对？"

"对，对，是赛义德，他们叫他基什米希……"

这个字让我们猛然想起那个害羞的普什图族年轻战士。他把哈德拜视为战争英雄的化身，带着崇拜的心情跟着他四处跑，哈德汗朝他望去时，便立即垂下眼睛。他小时候得过天花没死，脸上有着密密麻麻数十个碟状的褐色小斑，他的绰号基什米希意思是"葡萄干"，年纪比他大的战士如此叫他，口气非常亲昵。他因为太害羞，不好意思跟我们合照，便自告奋勇去按快门。

"他和哈德在一起。"我喃喃说道。

"对，最终在一起。纳吉尔看到他的尸体躺在哈德旁，非常靠近他。我想，即使在那场攻击之前，他就知道他们会因遇袭而丧命，他仍会要求和阿布德尔·哈德在一起。我想，他仍会要求那样死去，而他不是唯一一个。"

"你从哪里拿到这张照片的？"

"哈雷德有卷底片，记得吗？哈德只准队里使用一台相机，那相机就归他管。他离开我们时，从口袋里掏出许多东西，全掉在地上，这底片就是其中之一。我带在身上，上个星期拿去冲洗，今天早上照片送回来。我想，大家离开前你会想看。"

"离开？去哪里？"

"我们得离开这里，你现在觉得如何？"

"很好，"我没说实话，"我没事。"

我在折叠床上坐起身，两腿旁移，跨到床侧。两脚一碰到地，胫部就一阵剧痛，我大声呻吟，额头也传来阵阵剧痛。我用缠了绷带、感觉迟钝的手指，抚摩头部绷带下的柔软敷料，绷带层层缠住我的头，像是缠了头巾般，左耳也不断作痛。我双手疼痛，双脚包在三层或更多层的袜子里，感觉像是在灼烧。左臀也很痛，那是数月前喷气战斗机飘过我们头顶、受惊吓的马踢我时造成的旧伤。那个伤口一直未完全愈合，我怀疑柔软的肌肉下有根骨头裂了。我的前臂靠近手肘处曾被我受惊慌乱的马咬伤，这时觉得麻木了。那也是几个月前的旧伤，也从未真正愈合。

我弯下身子，靠着大腿支撑，可以感觉到胃闷闷的，双腿肌肉变瘦了。在山区饿了那么久，我瘦了，而且瘦过了头。总之，情况不妙，我的身体状况很糟。然后我的心思回到手上的绷带，一种几近惊慌的感觉，像矛一样在脊椎里浮现。

"你要干什么？"

"我得拆掉这些绷带。"我厉声说，用牙齿扯咬绷带。

"等等！等等！"马赫穆德喊叫，"我替你弄。"

他慢慢解开厚厚的绷带，我感觉有汗水从眉毛流到脸颊。两边厚厚的绷带都解开后，我望着外形已毁损的双手，动一动，舒展手指。冻伤已使双手的所有指关节都裂开，青黑色的伤口非常难看，但所有手指和指尖都健在。

"你该谢谢纳吉尔，"马赫穆德检视我皲裂脱皮的双手时，轻柔地

176

小声说，"他们想切断你的手指，但他不同意。他要他们治疗你所有的伤之后才能离开，还逼他们治疗你脸上的冻伤。他留下了卡拉什尼科夫步枪和你的自动步枪，喏，他要我在你醒来时把这个交给你。"

他拿出斯捷奇金手枪，手枪用干酪包布裹着。我想拿，但双手握不住枪把。

"我先替你保管。"马赫穆德主动表示，露出僵硬的微笑。

"他在哪里？"我问，脑袋仍发昏，身上阵阵作痛，但这时已觉得好些了，更有体力。

"那边。"马赫穆德朝那边点头。我转头看见纳吉尔侧躺在类似的折叠床上。"他在休息，但已准备好，随时可以走。我们得尽快离开，朋友随时会来接我们，我们得先准备好。"

我瞧了瞧四周，我们在沙黄色的大帐篷里，草编的地垫上摆了约十五张折叠床。几个身穿宽松长裤、短袖束腰外衣、无袖背心阿富汗装的男子在床间走动，身上衣物是同样的淡绿色。他们正在用草扇替伤员扇风，用桶装肥皂水清洗他们的身体，或拿着废弃物，穿过帆布门上的窄缝丢弃。有些伤员在呻吟，或以我听不懂的语言在喊痛。在阿富汗的雪峰上待了几个月后，巴基斯坦平原上的空气浓浊且热，太多呛鼻的气味一阵接一阵传来，让我受不了，最后有股特别强烈的香味吸引了我的注意，那是我绝对不会认错的印度香米味，帐篷附近有人正在煮饭。

"老实说，我他妈的饿死了。"

"我们很快就会有好东西吃。"马赫穆德尽情大笑起来，要我放心。

"这里是巴基斯坦？"

"对，"他又大笑起来，"你记得什么？"

"不多。奔跑，他们朝我们开枪，从很远的地方。迫击炮弹到处落下。我记得……我中弹……"

我摸着缠住胫部、底下垫了纱布的绷带，从膝盖摸到脚踝。

"然后我撞上地面，然后……我记得……有辆吉普车？或卡车？有没有那回事？"

"没错，他们载走我们，是马苏德的人。"

"马苏德？"

"艾哈迈德·沙赫，'狮子'亲自出马。他的人攻击在水坝和两条通往喀布尔和奎达的主要道路，围攻坎大哈。他们现在还在那里，在那城外，而且我想，他们要到战争结束才会离开。我们正好撞上，老兄。"

"他们救了我们……"

"那是，怎么说，他们起码该为我们做的。"

"他们起码该为我们做的？"

"对，因为杀我们的是他们。"

"什么？"

"就是。我们往下跑，要逃出那座山时，阿富汗军队朝我们开枪。马苏德的人看到我们，以为我们是敌军阵营的。他们离我们很远，开始用迫击炮打我们。"

"我们的人打我们？"

"那时每个人都在开枪，我是说，每个人同时都在开枪。阿富汗军队也朝我们开枪，但打到了我们的迫击炮，我想是我们自己人发射的。阿富汗军队和俄罗斯士兵因此逃跑，他们逃跑时我干掉了两个。艾哈迈德·沙赫·马苏德的人有毒刺导弹，美国人四月时给了他们，在那之后，俄罗斯人就没了直升机。现在穆斯林游击战士在各地反击，战争在两年内，或许三年内就会结束，印沙阿拉。"

"四月……现在几月？"

"五月。"

"我在这里多久了？"

"四天，林。"他轻声细语地回答。

"四天……"我一直以为是一晚，原来我睡了长长的一觉。我再度转头看沉睡的纳吉尔，"你确定他没事？"

"他受了伤，这里……还有这里，但他壮得很，可以自己走。他会好的，印沙阿拉。他像个shotor！"

他大笑，用法尔西语的骆驼形容他："他下了决定，就没人能让他改变。"

我跟着他大笑，自我醒来的第一次大笑。我伸出双手按住头，好压下大笑引起的阵阵抽痛。

"纳吉尔决定的事，我可不想要他改变主意。"

"我也是。"马赫穆德附和道，"马苏德的士兵和我把你、纳吉尔抬上一辆俄罗斯的好车。开了一段路后，再把你和纳吉尔抬上卡车，载到查曼。在查曼，巴基斯坦的边境守卫想拿走纳吉尔的枪。他塞给他们钱，从你钱袋掏出来的一些钱，好保住他的枪。我们把你和两个死人藏在毯子里，把他们摆在你的上面，让边境守卫看那两具尸体，表示我们想替他们好好办个穆斯林葬礼。然后我们进入奎达来到这家医院，他们又想拿走纳吉尔的枪，纳吉尔又塞钱打发了。他们想切掉你的手指，因为那味道……"

我把双手凑到鼻子前闻了闻，仍有腐烂、死后发臭的味道。那气味淡淡的，但已足以让我想起山上最后一顿吃的那些已经开始腐坏的山羊脚。我的胃翻搅着，像要打斗的猫弓起身子。马赫穆德立刻拿来一只铁盘，凑在我的下巴前。我呕吐起来，把墨绿色的胆汁吐进盘里，无力地往前倒并跪下。恶心感消失后，我坐回折叠床上，感激地接下马赫穆德替我点好的烟。

"继续说。"我结结巴巴地说。

"什么？"

"你刚刚说……纳吉尔的事……"

"噢，对了，他从披巾下抽出卡拉什尼科夫枪对着他们，他告诉他们，如果切了你的手指，他会把他们全杀掉。他们想叫警卫、营地警察，但纳吉尔拿着枪站在帐篷门口，他们出不了门。我在他的另一头，替他留意背后，于是他们替你治疗。"

"有个阿富汗人拿着卡拉什尼科夫枪指着你的医生，那可真是个稳当的医疗计划。"

"没错。"他表示同意，毫无讽刺意味，"然后，他们开始治疗纳吉尔。他两天没睡，之后带着许多伤口睡着了。"

"他睡着时，他们没呼叫警卫？"

"没有。这里全是阿富汗人，医生、伤员、警卫，个个都是阿富汗人。但营地警察不是，他们是巴基斯坦人。阿富汗人不喜欢巴基斯坦警察，他们和巴基斯坦警察处不好，每个人都和巴基斯坦警察处不好。因此，他们允许我在纳吉尔睡觉时拿走他的枪。我照顾他、照顾你，等待着。我想我们的朋友来了！"

帐篷的长门帘整个被掀起，温暖的黄色阳光让我们为之一怔。有四个男子进来，他们是阿富汗人，有着丰富经验的战士；神情冷酷，眼睛盯着我，好似正盯着阿富汗长滑膛枪带装饰的枪管准星，在寻找目标。马赫穆德起身招呼，与他们悄声说了一些话。其中两个人叫醒纳吉尔，那时他正熟睡，有人一碰他，他立即转身，抓住那两人准备打架。看到他们和善的表情，他放下心，然后转头查看我。见我醒着坐在床上，他张大嘴巴笑着，很少露出笑容的脸，竟如此张大嘴巴笑着，教我不禁有些忧心。

那两人扶他站起，他的右大腿缠着绷带，靠着他们俩的肩膀支撑，一跛一跛地走到外面的阳光下。另外两个人扶起我，我想自己走，但受伤的胫部由不得我，我顶多只能拖着脚摇摇晃晃地走着。如此摇摇欲坠，让人不知该不该帮忙地走了几秒钟后，那两个人的四臂交握成椅状，轻松将我架起。

接下来的六个星期，我们一直遵照这样的养伤模式：在一个地方待上几天，或许长达一星期，随即突然搬到别的帐篷、贫民窟小屋或秘密房间里。在阿富汗战争期间，巴基斯坦特务，即简称 ISI 的机构，对于凡是未经他们批准就进入阿富汗的外国人，都不怀好意。在脆弱而无力自保的那几个星期，马赫穆德·梅尔巴夫负责保护我们，而令他困扰的是，收容我们的难民和逃亡者对我们的经历很感兴趣。我把金发涂黑，几乎时时刻刻都戴着墨镜，但在贫民窟和营区里，无论我们再怎么小心、再怎么隐秘，总有人认出我的身份。美籍军火走私者在与穆斯林游击战士并肩作战时受伤，这样的事若让他们知道了，要他们闭口不谈怎么受得了。而他们一旦拿出来谈，免不了会引起所有单位与特务的好奇。特务一旦找到我，大概会发现这个美国人其实是澳大利亚逃犯。对某些特务而言，那代表升官的好机会；对那些爱折磨人取乐的人而言，则会觉得如获至宝，会好好折磨我，再把我交给澳大利亚当局。因此，我们常常快速搬迁，只跟少数人讲话，那些让有伤在身的我们觉得可以安心托付性命的少数人。

细节一点一滴地浮现，我们最后那一役和获救，有了较完整的面貌。包围我们山区的俄罗斯、阿富汗士兵，包括某连队的大部分士兵，很可能都是由该连连长领军的。他们被派赴沙里沙法山脉的唯一目的就是抓到哈比布，将他杀掉。阿国当局悬赏巨额奖金捉拿哈比布，但哈比布带来的残忍和恐怖，让他们觉得这场猎杀行动更像是一场替天行道的个人正义行动。他们满脑子想着他残暴的仇恨，时时刻刻想抓到他，因而未察觉到艾哈迈德·沙赫·马苏德的部队在悄悄逼近。我们根据哈比布的情报，大部分俄罗斯士兵和阿富汗士兵在山的另一头忙着布设地雷和其他陷阱，当我们为求脱困而冲下山时，空荡荡的敌营哨兵大吃一惊，随即开火。他们或许以为是哈比布找上门来了，因为他们开枪时漫无目标，胡乱射击，使得马苏德的穆斯林游击战士决定将正在计划的攻击行动提前，他们想必认为，那是俄罗斯人的先发攻击。我冲向敌人时所看到、听到的爆炸声（白痴！他们炸掉的是自己的迫击炮），其实是马苏德的迫击炮在攻击俄罗斯阵地。迫击炮打到更远，打中我们的队伍，纯粹是意外——如他们所说，善意的炮火[1]。

而在那个欢欣鼓舞的时刻，愚蠢牺牲性命的时刻，"善意的炮火"飞来的时刻，在我冲进枪林弹雨时，我曾在心中将它形容为荣耀的时刻，却毫无荣耀可言，永远没有，只有勇敢、恐惧和爱，被战争一个接一个杀掉。荣耀当然归于上帝，那个字眼的真正意思在此，而人不能用枪服侍上帝。

我们倒下时，马苏德的人绕着山边一路追击败逃的敌人，与埋好地雷返回的敌军相遇。接下来的战斗，尸横遍野，奉命前来猎杀哈比布的部队，无人存活。那个疯汉若还活着，听到这个消息，大概会很高兴。我很肯定他会如何咧嘴而笑，会张开嘴无声而笑，因丧失亲人而发狂的眼睛，则会因汹涌的恨意而鼓起。

---

[1] 善意的炮火，friendly fire，在军事上专指友军误伤，字面意思为"善意的炮火"。

那个寒冷的白天，纳吉尔和我留在战场上，直到突然降临的傍晚。我们在迅速落下的日落阴影中发抖时，穆斯林游击战士和我们幸存的战友结束厮杀回来，发现了我们。马赫穆德和阿拉乌丁把死者苏莱曼、贾拉拉德抬出荒凉的山上。

那时马苏德的部队已和独立作战的阿查克扎伊族战士联手，攻下查曼公路上从山口直到坎大哈市的俄军防守圈边缘，距离被包围的坎大哈市不到五十公里。撤到查曼，再经过查曼山谷撤到巴基斯坦，迅速且顺利。我们乘坐的卡车载着死去的战友，几个小时就抵达了检查哨，而先前这段行程，我们骑哈德的马翻山越岭，走了一个月。

纳吉尔迅速痊愈，体重开始增加。他的手臂和肩膀、背部的伤口愈合完好，没给他带来多大的麻烦，但右大腿上更大更深的伤口，似乎已伤害了从髋骨到膝盖这段肌肉、骨骼和腱间的韧带，导致右大腿僵硬，走路时仍然一跛一跛的。

不过，他的精神相对来说很好。他急着回孟买，本来还很烦恼我还没复原，急到最后变成恼火。他带着恳求的催促"你好点了吗？现在可以走了？我们现在就走？"变成让人难以忍受的恼火，我为此斥责过他一两次。那时我不知道他有个任务，哈德交付他回孟买执行的最后任务。阿布德尔·哈德已死，他仍苟活于人间，让他既哀痛又羞愧，而正因为有那件任务待完成，他才没让那哀痛和羞愧击溃自己。随着我们日益康复，哈德最后交付的重任，就越是压得他要窒息，而有负重托之感，越发让他无法忍受。

我也有自己挥之不去的烦恼。双腿的伤口痊愈得相当快，额头上的皮肤顺利愈合，盖住一根脊状突起的小骨头，但裂掉的耳膜被感染了，带来一刻不停且几乎无法忍受的疼痛。每吃一口食物、每喝一小口水、每讲一句话、每次听到噪声，都会传来如蝎咬般的细细刺痛，那刺痛沿着脸部、喉咙的神经传导，深入我发烧的脑子。每次移动身子或转个头，就会传来剧烈的刺痛，痛得让人汗水直流。每次吸气、打喷嚏或咳嗽，会让那疼痛更加倍。睡觉时不经意移动身子，撞到那只受伤的耳朵，我便痛得大叫，从折叠床上猛然惊醒，吓醒方圆五十米内的每个人。

然后，我被那让人发狂的剧痛折磨了三个星期，中间未咨询医生，便自行施用大量的盘尼西林，自行以大量的热抗生素液清洗伤口。伤口慢慢愈合，那疼痛如记忆退离，好似大雾笼罩的遥远海岸上的地标。我手上的伤口愈合，留下指关节上已死的组织。冻坏的组织，当然不可能真正痊愈，而那创伤就成为我人生那段逃亡岁月里，留在我肌肉里的许多创伤之一。哈德之山所带来的创痛，化为我手的一部分。每逢寒冷的日子，我的双手就隐隐作痛，一如那场战役前，我握着枪时双手的疼痛，从而把我带回到那山上。但在气候较温暖的巴基斯坦，我的手指可以弯曲、活动，听从使唤。我的双手已可从事我一直等着要做的工作：孟买的那桩小小复仇。经过这番磨难，我变瘦了，但比起之前我们刚出发赶赴哈德的战争、圆滚多肉的那几个月，我的身体变得更结实，更能吃苦了。

纳吉尔和马赫穆德安排我们转搭多班火车，返回孟买。他们在巴基斯坦买了一小批军火，打算偷偷运进孟买。他们用布包住枪，扎成数捆，由三名说得一口流利印地语的阿富汗人负责运送。我们乘坐不同的车厢，从头到尾不跟那三个人打招呼，但时时惦记着那批走私货。我坐在头等车厢，想到这事的讽刺性，从孟买偷带枪支进入阿富汗，回来时又要把枪偷偷带进孟买，我不禁大笑。但那是苦涩的笑，我大笑后的表情，也使旁边的乘客望之却步。

我们花了两天多的时间回到孟买，我用假英国护照出入境，也就是我先前用来进入巴基斯坦的护照。根据护照上的入境日期，我的签证已逾期，靠着我能挤出的有限微笑魅力，还有哈德所给但尚未用完的钱，那些仅剩的美元，我若无其事地打点了巴基斯坦及印度的边境官员，让他们放行。然后，离开孟买八个月后，我们在天亮后的一个小时后进入了我挚爱的孟买，走进她酷热和热情得叫人吃不消的怀抱中。

纳吉尔和马赫穆德·梅尔巴夫从不起眼的远处，监看走私军火的卸货和运送。我告诉纳吉尔，那天晚上会在利奥波德和他见面，随后在车站和他们分手。

我拦了辆出租车，这岛屿城市的声音、色彩、自然优美的身姿，叫我醺醺然有了醉意，但我得集中精神。我的钱所剩无几，我请司机开到要塞区的黑市货币收集中心，要司机在楼下等着，我跑上三段狭窄的木梯来到计账室。哈雷德浮现在脑海里，我的心为之抽痛，我常和哈雷德一起跑上这些楼梯，和哈雷德一起，和哈雷德一起。我咬着牙忍住胫部的疼痛，同时忍住内心的伤痛。两名壮汉在门口晃荡，时时注意房间外的楼梯平台。他们认出了我，我们握手，三人咧嘴而笑。

"哈德拜还好吧？"其中一个人问。

我望着那冷酷的年轻脸庞，他叫埃米尔。印象中，他勇敢、可靠，对哈德汗忠心耿耿。一时之间，我不可置信地觉得，他在拿哈德的死开玩笑，我猛然有股愤怒的冲动想揍他一顿。但转念一想，他根本不知道哈德拜已经死了。怎么可能？他们为什么不知道？直觉告诉我不要回答那问题。我眼睛、嘴巴不动，摆出生硬、冷漠的微笑，擦过他身边去敲门。

一名矮胖且开始秃头，身穿白背心，缠着腰布的男子开门后，立即伸出双手包住我的手握手。那是拉朱拜，阿布德尔·哈德汗黑帮联合会账款收集中心的审计主任。他把我拉进房里，关上门。计账室是他个人生活天地和事业圈的核心，每天二十四个小时，他有二十一个小时待在那里。背心上，披在他肩上那条褪色的粉红白细绳，说明他是虔诚的印度教徒。在穆斯林占多数的阿布德尔·哈德帝国里，有许多印度教徒为他效命。

"林巴巴！真高兴见到你！"他开心地咧嘴而笑说，"Khaderbhai kahan hain?"哈德拜人在哪里？

我努力想压下脸上的惊讶，拉朱拜在帮里的辈分颇高，在联合会会议有一席之地。如果连他都不知道哈德已死，那这城市里更不会有人知道。如果哈德的死讯仍是个秘密，马赫穆德和纳吉尔想必会坚持不让消息外泄。对于这件事，他们没给我任何指示，我不懂为何如此，不管他们有何考虑，我决定支持他们，在这件事上噤声。

"Hum akela hain."我答道，并回以微笑。我一个人来的。

这并没有回答他的问题，他听了，眯起眼睛。

"akela..."他重复道。一个人……

"对，拉朱拜，我需要一些钱，快，出租车在等着。"

"需要美元吗，林？"

"美元 nahin。Sirf rupia."不要美元，只要卢比。

"需要多少？"

"Do-do-teen hazaar."我答道，用了"二—二—三千"这个向来表示三千的俗语。

"Teen hazaar！"他愤愤地说，但那其实是出于他的习惯，而非真的不悦。对于在街头讨生活者或贫民窟居民，三千卢比是笔不小的数目，但在黑市货币买卖圈子，那微不足道。拉朱拜的办公室，每天收到的账款至少是那数目的一百倍，而他付我工资和抽成时，经常一次就付六万卢比。

"Abi, bhai-ya, abi!" 现在就要，兄弟，现在！

拉朱拜转头，向他的一名伙计挑了挑眉毛。那人随即拿来三千卢比，都是用过但没问题的百元卢比纸钞。拉朱拜按照习惯，快速翻点那沓钞票，接着再查核一遍，才把钱递给我。我抽出两张放进衬衫口袋，其余的塞进长背心的更深的口袋里。

"Shukria, chacha," 我微笑道，"Main jata hu." 谢了，大叔。我走了。

"林！"他喊道，抓住我的袖子把我拦住。"Hamara beta Khaled, kaisa hain?" 我们的小伙子哈雷德，可好？

"哈雷德没跟我们在一起。"我说道，竭力不让嗓音和表情流露内心的感受，"他远行去了，去 yatra[①]，我不知道什么时候会再见到他。"

我两阶一步冲下楼，回到出租车上，每往下跳一步，胫部都被震得发疼。司机立即驶进车流，我要他开到科拉巴科兹威路上我知道的一家服饰店。孟买有个令人称奇的奢靡之风，就是有做工精美但相对便宜的衣服不断在变换款式，无穷无尽的款式，以反映印度国内、外最时髦的时装风潮。在难民营时，马赫穆德·梅尔巴夫给了我蓝色呢料长背心、白衬衫、粗质褐长裤。那些衣裤陪我从奎达一路回到孟买，但在孟买，这些衣服太热、太奇怪了，只会引来好奇的目光。我需要时尚的打扮以掩人耳目。我选了一条口袋又深又牢靠的黑牛仔裤、一双用来换下烂靴子的慢跑鞋、一件搭配牛仔裤的宽松丝质白衬衫。我在更衣室里换上新衣裤，把套上刀鞘的小刀塞进牛仔裤的皮带里，放下衬衫遮掩。

在收银台等结账时，我不经意瞥见角镜里的自己，那是呈现我脸

---

① yatra，朝圣之旅。

部四分之三的侧面像。那张脸如此冷酷、陌生，认出是自己的脸时，我不禁大吃一惊。我想起害羞的基什米希所拍的那张照片，再往镜子里瞧。我的脸上有种冷漠，或许还有坚定，那是我先前自信地盯着哈德的相机镜头时，眼里从未闪现的神情。我抓起墨镜戴上。我变了这么多？我希望能洗个热水澡，刮掉浓密的胡子，稍稍淡化那尖锐的冷酷。但真正的冷酷在我心中，我不确定那只是坚韧和顽强，还是比残酷更严重的东西。

出租车司机依照我的吩咐，在利奥波德的入口附近停车。我付了车资，在繁忙的科兹威路站了一会儿，定定地望着那个餐厅宽阔的门口。命运就是安排我在那个餐厅，和卡拉、哈德拜开始有了关系。每道门都是带领人穿越空间及时间的入口，带我们进出某房间的门，也带我们进入那房间的过去和无穷无尽的未来。在心灵和想象力的最深处，人们曾懂得这个道理。在各种不同的文化中，从西方的爱尔兰到东方的日本，仍可找到装饰大门且毕恭毕敬向它致意的人。我跨上一步、两步，伸出右手去碰大门的侧柱，然后碰心脏上方的胸口，向命运致意，向跟着我进去的死去的朋友、敌人致意。

狄迪耶坐在他平常坐的椅子上，店里的客人和客人后方那条繁忙的街道，尽在他眼底，他正在和卡维塔聊天。我走近时，她的目光瞥到一旁，但他抬起头看到了我，我们四目相接，定定望着对方片刻，各自解读对方多变的表情，好似占卜者在散落一地的骨头里寻找意义。

"林！"他大喊道，飞扑过来，猛地抱住我，亲吻我两边的脸颊。

"真高兴见到你，狄迪耶。"

"呸！"他啐了口唾沫，用手背擦拭嘴唇，"如果这胡子是圣战士的时兴打扮，我要谢天谢地，我是个无神论者，是个懦夫！"

他那一头蓬松的浅黑色卷发，发梢轻触他的夹克衣领，我觉得，他头发上冒出了更多灰白色的发丝，那对淡蓝色的眼睛里多了倦意、多了血丝。但拱起的眉毛仍透着居心不良、挑逗的顽皮，而我非常熟悉且喜爱的逗趣嗤笑的表情，噘起上唇的表情，仍一如以往。他还是原来的他，在同样的城市，回到家真好。

“哈罗，林。”卡维塔向我打招呼，推开狄迪耶拥抱我。

她很漂亮，浓密的暗褐色头发蓬乱塌斜；背部挺直、眼神清澈。她抱着我时，手指在我脖子上随意而友善地触碰，柔软得叫人销魂，在经历过阿富汗的血腥、冰雪日子后，甚至在那之后那么多年，那感觉仍历久弥新。

“坐下，坐下！”狄迪耶喊道，挥手要侍者再送上饮料，“Merde（他妈的），我听人说你死了，但我不信！见到你真是太高兴了！今晚喝个不醉不归，non（是不是）？”

“不行。”我答道，抗拒他加在肩膀上的压力。见到他眼里的失望，我缓和了口气，甚至缓和了郁闷。“这时候喝稍早了些，而且我得离开。我有……事情要办。”

“好，”他让步，叹了口气，“但你得跟我喝一杯，不让我至少稍稍腐化你的圣战情操，就把我丢下，这样太不上道了。毕竟，一个死里逃生的人，不跟朋友喝个烈酒，算什么？”

“行。”我软化下来，对他微笑，但仍站着，“一杯，我要威士忌，来一杯双份的。你看，这样够腐化了吧？”

“哎，林，”他咧嘴而笑，“在我们这个甜得病态的世界里，对我而言，哪有人够腐化？”

“意志薄弱者总会成功，狄迪耶，我们活在希望中。”

“当然。”他说，我们大笑。

“我得告辞了。”卡维塔宣布，俯身过来亲吻我的脸颊，“我得回办公室了。我们该聚一聚，林。你看来……你看来很狂野。你看来像是篇故事，yaar，如果我看得没错的话。”

“没错，”我微笑道，“是有一两篇故事，当然是不适合公开的故事。真要讲的话，大概一顿晚餐的时间都不够。”

“我很期待。”她说，久久地盯着我的眼睛，让我同时在好几个地方都感受到她的目光。她转移视线，突然向狄迪耶微微一笑，“继续使坏吧，狄迪耶！我可不希望因为林回来了，就听到你变得无比感伤，yaar。”

她走出去，我一路目送。饮料送来时，狄迪耶坚持要我跟他一起坐下。

“我说老兄，你可以站着吃饭，如果你非得如此的话，你可以站着做爱，如果你办得到的话，但你不能站着喝威士忌，那是野蛮人的行径。男人站着喝威士忌之类的高贵烈酒，为各种狗屁倒灶的事举杯，就是不向高尚的事或目标干杯，那就是禽兽，就是不择手段的人。”

于是我们坐下，他立即举杯要和我干杯。

“为活着的人干杯！”他说。

“那死了的人呢？”我问，我的酒杯仍在桌上。

“还有死了的人！”他答，热情地张大嘴巴笑。

我跟着举杯，与他的酒杯相碰，把那杯双份酒一饮而尽。

“现在，”他语气坚定地说，笑容的消失和刚刚浮现于眼里的一样快，“你有什么烦心的事？”

“你要我从哪里开始说？”我嘲笑道。

“不，朋友。我不只是要谈那场战争。你脸上有别的东西，非常坚定的东西，我想知道那东西的核心。”

我盯着他不讲话，暗暗高兴再度有知心的人为伴。只有了解我够深的知心人，才能从皱起的眉头看出我有烦恼。

"快，林，你的眼里有太多烦恼。你有什么困扰？如果你想，如果你觉得那样比较容易，可以从在阿富汗所发生的事说起。"

"哈德死了。"我不带感情地说，盯着手上的空杯子。

"怎么会！"他倒抽一口气，那立即的反应里，不知为什么，既有害怕也有厌恶。

"是真的。"

"不，不，不。我要听到的是……这整个城市的人都会知道的。"

"我见到了他的尸体，帮忙将尸体拖到山上的营地，帮忙埋了他。他死了。他们全死了。我们是仅存的、活着离开的人：纳吉尔、马赫穆德和我。"

"阿布德尔·哈德……怎么可能……"

狄迪耶脸色灰白，那灰白似乎甚至移进他的眼睛里。他被这消息吓到了，仿佛有人往他脸上狠狠打了一拳，瘫在椅子上，下巴垂下，嘴巴张开。他开始往椅侧滑，我担心他会滑落到地上，甚至中风。

"放轻松，"我轻柔地说，"不必为了我而他妈的精神崩溃，狄迪耶，你看来很糟，老兄。清醒！"

他疲累的眼睛缓缓往上抬，与我的目光相接。

"这世上有些事，林，是人根本无法面对的。我在孟买待了十二三年，这段时间里始终有阿布德尔·哈德汗……"

他再度垂下目光，陷入充满思绪与感触的沉思中，思绪纷乱，头不由得抽动，下唇不由得抖动。我很担心，我见过人垮掉。在牢里，我看过人禁不住恐惧与羞愧的撕扯而精神崩溃，然后丧命于孤独之手。但那不是一下子的事，那得花上数个星期、数月或数年，而狄迪耶的崩溃却是几秒间的事，我看着他在一呼一吸之间一蹶不振，光彩暗淡。

我绕过桌子，在他身边坐下，揽住他的肩，拉他紧靠着我。

"狄迪耶！"我以严厉的语气悄声对他说，"我得走了。你听到没？我来这里是为了找我的东西，我在纳吉尔家戒毒时托你保管的东西，还记得吗？我把摩托车，我的恩菲尔德托付给了你。我留下了护照、钱和其他东西，你记得吗？那很重要。我需要那些东西，狄迪耶，你记得吗？"

"记得，当然记得。"他说着愤愤地抖了抖下巴，回过神来，"你的东西很安全，不必担心，都在我那里。"

"梅尔韦泽路那套公寓，你还有租吗？"

"对。"

"我的东西就在那里？你把我的东西放那里？"

"什么？"

"帮帮忙，狄迪耶！清醒过来！拜托。我们现在就一起离开，去你的公寓。我需要刮胡子、洗澡整顿一下。我有事……重要的事要办，我需要你，老兄。别搞砸了！"

他眨眨眼，转头看着我，噘起上唇，露出我熟悉的嗤笑表情。

"你这话是什么意思？"他愤愤地质问，"狄迪耶·勒维不会搞砸！当然，若是非常非常早的大清早则例外。林，你知道我有多讨厌早上来人，几乎就和讨厌警察一样。Alors（喂），走！"

我在狄迪耶的公寓里刮了胡子、洗澡，换上新衣服，狄迪耶坚持要我吃东西。他煎了蛋饼，我则趁着空当儿，从两箱东西里翻找出我藏放的钱——约九千美元、摩托车钥匙以及我最好的假护照。那是本加拿大护照，加了我的照片和个人资料。上面的假观光签证已过期，我得尽快更新。我打算做的事如果出了差错，我会需要一大笔钱和一本安全好用的护照。

"接下来要去哪里？"我把最后一点食物放进嘴里时，站在水槽旁洗盘子的狄迪耶问。

"首先，我得改护照，"我答，嘴巴仍在咀嚼，"然后我要去见周夫人。"

"你什么？"

"我要去和周夫人谈谈，我要去了结恩怨，哈雷德给了……"我突然住口，话说不下去了。提到哈雷德·安萨里的名字，想起他，心情为之一沉。那是从最后的回忆里猛然冲出的情绪，如白色暴风雪般一阵袭来的情绪。在那回忆里，有他最后的身影，他走进黑夜和纷飞大雪中离去的身影，我用意志力推开那回忆。"哈雷德在巴基斯坦给了我你的条子，顺便谢谢你告知我，我仍不是很清楚，仍不懂她为什么那么气，气到得把我抓进监狱。从我的角度来看，我们之间没有私人恩怨，但现在有了。在阿瑟路待了四个月，就有私人恩怨了。因此，我才需要那辆摩托车，我不想用出租车。我需要把护照弄妥当，如果扯上警察，我需要递上安全的护照。"

"但你不知道吗？周夫人上个星期遭到了攻击，哦，应该是十天前，席瓦军①的暴民攻击她的'皇宫'，把它毁了。大火狂烧，他们冲进那栋大楼，见东西就砸，然后放火烧。那栋大楼还在，楼梯和楼上的房间也还在，但整个毁了，不会再开张了，不久后他们就会把它拆掉。林，那栋大楼完了，周夫人也是。"

"她死了？"我紧咬着牙问。

---

① 席瓦军（Shiv Sena），印度教极端主义政党，以马拉地人所建帝国的开国君主Shivaji 为名。

"没有。她活着，据说她还在那里，但她不再呼风唤雨，她一无所有。现在没人理她，她是乞丐，她的仆人在街上找剩菜让她填饱肚子，她则等着那栋大楼垮掉。她完了，林。"

"还不算，还没。"

我走到公寓门口，他跑过来。从没看过他移动得那么迅速，那古怪的行径，引我发笑。

"拜托，林，能不能再考虑一下？我们可以一起坐下，喝个一两瓶，non？然后你就会冷静下来。"

"我现在够冷静了。"我答道，微笑回应他的关心，"我不知道……自己要做什么。但我得把这件事做个了结，狄迪耶。我不能就这样……算了，我很希望可以。但有太多事情，我不知道，和那牵扯在一起，我猜。"

我无法向他解释。那不只是为了报仇，我知道这点，但周夫人、哈德拜、卡拉和我之间千丝万缕的瓜葛，沾染了羞愧、秘密、背叛，错综复杂得让我无法清楚面对，无法跟朋友讲。

"Bien（好），"他叹了口气，看出我脸上的坚决，"如果你非得去找她，那我陪你去。"

"不行——"我还没说完，他就气愤地挥手把我打断。

"林！这件事……这件她对你所做的可怕事情，是我告诉你的。我非陪你去不可，否则，若有什么意外，责任都在我。而你知道的，朋友，我痛恨责任，几乎就和痛恨警察一样。"

第九章

我用摩托车载过的人，就属狄迪耶最不上道。他紧紧抱着我，紧张得手脚僵硬，教我难以操控车子。一接近汽车他就吼叫，高速驶过汽车旁，他就尖叫；突然一个急转弯，他就吓得扭动身子，想把转弯时不得不倾侧的车身拉正。每次停下摩托车等红绿灯时，他就会把双脚放到地上伸展双腿，抱怨臀部抽筋。每次加速，他的脚就在地上拖，磨蹭了几秒钟才踏上脚踏板。出租车或其他汽车开得太靠近时，他就伸脚踢车，或气得发狂般挥舞拳头。抵达目的地时，我计算了载狄迪耶在高速车流里骑三十分钟所碰上的危险次数，竟不亚于在阿富汗的炮火下待一个月。

我在斯里兰卡朋友维鲁和克里须纳经营的工厂外停车，情况有些不对劲，外面的招牌换了，双扇式的前门敞开着。我走上阶梯，身子往里一探，看到护照工厂没了，换成制作花环的生产线。

"不对劲？"我跨上摩托车发动车子时，狄迪耶问。

"对，我们得到另一个地方。他们搬走了。我得去找埃杜尔，问问新的工厂在哪里。"

"Alors（哎），"他发着牢骚，紧抱住我，好似我们两人共享一具降落伞，"噩梦又要开始了！"

几分钟后，我在埃杜尔·迦尼豪宅的门口附近停车，要他留在车旁。临街大门的警卫认出我，猛然举起手，向我行了夸张的举手礼。他开门时，我塞了一张二十卢比的纸钞到他另一只手里。我走进阴凉的前厅，有两名仆人前来招呼。他们跟我很熟，带我上楼梯，亲切地微笑，比手画脚地评论我的头发留那么长、身体瘦那么多。其中一个人敲了埃杜尔·迦尼大书房的门，耳朵凑近门等待。

"Ao!"迦尼从房里喊道。进来！

那仆人进去，关上门，几分钟后回来。他朝我左右摆头，把门打开。我走进去，把门关上，挑高的拱形窗户，闪着明晃晃的阳光，阴影呈尖钉状和爪状，打在磨得发亮的地板上。埃杜尔坐在面窗的翼式高背安乐椅中，只看得到他胖嘟嘟的双手，两手指尖对碰拱起，像肉店窗里堆成教堂尖顶般的腊肠。

"所以那是真的。"

"什么是真的？"我问，走到椅子前面看他。几个月没见，这位哈德的老朋友竟老了那么多，让我大吃一惊。浓密的头发由灰转白，眉毛则变成银白色。几道深皱纹，绕过下拉的嘴角来到松垂的下巴，使漂亮的鼻子变得瘦瘪。他的嘴唇曾是我在孟买所见过最丰腴肉感的，如今皲裂得像纳吉尔在雪山上时的嘴唇。眼袋下垂到颧骨最高处之下，让我身子一颤，想起了把疯汉哈比布的眼睛往下拉的那对眼袋。而那双眼睛，那双爱笑、金黄、琥珀色的眼睛，如今呆滞，失去了曾在他充满热情的生命里绽放光芒的昂扬喜悦和自负狡诈。

"你来了。"他用熟悉的牛津腔回答，没看我，"那么，那是真的了。哈德在哪里？"

"埃杜尔，很遗憾，他死了。"我立刻回答，"他……他被俄罗斯人杀了。他想在回查曼的途中，绕回老家的村子一趟，送马过去。"

埃杜尔抓着胸口，像小孩般啜泣，豆大的泪珠从他的大眼睛里滑落，断断续续地呜咽、呻吟。一阵子后他恢复平静，抬头看我。

"除了你，还有谁活下来？"他张着嘴巴问。

"纳吉尔……还有马赫穆德，还有一个名叫阿拉乌丁的男孩，只有我们四个。"

"哈雷德呢？哈雷德在哪里？"

"他……他在最后一晚离开了，走进纷飞的大雪里，没再回来。有人说后来听到枪声从远处传来，我不知道他们开枪的对象是不是哈雷德。我……我不知道他是死是活。"

"那么那会是纳吉尔……"他喃喃说道。

他再度啜泣，把脸猛然埋入肥厚的双手里。我看着他，很不自在，不知该说什么或做什么。自从在雪坡上把哈德遗体抱在怀里的那一刻起，我一直不愿面对他已死的事实，而这时我仍在气哈德汗。只要用气愤挡在我面前，对哈德的爱，失去他的哀痛，就会深藏在心底不致爆发；只要我仍气愤，我就能抑制泪水和让迦尼如此伤痛的痛苦渴望；只要我仍气愤，我的心思便能专注于手边的工作，了解克里须纳、维鲁和护照工厂的下落。就在我要问起这事时，他再度开口。

"你可知道哈德的英雄诅咒，花了我们多少代价？除了他绝无仅有的性命，花了数百万，打他的战争花了我们数百万。我们支持他的战争，已支持了数年。你或许以为我们付得起，那笔钱毕竟不大。但你错了，像哈德那样疯狂的英雄诅咒，没有哪个组织支持得起，而我改变不了他的想法，我救不了他。钱对他不重要，不是吗？碰上对钱和……对钱没有概念的人，根本说不通。那是所有文明人都有的东西，你同意吧？如果钱毫不重要，文明就不会出现，就什么都没有。"

他的声音越来越小，最后变成含混不清的低语。泪水滚落脸颊，化为细流，再往下掉，穿过黄光，落到他的大腿上。

"埃杜尔拜。"一会儿之后我说。

"什么？什么时候？现在？"他问道，眼里突然闪现出恐惧。下唇绷紧，嘴角冷酷地往下拉，露出我从未在他脸上见过，甚至从来想象不到的恶意。

"埃杜尔拜，我想知道你把工厂搬到了哪里。克里须纳和维鲁在哪里？我去了旧工厂，但那里人去楼空，我的护照需要处理，我得知道你们搬到了哪里。"

他眼里的恐惧缩为一丁点，双眼因那一丁点恐惧而显得很有精神。脸上露出类似以往的淫靡微笑，嘴巴鼓胀起来。他专注地凝视我的眼睛，专注里带着急切和渴求。

"你当然想知道。"他咧嘴而笑，用双手手掌擦掉泪水，"就在这里，林，在这栋房子里。我们改建了地下室，装上必要的设备。厨房地板上有道活门，伊克巴尔会告诉你怎么走，那些小伙子正在那里忙。"

"谢了。"我说，迟疑了片刻，"我有事要办，但……今晚稍后，最晚明天，我会回来，到时我会来看你。"

"印沙阿拉，"他轻声细语地说，再度把头转向窗户，"印沙阿拉。"

我来到一楼的厨房，掀开沉重的活门。经过十几级台阶，来到用泛光灯照得通明的地下室。克里须纳和维鲁开心地招呼我，立即处理我的护照。很少有事情比伪造的挑战更让他们兴奋，他们兴高采烈地讨论了一会儿，找到最佳的解决办法。

他们工作时，我查看了迦尼的新工厂。这里空间很大，比埃杜尔·迦尼豪宅的地下室要大得多。我走了约三十到五十米，经过灯桌、印刷机、复印机与储物柜。我猜这地下室延伸到迦尼隔壁大宅的地下，看来他们可能把隔壁屋子也买了下来，然后把两间地下室打通。若真是如此，我想，会有另一个出口通往隔壁房子。我在找那出口时，克里须纳叫住我，说我十万火急的签证已经搞定了。我很好奇这个地下工厂的新结构，暗自决定要尽快回来，查个清楚。

"抱歉让你久等，"我跨上摩托车时，低声对狄迪耶说道，"没想到会要那么久，但护照搞定了。现在可以直接去周夫人那里。"

"别急，林。"狄迪耶叹了口气。我们驶上马路时，他使出全身力气抓住我说："最佳的复仇，就像最好的性爱，要慢慢来，且睁着眼睛。"

"卡拉？"摩托车加速驶进车流时，我转头大喊。

"Non（不），我想那是我的！但……但我无法确定！"他吼道，我们俩因为对她的爱而一起大笑。

我把摩托车停在某栋公寓的私用车道上，距离"皇宫"一个街区。为了解那栋大宅内的活动迹象，我们走在马路的另一边，直到经过那栋大宅，到了街区的一半为止。"皇宫"的正立面似乎完好无损，但窗户上的金属片、木板，还有横钉在大门上的厚木板，间接说明了大宅内部被暴民捣毁的严重程度。我们掉头往回走，再度经过那大宅找寻入口。

"如果她在那里面，如果她的仆人带吃的给她，他们不会从那道门进出。"

"没错，我也这么想，"他附和道，"一定还有别的入口。"

我们发现街上有条窄巷，可通到那大宅的后面。相比大门前那条干净、气派的大街，这条窄巷很脏。我们小心翼翼地踩过漂着浮渣的黑臭水坑之间，绕过一堆堆油腻、不知是什么东西的垃圾。我朝狄迪耶瞥了一眼，从他痛苦的怪脸，知道他正在计算要喝多少酒，才能除掉他鼻孔里的恶臭。小巷两边的墙壁和围墙，以石块、砖、水泥草草搭建了已有几十年，上面爬满叫人恶心的植物、苔藓与匍匐植物。

我们从街角一栋一栋往回数，找到"皇宫"的后面，往嵌入高大石墙的矮木门一推，门立即打开了。我们走进宽阔的后院，在未遭暴民捣毁之前，那后院肯定是豪华优美的幽静休憩之地。重重的黏土罐被人推倒，碎成一地，土块和花撒落在地上，凌乱不堪。庭院里的家具被砸碎烧毁，就连地上铺砌的瓷砖都有多处裂开，好似被人用锤子砸过。我们找到一扇熏黑的门通往屋里，门未上锁，我们往里推开，生锈的金属吱吱响着。

"你在这里等着，"我的语气不容一丝反对，"替我把风，如果有人从后院的门进来，拖住他们，或给我信号。"

"就听你的吧，"他叹气道，"别太久，我不喜欢这里。Bonne chance（祝好运）。"

我走进屋里，门自行掩上。我后悔没带手电筒，里面很暗，地板上黑色的家具残块和倒下的横梁之间，凌乱散落着破掉的盘子、罐子、平底锅和其他器皿，步步危机。我小心翼翼地缓缓走过一楼厨房，走上通往大宅前的长廊。经过几个被烧过的房间，其中一间火势猛烈得将地板都烧掉了，烧焦的托架从破洞里露出，像是某种巨兽遗骸的肋骨。

在接近大宅的前方，我找到了几年前我陪卡拉前来搭救莉萨·卡特时走过的那道楼梯。色彩曾经那么艳丽、质感那么丰富的康普顿壁纸，如今已被烧毁，从起泡的墙上剥落。楼梯本身已碳化，铺在上面的地毯被烧成一坨坨丝状的灰烬。我慢慢往上走，每一步都先轻踏，再结实地踩下。走到半途时，我一脚踩空，便加快脚步，爬到二楼的楼梯平台。

上到二楼，我不得不停下，好让眼睛适应黑暗。一阵子后，我看出地板上的破洞，开始小步绕过。大火烧掉了这屋子的某些地方，留下破洞和熏黑的残块，但屋里的其他地方完好无损。那些完好如初的地方非常干净，和我记忆中完全一模一样，使屋里更透着诡异。我觉得自己仿佛走在大火之前的过去和已成废墟的现在之间，仿佛我正凭着记忆创造屋里那些未遭火吻的华丽区域。

朝着二楼宽阔的走道另一头走了一段，我突然一脚踩破薄如纸的楼板，猛然抽身，撞上身后的墙。墙垮掉后，我失去重心，笨拙地倒下，双手朝空中猛抓，想在逐渐崩塌的瓦砾中抓住结实的东西。我"砰"一声落地，没想到那么快就落地，随即意识到自己落入了周夫人的秘密廊道中。我所撞破的墙，表面上看来和其他墙一样结实，但其实只是块表面贴上她无所不在的康普顿图案壁纸的胶合板。

我在秘密廊道里站起身，掸掉身上的灰尘。那廊道非常窄而矮，蜿蜒向前延伸，顺着房间的形状绕过转角处。秘密廊道经过的房间墙上嵌有金属栅栏，有些栅栏很低，接近地板，有些比较高。较高的金属栅栏下方，摆了中空的箱状木梯，站在木梯的最低阶上，我透过金属栅栏上的心形开口，往一间房里看进去，一览无遗：墙上裂掉的镜子、烧垮的床、床边生锈的金属床头柜。我站的那一阶上还有几阶，我想象着周夫人蹲在最上层的台阶上，无声呼吸，盯着房里的动静。

廊道绕过几个弯，我失去了方向，在漆黑之中，我不确定自己是往屋子的前方还是后方走。走到某个地方时，秘密廊道突然陡升。我往上爬，最后那些较高的金属栅栏都消失不见，漆黑之中，我碰上一段阶梯。我摸着往上走，来到一扇门前。那是个有着镶板的小木门，那门非常小且比例完美，说不定是为小孩游戏间所安装的门。我试着扭转门把手，那很容易，我推开门，门外的光线猛然涌入，我的身子立即往后缩。

我走进那个阁楼房间，房间靠着一排四个彩色玻璃老虎窗①采光。竖起的老虎窗像是小礼拜堂，突出于屋顶之外。大火烧到这个房间，但未毁了它。墙壁被熏黑，有一道道烧过的黑痕，地板上有数个破洞，露出地板与下面房间天花板间的深夹层板。但这长条房间的某些地方仍很坚实，未遭火吻，在那些仍铺着异国情调地毯而墙面丝毫未受损的局部地面，家具仍完好如初地摆在那里，而在宝座似的椅子僵直的怀抱里，坐着周夫人，脸部扭曲，狠狠瞪视。

走近她，我才知道她那不怀好意的目光不是在瞪我。她正满怀怨恨地凝视过去的某一刻，那凝视像拴住跳舞熊的链条般，牢牢拴住她心里的某处或某个人、某件事。她浓妆艳抹，粉涂得很厚。那是张面具，尽管自欺欺人得夸张，却让我觉得悲哀更甚于丑怪。涂了口红的嘴，使她的嘴变大；画过的眉毛，使她的眉毛变粗；上了妆的脸颊，使她的颧骨显得更高。站得够近时，我看到口水从她的嘴角滴下，滴到大腿上。未稀释的琴酒味笼罩着她全身，与其他更臭、更恶心的气味混在一块。她的头发几乎被假发完全遮住，浓密的黑色高卷式假发微微歪斜，露出里面短而稀疏的灰色头发。她穿着绿色丝质旗袍，旗袍领盖住喉咙，几乎盖到下巴。双腿交叠，两脚放在旁边的椅座上。她的脚很小，像小孩的脚那样小，包着柔软的丝质拖鞋。双手搁在大腿上，像荒无人烟的海滩上被冲上岸的东西，死气沉沉地垂着，一如她松垮的嘴。

我看不出她的年纪或国籍，她可能是西班牙人，可能是俄罗斯人，可能带有部分印度血统，乃至希腊血统。卡拉说得没错，她曾经很漂亮。那是从整个人身上散发出来的美，而不是从某个突出特质散

---

① 从屋顶坡面上凸出的窗，谓之老虎窗，每个窗各有棚顶。

发出来的美，那种美触动人眼，更甚于人心，那种美如果没有内在的好东西滋养，终会败坏。而那时候，她不美，她丑。狄迪耶也说得没错：她挨过打，她衰弱，整个人完了。她漂浮在黑湖上，不久那黑水会将她拖到湖底。房间里弥漫着深深的静默，她的心过去所习惯的那种静默，还弥漫着单调、心无所求的空虚，过去她残酷、狡诈的人生所宰制的那种空虚。

我站在那里，她却对我视而不见，我震惊而又困惑地感觉到，我心中了无愤怒或报仇之意，反倒觉得羞愧，羞愧于自己一心想着复仇。什么？我真的想杀了她？我心中想复仇的那个部分，正是我像她的部分。我望着她，心知我若无法甩掉复仇之心，我就是在望着自己，望着自己的未来、自己的命运。

我还知道，我满腔的报复念头和在巴基斯坦休养的那几个星期，我一直在筹划的报复行动，不只是针对她。我的矛头对着自己，对着愧疚感，那是只有望着她而感到羞愧时，我才敢于面对的愧疚感。那是为哈德之死生起的愧疚感，我是他的美国人，是他抵挡军阀和土匪的护身符。他想把马带回老家村子时，我如果跟他同行，照理说，我该跟他同行，敌人或许就不会对他开枪。

那很可笑，而且和大部分愧疚感一样，那只道出了一半的事实。哈德尸体周边的死尸，有些身穿俄军制服，带着俄罗斯武器，是纳吉尔告诉我的。我如果在场，大概改变不了什么。他们大概会抓了我或杀了我，哈德的下场大概还是一样。但自从见到他覆着雪的死去的脸孔，我一直深感愧疚，而在那份愧疚里，理智产生不了大作用。一旦面对那愧疚，羞愧感就挥之不去。而不知为什么，那份自责和充满懊悔的忧伤改变了我，我觉得报复之石从一直想将它掷出的仇恨之手落下，觉得自己在变轻，仿佛轻盈就充塞于我的全身，把我往上提。

我觉得自由，自由到同情起周夫人，甚至原谅她，然后我听到了尖叫声。

一声椎心裂肺的喊叫，如野猪般尖锐刺耳的喊叫，我猛然转身，及时见到周夫人的阉仆拉姜快速向我冲来。我被他一撞，失去了重心，人往后倒，他的双臂环抱住我的胸腔。他抱着我撞破一面阁楼的窗户，我身子后仰，斜躺在窗外，往上瞧着蓝天下那个发疯的仆人和他头后方的屋檐。碎玻璃割破了我的头顶和后脑勺，伤口很深，我清楚地感觉到伤口有冷冷的血流出。我们在撞破的窗户里扭打，更多边缘呈锯齿状的玻璃碎片落下，我左右摆头以保护眼睛。拉姜紧抱着我往前推，双脚在地上古怪地猛往前拖移，完全不担心自己掉出窗外。过了一会儿我才意识到，他想把我推出窗外，把我们俩都推出去，然后重重坠地，而且他渐渐得逞。我感觉自己的双脚禁不住他的猛推而开始离地，我的身子滑到老虎窗小尖塔的更外面。

我愤怒而又绝望地咆哮，紧抓住窗框，使劲儿把我们俩拉回阁楼里。拉姜往后倒，迅即爬起来，尖叫着再度冲向我。我无法避开他的突袭，两人再度扭打成一团，一心欲置对方于死地。他的双手掐住我的喉咙，我的左手在他脸上拼命抓，想找他的眼睛。他弯曲的长指甲很锐利，刺穿我脖子的皮肤。我痛得大叫，左手手指抓到他耳朵，用力一扯，把他的头拉到我右拳打得到的近处。我用拳头猛击他的脸，六下、七下、八下，终于使他松开掐住我喉咙的手，他的耳朵则被我扯开了一半。

他踉跄着后退一步，站在那里猛喘气，瞪着我，充满无法理解或令人无比害怕的恨意。他满脸是血，嘴唇裂开，牙齿断了一颗，一只眼睛上方的皮肤、眉毛刮掉的地方，裂出一道难看的口子。已秃的头顶上被玻璃划破而流血，一只眼睛里有血，我猜他的鼻梁断了。照理说他该罢手，他不得不，但他没有。

他尖叫着，透着诡异向我冲来。我往旁边一跨，挥出又猛又急的右拳，打中他的脑侧，但他倒下时伸出爪子般的手，抓住我的长裤。他顺势把我一起拉下，然后像螃蟹般爬过来压住我，手往我的脖子伸来。那爪子般的手，再度钳住我的肩膀和喉咙。

他虽然瘦，但身材高且力气大，经过哈德的战争，我瘦了许多，因而我们两人的力气旗鼓相当。我翻滚一两次，但甩不掉他。他的头紧塞在我的头下面，我无法出拳打他。我感觉他的嘴和牙齿贴着我的脖子，他使劲儿往前，用头撞我的头并咬我，他尖锐的长指甲没入我的喉咙，直抵指尖。我手往下，找到了我的小刀，抽出往下一挥，刺进他的身体。刀子刺入他大腿靠近臀部的地方。他抬起头，痛得号叫，我朝他脖子靠近肩膀处再刺了一刀。刀子深入肩膀，一路擦过骨头和软骨边缘，嘎吱作响。他抓挠着喉咙滚开，直到身体碰到墙壁。他输了，没了斗志，一切都结束了。就在这时，我再次听到尖叫声。

我猛然转头，见到拉姜从破掉的地板和下面房间的天花板间缺的口爬出来。一模一样的人，或看起来一模一样，但全身完好，毫发无伤：同样秃头、刮掉眉毛、眼睛上妆、爪子般的指甲涂得像青蛇一样绿。我急转头，看到拉姜仍在那里，贴着墙壁缩成一团在呻吟。是孪生兄弟。我这才愚蠢地想到：他们有两个人，怎么没人告诉我？我再次转头，就在这时，那个尖叫的孪生兄弟冲了过来，手上有刀。

他握着细薄如剑的弯刀，恶狠狠地在空中画了个半圈冲过来。我闪身避开他发狂似的冲击，接着欺身而上，拿起小刀往下猛刺。我用刀子伤了他的手臂和肩膀，但他仍移动自如。他把弯刀朝我往后一划，动作很快，快到我的上臂躲避不及，挨了一刀。伤口迅速流出血，我怒火中烧，开始用右拳揍他、用小刀刺他。然后，我的后脑勺突然出现一阵带着血味的闷痛，我知道有人从后面偷袭我。我爬过那个孪生兄弟旁，转身看着受伤的拉姜，他的衬衫被自己的血浸透，贴在皮肤上。他的手里握着一块木头。挨了他那一记，我的头嗡嗡作响。血从头、颈、肩以及柔软的前臂内侧的伤口流出来，那对孪生兄弟再度号叫，我知道他们就要再度冲过来。自这场古怪的打斗开始以来，首度有颗小小的怀疑的种子在我心中成熟、爆开：我可能赢不了……

我对他们咧嘴而笑，高举两只拳头，左脚前移，摆好架势，等他们攻来。好，我心想，来就来，了结了吧。他们冲过来，再度发出那凄厉的尖叫声。拉姜挥舞着木头向我砸来。我举起左臂阻挡，木头重重砸在我的肩膀上，但我挥出右拳打中他的脸，他往后倒，双膝一弯倒地。他的兄弟拿刀砍向我的脸，我立即低头闪避，但后脑勺下方和脖子上方之间还是被划了一刀。我不顾他有所防备，欺身而上，把小刀刺进他的肩膀，直到曲柄没入。我原瞄准他的胸膛，虽然偏了，但仍有用，因为刀子下方的那只手臂像海草一样软绵绵的，他惊慌尖叫着退开。

几年的愤怒猛然爆发：那段牢狱生活的愤怒，我一直把它埋在怨恨压抑的低浅墓地里。从头上大小伤口流过脸部的血，是液体的愤怒，又浓又红，从我的心里溢出。一股狂暴的力气，撕裂着我的手臂、肩膀和背部的肌肉。我看看拉姜和他的孪生兄弟，再看看椅子上的废人。把他们全杀掉，我心想，咬紧牙关，猛吸口气，再度咆哮，我要把他们全杀掉。

我听到有人叫我，把我从哈比布和所有类似他的人所坠入的深渊边缘叫回来。

"林！你在哪里，林？"

"这里，狄迪耶！"我回应他，"在阁楼！很近了！能听到我的声音吗？"

"听到了！"他大喊道，"我立刻就来。"

"小心！"我回应道，喘着气，"上面这里有两个家伙，他们……他妈的，老兄……他们一点也不友善！"

我听到他的脚步声，听到他在黑暗中跌跌撞撞，一路咒骂。他推开小门，弯下腰，进到阁楼，手里有枪。看到他，我非常高兴，我看着他的脸，看他迅速掌握现场情况，我的脸和两只手臂上都有血，那对孪生兄弟的身上也有血，椅子里坐着淌着口水的人。我看见他的震惊变成冷峻，化为狰狞、愤怒的嘴巴线条，然后听到了尖叫声。

拉姜的兄弟，拿刀的那个，发出让人胆寒的尖叫声冲向狄迪耶，狄迪耶立即举起手枪，朝那人的腹股沟，靠近髋骨的地方开枪。那人腿一软，往旁边倒下，一边痛苦呜咽，一边在地板上翻滚，弓起身子，抱着流血的伤口。拉姜一跛一跛地走到那个宝座似的椅子前，用身体挡在周夫人前面，以他裸露的胸膛护住她。他狠狠地盯着狄迪耶的眼睛，我们知道他为了护主不惜挨子弹。狄迪耶朝他走近一步，把手枪对准拉姜的心脏。这个法国人的脸，严酷地皱起眉，但浅色的眼睛透着镇静，散发出冷静与绝对的自信。那是真正的男人，破旧生锈的刀鞘里闪着冷光的钢刀，狄迪耶·勒维——孟买最厉害的狠角色之一。

"你要不要自己来？"他问我，表情比房间里的任何人都冷酷。

"不要。"

"不要？"他低声说，眼睛一直盯着拉姜，"看看你自己，看看他们所做的，林。你该毙掉他们。"

"不要。"

"你至少该让他们受伤。"

"不要。"

"留他们活口很危险。这两个人……不会给你带来好事。"

"没关系。"我喃喃说道。

"你至少该毙了其中一个人，non？"

"不要。"

"很好，那我替你毙了他们。"

"不要。"我坚持。我很感谢他救了我，让我不至于死在他们手中，但更感谢他及时赶来，让我不至于杀了他们。阵阵恶心和宽慰冲入我血红的心，排除了我心中的怒火。最后一个羞愧的微笑在我眼中颤动，我浑身发抖。"我不想毙了他们……也不希望你毙了他们。我根本不想跟他们打。要不是他们先攻击，我不会跟他们打。如果我爱她，我也会像他们那样做。他们只是想保护她，与我无仇。问题不在我，在她。放了他们。"

"那她呢？"

"你说得没错，"我轻声说，"她完了，她已经死了，很抱歉没听你的。我想……我得亲自看过才相信。"

我伸出手盖住狄迪耶手上的枪。拉姜抽动身子，伸展手脚。他的孪生兄弟痛得大叫，开始沿着墙边爬离我们。然后我慢慢将狄迪耶的手往下按，直到手枪垂在他的身侧。拉姜迎上我的目光，我看到他黑色眼睛里的惊讶和恐惧软化为宽心。他又定定地盯着我片刻，然后一跛一跛地走到他的兄弟身旁。狄迪耶紧跟在我身后，我们走出秘密廊道，回到被熏黑的楼梯。

"我欠你一份人情，狄迪耶。"我说，对着漆黑咧嘴而笑。

"当然。"他答，然后我们脚下的楼梯垮掉了，我们往下掉，穿过被火烧过而裂掉的木头，重重落在坚硬的地板上。

208

扬起的炭灰和纤维呛得我们直咳嗽，嘴巴猛吐脏东西。我挣扎着推开落在我身上的狄迪耶，直直坐起，脖子僵硬酸痛。我的手腕、肩膀因着地而扭伤，但身体似乎完好，其他地方没伤。狄迪耶落在我身上，我听到他愤愤地呻吟。

"没事吧，老兄？天啊，这样掉下来！你还好吧？"

"没事，"他咆哮道，"我要回去上面毙了那个女的！"

我们一跛一拐地走出"皇宫"废墟，一边走一边大笑，接下来的几个小时，我们清洗、包扎伤口时，仍是笑声不断。狄迪耶给我新衬衫和长裤让我换上。就一个老是以乏味打扮出现在利奥波德的男人来说，他衣橱里的衣服时髦、艳丽得叫人惊奇。他解释道，那些亮丽崭新的衣服，大部分是一去不复返的爱人留给他的。我想起卡拉也曾把原属她爱人的衣服拿给我穿。我们在利奥波德一起用餐时，狄迪耶谈起他最近几次失败的恋情，惹得我和他再度哈哈大笑。维克兰张开双臂跑上阶梯，向我们兴奋地打招呼时，我们仍在大笑。

"林！"

"维克兰！"

我刚站起身，他就飞扑过来抱住我。他伸直双臂，按着我的肩，上下打量了我一番，对着我脸上、头上的伤口皱起眉。

"哎，老哥，你发生了什么事？"他问道，仍是一身黑，穿着仍效仿牛仔，但颜色没以前那么亮、那么抢眼，我想是受了莉蒂的影响。这身内敛的新打扮和他很配，看到他心爱的帽子仍靠着挂在喉咙上的帽带垂在背后，我感到宽心、安慰。

"你该看看其他家伙。"我答，瞥了狄迪耶一眼。

"为什么回来了也不告诉我一声，老哥？"

"我今天才回来，有点忙。莉蒂怎么样？"

"她很好，yaar。"他开心地回答并坐下，"她要去做生意，做那个他妈的多媒体生意，跟卡拉和卡拉的新男朋友，应该会很不错。"

我转头看向狄迪耶，他耸耸肩，不表示意见，然后龇牙咧嘴，气鼓鼓地瞪着维克兰。

"该死，老哥！"维克兰道歉，显然很惶恐，"我以为你知道，以为狄迪耶应该已经告诉你了，yaar。"

"卡拉回孟买了。"狄迪耶解释道，朝维克兰又冷冷皱起眉，并要他闭嘴，"她有了个新男人，男朋友，她这么叫他。他叫蓝吉特，但他喜欢大家叫他吉特。"

"他人还不错，"维克兰补充道，乐观地微笑，"我想你会喜欢他的，林。"

"是哦，维克兰！"狄迪耶小声说，语气强硬，为我皱起眉头。

"没事。"我说，向他们两人先后投以微笑。

我抓到侍者的目光，向他点头，示意他再送三份酒来。我们三人静默无语，等酒送来。然后，每个人各斟了酒，举起酒杯，我提议敬酒。

"敬卡拉！"我提议，"祝她生十个女儿，每个女儿都嫁得风风光光！"

"敬卡拉！"他们两个人跟着喊，互碰酒杯，一饮而尽。

我们第三次敬酒时，我想是敬某人的宠物狗。马赫穆德·梅尔巴夫走进这喧闹、开心、说话声不断的餐厅看着我，仍是战时在冰天雪地山上时的眼神。

"你怎么了？"我起身迎接他时，他看着我头上、脸上的伤，急急问道。

"没事。"我微笑着说。

"谁干的？"他问得更为急迫。

"我和周夫人的手下干了一架。"我答，他稍稍宽心，"怎么了？怎么回事？"

"纳吉尔告诉我你会在这里。"他微微皱起眉头，低声说，极度痛苦，"我很高兴能找到你。纳吉尔跟你说过别乱跑，这几天什么都不要做。现在在战争中，帮派战争，他们在争夺哈德的权力。外头很不安全，不要靠近那些'dundah'地方。"

dundah，意为"生意"，我们用这字眼指哈德在孟买的所有黑市活动。这些"生意"已成为争夺目标。

"怎么了？为什么？"

"叛徒迦尼死了。"他答。他声音平静，但眼神冷酷而坚定。"跟他的人，他在哈德帮派的人，也都会死。"

"迦尼？"

"对。你有钱吗，林？"

"当然有。"我喃喃说道，想到埃杜尔·迦尼。他来自巴基斯坦，问题必定在此。跟巴基斯坦 ISI 秘密警察勾结的，想必是他。当然是他，他当然是叛徒，他当然是那个想让我们在卡拉奇被捕丧命的人。那场战役的前一晚，哈雷德谈的那个人就是他，不是阿布杜拉，而是迦尼。埃杜尔·迦尼……

"你有地方住吗？安全的地方？"

"什么？有。"

"很好。"他热情地握住我的手说，"那么三天后的白天，一点钟时，我会来这里找你，印沙阿拉。"

"印沙阿拉。"我答道。他走出餐厅，步伐昂扬而正气凛然，帅气的头抬得高高的，背挺得很直。

我再度坐下，避开狄迪耶和维克兰的目光，直到能掩藏眼中的忧虑为止。我知道，他们会从我眼中看出那忧虑。

"怎么回事？"狄迪耶问。

"没事。"我没说实话，摇摇头装出笑容。我举起自己的杯子，与他们的杯子相碰："我们敬到哪里了？"

"我们刚要敬蓝吉特的狗，"维克兰想起道，张大嘴巴笑，"但我希望连他的马一起敬，如果还来得及的话。"

"你又不知道他有没有养马！"狄迪耶反驳道。

"我们也不知道他有没有养狗，"维克兰挑明，"但不管了，敬蓝吉特的狗！"

"蓝吉特的狗！"我们一起答。

"还有他的马！"维克兰补充道，"还有他邻居的马！"

"蓝吉特的马！"

"还有……所有的……马！"

"还有敬全天下的爱人！"狄迪耶提议道。

"敬全天下……的爱人……"我附和道。

但不知为什么，那份爱，已出于某种原因，借由某种方式，在我心中熄灭，我猛然理解到这点，猛然笃定我对卡拉的感觉，尚未完全消失，永远不会完全消失。那份嫉妒，若在过去，我应会对那陌生的蓝吉特生起的嫉妒，如今却消失无踪。我对他并无一丝愤怒，没有因他而感到一丝受伤。坐在那里，我觉得麻木、空洞，仿佛那场战争、哈德拜的死、哈雷德的消失，以及周夫人和她那对孪生兄弟手下的对决，已在我心里注入麻醉剂。

而对于埃杜尔·迦尼的阴险狡诈，我并未感到伤痛，只感到惊奇，我想不到其他字眼来形容我的感受。在那近乎宗教敬畏的心情背后，有着隐约的、颤动的、无法遁逃于天地间的忧虑。因为，即使在那时候，他的背叛强加于我们的血淋淋的未来已然展开，注入我们的生活，就像因为干旱而突然绽放的玫瑰花，一身艳红，赶着落在干燥无情的土地之上。

第十章

　　我离开埃杜尔·迦尼的豪宅去找周夫人的一个小时后，纳吉尔带着他三名最可靠的手下，强行进入迦尼豪宅隔壁的房子，走进连接两屋的长长的地下室工厂。大概就在我小心翼翼地走在周夫人"皇宫"废墟的瓦砾堆时，纳吉尔和他的手下戴着黑色针织面具，推开迦尼厨房的活板门进入屋子。他们制伏了厨师、园丁这两个迦尼的仆人，维鲁和克里须纳这两个斯里兰卡籍的护照伪造师，将他们锁在地下室的小房间里。我爬上"皇宫"焦黑的楼梯来到阁楼，发现周夫人时，纳吉尔悄悄走上楼梯，来到迦尼的大书房，发现他坐在翼式高背安乐椅里哭泣，一动也不动。然后，约略在我松开报复的拳头，同情起崩溃的敌人和淌着口水的周夫人时，纳吉尔杀了那个出卖我们在巴基斯坦所有人的叛徒，替他和哈德汗报了仇。

　　有两个人将迦尼的手臂按在椅子上，另一个人将他的头往后压，要他睁大眼睛。纳吉尔拿下面具，盯着迦尼的眼睛，一刀刺进他的心脏。迦尼想必知道他难逃一死。他一个人坐在那里，等着杀手上门。但他们说，他的尖叫从地狱一路传上来，要他的命。

　　他们把尸体从椅子上推下，推落到擦得光亮的地板上。然后，当我在城市的另一头和拉姜、他的孪生兄弟扭打时，纳吉尔和他的手下用粗重的切肉刀砍下迦尼的双手、双脚和头。他们把他的尸块丢在豪宅各处，就像埃杜尔·迦尼命令他的杀手萨普娜，将忠心耿耿的老马基德分尸，将尸块丢弃在房里的各处一样。而当我离开"皇宫"废墟，我的心在复仇心切的许多个月后，首次感到自在，觉得几近平和时，纳吉尔和他的手下放了克里须纳、维鲁、迦尼的仆人，纳吉尔认为他们全未参与迦尼的诡计，然后离开豪宅，前去追捕迦尼的党羽，并将他们全部杀掉。

"迦尼心怀不满已有很长一段时间了，yaar。"桑杰·库马尔说，以意译方式将纳吉尔的乌尔都语译成英语，"他认为哈德疯了，认为哈德可以说是执迷不悟。他认定哈德会把所有事业、金钱、黑帮联合会的权力赔掉。他认为哈德花太多时间在阿富汗的那场战争，还有所有相关的事情上，而且他知道哈德已计划好其他的所有任务，斯里兰卡、尼日利亚的事，等等。因此，当他无法说服哈德放弃，无法改变哈德时，他决定利用萨普娜。从一开始，萨普娜的事就由迦尼主导。"

"全部？"我问。

"没错，"桑杰答，"哈德和迦尼两个人，但迦尼负责。他们利用萨普娜那件事，你知道的，好从警方和政府那里得到他们想要的。"

"怎么进行呢？"

"迦尼的想法是塑造一个公敌，使每个人，包括警方、政治人物和其他黑帮联合会惶惶不安，而那个公敌就是萨普娜。那些化名为萨普娜的家伙开始四处杀人，大谈革命，萨普娜成为小偷和这一类人的老大，大家随之感到不安。没人知道是谁在幕后主导，那使他们与我们合作，好抓到那个浑蛋，我们则回报以帮助。但迦尼，他希望拿哈德本人下手。"

"我不确定他是否从一开始就这么想，"萨尔曼·穆斯塔安插话道，朝他的好友摇头以强调他的观点，"我认为他一开始时是一如以往，全心支持哈德。但萨普娜那件事很诡异，我不喜欢，老哥，而我认为，那改变了他的想法。"

"无论如何，"桑杰不理会这观点，继续说道，"结果都一样。迦尼掌控了那帮人，那些化名为萨普娜的家伙，他自己的人，只听命于他的人。他到处杀浑蛋，其中大部分人是他基于生意理由想除掉的人，在这方面，我不觉得有何不妥。因此，事情非常顺利，yaar。整个城市疯狂寻找这个叫萨普娜的浑蛋，向来和哈德为敌的人，都努力帮他把枪支、炸弹、其他重型东西偷偷运出孟买，因为他们希望哈德能帮忙查清萨普娜的身份，然后干掉他。那是个很疯狂的计划，但很管用，yaar。然后有一天，有个警察找上门了，就是那个帕提尔，你认识的那个家伙，林，那个副督察苏雷什·帕提尔。他过去在科拉巴以外的地区执勤，是个超级大浑蛋，yaar。"

"但他是个精明的浑蛋。"萨尔曼语带尊敬，喃喃说道。

"是没错，他精明，他是个很精明的浑蛋。他告诉迦尼，那些萨普娜杀手在最近一桩凶杀案的现场留下线索，他们循线追到了哈德汗的黑帮联合会，迦尼吓得要命。他知道他做的那些可怕的事情，就要被人追到家门口，因此他决定，得找个牺牲品。那得是哈德汗黑帮联合会的人，而且是那个联合会的核心分子之一，好让萨普娜把那人杀掉后，转移警方的追查方向。他们认为，如果警方看到连我们自己的人都被萨普娜干掉，想必会认为萨普娜是我们的敌人。"

"然后他挑中了马基德，"萨尔曼替他总结，"那办法奏效了，帕提尔是负责此案的警察，他们把马基德的尸块装袋时，他就在现场。他知道马基德和哈德拜的关系有多亲密，帕提尔的父亲是个性格强硬的警察，而且和哈德拜有渊源，因为他关过哈德一次。"

"哈德拜坐过牢？"我问，失望于自己从未问过哈德，毕竟我们常谈监狱的事。

"当然，"萨尔曼大笑，"他甚至越过狱，你知道吗，逃出阿瑟路监狱。"

"怎么可能！"

"你不知道那事，林？"

"不知道。"

"那可精彩了，yaar。"萨尔曼正经地说，兴致勃勃地左右摆头，"你该找个时间让纳吉尔说给你听。那次越狱时，他是在外头接应哈德汗的人。那时候，纳吉尔和哈德拜他们真是厉害，yaar。"

桑杰听了也表示赞同，往纳吉尔背上重重一拍，没有恶意的一拍。拍的地方几乎就是纳吉尔受伤的地方，我知道那一拍肯定会痛，但他没露出一丝疼痛的表情，反倒打量着我的脸。自从埃杜尔·迦尼死掉，两个星期的帮派战争结束后，那是我第一次参加汇报任务执行情况的正式会议。那场帮派战争死了六个人，让黑帮联合会的大权回到纳吉尔和哈德派系之手。我迎上他的目光，缓缓点头。他不笑的严肃脸孔一时软化，但随即又露出他惯有的严酷。

"可怜的老马基德，"桑杰说，重重叹了口气，"他只是个你们所谓的那个什么熏什么来着？那个什么鱼？"

"熏鲱鱼①。"我说。

"对，就是个倒霉的鲱鱼。那些警察，那个浑蛋帕提尔和他的手下，他们判定萨普娜和哈德的黑帮联合会无关。他们知道哈德很爱马基德，便往其他地方继续搜寻。迦尼脱离险境一阵子之后，他的手下

---

① 用来引开猎犬，不使其循嗅迹追猎的东西，引申为转移注意力的东西。

故态复萌，再度开始砍杀浑蛋。"

"哈德对这件事作何感想？"

"对什么事？"桑杰问。

"他是说马基德被杀的事，"萨尔曼插话道，"是不是，林？"

"是。"

他们三个人全看着我，一阵迟疑，表情凝住不动，严肃中带着忧心，近乎生气，仿佛我问了他们不礼貌或难堪的问题。但他们的眼睛因秘密和谎言而发亮，似乎懊悔而难过。

"哈德对那件事无动于衷。"萨尔曼答。我感觉自己的心在怦怦跳动，低声诉说着痛苦。

我们身在莫坎博，要塞区的一家餐厅咖啡馆。店里干净、服务好，洋溢着时髦的波西米亚风。要塞区的有钱生意人，还有帮派分子、律师、电影业和迅速发展的电视界名人，都是这里的常客。我喜欢这地方，很高兴桑杰挑选这里作为聚会场所。我们狼吞虎咽，吃完一顿丰盛但健康的午餐和库尔菲冰激凌，喝起第二杯咖啡。纳吉尔坐在我的左边，背对角落，面朝临街大门。他旁边是桑杰·库马尔，信仰印度教的凶狠年轻帮派分子，来自郊区班德拉，过去是我运动健身的伙伴。他苦干实干地往上爬，此时已是规模缩小的哈德黑帮联合会的固定成员。他三十岁，体格健壮、孔武有力，自行用吹风机把浓密的深褐色头发吹成电影男主角的蓬松发型。脸孔俊俏，分得很开的褐色眼睛深陷于眼眶里，额头高耸，眼神带着诙谐和自信，鼻宽、下巴圆润，嘴上经常带着笑意。他动不动就大笑，而且不管多频繁、没来由地大笑，都是和善亲切的。他很慷慨，只要有他在，你几乎不可能付账。有些人认为，他是借着请客来吹捧自己，其实不然，那纯粹是因为他天生乐于付出，乐于与人分享。他也很勇敢，不管是平日里的小麻烦，还是得动刀动枪的大麻烦，找他帮忙，他都是一口答应。他很容易就让人喜欢，而我的确喜欢他，有时我要刻意回想，才会想起他是用肉贩的切肉刀砍下埃杜尔·迦尼的头、手、脚的几个人之一。

同桌的第四个人，是桑杰最好的朋友萨尔曼，当然就坐在桑杰旁边。萨尔曼·穆斯塔安和桑杰同年出生，在热闹拥挤的班德拉区和桑杰一起长大。过去就有人告诉我，他是个早慧的小孩，读初中时，每一科的成绩都是班上第一，让他一穷二白的父母大吃一惊。满五岁起，他就和父亲一个星期工作二十个小时，在当地的鸡圈帮忙拔鸡毛及清扫。如此贫贱的出身，也使他的成就更显难得。

我很了解他的过去。从别人口中，还有他在阿布杜拉的健身房锻炼时，私下告诉我的个人点滴，我拼凑出了他过去的经历。萨尔曼告诉校方，他为了维持家计不得不退学，好有更多时间工作赚钱。有个认识阿布德尔·哈德汗的老师得知此事，便找上这位黑帮老大帮忙。于是，靠着哈德汗的奖助学金，萨尔曼才能继续求学，就像我在贫民窟诊所的顾问哈米德医生一样，在哈德汗的帮助下，以律师为奋斗目标。哈德出钱让萨尔曼上耶稣会士办的天主教大学，这个贫民窟出身的男孩，每天就穿着干净的白色校服，跟那些有钱人的子弟一起上课。大学给了他良好的教育，萨尔曼的英语说得很溜，从历史、地理学到文学、科学、艺术，他样样都有涉猎，但这男孩有着狂放不羁的心灵，有着对兴奋刺激永不满足的渴望，那是连耶稣会士的铁腕和藤条都压制不了的。

萨尔曼和耶稣会士抗争时，桑杰已投身哈德派的帮派。他当跑腿小弟，在全市各地的帮派办公室间传口信和违禁品。投身这项工作的前几个星期，他碰到敌对帮派的几个人拦路打劫，在打斗中挨了一刀。这男孩反抗、脱身，忍着疼痛把违禁品送到哈德的收集中心，伤势不轻，用了两个月才复原。他一辈子的朋友萨尔曼，则自责于让桑杰落单受欺负而立即退学。他恳求哈德让他和桑杰一起跑腿，哈德同意了。自此之后，这两名男孩在黑帮联合会的每桩不法活动里都是一起行动的。

入帮时，他们才十六岁，而我们在莫坎博餐厅聚会时，他们已满三十岁，刚过几个星期。这两个狂放不羁的男孩，这时已成为铁汉，他们花大钱买东西送家人，过着酷炫时髦的生活。他们替自己的姐妹办了风光的婚礼，两人却都未结婚。在印度，男人未婚，轻则被视为不爱国，重则被视为亵渎。萨尔曼告诉我，他们不肯结婚，是因为两个人都认为或预感到他们会惨死，会早死。这样的未来并未吓到他们，或让他们不安。他们认为那是合理的交易：得到刺激、权势、足够养活家人的财富，即使挨刀子或挨子弹而早早结束一生，也算公平。而当纳吉尔一派打败迦尼一派，赢得帮派战争后，这两个朋友立刻跻身新的黑帮联合会，成为独当一面的年轻黑帮老大。

"我想迦尼的确想把他所忧心的事警告哈德拜，想把他担心的事告诉哈德拜，"萨尔曼若有所思地说，嗓音清脆，依稀可听见他说的是英语，"他在决定创造萨普娜之前，谈英雄诅咒那档子事，大概有一年那么久。"

"去他的，yaar，"桑杰咆哮道，"他有那么好心，好到向哈德拜示警？他有那么好心，好到把我们全扯进那件鸟事，让帕提尔找上门，因而不得不派他的手下把老马基德大卸八块？然后，不管怎么说，他和他妈的巴基斯坦警察勾结，出卖每个人，yaar。去他的王八蛋，如果可以把那个王八蛋挖出来再砍一遍，我今天就去做。我每天都去做，那会是我他妈的最过瘾的嗜好。"

"真正的萨普娜是谁？"我问，"真正替埃杜尔干下那些杀人案的是谁？我记得阿布杜拉遇害后，哈德告诉我，他找到了真正的萨普娜。他说他杀了萨普娜，那人是谁？如果那人在替他办事，为什么要杀了那人？"

那两个年轻男子转头望向纳吉尔，桑杰用乌尔都语问了他一些问题。那是尊敬长者的表示，他们和纳吉尔一样了解这件事，但他们尊重他，以他对这件事的回忆为依据，并让他参与讨论。纳吉尔的回答，我大部分听得懂，但我还是等桑杰替我翻译。

"那人叫吉滕德拉，他们则叫他吉图达达。他来自德里，以枪和大砍刀为武器。迦尼把他和其他四个人找来这里，安排他们住在五星级饭店，这他妈的整个期间，两年，老哥！那个王八蛋！他一边向哈德抱怨把钱花在了穆斯林游击战士、那场战争等，一边却让这些变态浑蛋住在五星级饭店，一住就他妈的两年！"

"阿布杜拉被杀时，吉图达达喝醉了，"萨尔曼补充说，"你知道吗，听到每个人都在说萨普娜死了，他乐坏了。他扮萨普娜杀人将近两年，那件事已开始扭曲他的脑子。他开始相信自己或迦尼的鬼话。"

"蠢得可以的名字，yaar，"桑杰插话道，"那是娘儿们的名字，萨普娜。那是他妈的娘儿们的名字，就像是我把自己叫作他妈的露西之类的。这是怎样不入流的浑蛋，竟然替自己取个娘儿们的名字，yaar？"

"那种杀了十一个人，"萨尔曼回答，"却差点儿逃过制裁的浑蛋。总而言之，阿布杜拉遇害而大家都在说萨普娜死了的那晚，他喝得烂醉。他开始大嘴巴乱讲话，碰上肯听他讲话的人，就说他才是真正的萨普娜。他们那时在总统饭店的酒吧，然后他开始大喊，他要把真相全盘托出，谁是萨普娜杀人事件的幕后主谋、谁策划这事、谁出钱雇杀手。"

"真他妈的 gandu，"桑杰咆哮道，那是指称蠢蛋的俚语，"这种精神变态的家伙，没有一个人管得住嘴巴，yaar。"

"好在那晚那地方大部分是外国人，所以他们不知道他在说什么。当时我们有个人在现场，在那酒吧，告诉吉图达达闭上嘴。吉图达达说他不怕阿布德尔·哈德汗，因为他也计划对哈德下手。他说，哈德会和马基德一样被大卸八块，然后便开始挥枪。我们的人立即打电话告诉哈德，哈德前来，亲自干掉了那家伙。陪他来的有纳吉尔、哈雷德、法里德、艾哈迈德·札德，还有年轻的安德鲁·费雷拉及其他几个人。"

"我错过了那次，真他妈的！"桑杰咒骂道，"我从第一天开始就想干掉那个王八蛋，特别是在马基德惨死之后。但我那时在果阿出任务，总而言之，哈德干掉了他们。"

"他们在总统饭店的停车场附近发现他们，吉图达达和他的手下开火，双方发生了激烈枪战。我们有两个人中弹，其中一个人是胡赛因，你也知道，他现在在巴拉德码头区从事大麻烟卷买卖。他就这样失去了一条胳膊，挨了一记猎枪，很受欢迎的双管猎枪，枪管被锯短的那种，那条胳膊硬生生被猎枪轰断。要不是有艾哈迈德·札德替他包扎，把他拖离现场送医，他大概已失血而死，就在那停车场里。他们在场的四个人，吉图达达和他的三名手下全挂了。哈德拜朝他们的头部一一送上最后一颗子弹，但那批萨普娜，还有一个人不在停车场，让他逃掉了，我们一直没找到他。他逃回德里，在那里消失，此后再没听到消息。"

"我喜欢那个艾哈迈德·札德。"桑杰轻声说，以轻轻一声带着感伤回忆的叹息，代表对他而言无比崇高的赞赏。

"没错。"我附和道，想起那个总是一副像在人群里寻找朋友的人，想起那个死的时候拳头紧握在我手里的人，"他是个好人。"

纳吉尔再度开口，以他一贯愤愤的语气咕哝着说，仿佛那些话本身带有威胁。

"巴基斯坦警察接到密报，掌握哈德拜的行踪时，"桑杰替我翻译，"显然就是埃杜尔·迦尼在背后搞的鬼。"

我点头同意，那是再明显不过的事。埃杜尔·迦尼来自巴基斯坦，与该地的渊源颇深，且认识的人层级也高，我替他工作时，他已跟我讲过不止一次。警察突然前来我们在巴基斯坦下榻的饭店搜捕时，我为何没看出这点，实在令我不解。我第一个想到的原因就是我那时太喜欢他，因而未怀疑他，但那的确是事实。此外，他的关照让我受宠若惊，或许这也是原因之一：在黑帮联合会上，迦尼是我的第二大保护者，仅次于哈德；他付出了时间、精力、感情培养我们之间的友谊。此外，可能还有件事，使我在卡拉奇时分了心：我当时心里充满羞愧和报复的念头，我清楚地记得去了那座清真寺，坐在哈德拜和哈雷德身旁聆听盲人歌手演唱。我记得读了狄迪耶的信，在那飘忽的黄色灯光下，我决定要杀掉周夫人。我记得自己心里是那么想的，然后转头看见哈德金黄色眼睛里的爱。那份爱和那股愤怒，有可能使我对无比重要、显而易见的事，像迦尼的阴谋诡计那样的事视而不见？而如果我没看出那件事，还有什么事是没看出的？

"他们不想让哈德活着离开巴基斯坦，"萨尔曼补充说，"哈德拜、纳吉尔、哈雷德，乃至你。埃杜尔·迦尼认为那是个把整个联合会里面不跟他同伙的人，一举铲除的机会。但哈德拜在巴基斯坦有朋友，他们向他示警，你们逃过一劫。我想埃杜尔一定知道，从那天起他就完了。但他保持沉默，按兵不动。我猜想他希望哈德和你们所有人，都死在那场战争里——"

纳吉尔打断他的话，对他鄙视的英语感到不耐烦。我想我听懂了他刚刚说的，于是我翻译他的话，让桑杰确认我的推测是否无误。

"哈德告诉纳吉尔，不得将埃杜尔·迦尼背叛的事告诉任何人。他说，他如果在战争里有什么不测，纳吉尔要回孟买替他报仇，对不对？"

"没错，"桑杰摇摆着头说，"你想得没错，出了那件事之后，我们得把其他站在迦尼一边的人铲除。如今，那些人都被解决了，全死了，或者被赶出了孟买。"

"因此，我们有件事要办。"萨尔曼微笑着。很难得的微笑，但也是让人舒服的微笑，疲累之人的微笑，不开心之人的微笑，硬汉的微笑。他长长的脸有点不对称，一边的眼睛比另一边低了一根指头宽的高度，鼻子上有道歪斜的裂痕，嘴唇被打裂，缝线把嘴唇皮肤拉得太紧，让一边嘴角往上吊。短发在他额头上形成一道浑圆的发际线，像个暗色的光环，猛压住他微呈锯齿状的双耳。"我们希望你主持一阵子护照业务，克里须纳和维鲁很坚持，他们有点……"

"他们吓坏了，"桑杰插话，"吓呆了，因为孟买各地陆续有人被砍死，而头一个就是迦尼，就正当他们在地下室的时候。如今这场'战争'结束，我们赢了，但他们仍然害怕。我们不能失去他们，林，我们希望你跟他们一起工作，安他们的心。他们不时问起你，希望你跟他们一起工作。他们喜欢你，老哥。"

我朝他们各看了一眼，然后目光落在纳吉尔脸上。如果我的理解无误，那可真是叫人很难抗拒的提议。获胜的哈德一派已将当地的黑帮联合会改组，以老索布罕·马赫穆德为首。纳吉尔已成为联合会的正式成员，马赫穆德·梅尔巴夫也是。此外还包括桑杰和萨尔曼、法里德，以及另外三名在孟买出生的黑帮老大。后面这六个人说起马拉地语，跟说印地语或英语一样溜。那使我成为他们与外界联系时，独特且非常重要的渠道，因为他们认识的白种人里，就只有我会说马拉地语；他们认识的白种人里，就只有我在阿瑟路监狱被上过脚镣。投身哈德的战争，就只有少数几个褐皮肤的人或白人活命，而我也是其中之一。他们喜欢我、信任我，认为我很有用。帮派战争已经结束，他们掌控了孟买市的一块地盘，让那地区的局势重归平静，在这种情况下，我们可以大赚一笔；而我需要钱，我一直在吃老本，就快要破产了。

"你有什么打算？"我问纳吉尔，心知桑杰会回答。

"你掌管旧护照、印章、所有护照业务，以及执照、许可证、信用卡，"他很快就回答道，"由你全权掌管，就像迦尼那样，没问题的，你想要什么，都如你的意。你抽一部分利润，我想约百分之五，如果你觉得不够，我们可以谈，yaar。"

"而且你什么时候想来联合会，随你高兴，"萨尔曼补充说，"有点像是观察员的身份，如果你懂我意思。你怎么说？"

"你们得把作业地点搬离迦尼的地下室，"我轻声说，"在那里工作，我会不舒服。我想那地方想必也让维鲁和克里须纳觉得毛毛的。"

"没问题，"桑杰大笑起来，手往桌面一拍，"我们会卖掉那里。你知道吗，林兄，那个浑蛋胖子迦尼，把那两栋大房子，他自己和隔壁的房子，都挂在他妹夫的名下。我们无可奈何，哎，老哥，我们全都这么干，但那两栋房子值他妈的千万卢比，林。那是他妈的豪宅啊，巴巴。然后，在我们把那浑蛋胖子杀了，大卸八块之后，他妹夫不想签字让出那两栋房子。他的态度变得强硬，开始找律师和警方谈。我们不得不把他绑起来，吊在装了酸液的大桶子上面。然后他就不再嘴硬，迫不及待要签字把房子让给我们。之前我们派法里德去执行这任务，由他去搞定。但迦尼的妹夫不理我们，教他火大，他很气那个王八蛋害他还要大费周章弄个酸液桶。我们的老哥法里德，他喜欢这样简单处理事情。把那个王八蛋吊在酸液桶上面，这整件事，根本是……萨尔曼，你说那是什么来着？怎么说来着？"

"丢脸。"萨尔曼说。

"对，丢他妈的脸，这整件事。法里德要别人尊敬他，否则，二话不说，就把那个王八蛋毙了。因此，火大的他把迦尼妹夫的房子也抢了过来，逼他签字让出他自己的房子，只因他在迦尼房子的转移上态度太浑蛋。现在的他一无所有，而我们有三栋房子，却一栋也卖不出去。"

"那个房地产的事，可是敲诈得又狠又毒。"萨尔曼总结道，露出自嘲的一笑，"我会尽快让大伙儿搬进去，我们正在接收一家大型中介，我已指派法里德去处理这事。好，林，如果你不想在迦尼的房子里工作，那你希望我们安排你在哪里工作？"

"我喜欢塔德欧，"我提议道，"靠近哈吉·阿里的地方。"

"为什么是塔德欧？"桑杰问。

"我喜欢塔德欧，那里干净……安静，而且靠近哈吉·阿里。我喜欢哈吉·阿里，我对那里有某种感情。"

"Thik hain（好吧），林，"萨尔曼同意了，"就塔德欧。我们会叫法里德立刻去找。还有别的吗？"

"我需要两个跑腿的人，我能信赖的人，我希望挑我自己的人。"

"你有什么人选？"桑杰问。

"你不认识。他们是外面的人，但都是好人，强尼·雪茄和基修尔。我信任他们，我知道他们可靠。"

桑杰和萨尔曼互换了一下眼色，瞧向纳吉尔。纳吉尔点头。

"没问题，"萨尔曼说，"就这样？"

"还有一件事，"我补充说，转向纳吉尔，"我希望纳吉尔当我在联合会的联络人。如果碰上麻烦，不管是什么，我希望先找纳吉尔处理。"

纳吉尔再度点头，眼神深处浮现出浅浅的微笑。

我依序与每个人握手，谈成这项交易。这交易比我预想的还要正式、严肃，我紧咬牙关才止住大笑。而那些态度，他们的庄严和我忍不住想大笑的冲动，说明了我们之间的差异。我虽然喜欢萨尔曼、桑杰和其他人，也爱纳吉尔，他对我有救命之恩，但混帮派对我而言，只是达成目的的手段，而非目的。对他们而言，帮派是家，是不可割裂的情感纽带，那纽带时时刻刻把他们绑在一起，直到断气为止。他们的严肃表达了他们之间神圣的义务关系，如亲人般的关系，但我知道他们绝不会认为我与他们之间有那种关系。他们接纳我，和我这个白人，这个随阿布德尔·哈德汗投入战争的放浪不羁的白人共事，但他们认定我迟早会离开，会回到我记忆中、我出身的另一个世界。

我当时没想到那个，不认为会走上那样的路，因为我已把通往故乡的桥全烧掉。在那正经八百的小小仪式中，我虽是强自压抑才未大笑出来，但透过那握手，我已正式跻身职业罪犯之列。在那之前，我从事的不法活动都是在替哈德汗效力。在某个意义上，我可以发自肺腑地说，我从事那些不法活动是因为爱他，但那是局外人难以理解的感觉。我做那些事，当然是为了自身的性命安全；但最重要的理由，是为了我渴望从他身上得到的父爱。哈德一死，我大可和他们断绝往来，我大可去……几乎任何地方，我大可去做……别的事，但我没有。我把自己的命运和他们的命运连在一起，成为帮派分子，只为了钱、权力和组织可能给我的保护。

我因此很忙碌，忙于作奸犯科以谋生，忙到把心中的感受隐藏起来。莫坎博餐厅那场会议之后，事情进展得很迅速。法里德不到一个星期就找到了新房子。两层楼建筑，在距海上清真寺哈吉·阿里步行不远处，原是孟买市政当局某部门的档案室所在。孟买市政当局某部门搬到更宽敞、更现代化的办公大楼后，把那些旧桌子、长条椅、储物柜、架子留下来备用。这些家具很符合我们的需求，我花了一个星期，督导一群清洁人员和工人将它们的表面擦净、擦亮，并移开家具，好腾出空间摆放从迦尼家地下室搬来的机器和灯桌。

我们的人将那组专业设备搬上有篷顶的大卡车，深夜时送达新房子。重型卡车往我们新工厂的双扇折叠门倒退时，街上出奇地安静，但远处传来了警铃声和更响亮的消防车鸣笛声。我站在卡车旁，往无人街头的另一头，发出狂乱声响的方向望去。

"肯定是大火。"我低声对桑杰说，他放声大笑。

"法里德放的火，"萨尔曼替他的朋友回答，"我们告诉他，把设备搬进新地方时，不希望有人看到，因此他放了火，引开注意。所以街上才会这么冷清，每个醒着的人都跑去看火灾了。"

"他烧掉了与我们竞争的一家公司，"桑杰大笑道，"这下子我们正式进入房地产业了，因为我们最大的竞争对手由于火灾，刚刚关门歇业。明天，我们的新房地产办公室，就要在距离这里不远处开张。今晚，没有好奇的王八蛋在场看我们把设备搬进你的新工厂。法里德一根火柴收到一石二鸟的功效，na？"

于是，在大火、浓烟于午夜天空噼啪作响之际，在警铃和警笛声于约一公里外咆哮时，我们指挥手下将沉重的设备搬进新工厂，克里须纳、维鲁几乎立即就上工了。

我不在孟买的那几个月里，迦尼已按照我的提议，将业务转为侧重于许可证、证书、毕业文凭、执照、银行信用证明、通行证和其他证照的制造。在日益蓬勃的孟买经济里，那也是日益盛行的买卖，我们经常彻夜干活儿，以满足客户需求。而且这个行业会自行增生新需求：授予证照的有关机关和其他机构修改证照，以因应我们的伪造，我们基于职责所在，随之予以仿制，再度推出赝品，收取额外的费用。

"那是种红皇后竞赛。"新护照工厂繁忙运行了六个月之后，我向萨尔曼·穆斯塔安说。

"红皇后？"他问。

"对，那是生物学上谈到的现象，主角是人体之类的宿主和病毒之类的寄生生物。我在贫民窟开诊所时读到的这东西。宿主、人类和病毒，任何会让人生病的虫，陷于相互竞争的处境。寄生生物攻击时，宿主发展出防御机制，然后病毒改变，以击败防御机制，宿主随之发展出新的防御机制。如此相互攻防，无休无止，他们称那是'红皇后竞赛'，取自一部小说，你知道的，《爱丽丝梦游仙境》。"

"我知道，"萨尔曼答道，"我在念书时就知道，但一直不懂其深意。"

"没关系，也没人懂。总而言之，那个小女孩爱丽丝遇见红心皇后，红心皇后跑得飞快，但似乎总是不能再前进一步。她告诉爱丽丝，在她的国家，人必须拼命跑才能留在原地。而那就像我们与护照当局、发放执照的机关、全世界银行间的关系。他们不断改变护照和其他证照，使我们更难仿造，而我们则不断找出新方法制作；他们不断改变证的制作方式，我们不断找出新方法予以仿造、伪造、改造。那是个红皇后竞赛，我们全都得跑得飞快，才能站在原地不动。"

"我想你做得比站在原地不动还好，"他断言，声音轻但语气坚决，"你干得太出色了，林。身份证伪造得无懈可击，而假身份证的需求实在太大，供不应求。你做得很好，到目前为止，用过你做的伪造护照的人全都顺利通关，没碰上麻烦，yaar。老实说，这就是我找你来跟我们一起吃饭的原因。我有个惊喜要给你，可以说是个礼物，你肯定会喜欢。我们要借此表示感谢，yaar，因为你干得太出色了。"

我没看他们。炎热无云的下午，我们肩并肩快步走在甘地路上，朝皇家圆环走去。人行道被驻足路边摊的逛街人潮堵住，我们走上马路，身后和身旁是川流不息的缓慢车潮。我并未望着萨尔曼，因为经过这六个月，我已很了解他，知道他情不自禁如此大力夸奖我后，必然会为自己的这种表现而感到难为情。萨尔曼是天生的领导人，但和许多有统领天赋和治理才华的人一样，每次展露领导统御之术都深感苦恼。他本质上是个谦逊的人，而谦逊使他光明磊落。

莉蒂说过，听我把罪犯、杀手、帮派分子说成光明磊落之人，让她觉得奇怪而突兀。我想，糊涂的是她，不是我。她把光明磊落和美德混为一谈，美德与人所做的事有关，光明磊落与人如何做那事有关。人可以用光明磊落的方式打仗，《日内瓦公约》因此而诞生，可以用毫不光明磊落的方式获取和平。从本质上讲，光明磊落是谦逊的表现。而帮派分子，就像警察、政治人物、军人、圣人，只有在不失谦逊时，才能做好他们的工作。

"你知道吗，"我们移到大学建筑回廊对面更宽的人行道时，他说道，"我很高兴你的朋友——你当初希望找来帮忙做护照业务的朋友，没有参与这工作。"

我皱眉不吭声，跟上他快速的步伐。强尼·雪茄和基修尔拒绝加入我的护照工厂，让我既震惊又失望。我原认为他们会欣然接受这个赚钱的机会，跟我一起赚更多钱的机会。他们自己一个人赚，怎么也赚不了那么多钱。但我万万没想到，他们最终理解到我提供的黄金机会，只是跟着我一起去犯罪时，他们顿失笑容，露出难过、不悦的表情。我从没想到他们会拒绝，从没想到他们会拒绝跟罪犯一起工作，替这种人工作。

我记得那天我转过头，不去看他们木然、尴尬、闭上嘴的笑容，记得那个在我脑海里纠结成拳头的疑问：我的想法和感觉跟正派人士差那么多吗？六个月后，那疑问仍在我心中隐隐作痛。那答案仍在我们走过商店橱窗时，从窗上回盯着我。

"你的人当初如果同意加入，我大概就不会叫法里德跟你了，而我非常高兴让他跟你一起做事。他现在开心多了，整个人轻松多了。他喜欢你，林。"

"我也喜欢他。"我立刻回答，皱着眉微笑。那是真心话。我的确喜欢法里德，很高兴我们能成为无所不谈的好友。三年多前，我首次参与哈德的黑帮联合会时，就认识了法里德这个害羞但能干的年轻人，经过几年的磨炼，他已成为脾气火暴、天不怕地不怕的硬汉，把忠于帮派视为他年轻生命的全部。强尼·雪茄和基修尔拒绝我的邀请后，萨尔曼派法里德和果阿人安德鲁·费雷拉帮我。安德鲁性情和善、话多，但离开平日与他为伍的那群帮中年轻死党来我这里，他是极勉强才答应的，因此我与他未能深交。但法里德与我共处过大部分的白天和许多夜晚，我们互有好感，彼此了解。

"哈德死后，我们得铲除迦尼的党羽时，我想，他很烦躁不安。"萨尔曼偷偷告诉我，"情况变得很糟，不要忘了，我们全干了一些……很不寻常的事。但法里德凶性大发时，开始让我担心。干我们这一行，有时得心狠手辣，那是这行的本色。但一旦心狠手辣而乐在其中，问题就来了，na？我不得不开导他。我跟他说，'法里德啊，把人碎尸万段不该是第一个选项，而应是选项清单里的最后一个选择，万不得已才这么做，甚至不该和第一选项列在同一页'，但他依然故我。然后我派他去跟你。如今，经过了六个月，他冷静多了，效果真好，yaar。我想我该把那些乖戾火暴的浑蛋都丢给你，林，让你去矫正他们。"

"哈德死时，他不在场，他很自责。"我们绕过贾汗季美术馆这个圆顶式建筑的弧形外围时，我说。看见车潮里有个空隙，我们小跑步越过皇家圆环的环形道路，在车子间闪躲穿梭。

"我们每个人都是。"我们在皇家戏院外站定时，他轻声说。

那短短一句，寥寥几个字，毫无新意，说的是我早已知道的事实。但那短短一句在我心中轰然作响，哀痛的积雪开始抖动、移动、大片滑下。在那一刻之前，我有将近一年因为在生哈德拜的气，而未感受到失去他的哀痛。其他人得知他死后，都是震惊、哀伤、失魂落魄、愤怒不已。我太生他的气了，因此，我的那份哀痛仍封冻在他死亡的那些高山上，铺天盖地的飞雪下。我感到失落，几乎从一开始就觉得难过，而且我不恨哈德汗，我始终爱他，站在那戏院外等我们的朋友时，我仍爱他。但我从未因为失去他而真正哀痛过，从未像哀痛普拉巴克，乃至阿布杜拉的死那样哀痛过。萨尔曼那不经意的一句话，"我们每个人都为哈德死时自己不在场而自责"，不知为什么，震松了我封冻的哀伤，那哀伤如不可阻挡的雪崩慢慢落下，我的心当场开始作痛。

"我们肯定是来早了。"萨尔曼开心地说，我则猛然抽动了一下身子，强迫自己回到现实。

"没错。"

"他们坐车来，我们走路，结果我们还比较早到。"

"走这趟路很过瘾，夜里走更过瘾。我常走路，从科兹威路到维多利亚火车站再折返，这是整个城市里我最喜欢的散步路线之一。"

萨尔曼望着我，嘴角带着笑意，皱起的眉头使他微微歪斜的淡黄褐色双眼更显不正。

"你真的喜欢这地方，对不对？"他问。

"的确，"我答，带着点防御心，"但不表示我喜欢这城市的一切，有许多东西是我不喜欢的。但我也的确喜爱这地方，我爱孟买，我觉得我会永远爱她。"

他咧嘴而笑，别过头望向街道的另一头。我努力控制表情，想保持平静，若无其事。但来不及了，哀痛已发作。

这时我知道自己是怎么回事，知道有什么东西正要淹没我、吞噬我，几乎要毁了我。狄迪耶甚至替那种感觉取了个名字：刺客般的悲痛，他如此称呼。这种悲痛会蛰伏，然后出其不意攻击，毫无预警、毫不留情地攻击。这时我才知道，刺客般的悲痛能隐藏数年，然后在你最快乐的那一天，毫无来由、毫无道理地突然出手攻击。但那一天，在我主持护照工厂的六个月后，在哈德死了将近一年后，我无法理解我心中涌动的那股阴暗而令我颤动的心情。那心情在我心中膨胀，最后成为我长久以来始终不肯承认的悲伤。但我当时不懂那心情，因而极力压抑，一如压抑疼痛或绝望。但刺客般的悲痛，不是人能压下、打发的。那敌人亦步亦趋地暗中跟踪你，在你做出每个动作之前，就知道你会做出什么动作。那敌人是你悲痛的心，一旦攻击，绝不失手。

萨尔曼再度转向我，琥珀色的眼睛里闪烁着思绪。

"当我们开战、要除去迦尼的党羽时，法里德想效法阿布杜拉。他喜欢他，你知道的，他爱他如兄弟。我想，他想当阿布杜拉。我想他体认到我们需要一个新的阿布杜拉，来赢得这场战争。但那是行不通的，不是吗？我把那道理告诉所有小伙子，特别是想模仿我的小伙子。人只能当自己，人越是想模仿别人，就越会发觉自己寸步难行。

嘿，说着说着，那些小伙子就来了！"

一辆白色"大使"在我们面前停下，法里德、桑杰、安德鲁·费雷拉、四十五岁的孟买穆斯林硬汉埃米尔下车与我们会合。车子驶离时，我们握手。

"稍等一下，各位，费瑟去停车。"桑杰说。

费瑟是埃米尔的工作搭档，两人一同负责强索保护费。说费瑟去停车，的确没错。但同样没错的，是在这温热的午后，桑杰站在我们这引人侧目的一群人里，引来热闹街道上行经的大部分女孩热情的偷瞄，心里正乐得很，而这才是桑杰要我们稍等的主要原因。我们是流氓、帮派分子，且几乎人人都知道。我们一身昂贵的新衣，最新潮的打扮。我们全都体格健壮、自信昂扬，个个身怀武器，凶狠不好惹。

费瑟迈着大步走过街角，左右摇头示意车已安全停妥。我们上前与他会合，一伙人肩并肩，形成一道宽大的人墙，走过三个街区后，来到泰姬饭店。从皇家圆环到泰姬饭店，中间得穿过数个宽阔拥挤的露天广场。我们一路维持着这个嚣张的队形，人群碰到我们就自动分开。我们经过时，路人转头回望，在我们后面窃窃私语。

我们走上泰姬饭店的白色大理石台阶，走到一楼的沙米亚纳餐厅。两名侍者带领我们到预订的长桌就座，附近有面挑高的窗子，窗外可见到院子。我坐在桌子一端最靠近出口处。萨尔曼那小小的一句话，在我心中激起的情绪，压得我喘不过气来的古怪情绪，这时变得更强烈。我希望随时可以离席，同时不致破坏大伙的和谐气氛。侍者咧嘴向我打招呼，称我是"gao-alay"，意即"老乡"，同意大利语的"paisano"。他们跟我这个会讲马拉地语的白种人很熟，我以四年多前在桑德村学会的乡下方言和他聊了一会儿。

食物送来后，大伙大快朵颐，胃口很好。我也很饿，却吃不下，

234

只是做做样子吃一些，以免失礼。我喝了两杯黑咖啡，想甩掉翻腾不安的心情，融入众人的交谈。埃米尔在讲他昨晚看的电影，印地语的黑帮电影，片中的匪徒个个坏得透顶，男主角单枪匹马、赤手空拳，将他们全部制伏。他巨细靡遗地讲述了每个打斗场景，众人听得哈哈大笑。埃米尔脸上带疤，个性率直，浓眉纠结，波浪般的唇髭横跨在他饱满上唇的上方，像克什米尔船屋的宽船头。他喜欢大笑，喜欢讲故事，自信而洪亮的嗓音引人侧耳倾听。

与埃米尔焦孟不离的费瑟，曾在青年拳击联盟拿过拳击冠军。十九岁生日那天，在艰辛的职业拳赛打了一年后，他发现打拳赛辛苦赚得而托他经理保管的钱，全被那经理侵吞、花掉。经过漫长的寻找，费瑟找到了那名经理，经过一番拳打脚踢，把他活活打死。他为此服了八年刑，被逐出拳坛，永远不得参赛。在狱中，这个纯真而脾气火暴的青年，蜕变成精明而冷静的男子汉。替哈德拜暗中物色人才的探子，在狱中吸收了他。刑期的最后三年，他以学徒身份替哈德的帮派卖命。出狱后的前四年，费瑟在发展蓬勃的收保护费这行里，担任埃米尔旗下的头号打手。他做事快而狠，凡是指派给他的任务，他都拼命去完成。断掉的塌鼻，划过左眉的平整疤痕，使他看起来一脸凶相，让他原本过于端正、英俊的脸庞添了份狠劲儿。

他们是新血，新的黑帮老大，这城市的新老大：桑杰，有着电影明星般的长相，杀起人干净利落；安德鲁，性情和善的果阿人，憧憬着跻身黑帮联合会；埃米尔，头发花白的老狐狸，说起故事引人入胜；费瑟，冷血无情的杀手，接受任务时只问一个问题——手指头、手臂、腿或脖子？法里德，外号"修理者"，用怒火和恐惧解决问题，父母死于霍乱盛行的贫民窟后，独力养活六个年纪小他很多的弟弟妹妹；萨尔曼，个性沉静、谦逊，天生的领袖，接收了哈德的小小帝国，并以武力掌控，帝国里数百人的性命全操在他手上。

他们是我的朋友，在他们的犯罪集团里，他们不只是朋友，还是我兄弟。我们以鲜血（不全是别人的鲜血）及无尽的义务，结合在一起。我如果需要他们，不管我做了什么，不管我要他们做什么，他们都会前来。他们如果需要我，我也会前往，毫无怨言或懊悔。他们知道我很可靠，知道哈德要我随他去打他的战争时，我陪他前去，把生死置之度外。我也知道他们很可靠，我需要阿布杜拉帮忙处理毛里齐欧的尸体时，他二话不说前来帮忙。请人帮忙处理尸体，对那人是很大的考验，而通过那考验的人不多。这一桌子的人都已通过那考验，其中有些还不只通过一次。套句澳大利亚的狱中俗语，他们是"a solid crew"（可靠的一帮人）。对我这个遭悬赏追捕的逃犯而言，他们是再理想不过的一帮人。我从没有像现在这样感觉到这么安全，甚至在受哈德拜保护时亦然，照理说我绝不该觉得孤单。

但我觉得孤单，理由有二。这个帮派是他们的，不是我的。对他们而言，组织永远摆在第一位。我忠于他们，但不忠于帮派；忠于兄弟，但不忠于组织。我替那个帮派工作，但我未加入。我不是加入者，我从不觉得社团、部族或理念，比相信该社团、部族或理念的人更为重要。

那群人和我之间还有一个差异，一个大到连友谊都无法克服的差异。这一桌子的人，只有我没杀过人，不管是冲动地杀人还是冷血地杀人。就连安德鲁，亲切而爱说话的年轻安德鲁，都曾对着无路可逃的敌人，萨普娜杀手之一，击发他的贝瑞塔手枪，把弹匣里的七发子弹全打进那人的胸部，最后让他（就像桑杰会说的）死了两三次。

就在那一刻，那些差异突然变得无限巨大，大到我无法克服，远超过我们共有的上百项才华、欲望和倾向。就在当下，在泰姬饭店的长桌旁，我与他们渐渐疏离。埃米尔讲故事而我努力点头、微笑、跟他们一起大笑时，悲痛攫住了我。那一天原本开始得很顺利，原本应该和其他日子没什么两样，但自从萨尔曼说了那寥寥几个字后，便偏离了轨道。店里的气氛热络，但我觉得冷；我饿，但吃不下。我置身于朋友群中，在高朋满座的大餐厅里，却比那场战役前，那晚站哨的穆斯林游击战士更孤单。

然后我抬起头，看见莉萨·卡特走进了餐厅。她的金色长发已经剪掉，短发跟她开朗、率直、漂亮的脸蛋很配。她穿着宽松的衬衫和长裤，一身淡蓝，那是她最喜欢的颜色，相衬的蓝色墨镜搁在她浓密的头发上。她看上去像是个阳光动物，用天空和清澈的白光做成的动物。

我未考虑是否失礼，立即起身告辞，离开了我的朋友。我走上前，她看见了我，张开双臂拥抱我，脸上绽放出灿烂的微笑，如稳操胜券的赌徒那样得意的微笑。然后，她知道是怎么一回事。她一只手伸上来摸我的脸，指尖如盲人点字般摸我的伤疤，另一只手揽住我的手臂，带我走出餐厅，来到前厅。

"好几个星期没见到你了，"我们在安静的角落一起坐下时，她说，"出了什么事？"

"没事。"我没说实话，"你来吃午餐？"

"不是，只喝咖啡。我在这里，在旧城区，弄到了一个房间，可以俯瞰印度门。视野超棒，房间很大。我已弄到手三天，莉蒂则和一名大制片商谈妥了交易。她费尽唇舌，从他那儿榨到了一些附带的好处，那房间就是其中之一。这就是电影业，我能说什么？"

"进展得如何？"

"很好，"她微笑着，"这一行很合莉蒂的意。现在由她和所有制片厂、演出经纪人洽谈。在这方面，她比我行，她每次都能替我们谈成更有利的交易。我负责游客的部分，我比较喜欢那部分，我喜欢和他们打交道，和他们工作。"

"而且不管他们多好相处，迟早总要离开，你喜欢这点？"

"对，也喜欢。"

"维克兰如何？自从上次见到你和莉蒂，就没再见到他了。"

"他可酷了。维克兰这个人你是知道的，他现在闲多了。他很遗憾不能再耍惊险的动作，他真的对那方面很热衷，而且很在行，但那让莉蒂抓狂。他老爱从行驶中的卡车跳下，破窗而入等，这让她很担心，因此不准他再玩。"

"那他现在在干什么？"

"他现在可以说是老板，你知道吗，类似公司的执行副总，在莉蒂开的公司，卡维塔、卡拉、吉特还有我都加入了。"她停下来，欲言又止，突然继续说，"她问起你。"

我望着她，默然无语。

"卡拉，"她解释，"我想，她想见你。"

我仍是沉默，抱着欣赏的心情，看无数情绪一个接一个地掠过她柔嫩无瑕的脸蛋。

"你有看过他的惊险演出吗？"她问。

"维克兰？"

"对，莉蒂不准他再玩之前，他玩疯了。"

"我一直很忙，但我真的很想找他聊聊。"

"为什么没有？"

"我很想，我听说他每天都在科拉巴市场晃荡，我一直想见他。我工作了好几个晚上，最近一直没去利奥波德，纯粹是因为……我一直……很忙。"

"我知道，"她轻声细语地说，"或许太忙了，林，你看起来气色不大好。"

"休息一下就好了。"我叹口气，努力想大笑，"我每天都在工作，每隔一天去练拳击或空手道，我的身体再健壮不过了。"

"你知道我的意思。"她坚持道。

"对，我知道你的意思。听着，我该让你走了……"

"不，你不该。"

"我不该？"我问，装出笑容。

"是不该。你应该跟我走，现在，到我房间，我们可以请人把咖啡送上去。快，我们这就走。"

她说得没错，她的房间视野超棒。往返象岛洞穴的观光渡轮以自负而熟练的芭蕾舞滑步 glissade 爬上小波浪，然后再滑下。数百艘更小的船只，在浅水区陡然低下船身，上下摇晃，好似正用嘴梳理羽毛的鸟。停泊在地平线处的巨大货轮，一动也不动地停在大海与海湾交界处的平静海面上。我们下方的街上，招摇而行的游客，穿绕过印度门的高大石砌走廊，织成彩色的花环。

她脱掉鞋子，盘腿坐在床上。我坐在靠近她的床沿，盯着门附近的地板。我们沉默了片刻，倾听微风闯进房间里发出的声响，微风拂动窗帘使其鼓起，然后落下。

"我想，"她开口，深吸一口气，"你应该搬来跟我一起住。"

"哦，那个——"

"听我说完，"她打断我的话，举起双手示意我不要开口，"拜托。"

"我只是不想——"

"拜托。"

"行。"我微笑，沿着床沿更往里坐，把背靠上床头。

"我找到了一个新地方，位于塔德欧。我知道你喜欢塔德欧，我也是。我知道你会喜欢那套公寓，因为那正是我们都喜欢的那种地方。我想那是我想表明或想说的，我们喜欢同样的东西，林，而且我们有一些共通之处，我们都戒了海洛因，那可真他妈的不容易，你知道的。能办到的人不多，但我们办到了，我们都办到了，我想那是因为我们，你和我相似，我们会过得很好，林。我们会……我们会过得非常好。"

"是不是真的戒了海洛因……我不是很有把握，莉萨。"

"你戒了，林。"

"不，我不能保证我绝不会再碰那玩意儿，因此不能说我已经戒了。"

"那我们不是更应该在一起吗？"她不放弃，眼神带着恳求，几乎要哭出来，"我会看好你。我敢说我绝不会再碰那玩意儿，因为我痛恨那玩意儿。我们如果在一起，可以一起搞电影、一起玩乐，相互照应。"

"有太多……"

"听着，你如果担心澳大利亚和坐牢的事，我们可以去别的地方，他们永远找不到我们的地方。"

"谁告诉你那件事的？"我问，努力不流露出感情。

"卡拉说的，"她平淡地回答，"就在她要我去找你的那次简短交谈中说的。"

"卡拉那样说？"

"对。"

"什么时候？"

"很久了。我向她问起你，问起她的心情，她想做什么。"

"为什么？"

"什么为什么？"

"我是说，"我缓缓回答，伸手盖住她的手，"你为什么要问起卡拉的心情？"

"因为我非常喜欢你，傻瓜！"她解释道，盯着我的眼睛一会儿，然后别过头去，"所以我才要跟阿布杜拉在一起，我要让你嫉妒或感兴趣，通过他靠近你，因为他是你的朋友。"

"天啊，"我叹了口气，"很抱歉。"

"还是因为卡拉？"她问，双眼随着窗帘扬起、无声落下而移动，"你还爱着她？"

"没有。"

"但你还爱她。"

"那……我呢？"她问。

我没回答，因为我不想让她知道真相，我自己也不想知道。沉默越来越浓，膨胀得越来越大，最后我感到沉默压得我的皮肤微微刺痛。

"我交了个朋友，"最后她开口说，"他是个艺术家，雕塑家，名叫杰森。你见过他吗？"

"没有，我想没有。"

"他是个英国人，看事情的方式就是地道的英国作风，和我们的作风不一样，我是说我们的美国作风。他在朱胡海滩附近有间大型的电影摄影棚，我有时会去那里。"

她再度沉默。我们坐在那里，感受忽热忽凉的微风从街上和海湾吹进房间。我感觉到她的目光盯着我，教我羞愧得脸红，我盯着我们交叠在一起、放在床上的那两只手。

"我最后一次去那里时，他正在搞他的新构想。他用熟石膏填注空的包装物，用包装玩具的气泡袋和包裹新电视机的泡绵箱为材料。他称那些是负空间，把那当模子来用，用来制作雕塑品。他那里有上百件作品，用鸡蛋纸盒做出不同形状的东西，里面放了把新牙刷的塑料透明包装盒，摆了一副耳机的空盒子。"

我转头看她。她眼里的天空蓄积着小小的风暴，饱含秘密心思的双唇鼓起，充满她想要告诉我的真相。

"我在那里，在他的工作室四处走动，观赏所有的白色雕塑，觉得自己就是那样的人，我一直是那样，我这一辈子，负空间。我始终在等着某人或某物，或某种真正的情感，把我填满，给我理由……"

我吻她，她蓝色双眼里的风暴进入我嘴里，滑过她柠檬香味肌肤的泪水，比孟巴女神茉莉神庙花园里的圣蜂所酿的蜜还要甜。我任由她为我俩哭泣，任由她在我们身体所合力缓缓诉说的长长故事里，为我们而生，而死。然后，当泪水停止，她用从容而流畅的美围住我们，那是她独有的美；那美生于她勇敢的心灵，在她的爱意与温香肌肤的灌注下化为可感的实体，差点儿就让我沦陷。

我准备离开她房间时，我们再度接吻：两个好友与恋人，因着彼此身体的冲击与爱抚，立时也永远地合二为一，但不能完全愈合伤口，也没完全药到病除。

"她还在你心中，对不对？"莉萨问，裹上大毛巾，站在窗边任风吹拂。

"我今天心情不好，莉萨。我不知道为什么，这一天好漫长，但那和我们没有关系。你和我……那很好，总而言之，对我很好。"

"对我也是。但我认为她还在你心中，林。"

"没有了，我刚刚没骗你，我不再爱她。我从阿富汗回来时，事情有了变化，或许那变化是在阿富汗发生的。反正……结束了。"

"我有事要告诉你，"她喃喃说道，转身面对我，用更有力、更清楚的嗓音说，"关于她的事。我相信你，相信你说的，但我认为你该知道这个，然后才能真正说你跟她结束了。"

"我不需要——"

"拜托，林！那是所有女人都关心的事！我得告诉你，因为你不能说你跟她真的完了，除非你知道这件事，除非你知道是什么原因让她变成今天的样子。我告诉你之后，如果那没促成任何改变，或没改变你现在的心情，我就知道你已经摆脱那份感情的束缚了。"

"如果那真的促成改变了呢？"

"那或许她应该有第二次机会。我不知道，我只能告诉你，在卡拉告诉我之前，我一点也不了解她。之后，她的所作所为就显得合理，因此……我想你应该知道。总而言之，如果我们会有什么发展，我希望把那弄清楚，我是说，过去。"

"好吧，"我的态度软化，在靠近门的椅子上坐下，"请说。"

她再度坐上床，膝盖抵着下巴，大毛巾紧紧裹住身子。她有了改变，我不得不注意到的改变，她肢体的移动中，或许透着某种率真，还有我从前未见过、近乎懒洋洋的解脱后的心情，使她的眼神变得温和。那些是源自爱的改变，因为源自爱，那些改变赏心悦目，而我不知道，她是否在静静不动坐在门附近的我身上，看到了那些改变。

"卡拉有没有告诉你她为什么离开美国？"她问，早就知道答案了。

"没有。"我答，不想把哈雷德走进纷飞雪地那晚告诉我的事，那无关紧要的事，再说一遍。

"以前我不这么认为。她告诉我，她不会告诉你那件事。我说她可笑，我说她得坦率对你，但她不肯。说来好笑，不是吗？那时候，我要她告诉你，因为我觉得那会让你离开她。而现在，换我来告诉你那件事，好让你能再给她一次机会，如果你想的话。总而言之，事情是这样的。卡拉离开美国，是因为迫不得已。她在逃亡……因为她杀了一个男的。"

我大笑起来，最初是轻声笑，但不由自主变成抖动肚子的哈哈大笑。我笑得弯下腰，双手靠在大腿上撑住上半身。

"那其实没这么好笑，林。"莉萨皱起眉。

"才不，"我大笑着，竭力想控制住笑意，"那不是……那个，那只是……去他的！要是你知道我曾一再担心，担心我可笑、搞砸的人生会拖累她，就能体会我为什么笑。我不断告诉自己，我没有资格爱她，因为我在跑路。你得承认，这很好笑。"

她瞪着我，双手抱膝轻轻摇晃身子，没有笑。

"好好，"我吐出一口气，让自己恢复正常，"好，继续讲。"

"说到那个男的，"她继续说，语气清楚表明她很认真看待这件事，"她还是个小孩时，帮几个人家临时照顾小孩，而那个男的是其中一个小孩的爸爸。"

"她跟我说过这个。"

"她说过？好，那你就知道发生了什么事。那事发生后，没有人出来替她讨公道，让她心里受到了很大的创伤。然后有一天，她弄到了一把枪，在他一个人在家时去他家，开枪射杀他。她开了六发，两发打中胸膛，另外四发打中裤裆。"

"有人知道是她干的吗？"

"她不确定。她知道自己没留下指纹，没有人看到她离开。她丢掉枪，飞快逃离现场，逃离那个国家，没再回去，因此不知道有没有她的犯罪记录。"

我靠回椅背，缓缓吐出一口长气。莉萨定定地看着我，蓝色的眼睛微微眯起，让我想起数年前在卡拉公寓那晚，她看着我的样子。

"还有吗？"

"没有了，"她答，缓缓摇头，但仍盯着我的眼睛，"就这样。"

"好。"我叹了口气，用手把脸一抹，起身要离开。我走向她，在她旁边的床上跪下，我的脸凑近她的脸。"我很高兴你告诉我，莉萨。很多事情因此……更清楚……我想。但我的心情完全未因此而改变，如果可以的话，我想帮她，但我无法忘记……发生的事，而且无法原谅曾发生的事。我很希望我能，那会让事情容易得多。这很不幸，爱上无法原谅的人。"

"爱上无法拥有的人才更不幸。"她反驳道，我吻住了她。

我独自一人，伴随镜中的无数镜像，搭电梯到前厅：那些镜像在我身旁和身后一动也不动，一声不吭，没有一个能与我眼神相遇。穿过玻璃门，我走下大理石台阶，穿过印度门的宽阔前庭来到海边。在弧形的阴影下，我倚着海堤，望向载着游客返回小艇停靠区的船只。看着游客摆姿势，互请对方帮忙拍照，我心想：那些人里，有多少是快乐，无忧无虑……完全自由的？有多少人正心怀忧伤？有多少人……

然后，那压抑良久的悲痛笼罩着我，我的心完全陷入黑暗。我感觉到，我紧咬牙关已有一段时间了，我的下巴抽筋、僵硬，但我无法松开肌肉。我转头见到一名街头男孩，我很熟的男孩，正在跟一名年轻游客做生意。那男孩是穆库尔，眼睛迅速往左右瞄了瞄，像蜥蜴的眼睛那么快，然后把一小包白色的东西递给那游客。那人年约二十岁，高大、健壮、英俊，我猜他是德国学生，而我向来眼力不差。他才来孟买不久，我看得出蛛丝马迹。他初来乍到，有大笔钱可供挥霍，有全新的世界等着他体验。他走开前去与朋友会合，脚步轻快，但他手上的那包东西却会毒害人。那东西如果没有让他在某个饭店的房间里暴毙，也可能会慢慢毒化他的生命，就像那曾毒化我的生命，最后使他时时刻刻都摆脱不了它的毒害。

我不在乎，不在乎他或我或任何人的死活。我想要那东西，在那一刻，我最想要的东西就是毒品。我的皮肤想起吸毒后轻飘飘的恍惚快感和发烧、恐惧所引起的鸡皮疙瘩，那气味如此强烈，让我想吐。我的脑海里满是渴望，渴望那种脑海中一片空白、无痛、无愧疚感、没有忧伤的感觉。我的身体，从脊椎到手臂上健康粗大的血管都因此抖动。我想要那东西，想要在海洛因的沉闷长夜里，获得那难得抛开所有烦恼的一刻。

穆库尔注意到我的目光，露出他惯有的微笑，但那微笑颤动，瓦解为狐疑。然后他知道了我的心思，他的眼力也很好。他住在街头，了解那表情。于是他又露出笑容，但那是不一样的笑容，那笑容里有着诱惑，仿佛说着：就在这里……我这里就有那东西……上好的货色……来买吧，还有得意、不怀好意的微微不屑。你跟我一样糟……你没什么了不起……你迟早会乞求我给你那东西……

天色渐暗，海湾上粼粼的波光，如一颗颗闪亮的珠宝，由亮白变成粉红，继而成为虚弱的血红。我望着穆库尔时，汗水流进眼睛。我的上下腭发疼，双唇因紧绷着不回应、不说话、不点头而发抖。我听见一个声音或想起一个声音：只要点头就好，只要这样，一切就了结了……悲痛的眼泪在我心中翻滚，无休无止如拍打海堤而日益高涨的海潮。但我不能哭出来，我觉得自己就要灭顶，灭顶在超乎心所能承受的忧伤中。我双手按着海堤顶端由磨过的蓝砂岩构成的小山脉，仿佛可以将手指插进这城市，抓着她以免灭顶。

但穆库尔……穆库尔微笑着，预示将有的平和。我知道有太多方法可获得那种平和，我可以抽大麻纸烟卷，或放在铝箔纸上加热成雾状吸服，或用鼻子吸食，或透过水烟筒吸，或静脉注射，或干脆用吃的、用吞的，等那悄悄袭来的麻木，扼杀世间所有的疼痛。而穆库尔，观察我冒着汗的苦楚，就像盯着淫秽书刊的页面，他沿着潮湿的石墙慢慢向我靠近。他知道怎么一回事，他什么都知道。

有只手碰了碰我的肩膀。穆库尔好似被人踢了一下般，猛然抽动身子，然后后退，呆滞的眼睛，在火红的落日余晖中化为乌有。我转头，望见了幽灵的脸。那是阿布杜拉，我的阿布杜拉，我死去的朋友。他在无数个月前死于警方的伏击，而那之后如此之久，我一直在受苦。他剪短了长发，浓密如电影明星的头发。不见以往的黑色打扮，他穿着白衬衫和灰长裤，打扮时髦。而这身打扮，迥异于他以往的衣着，似乎透着古怪，几乎就和看到他站在那里一样古怪。但那是阿布杜拉·塔赫里，他的鬼魂，他英俊如三十岁时的奥玛·沙里夫①，凶狠如潜行跟踪猎物的大猫，一只黑豹，眼睛是落日前半个小时手掌上沙子的颜色。那是阿布杜拉。

"看到你真高兴，林兄弟，要不要进去喝杯茶？"

这就是他的调调，就是那样。

"这个……我……我不行。"

"为什么不行？"那鬼魂问，皱起眉头。

"这个……首先，"我小声而含糊地说，抬头看他，用双手替眼睛遮住傍晚的阳光，"因为你死了。"

"我没死，林兄弟。"

---

① 奥玛·沙里夫，埃及男演员，以出演《阿拉伯的劳伦斯》中的阿里王子著名，获得第60届威尼斯国际电影节终身成就金狮奖，第29届法国电影凯撒奖最佳男演员奖。

"死了……"

"没死,你有跟萨尔曼约好吗?"

"萨尔曼?"

"对,他安排好,让我在餐厅跟你见面,是个惊喜。"

"萨尔曼……是曾告诉我……要给我惊喜。"

"而我就是那个惊喜,林兄弟。"那鬼魂微笑道,"你原本会早点见到我的,他安排好让你惊喜,但你中途离开餐厅,其他人一直在等你。但你没回去,所以我就来找你了,如今这的确是天大的惊喜。"

"不要那样说!"我厉声道,想起普拉巴克跟我说过的话,仍然震惊,仍然困惑。

"为什么不?"

"那不重要!去他的,阿布杜拉这……这个梦太诡异了,老哥。"

"我回来了,"他平静地说,额头上皱起忧心的浅纹,"我再度出现在你面前。我中枪,警方,你知道那回事儿。"

交谈的语气很平淡,他后方日益暗下的天空,还有街上行经的路人,都不能引起我的注意。没有东西比得上模模糊糊、一闪而过的梦。但那必然是梦,然后那鬼魂撩起白衬衫,露出许多已愈合和正愈合成浅黑色环状、旋涡状、拇指般粗裂口的伤口。

"瞧,林兄弟,"那个鬼魂说,"我的确中了许多枪,但没死。他们把我从克劳福市场警局抬走,带到塔纳过了两个月,再把我带到了德里。我在医院待了一年,在一家私立医院,离德里不远。那一年我动了许多手术,不好过的一年,林兄弟。然后,又过了将近一年才康复,Nushkur'Allah(我们感谢真主)。"

"阿布杜拉!"我说,伸手抱住他。他的身体健壮、温热、活生生的。我紧紧抱着他,双手在他背后,一只手扣住另一只手的手腕。

我感觉到他的耳朵紧贴着我的脸，闻到他皮肤上的香皂味。我听到他的说话声，从他的胸口传到我的胸口，像夜里一波波打上潮湿紧实的沙滩的海浪，浪涛声在天地间回荡。我闭着眼睛，紧贴着他，漂浮在我为他、为我们筑起的忧伤黑水之上。我心神慌乱，担心自己精神失常，担心那其实是梦，而且是噩梦。于是我紧紧抱着他，直到我感觉他强有力的双手，轻轻将我推开，推到他伸长双臂为止。

"没事了，林。"他微笑。那微笑很复杂，从亲昵转为安慰，或许还有些许震惊，震惊于我眼神流露的情绪。"没事了。"

"哪会没事！"我咆哮道，甩掉他，"到底怎么回事？这期间你到底去了哪里？你他妈的为什么不告诉我？"

"没办法，我不能告诉你。"

"狗屎！你当然可以！别当我是白痴！"

"没办法，"他坚持道，伸手抹过头发，眯起眼盯着我，"你还记得吗？有一次我们骑摩托车时，看到一些男人，他们来自伊朗。我要你在摩托车旁等着，但你没有，你跟上来，我们跟那些人打了一架，还记得吗？"

"记得。"

"他们是我的敌人，也是哈德汗的敌人。他们和伊朗的秘密警察，名叫萨瓦克的新组织有关联。"

"我们可不可以，等一下，"我插话道，手往后按在海堤上，撑住身子，"我得抽根烟。"

我打开香烟盒，递上一根给他。

"你忘了，"他问，开心地咧嘴而笑，"我不抽香烟，你照理也不抽，林兄弟。我只抽大麻胶，我有一些，如果你想尝尝？"

"妈的，"我大笑，点起烟，"我可不想跟鬼一起吸到恍神。"

"那些人，我们打的那些人，他们在这里做生意。大部分是毒品生意，但有时也搞枪支生意，有时搞护照，他们监视着我们的一举一动。我们之中，凡因伊拉克战争而逃离伊朗的人，他们都会把活动情形汇报给伊朗当局。我就是因为伊拉克战争而逃离的人，数千人逃到了印度，痛恨霍梅尼的数千人。来自伊朗的密探，把我们的一举一动汇报给伊朗的新萨瓦克组织。他们痛恨哈德，因为哈德想帮助阿富汗境内的穆斯林游击战士，因为他帮助了太多像我一样逃离伊朗的人。你懂吧，林兄弟？"

我懂。孟买的伊朗侨民社团很庞大，我有许多朋友失去家园和家人，为生存而奋斗。其中有些人在哈德的黑帮联合会之类的既有帮派里讨生活，有些人自组帮派，受雇杀人，在这个越来越残暴血腥的行业里讨生活。我知道伊朗秘密警察派了密探渗入这些流亡人士，报告他们的活动情形，有时还动手杀人。

"继续说。"我说，吸了一大口烟。

"那些人，那些密探发出报告，我们在伊朗的家人就很惨。有些人的母亲、兄弟、父亲被关进秘密警察的监狱。他们在那里拷打人，有些人死在那里。我的妹妹被他们拷打、强暴，因为密探发了有关我的报告。我的叔叔，因为我家人付钱给秘密警察付得不够快而枉死。查明那事之后，我告诉哈德汗我想离开，好教训他们，教训那些伊朗派来的密探。他让我不要走，他说我们会一起来打他们。他告诉我，我们会把他们一个个揪出来，他向我保证会帮我杀光他们。"

"哈德拜……"我说，吸了口烟。

"我们，法里德和我，在哈德的帮助下找到了他们的一部分人。最初他们有九个人，我们找到了六个。那些人，我们都已干掉。剩下的三个还活着，这三个人，他们知道我们的事，知道黑帮联合会里有个密探，非常接近哈德汗。"

"埃杜尔·迦尼。"

"对。"他说，转头吐了口唾沫，表示不屑于提到这个叛徒的名字，"迦尼，他来自巴基斯坦。他在巴基斯坦的秘密警察里有许多朋友，那个叫 ISI 的组织。他们与伊朗秘密警察组织新萨瓦克，与美国中情局还有摩萨德暗中合作。"

我点头，听他讲，想起了埃杜尔·迦尼跟我讲过的话：世上所有的秘密警察都相互合作，林，那是他们最大的秘密。

"所以，巴基斯坦的 ISI 把他们在哈德黑帮联合会里安置线人的事，告诉了伊朗的秘密警察。"

"埃杜尔·迦尼，没错，"他答，"伊朗那些人非常忧心。六个优秀的密探完蛋了，连尸体都找不到，而且只剩下三个。于是，那三个来自伊朗的人跟埃杜尔·迦尼合作。他告诉他们如何设下陷阱害我，那时候，你记得吗？我们不知道那个正在替迦尼工作的萨普娜正打算对付我们，哈德不知情，我也不知情。我如果知情，会亲自把那些萨普娜的尸块丢进哈桑·奥比克瓦的地洞，但我不知情。我在克劳福市场附近步入陷阱时，那些来自伊朗的家伙，从靠近我的地方先开枪。警察认为是我开的枪，便向我开火。我知道自己性命不保，便拔枪朝警察开火。接下来的，你都知道了。"

"不是全知道，"我咕哝着说，"知道得不够多。那晚，你中枪那晚，我在那里。我在克劳福市场警局外的群众里，群众很火爆，每个人都说你身中多枪，脸被打得无法辨识。"

"我是流了很多血，但哈德的人认得我。他们制造暴动，然后一步步杀进警局，把我抬出那里，送到医院。哈德有辆卡车在附近，他有个医生，你认识的，哈米德医生，你还记得吗？是他们救了我。"

"那晚哈雷德在场，是他救了你？"

"不是，哈雷德是制造暴动的人之一，带走我的是法里德。"

"修理者法里德把你救出了那里？"我倒抽一口气，惊讶于我和他一起工作，朝夕相处这么多个月，他竟完全未提起那事，"而他这期间都知道这事？"

"对，如果你有秘密，林，请他替你保守。阿布德尔·哈德死了之后，他是他们之中最可靠的人，仅次于纳吉尔，法里德是他们之中最可靠的人，绝不要忘记这点。"

"那三个家伙呢？那三个伊朗人？你中枪后他们的下场呢？哈德抓到他们了吗？"

"没有。阿布德尔·哈德杀了萨普娜和他的人时，他们逃到了德里。"

"有个萨普娜逃掉了，你知道吗？"

"知道，他也逃到德里。就在两个月前，我恢复体力，不过没完全恢复，但打架不成问题，我去找那四个人和他们的朋友。我找到了一个，来自伊朗的家伙，我干掉了他，如今只剩三个，两个来自伊朗的密探，一个迦尼手下的萨普娜杀手。"

"你可知道他们人在哪里？"

"这里，在这个城市。"

"你确定？"

"确定，所以我才回孟买。但现在，林兄弟，我们得回那家饭店。萨尔曼和其他人在楼上等我们，他们想开个庆祝会，他们会很高兴我找到了你。他们看见你几个小时前跟一个很漂亮的女孩子离开，说我会找不到你。"

"是莉萨。"我说，不知不觉回头往泰姬饭店二楼的那个卧室窗子瞥了一眼，"你想不想……见她？"

"不想，"他微笑，"我有对象了，法里德的侄女艾米娜，她已照顾我一年多，她是个好女孩，我们要结婚了。"

"你他妈的滚开！"我结结巴巴地说，既震惊于他挨了那么多枪后没死，更震惊于他打算结婚。"是，"他咧嘴而笑，突然伸手想给我一个拥抱，"但快点，其他人在等。Challo（走）。"

"你先去，"我答，微笑地回应他开心的咧嘴而笑，"我很快就到。"

"不，现在，林，"他催促道，"现在就去。"

"我得晚点去，"我坚持，"我会去……再等一下。"

他又犹疑了片刻，然后微笑点头，往回穿过覆有圆顶的拱门，走向泰姬饭店。

暮色让午后的明亮光环暗了下来。浅灰色的烟与蒸气朦胧地罩着地平线，啮啮作响，仿佛远处世界之墙上方的天空正渐渐融入海湾的水里。大部分船只和渡轮安稳地拴在我下方码头的碇泊杆上，其他船只和渡轮则在海上起起落落，靠着海锚牢牢拴住，随波摆荡。海水涨潮，汹涌的波涛拍打我站立处的长长石堤。林荫大道沿线到处有着带泡沫的水柱，啪啪地往上喷溅，飞过海堤，落在白色的人行道上。行人绕过那些断断续续的喷泉，或者边跑边大笑穿过那突然喷出的水花。在我眼睛的小海洋里，渺小的蓝灰色海洋里，泪水的波浪猛力冲撞着我意志的墙。

是你派他来的吗？我悄声问死去的哈德汗，我的父亲。刺客般的悲痛原已把我推到街头男孩贩卖海洛因的那座墙。然后，就在几乎已来不及时，阿布杜拉现身了。是你派他来救我的吗？

落日，天上的葬礼之火，灼痛我的眼睛，我转移视线，注视着落日流泻的最后光芒，鲜红色、洋红色的光芒，渐渐消失在傍晚如镜的蓝宝石海面上。海湾上波浪起伏，我望着海湾的另一头，努力把心情框进思索与事实中。我奇怪而诡异地再见到阿布杜拉，再度失去哈德拜，在那一天，那一个小时中。

而这般体验，这般事实，命中注定而无所遁逃的必然发展，有助我了解自己。我所逃避的那份忧伤，花了如此久的时间才找到我，因为我放不下他。在我心里，我仍紧紧抱着他，一如几分钟前我紧紧抱着阿布杜拉那般。在我心里，我仍在那个山上，仍跪在雪地里，怀里抱着那颗英俊的头颅。星星慢慢再现于无垠而静默的天空，我割断悲痛的最后一根碇泊索，任由自己被承载一切的命运浪潮推移。我放下他，说出几个字，神圣的几个字——"我原谅你"。

我做得好，做对了。我让泪水流下，让我的心碎裂在我父亲的爱上，就像我身边高大的海浪猛然砸向石堤，把"血"洒在宽阔的白色人行道上。

第十一章

"MAFIA"（黑帮）这个字来自西西里岛，原意是"吹嘘"。如果你问那些为了生活而犯下重罪的持重内敛之人，每个人都会告诉你，归根究底就是那份自夸、那份骄傲，使大部分人着迷于黑帮生涯，但我们从来都不知道这个道理。或许，犯了法不可能不向人吹嘘；或许，作奸犯科之徒不可能不在某方面感到骄傲。在旧黑帮，在哈德拜一手设计、掌舵、治理的那个黑帮仍在运作的最后几个月，我们无疑很爱自夸，而且很骄傲。但那是最后一次，在孟买黑社会那个角落的任何一个人，可以十足发自肺腑地说，我们以身为帮派分子为荣。

哈德汗已死了将近两年，但他的规矩和原则仍在支配着他所创建的黑帮联合会的日常运作。哈德痛恨海洛因，拒绝从事毒品买卖，不准任何人在他掌控的地盘内买卖毒品，无可救药的街头毒虫除外。卖淫也是他深恶痛绝的，他认为那是伤害女人、腐化男人、毒害卖淫业所在社会的行业。他的势力范围有数平方公里，掌控其中所有的街道、公园与建筑。在那小小的王国里，凡是涉及卖淫、色情书刊业的男女，如果行事不够低调，不够避人耳目，随时可能遭他施予应得的惩罚。而在萨尔曼·穆斯塔安主持的新联合会下，情况依旧如此。

老索布罕·马赫穆德仍是联合会名义上的老大，但他的病情严重。哈德死后的将近两年里，他两度中风，说话能力严重受损，活动力大受影响。联合会安排他住进哈德在维索瓦的海滩房子，也就是我在纳吉尔的陪同下，不靠药物强行戒掉毒瘾的那栋房子。他们替这年老的黑帮老大安排了最好的医疗，安排他的家人和仆人照顾他。

纳吉尔细心栽培哈德的侄子，年轻的塔里克，以便他有朝一日成为联合会的领袖之一，而联合会的大部分成员也都认定他未来会扮演这样的角色。帮中所有的男人和男孩，就属这男孩那种浓烈的阴郁、执着个性，最能让我想起哈雷德。他虽然出身好且已成年、举止出奇稳重，但大家认为他还太年轻，不够格成为联合会的正式成员，甚至不够格出席联合会。纳吉尔便派给他职务和责任，让他从中渐渐认识到有朝一日可能会统领的世界。从各个实务方面来看，萨尔曼·穆斯塔安是老大、新可汗，联合会的领袖和哈德拜留下的黑帮的统治者。而萨尔曼，一如每个认识他的人都说，在身心两个层面都是哈德拜的人。他治理这个黑帮，仿佛那个灰发老大仍在场、仍在世，每天晚上仍私下和他见面，提供建议和提醒。

大部分人都心悦诚服，支持萨尔曼，他们了解相关原则，一致认为那些原则值得沿袭。在我们掌控的区域内，流氓和帮派分子不是侮辱的言辞。当地人知道我们这支帮派，在防止海洛因、色情业进入他们的区域上，比警方还有效。警察毕竟容易受贿赂的诱惑。事实上，萨尔曼的黑帮也贿赂警察，但他们贿赂的目的却很独特，要刚收了老鸨、毒品贩子贿赂的同一批警察，在他们得把不听话的海洛因贩子抓去撞墙，或得用小铁锤砸色情出版品贩卖者的手时，睁只眼闭只眼。

这地区的老人家彼此点头打招呼，拿自己所在地区较平静的局势，和其他地区的混乱不堪相比。孩童以仰慕的眼神抬头看向年轻的帮派分子，有时把他们当作本地英雄。餐厅、酒吧和其他商店都欢迎萨尔曼的手下莅临，认为有他们在就不会出乱子，认为他们是有较高道德标准的守护者。而他地盘里的告密比例，主动向警方通风报信的次数（那被认为是警方受民众欢迎或厌恶的明确指标），比整个辽阔拥挤的孟买市里的任何地区都还要低、还要少。我们感到自豪，做事有原则，自认是光明磊落而值得尊敬的人，且在客观的评价上几乎就是这样的人。

但这帮派里仍有一些埋怨之声，有几次的联合会会议，就针对帮派的未来走向，出现火爆而未有定论的争辩。其他的黑帮联合会正靠着海洛因买卖赚大钱，靠白粉致富的新百万富翁，在这城里最讲究身份地位、最豪华气派的场合，炫耀他们的进口车、名牌服饰和先进的电子产品。更重要的是，他们利用来自毒品且源源不断的收入雇用新打手，付高薪请来这些一打起架来既拼命又不择手段的佣兵。渐渐地，经过几场帮派战争，那些帮派的地盘不断扩大，一些最凶狠的人死于那些战争，还有更多的人受伤，而全城各地的警察则点起香，感谢上天保佑。

还有一种商品，获利和白粉差不多高，就是讲究赤裸裸局部特写的进口色情录像带。这是一块新兴的市场，且需求如无底洞。有些与我们敌对的黑帮联合会已靠这项买卖的暴利而财力大增，进而得以取得任何帮派所渴望的最高地位象征：私藏一批枪支。有些萨尔曼·穆斯塔安的手下，嫉妒那些帮派所积聚的财富，恼火他们不断扩张地盘，担心他们日益壮大的势力，便鼓吹他改弦易辙。桑杰，与萨尔曼交情最好且最久的朋友，就是最早批判既有路线者之一。

"你该去见见楚哈。"当桑杰和法里德、萨尔曼和我在毛拉纳·阿札德路的小店喝茶时，他一本正经地说。明亮如海市蜃楼的绿色马哈拉克斯米赛马场就在附近。他说的是阿修克·查德拉什卡，瓦利德拉拉帮里很有影响力的狠角色。他用了阿修克的绰号"楚哈",意为"老鼠"。

"我见过那个浑蛋,yaar,"萨尔曼叹口气说,"我不时和他见面,每次他的手下想抢走我们地盘一角时,我就和楚哈见面,解决问题。每次我们的人和他的人干架,打得他们鼻青脸肿,我就和楚哈见面。每次他提议我们两边的联合会合并,我就和他碰面。我太了解那个浑蛋了,问题就在这里。"

瓦利德拉拉联合会与我们的地盘相接,两帮之间的关系,一般来讲是井水不犯河水,但也谈不上融洽。哈德拜在世时,那个联合会的老大瓦利德和他交情很好,两个人都是联合会制度的创建人。瓦利德原和哈德拜一样,瞧不起海洛因买卖和色情业,但这时他已改弦易辙,带着他的联合会搞起这两项东西,不过他仍坚持不与萨尔曼的联合会起冲突。楚哈,瓦利德帮派的二当家,野心勃勃,急于摆脱瓦利德的掌控。因为他的野心,两帮之间出现纷争,甚至动刀动枪干架。大多时候,萨尔曼不得不到中立地带的五星级饭店套房和老鼠碰面,吃顿拘谨得让人没胃口的晚餐。

"没有,你还没跟他真正一对一谈过,谈我们能赚的钱。萨尔曼兄,我说,你如果真的跟他谈了,你会发现他的话很有道理。他靠那个叫赤砂海洛因的鬼东西赚进数千万,老哥,吸毒的人对那鬼东西的需求永远不可能满足。需求量大到他得用他妈的火车把那东西运进来,还有那个色情电影的东西,老哥,需求量大得吓人。我发誓!那真是他妈的超好赚的生意,yaar。他把每部电影拷贝五百份,每份卖五百元。萨尔曼,每部色情电影就可以赚进七十五万啊!如果能靠杀人赚那么多的钱,那印度的人口问题一个月就可以解决!你该跟他谈谈,萨尔曼兄。"

"我不喜欢他，"萨尔曼对众人说，"我也不相信他，我想，我终有一天得干掉那个王八蛋，一劳永逸。那样子开始一门生意，不是很保险，na？"

"如果真到那一天，我会替你杀了那个浑蛋，兄弟，我很乐意那么做。但在那之前，在我们真的得杀掉他之前，我们还是可以和他一起赚大钱。"

"我不这么认为。"

桑杰环视与会众人，最后找上我。

"来，林，你怎么看？"

"那是联合会的事，桑杰，"我答，朝他热切的脸微笑，"和我无关。"

"但就因为那样，我才问你，林巴巴，你可以给我们客观的见解。你认识楚哈，你知道海洛因有多好赚，他很懂得怎么赚钱，你不觉得吗？"

"Arrey（嘿），别问他！"法里德插话道，"除非你想听真话。"

"不，说下去。"桑杰不死心，双眼炯炯发亮。他喜欢我，也知道我喜欢他，"告诉我真话。你怎么看他？"

我转头瞥了萨尔曼一眼，他点头，哈德若在场大概也会这么做。

"我觉得楚哈是那种把暴力犯罪的形象搞坏的人。"我说。

萨尔曼和法里德大笑，忍不住喷出嘴里的茶水，然后用手帕擦拭身上。

"好，"桑杰皱眉，但眼神仍然激动，"那，他这个人……到底……什么地方不讨你喜欢？"

我再度往萨尔曼瞥了一眼。他回我咧嘴而笑，扬起眉毛，举起双掌，示意"别看我"。

"楚哈是个欺善怕恶的人，"我答，"而我不喜欢欺善怕恶的人。"

"他是个什么？"

"欺善怕恶的人，桑杰。他找那些他知道无力还手的人下手，从他们身上抢走他要的东西。在我的国家，我们称这类人是欺善怕恶的人，因为他们欺负弱小，抢他们的东西。"

桑杰望着法里德和萨尔曼，一副困惑无知的茫然表情。

"我不懂这个问题。"他说。

"的确，我知道你没有这个问题。那没关系，我不认为每个人都会像我这样想。事实上，大部分人都不是这样想的，我了解，我懂。我知道许多人就是以那种方式出人头地的。但正因为我懂，并不表示我喜欢那样。我在牢里碰过一些那样的人，有两个人想欺负我，我拿刀捅他们，从此没有人再敢动我。消息传开，大家都知道若欺负这家伙，他会在你身上捅个窟窿，因此他们不再惹我。问题就在这里，他们如果想继续欺负我，我会更尊敬他们。我仍然会跟他们打，仍然会砍死他们，你知道的，但我那么做的同时，心里会更尊敬他们。问问这里的侍者桑托什，问他怎么看楚哈。楚哈和他的手下，上个星期来这里，为了五十巴克痛打了他一顿。"

孟买人把卢比叫作巴克。我知道，桑杰平常赏给侍者和服务较佳的出租车司机的小费，就是五十卢比。"那个家伙有钱得要死，如果他的鬼话没错的话，"我说，"却为了五十巴克欺负一个上班的老实人，我瞧不起那种行为。桑杰，我想，在你内心深处，也会瞧不起。我不会为那事有什么行动，那不干我的事。楚哈靠打人赚取不义之财，我知道，但如果他敢欺负我，我会砍了他。我告诉你，老哥，我会很乐于那么做。"

现场陷入小小的沉默，桑杰噘起嘴，把一只手掌翻转向上，望了望萨尔曼，再望向法里德，然后他们三人突然放声大笑。

“你自找的！”法里德咯咯笑道。

“对，对，”桑杰坦承道，“我问错人了，林是个很不简单的家伙，yaar。总有一些稀奇古怪的想法。他陪哈德去了阿富汗，老哥！我怎么会去问一个疯狂得去做那种事的人？你在贫民窟开的那间诊所，从未从中赚取一毛钱。记得提醒我，林兄，如果我再问起你对做生意看法的话，na？”

“还有件事。”我补充说，板起脸孔。

“哟，天啊！”桑杰大喊，“他还有别的事呢！”

“想想那些口号，你就会了解我这观点打哪儿来的。”

“那些口号？”桑杰不以为意地说，惹得他的朋友笑得更大声，“什么鬼口号，yaar？”

“你知道我在说什么。瓦利德拉拉帮的口号，或者说是座右铭，是‘Pahiley Shahad, Tab Julm’，如果我译得没错的话，那意思是‘先给甜头再发火，或甚至凶残’。没错吧？那不就是他们彼此勉励的口号？”

“对，对，那是他们的东西，老哥。”

“那我们的口号是什么？哈德的口号？”

他们面面相觑，露出笑容。

“Saatch aur Himmat。”我替他们大声说出，“真诚与勇气。我认识一些人喜欢楚哈的口号，他们认为那比较高明、比较有意思，而且那听来冷血无情，所以他们认为那冷酷，但我不喜欢那个，我喜欢哈德的。”

外头传来恩菲尔德摩托车的引擎声，我抬头看见阿布杜拉把车停在茶铺外，向我挥手。我该走了。我自认已说了真话，字字发自肺腑，但在我内心深处，我知道桑杰的观点虽然没有比较高明，但最终会比我的观点更让人信服。从某个角度来看，楚哈领导下的瓦利德拉拉帮，就是所有黑帮联合会未来要走的路，而我们每个人都知道这点。瓦利德仍是挂他名字的那个联合会老大，但他又老又病。他已把许多权力交给楚哈，实际掌权的是那个较年轻的头头儿。楚哈强势积极又能干，每隔几个月就靠武力或威逼的方式取得新地盘，如果萨尔曼不同意和楚哈合并，两帮迟早会因地盘扩张而公开产生冲突，战争将不可避免。

当然，我希望哈德的联合会在萨尔曼的带领下胜利，但我知道，如果我们真的赢了，就要吃下楚哈的地盘，就不可避免地也要吸纳他的海洛因、女人、色情品买卖，那是不可避免的大势所趋。里面有太多利润，而钱如果堆得够高，就会成为类似大型政党的东西：它所带来的弊和利一样多，它使太多权力集中于太少人之手，而人与钱越接近就越龌龊。长远来看，萨尔曼可能会从与楚哈的斗争中败下阵来，或者可能打败他，成为和他一样的人。命运总是给人两条路，天蝎座乔治曾这么说，一个是该走的路，一个是实际走的路。

"但，嘿，"起身欲离开时，我说，"那和我没关系，而且坦白说，我不在乎。我的摩托车到了，晚点再和各位见面。"

我在桑杰的抗议声以及他朋友高过杯子碰撞声的大笑声中，走出店门。

"Bahinchudh! Gandu!（王八蛋）"桑杰大喊道，"你不能像这样搞砸了我的派对，然后一走了之，yaar! 回来！"

我走近阿布杜拉时，他发动摩托车，踢掉侧立架，准备骑走。

"去健身房干吗这么急，"我说着坐上他的摩托车后座，"放轻松。我们再怎么快到那里，我还是会打败你，老哥。"

我们一起在健身房健身前后已有九个月。那家健身房又小又暗又闷热，且充满肃杀之气，位于巴拉德码头的象门区附近，那是黑道的健身房，老板是胡赛因，也就是在哈德与萨普娜刺客的火并中，失去一条胳膊而保住性命的人。健身房里有举重椅、柔道垫、拳击场。男人的汗臭味，包括新鲜和陈腐的汗臭味，渗入皮手套、皮带、螺旋扣的缝线内，熏得叫人流泪，因此在这个街区里，就只有这栋建筑，老鼠、蟑螂均绝迹。墙上和木头地板上都有血迹，在那里健身的年轻帮派分子，练一个星期所挨的伤口，比城里一家医院急诊室在炎热的星期六夜晚要治疗的还多。

"不是今天，"阿布杜拉转头大笑，将摩托车驶进快车道，"今天不对打，林，我要带你去看个意想不到的东西，一个惊喜！"

"这下我要担心了，"我大喊道，"什么样的惊喜？"

"还记得我带你去找哈米德医生时吗，还记得那惊喜吗？"

"记得，我记得。"

"哦，这是比那更大的惊喜，更大得多的惊喜。"

"噢，嗯，我还是对这不怎么放心，再给我一个提示。"

"还记得我送那只熊过去给你抱吗？"

"卡诺，当然，我记得。"

"哦，这惊喜比那还大得多！"

"一个医生、一只熊，"我大喊道，音量大过轰隆的引擎声，"很不搭啊，兄弟，再给一个提示。"

"哈！"他大笑起来，在信号灯前停下，"我告诉你，这是超大的惊喜，惊喜到你会原谅我，在你以为我死的时候让你受的那些苦。"

"我真的原谅你了，阿布杜拉。"

"没有，林兄弟，我知道你没有。我有太多瘀伤，我们以拳击、空手道对打后，我身上有许多地方很酸痛。"

那不是真的，我跟他对打时，出手都没他那么重。他虽然恢复得不错，体格很健壮，但遭警方射伤前，他那种超乎常人的体力和令人钦佩的旺盛精力，并未完全恢复。他脱下衬衫与我打拳时，每次看到他带着伤疤的身体，像是被猛兽利爪摧残过、被火热烙铁烫过般，总让我出拳时放轻力道，但我从未向他承认过那事。

"好，"我大笑道，"如果你要这样说，那我就没原谅你吧！"

"但你看到那个意想不到的东西时，"他大声说，跟着我一起大笑，"你会发自肺腑，完全原谅我。现在，快！别再问我了，告诉我萨尔曼跟桑杰谈到那只猪，那个楚哈时，说了什么？"

"你怎么知道我们在谈那个？"

"从萨尔曼的表情看得出来，"他大声回应，"而且桑杰今天早上告诉我，他想再请萨尔曼和楚哈一起做买卖。因此，萨尔曼说了什么？"

"你知道他会说什么。"我们在车流里停下，我稍稍放低音量回答。

"很好！ Nushkur' Allah."我们感谢真主。

"你真的痛恨楚哈，是不是？"

"我不恨他，"他澄清道，摩托车开始跟着车流移动，"只想杀了他。"

我们沉默了片刻，呼吸暖热的风，看着见不得人的勾当，在我们经常晃荡的街上进行。在我们周遭，每分钟都有上百件大大小小的诈骗和交易在进行，而我们对那些勾当一清二楚。

前方有辆巴士抛锚了，我们身陷打结的车流中，这时我往人行道另一头望去，注意到塔吉·拉吉。他是个扒手，通常出没在泰姬玛哈饭店附近的印度门地区。几年前，他被人用大砍刀攻击，脖子差点儿被砍断，但最终保住了小命。那次伤害使他说起话来声音细小、短促且尖厉，头在脖子上歪斜得厉害，因此他左右摇头表示同意时，人差点儿倒栽在地。他正在和他的朋友因德拉在街上演出那套撞、跌、扒的把戏，而因德拉就负责撞倒人的角色。因德拉外号"诗人"，口中吐出的话，几乎全是押韵的对句（尾韵相谐的两行诗句）。前几个诗节，优美而令人感动，但最后总会吐出描述和影射性爱的句子，而且内容变态、恶心，连那些强悍、凶恶的男人听了都会皱眉。传说因德拉曾在某次街头庆祝活动时，透过麦克风念他的诗，结果把整个科拉巴市场的客人和生意人吓得跑光了。据说连警察都吓得退避三舍，直到那位"诗人"念累了，停下来喘口气，才冲上去把他撵走。我认识那两个人，而且喜欢他们，但从未让他们近身，总让他们与我的口袋相隔至少一臂长的距离。果然，就在巴士终于发动，车流开始缓缓前移时，我看到因德拉装成瞎子，他的演技并未完全发挥，但已足够骗人，然后撞倒一个外国人。塔吉·拉吉扮演好心的路人，扶起他们，同时扒走那个外国人厚厚的皮夹。

"为什么？"我问道，我们的摩托车再度快意奔驰。

"什么为什么？"

"你为什么想杀楚哈？"

"我知道他曾和来自伊朗的人会面，"阿布杜拉转头扯开嗓子说，"有人说那纯粹是生意会面，桑杰说那纯粹是谈生意，但我认为不只是谈生意，我认为他和他们合作，对付哈德汗，对付我们。就是这个理由，林。"

"好。"我喊道，很高兴自己对楚哈的直觉得到证实，但也为我这位狂放不羁的伊朗朋友担心，"但不管做什么，都别漏掉我，行吗？"

他大笑，转头露出他张嘴而笑的白牙。

"我是说真的，阿布杜拉，答应我！"

"Thik hain（好），林兄弟！"他大喊着回答，"时机到了，我会打电话给你！"

他让摩托车依惯性滑行，直到停下，并把车停在斯特兰德咖啡馆外。那家店位于科拉巴市场附近，是我最爱去的廉价早餐店之一。

"到底要干什么？"我们走向市场时，我质问道，"惊喜！我几乎每天都来这里。"

"我知道，"他答，神秘地咧嘴而笑，"而且知道的不只我一个。"

"那到底是什么样的惊喜？"

"你总会知道的，林兄弟，你的朋友到了。"

我们遇上了维克兰·帕特尔和天蝎座、双子座两位乔治，他们优哉游哉地坐在豆子摊旁鼓鼓的扁豆袋上，拿着杯子喝茶。

"嘿，老哥！"维克兰向我打招呼，"拖一个麻袋上来，舒服地坐下。"

阿布杜拉和我与他们一一握手，我们在成排的麻袋上坐下时，天蝎座乔治向茶铺的服务生比手势，要他再拿两个玻璃杯来。护照工作往往让我夜里不得闲，克里须纳和维鲁两人错开了轮班时间，因为他们都已成家，小孩渐多且年纪尚小，以便白天有时间陪家人。护照伪造工作加上萨尔曼联合会交付的任务，使我无法和以往一般那么频繁地去利奥波德。只要可以，我总会到那里，到科拉巴市场边缘的维克兰公寓附近，和维克兰、两位乔治见面。和莉蒂用完午餐之后，维克兰大多都会在那里。他让我得以掌握利奥波德店里的最新动态，狄迪耶再度恋爱了，蓝吉特，卡拉的新男友，则是越来越受欢迎。那两位乔治则告诉我街头所发生的事。

"我们以为你今天不来了，老哥。"茶送来时，维克兰说。

"阿布杜拉载我过来的，"我答道，这位朋友神秘兮兮的笑容让我皱起眉头，"碰到塞车，但跑这一趟值得。我近距离观赏了塔吉·拉吉和因德拉在甘地路上表演那套撞倒人趁机偷东西的把戏，真是精彩。"

"他没以前行了，我们的塔吉·拉吉，"双子座乔治评论道，在最后两个字的元音上，露出南伦敦腔，"手脚没以前灵巧了，自从那次意外后，你知道的，他的时机掌握就有点失准。我是说，那也无可厚非，对不对？他整颗头都在流血，几乎要断掉，所以，他时机掌握失准，也就不足为奇。"

"眼前，"天蝎座乔治低下头插话道，摆出我们每个人都很了解且更害怕的虔诚肃穆姿势，"我想我们每个人都该低头祷告。"

我们互瞥一眼，惊恐得睁大眼睛无处可逃，我们舒服得不想移动，而天蝎座乔治知道这点，我们中计了。"噢，主。"天蝎座乔治开始说。

"噢，主。"双子座乔治咕哝着说。

"还有圣母，"天蝎座乔治继续说，"天上无尽的阴阳灵，今天我们恭顺地恳请你们，倾听你们赐予世间的归天蝎、双子、阿布杜拉、维克兰、林暂时照管的五个灵魂的祷告。"

"他在说什么，暂时？"维克兰悄声对我说，我耸耸肩。

"请帮助我们，主。"天蝎座乔治吟诵道，眼睛闭着，翘首向天，仿佛人在维杰·普雷姆纳特染发暨钻耳洞学院的四楼阳台中央，"请引领我们去了解是非，做正确的事。我们今晚要和一对比利时情侣谈个小交易，主，你如果认同我们，可以从帮我们完成那项交易开始。主与圣母，我不需要告诉你们，在孟买要弄到上好的可卡因给顾客有多困难，但多亏你们的保佑，我们终于找到了十克 A 级白粉，而由于街头上白粉缺货很严重，主，你真的干了一件天大的好事，如果你接受我一流的推崇的话。总而言之，双子座和我，真想赚那笔交易的佣金，我们若能不被骗、不被打、不被砍断手脚、不被杀，将不胜感激，当然，除非你有意让我们如此。因此，请照亮道路，把爱注满我们心中。现在我们要结束祷告，但请一如以往保持联系，阿门。"

"阿门！"双子座乔治应和着，明显露出松了口气的神情，因为天蝎座乔治的祷告通常比这久得多。

"阿门。"维克兰啜泣，用紧握的拳头指关节轻轻拭去眼里的泪水。

"Astagfirullah."阿布杜拉低声说。原谅我，阿拉。

"接下来去吃点东西如何？"双子座乔治开心地提议道，"这世上最能勾起人大吃大喝念头的就是宗教，是不是？"

就在这时，阿布杜拉凑到我左耳低声说。

"慢慢瞧，不，要慢慢地！瞧那边，那个花生店后面，转角附近，有看到他吗？给你的惊喜，林兄弟，有没有看到他？"

然后，就在我仍微笑着时，一个弯着身子的男子，从遮棚下的阴暗处看着我们，吸引了我的目光。"他每天都来这里，"阿布杜拉悄声说，"不只这里，还有你去的其他地方。他看着你，他等待着，静静看着你。"

"维克兰！"我含糊而小声地说，希望有人来证实我所见到的，"看！那边，转角处！"

"看什么，老哥？"

注意到我在看他，那人缩进阴暗处，然后转身，迈着大步，一跛一跛地走开，好似他整个左半边身体受了伤。

"没看到他？"

"没有，老哥，看谁？"维克兰抱怨道，和我站在一起，眯眼瞧向我使劲儿瞧的方向。

"是莫德纳！"我大叫着跑上去追那个跛着脚的西班牙人，我没回头望维克兰、阿布杜拉、两个乔治，我没回应维克兰的叫喊，没有去想自己在做什么或为什么追他。我心里只有一个念头，一个影像，一个名字，莫德纳……

他走得很快，很熟悉这里的街道。他钻进隐藏的门，钻进建筑间几乎看不到的裂隙时，我想起，我大概是这城市里，唯一和他一样熟悉这些街道的外国人。就此而言，只有少数印度人，只有街头掮客、小偷、毒虫跟得上他。他钻进洞里，那是从高大石墙上打出的洞，充当连接两条街的通道。他绕过一道隔墙，隔墙看似硬如砖块，但其实是用拉紧而涂上色的帆布搭成的。他走着捷径，穿过拱道里的临时店铺，沿着洗过、颜色亮丽、挂起晾晒成排如迷宫的纱丽曲折前进。

然后他犯了一个错，跑进一条被人强行占用的窄巷，占用者是住在人行道上的游民，以及被挤出当地公寓的大家族。我很了解那条巷子。约有一百名男女大人和小孩，住在那条被非法占用的小巷里，他们在以大卵石铺成的路面上方，相邻建筑的墙壁间，搭建起高脚通铺，轮流在上面睡觉。他们把这条巷子通铺以下的空间，改建成一间又长又暗又窄的房间，睡觉以外的事，都在那房里做。莫德纳一路东闪西躲，穿过坐着、站着的人群间；穿过炊炉、沐浴间、坐在毛毯上打牌的人群。然后，在这巷子房间尽头，他转向左而非向右。那是个死胡同，两边全是高墙。里面完全漆黑，什么都看不到，尽头是个小急弯，绕过另一栋建筑的转角，一个从这一头看不见另一头的转角。买毒品时，如果觉得对方不可靠，我们有时会选在这里交易，因为只有一个出入口。我绕过那个转角，只落后他几步，停住猛喘气，睁大眼睛往黑暗深处望去。我看不见他，但我知道他一定在那里。

"莫德纳，"我朝漆黑的深处轻声说，"我是林，我只是想跟你讲话。我无意……我知道你在那里。我把包包放下，点起线扎手卷小烟卷，如何？一根给你，一根给我。"

我把包包慢慢放下，心想他会突然冲出来，掠过我身旁。我从衬衫口袋拿出一包小烟卷，抽出两根。我用中指、无名指夹着小烟卷，粗的一端朝自己，就像这城市每个穷人的拿烟姿势，然后小心翼翼地打开火柴盒，划亮一根火柴。靠着小烟卷一端烧起的火焰，我得以迅速朝上一瞥，瞥见他缩着身子退离火柴投射出的一小道弧状光线。火柴熄灭的同时，我伸长手臂，递上一根燃烧发红的小烟卷。火柴熄灭，四周重归漆黑，我等待着，一秒、两秒、三秒，然后我感觉到他的手指抓住我的手指，接下那根烟，抓握的动作比我预想的更轻柔，更纤细。

他吸烟时，我首次清楚见到他的脸。那是丑陋而可怕的脸，毛里齐欧往他柔软的脸皮乱砍乱划，让那张脸光是看着就几乎够吓人了。就着微弱的橘色光芒，我看到莫德纳看出我眼里的惊骇，他眼里同时闪现出嗤笑的神情。我心想，他已在别人眼里看过那惊骇多少次，别人想象自己脸上有那样的疤，自己心灵受到那样的折磨时，那睁大眼睛、失去血色的恐惧？他已多少次见过别人像我一样猛然抽动身子，像见到赤裸裸的伤口般吓得往后缩，他已多少次见过别人在心里自问：他做了什么事？做了什么让他得受这种惩罚的事？

毛里齐欧的刀子划开深褐色眼睛下面的双颊，口子已愈合成 Y 字形的长疤，长疤把他的下眼皮往下扯，疤延伸成像是丑恶而带着嘲笑意味的泪痕。两边的下眼皮外翻，红肉永远外露，整颗眼球圆睁睁地示人。鼻翼和鼻中隔曾被割开，深到骨头。伤口愈合后，皮肤在鼻子两侧，而非切口太深的鼻中央，接合形成边缘参差不齐的涡状疤。鼻孔变成大洞，像猪的口鼻部，每次吸气时就呈喇叭状张开。眼睛旁、腭部周围、发际线以下的整个额头，还有更多的刀疤。

毛里齐欧似乎想把莫德纳的脸皮整个撕下，他五官周边的数百个疤痕，到处皱缩成小小的肉丘，可能就是毛里齐欧想撕下他脸皮时，手指扣住施力的地方。我知道他衣服下还有疤痕和伤处：他左半边腿、臂的动作不灵活，仿佛手肘、肩膀、膝盖的接合关节，已因永远无法完全愈合的伤口而变僵硬。

肢体毁损的程度叫人触目惊心，残害者下手之恶毒，让我看了目瞪口呆，不知说什么才好。我注意到他嘴巴上和嘴巴周边毫无伤痕，他那雕琢完美的性感双唇竟能如此完好、如此毫发无伤地保存下来，让我大叹他的好运。随即想起毛里齐欧把他绑在床上时，曾用布团塞住他的嘴，只在偶尔要逼他开口时，才拿出布团。看着莫德纳抽烟，我觉得他那平滑而毫无损伤的嘴才是他身上最惨、最可怕的伤口。

我们静静地把烟抽到剩下短短一小截，我的眼睛适应了黑暗。我渐渐察觉到他的身形变得多小；左半边伤口的皱缩作用，使他的身体变小了许多。我感觉到在他面前，自己高高在上。我后退一步，进入光亮处，拾起包包，带着鼓励的意味左右摆头。

"Garam chai pio?"我问。去喝杯热茶如何？

"Thik hain."他答。好。

我带路往回走，穿过那条已成私人居住空间的小巷，进入一家茶铺。当时正有当地一家面粉厂兼面包店的工人趁着轮班空当儿在店里休息，其中有几个人在木头长椅上挪动身子，腾出位子给我们。他们的头发和整个身体覆满白色面粉，看来像是幽灵或无数复活的石像。他们的眼睛无疑受了粉尘刺激，像他们炉子下熊熊火坑里的煤一样红。喝了茶后湿润的嘴唇，衬着死白的皮肤，像是一条条黑色水蛭。他们以一贯坦率的眼光，印度人典型的好奇眼光，盯着我们瞧，但莫德纳一抬起他张大的眼睛，他们随即别过头去。

"很抱歉我跑走了。"他轻声说，盯着大腿上不安摆弄的双手。

我等他再说下去，但他紧闭嘴唇，脸部紧紧扭曲，透过他张大的鼻孔出声呼吸，气息平稳。

"你……你还好吧？"茶送来时，我问。

"Jarur."他答，浅浅微笑。当然。"你还好吧？"

我以为他是随便问问，我皱起眉未隐藏怒意。

"我无意冒犯你。"他说，再度露出笑容。那是奇怪的笑容，嘴的弧度那么完美，僵硬的双颊却如此畸形，把他两边的下眼皮往下拉进苦难的小凹洞。"我只是想帮你，如果你需要的话，我有钱，我总是随身带着一万卢比。"

"什么？"

"我总是随身带着——"

"是，是，我听到了。"他说话的声音很轻，但我还是抬头往那些面包店工人瞥了一眼，想知道他们是否也听到了，"今天在市场里，你为什么看着我？"

"我常看着你，几乎每天。我看着你和卡拉、莉萨、维克兰。"

"为什么？"

"我得看着你，那是让我找到她的办法之一。"

"找到谁？"

"乌拉。她回来的时候，不知道我在哪里。我不去……不再去利奥波德或我们过去常聚会的地方。她找我时，会去找你或其他人，然后我能见到她，我们就会在一起。"

他说这段话时口吻平静，然后非常满足而忘我地啜了一口茶，使他的妄想更显诡异。想当初乌拉把奄奄一息的他丢在满是血的床上，自己逃掉，他怎会认为她会从德国回来和他在一起？即使她真的回来，见到他那张毁容得那么严重的脸，她除了惊骇，还会有什么反应？

"乌拉……回德国了，莫德纳。"

"我知道，"他微笑着说，"我替她高兴。"

"她不会回来了。"

"才不，"他语气平淡地说，"她会回来，她爱我，她会回来找我。"

"为什么——"我才开口，旋即放弃那念头，"你怎么过活？"

"我有工作。好工作，报酬丰厚。我和一个朋友合作，那人叫拉梅什。我是在……我受伤后遇见了他，他很照顾我。有钱人生了儿子时，我们去他们家，我穿上特殊的服装，穿上戏服。"

他阴惨地强调了最后一个词，还有伴随那强调的破碎笑容，使我不安得手臂起鸡皮疙瘩。我重复那个词时，声音因那不安而变得低沉粗哑。

"戏服？"

"对，有长长的尾巴和尖尖的耳朵，还有一条用小颅骨串起的链子套在脖子上。我打扮成恶魔、恶灵，拉梅什打扮成苦行高僧，打扮成圣徒的模样，把我打出屋子。我回屋子，作势要抢走婴儿。我靠近婴儿时，女人尖叫。拉梅什再度打我，把我赶走。我又回去，他又打我，最后，他狠狠打我，我装出快死的样子跑掉，我们靠这个表演赚到了不错的报酬。"

"我从没听说过。"

"没错，那是拉梅什和我想出的点子，当第一户有钱人付我们报酬之后，其他有钱人生下男婴时，也想请我们赶走恶灵。所有有钱人，他们付的报酬都很高。我有套公寓，当然是租的，但我已预付了一年多的租金。公寓不大但舒适，乌拉和我可以一起住，那会很理想。从主窗户可以看见大海，我的乌拉，她喜欢海，她一直希望住在靠海的房子……"

我凝视他，既着迷于他这番话的内容，同样着迷于他这番话所代表的意义。在我认识的人里，少有人像莫德纳那么沉默寡言。我们两人都还是利奥波德的常客时，他曾经连续数星期，有时长达一个月，在有我的场合里，一句话都没说。但眼前死里逃生、满是伤疤的莫德纳变得很健谈。没错，我是不由自主把他追到死巷，逼他开口讲话，但他一开口，就滔滔不绝得叫人不安。我听着他讲话，让自己重新认识这个颜面、肢体受残但健谈的新莫德纳，渐渐理解到他的西班牙腔，说起话来何等悦耳。他一下印地语，一下英语，转换得非常流畅，把这两种语言结合得天衣无缝，把两种语言的文字，融合为他特有的混种语言。沉浸在他轻柔的说话声里，我心想，那是否就是让乌拉与莫德纳维持那份神秘关系的关键：只有他俩独处时，他们是否会对谈数小时，他们的感情是否就靠那轻柔悦耳的嗓音，那出自他嘴里的音乐维系住。

然后，叫我猝不及防的是，与莫德纳的会面结束了。他起身付账，走到巷子里，在门外等我。

"我得走了，"他说，紧张地左瞧右望，抬起他受伤的眼睛看我，"拉梅什这时已到总统饭店外。乌拉回来时，会到那里，会住在那里。她爱那饭店，她最爱的饭店，她爱后湾地区。今早有班飞机从德国飞来，汉莎航空的班机。她可能在那里。"

"你每班飞机后……都去查看？"

"对，我不进去。"他喃喃说道，抬起一只手好像要摸脸，结果却更往上梳过他日渐灰白的短发，"拉梅什替我进饭店，他查她的名字，乌拉·福尔肯贝格，看看她是否住进饭店。她终有一天会在那里，她在那里。"

他举步欲走开，我一只手搭上他的肩，把他拦住。

"听着，莫德纳，下次看到我别再跑掉，好吗？有任何需要，任何我帮得上忙的就找我，一言为定？"

"我不会再跑掉。"他说，神情严肃，"我跑纯粹是习惯，看到你就跑开，纯粹是习惯作祟。不是我想跑，纯粹是习惯。我不怕你，你是我的朋友。"

他转身欲离开，我再度止住他，把他拉更近，以便凑近他的耳朵说。

"莫德纳，别告诉别人你身上有那么多钱，答应我。"

"没人知道，林。"他要我放心，那张扭曲的怪脸，睁着深褐色眼睛，对我微笑，"只有你，我不会跟别人提起，就连拉梅什都不知道我身上带着钱。他不知道我存了钱，甚至不知道我租了公寓。我们一起赚钱，他以为我把分到的钱都花在毒品上了。我不吸毒，林，这你是知道的。我从不碰毒，我只是让他以为我吸毒。但你不一样，林，你是我的朋友。我可以跟你说实话，你可以信赖，杀掉那个恶棍的人，我怎能不信任？"

"什么意思？"

"我是说毛里齐欧，我不共戴天的仇人。"

"毛里齐欧不是我杀的。"我说，皱起眉头盯着他眼皮外翻、露出红肉的双眼。

他那张完美的嘴张大成共犯者的会心一笑。那表情使 Y 字形疤痕取代他下眼皮的疤痕，受到更深的拉扯。在巷子里，火光照耀下，那对张大的眼睛让人非常不安，因此他张开手掌放在我胸膛上时，我不得不强忍住，才不致畏缩或后退。

"别担心，林，这秘密由我守着，没问题。我很高兴你杀了他。不只是为了我，我了解他，我是他最好的朋友，他唯一的朋友。如果他还活着，在那样对我之后，那他为非作歹就再无约束。人就是那样毁了自己的灵魂，他失去了防止自己作恶的最后一道关卡。他用刀子割我时，他最后一次走开时，我看着他，我知道他失去了灵魂。他的所作所为……他对我所做的，使他失去了灵魂。"

"你不必跟我谈这个。"

"不，现在谈他没关系。毛里齐欧心里害怕，他始终害怕，他一辈子都活在恐惧里……什么都怕。他残酷，他就靠残酷拥有权力。我这辈子认识了一些有权势的人，认识很深，那些人，全都因害怕而残酷。就是那种……混合特质……使他们拥有支配别人的权力。我不害怕，不残酷，我无权。我是……你知道的，那就像我对乌拉的感觉，我爱上毛里齐欧的权力。然后，他把我留在那里，留在床上之后，乌拉走进那房间，我看到她眼里的惧怕。他使她感到恐惧，她看到他对我所做的，心里非常害怕，因而跑开，把我留在那里。我看着她离开，关上门时……"

他迟疑，强自压抑，饱满而完好的双唇颤抖着欲言又止。我想拦住他，想让他别想起那件事，或许也让自己不去想起。但就在我欲开口时，他按在我胸膛上的手掌稍稍加大了力道，示意我不要开口，然后再度抬头凝视我的眼睛。

"那时候，我第一次痛恨起毛里齐欧，我的同胞，我的民族，我不想恨人，因为我们一旦恨人，就是全心全意去恨，而且永远不原谅我们恨的那个人。但我恨毛里齐欧，我希望他死，诅咒他死。不是因为他对我所做的，而是因为他对我的乌拉所做的，因为他身为没有灵魂的人未来所会做的。因此，别担心，林，你做的事，我没跟任何人讲。我很高兴，很感激你杀了他。"

脑海里有个清楚的声音，要我把实情告诉他。他有权知道真相。我想告诉他。一种我无法完全理解的情绪，或许是我对乌拉的最后余怒，或者是我带着嫉妒的不屑，不屑他对她的信守不渝，使我想摇醒他，想把实情大声告诉他，借此伤害他。但我说不出口，我动不了。他眼睛泛红，渐渐涌出泪水，泪水顺着划过他脸颊的凹疤流下，这时我定定地看着他点头，什么都没说。他缓缓点头回应，他误解了我的意思，我想，或许我也误解了他，我永远不得而知。

有时，静默伤起人，就和疾挥而来的鞭子一样让人无处可逃，诗人萨迪克汗曾这样写道。但有时候，静默是说实话的唯一方式。看着莫德纳转身，一跛一跛地走开，我知道我们共同经历过那无言的一刻，他手按着我的胸膛，破损而哭泣的眼睛靠近我眼睛的那一刻，再怎么易犯错或受误解，对我们两人而言，都一定会比他自己一人或我自己一人冷冰而无爱的世界更珍贵，更真实。

而他说不定没错，我心想。他回忆毛里齐欧和乌拉的方式，说不定没错。他处理他们带给他的痛苦，比我碰上同类痛苦时的处理方式，无疑更高明得多。我的婚姻在背叛和怨恨中瓦解后，我染上了毒瘾。情爱破碎，欢乐一夕之间化为悲伤，我无法承受。于是我自暴自弃，在漫长的堕落路途上伤了一些人。反观莫德纳，勤奋工作、存钱，等爱人回来。我走了长长的路，回去找阿布杜拉和其他人，途中我想起他如何接受自己的悲惨遭遇而不心生怨恨，对此大为惊讶，然后我领悟到我一开始就该和莫德纳一样领悟的道理。那道理非常简单，简单到要我承受一个像莫德纳所承受那么大的痛苦后，才恍然大悟。他能够克服那痛苦，因为他坦然接受自己在促成那痛苦上所应负的责任。在我失败的婚姻或伴随那而起的伤痛上，我一直没接受自己应负的那份责任，在那一刻之前一直是如此，因此我从未克服那痛苦。

然后，当我走进那明亮、热闹、充满讨价还价声的市场时，我接受了。我真的接受了自己应负的责任，觉得心情豁然开朗，卸掉了原本压着我的恐惧、痛恨、自我怀疑。我走回去，走过热闹的摊贩之间，当我与阿布杜拉、维克兰、两个乔治会合时，我面带笑容。他们问起莫德纳，我一一回答，我感觉到了阿布杜拉给我的惊喜。他说得没错，在那之后，我真的完全原谅了他。我想不出该用什么话来告诉他我心境的转变，但我认为他察觉得到，我与他一起发出的那个微笑，与以往有所不同，那不同来自那一天诞生于我心中，且开始缓缓成长的平和心境。

"过去"这件斗篷，以感觉为补丁，以象征符号为丝线，缝缀而成。大部分时候，我们所能做的，就是把这件斗篷披在身上，以求舒适，或在我们挣扎着前进时，把它拖在身后。但事事皆有因，皆有其意义。每个人生、每份爱、每个行动、感觉、想法，都有其理由和意义，都有其开始，都在最后发挥着某种作用。有时，我们真的能看见；有时，我们把过去看得非常清楚，把过去各部分的传说了解得非常透彻。因此，时间的每道缝线都显露其目的，且蕴含某种深意。任何生活不管过得多富裕或多贫穷，生活中最睿智的东西莫过于失败，最清楚的东西莫过于悲伤。而根据其给予我们的小小宝贵建议，就连那些可怕、可恨的敌人，苦难和失败，都有其存在的理由和权利。

第十二章

钱是臭的。一沓新钞会发出墨水、酸液、漂白水的味道，类似市警局里的指纹室。饱受希望与觊觎之扰的旧钞，带着陈腐味，像在廉价小说里夹太久的干燥花。把一堆有新有旧的纸钞放进一间房间里，数百万卢比点过两次，用橡皮筋捆成数沓，就会发臭。狄迪耶曾告诉我，他爱钱，但他讨厌钱的味道。从钱那里得到的快乐越多，事后洗手就要洗得越彻底。他的意思，我完全了解。那个黑帮针对黑市金钱兑换业务设了间计账室，位于要塞区，像个又深又大的洞穴。计账室不通风，炙热的光线亮到足够识破最高明的伪钞，天花板上的电风扇总是慢悠悠地转动，以免吹走计账桌上零散的纸钞，房间里的钱味就和盗墓人靴子里的汗味跟尘土味差不多。

与莫德纳见面后的几个星期，我在拉朱拜的计账室里，朝门口一路推挤，以我们每个人都爱玩的那种幼稚粗暴动作把帮中兄弟推开，来到门外，猛吸楼梯间里的新鲜空气。有人叫着我的名字，我在第三阶停下，手搭在木栏杆上，抬头瞧见拉朱拜探出门口。这个替哈德，哦，不，替萨尔曼的黑帮联合会管账的矮胖秃子，一如以往穿了多蒂腰布[1]

---

[1] dhoti，一种印度的传统男式裹裙。

和白背心。我知道,他只把身子探出门口,是因为他每天晚上要到快午夜时,亲手关上门之后,才会真正离开那房间。需要大小便时,他会使用专属的私人厕所,厕所里有面单向透明玻璃,供他监看计账室里的动静。他是很敬业的会计,也是黑帮里最出色的会计,但拉朱拜之所以继续窝在计账室里管钱,不只是因为职责所在。离开这间忙碌的房间,他就变得脾气恶劣、多疑,整个人奇怪地变苍老。但不知为什么,在计账室里,他就变得较胖、开朗而有自信,仿佛一踏进那房间,就让他连上了某种精神力量:只要他有一部分身体仍在那房间,他就仍然和那能量、那力量、那钱联结着。

"林巴巴!"他对着我大喊道,下半身隐藏在门框后,"别忘了婚礼!会来吧?"

"当然,"我回以微笑,"我会去!"

我冲下三段楼梯,揶揄、推挤在每个楼层干活儿的兄弟,碰撞着经过临街大门的兄弟身边。在街道的尽头,另两个看守门的兄弟微笑着,我打招呼回应。除了少数例外,帮中的年轻兄弟大部分都喜欢我。在孟买黑社会混的外国人,不只我一个,班德拉黑帮联合会有个爱尔兰籍的帮派分子,有个美国籍跑单帮的人靠大型毒品交易闯出名号,有个荷兰人效力哈尔区的某个帮派,还有其他人在孟买各地帮派里混,但我是萨尔曼黑帮联合会里唯一的白人。我是他们的外人。随着印度本土的自傲,像新发的绿色、白色、橘色藤本植物从后殖民时代的焦裂土地冒出,那些年也是单凭外国人身份、英国人身份,或长相、说话看似英国人的模样,就足以赢得好感、吸引注意的最后几年。

拉朱拜邀我参加他女儿的婚礼,意义重大,意味着他把我当自己人。我和萨尔曼、桑杰、法里德、拉朱拜以及联合会里其他人一起工作,已有几个月。我在护照这一块市场工作,营业额几乎和黑市换钱的那个部分一样。我个人在街头上的人脉扩张，替黄金、违禁品、货币兑换部门赚进大把钞票。每隔一天，我就和萨尔曼·穆斯塔安、阿布杜拉·塔赫里到拳击馆锻炼身手。通过与哈桑·奥比克瓦的交情，我在非洲聚居区多了一条人脉，他的手下成为我的新盟友。那层关系很有用，可以带给我们新的人手、钱财和市场。在这之前，我已应纳吉尔的要求，加入与孟买市阿富汗流亡人士谈判的代表团，和他们达成军火协议，由巴基斯坦、阿富汗交界处的半自治部落地区供应武器给萨尔曼联合会，使我们从此有了稳定的军火来源。我有朋友、受尊敬，钱多得花不完，但直到拉朱拜邀我参加他女儿的婚礼，我才知道自己真正得到了接纳。在萨尔曼的联合会里，他的辈分很高。这份邀请，正式表明他欢迎我加入只有够信赖、够亲近者才能加入的核心圈子。你可以和帮派合作，可以替帮派卖命，可以干出那种让兄弟敬佩你的事，但要等到他们邀你去家中吻他们的宝宝，他们才真正把你当自己人。

我走出房子，穿过要塞区无形的边界，走近花神喷泉。一辆空出租车在我身旁放慢速度，司机主动打手势，要我搭他的车，我挥手要他走开。他不知道我会讲印地语，以龟速开到我身边，探出车窗对我说话。

"嘿，白种浑蛋，你没看到这出租车是空的？你在干什么？这么热的下午，像某人走失的白羊，走在路上？"

"Kai paijey tum?"我用马拉地语问，口吻很不客气。你想干吗？

"Kai paijey?"他重复我的话，听到这句马拉地语他惊讶得呆住了。

"你有什么毛病？"我问，用孟买陋巷的粗俗马拉地方言说，"你不懂马拉地语？这是我们的孟买，孟买是我们的。如果你不会讲马拉地语，干吗待在孟买？你这个王八蛋是猪脑袋啊？"

"Arrey!"嘿，他咧嘴而笑，改用英语，"你会讲马拉地语，巴巴？"

"Gora chierra, kala maan."我回他，举手在脸前、心前各画了一个圈。白脸，黑心。我改用印地语，用了"你"这个字的最礼貌表达字眼，好让他安心。"我外表是白的，兄弟，但内在是彻底的印度。我只是在散步消磨时间。你为什么不去找真正的游客，放过像我这样的印度可怜虫，na？"

他放声大笑，把手伸出车窗与我的手轻轻交握，然后开走。

我继续走，避开拥挤的人行道，走上车道，汽车在身旁呼啸而过。深呼吸着这城市的气息，终于驱走我鼻孔里计账室的味道。我正往回走，走往科拉巴，走往利奥波德，要去见狄迪耶。我想走路，因为我喜欢回到这城市里我最喜爱的地方。替萨尔曼的黑帮联合会工作，使我的足迹遍及这大城的每个遥远郊区，而且有许多地方是他特别能掌控的：从马哈拉克斯米到马拉德；从棉花绿到塔纳；从圣塔克鲁斯、安德海里到影城路的湖泊区。但他的黑帮联合会真正的权力中枢，位于那个长长的半岛，那个始于临海大道的大弯，沿着短弯刀状海岸一路迤逦到世贸中心的半岛。而就在那里，那些生气勃勃的街道上，距海只有几个巴士站的地方，我倾心于这座城市，开始爱上她。

街上很热，热到足以将困扰不安的心里，最深层思绪以外的念头，全烧得精光。就像其他孟买人和孟买客，我已把从花神喷泉到科兹威路的这段路走了上千遍，我和他们一样知道，这段路上哪里可以吹到凉爽海风，可觅得凉荫。每次白天步行时的洗礼，我的头皮、我的脸、我的衬衫，只消被那阳光直射几秒钟，就全被汗水湿透，然后在阴凉处吹个一分钟的风，就可凉爽到恢复干燥之身。

走在马路上的车子和逛街人潮之间，我的心飘向未来。很吊诡，甚至是故意唱反调似的，就在我正要被纳入孟买的神秘核心时，我也有种想离开的强烈冲动。我了解那两股力量，虽然看来相互矛盾。孟买让我喜爱的地方，有许多存在于人的性情、理智、言语里，包括卡拉、普拉巴克、哈德拜、哈雷德·安萨里。他们全以某种方式走了，在这城市里，我喜爱的每条街上、每座陵庙里、每段海岸上，时时让我有失去他们的感伤。不过，这城里有了爱和灵感的新来源，有人生的新页从丧失、幻灭的休耕地里展开。我在萨尔曼黑帮联合会里的地位非常稳固，宝莱坞的电影业和新兴的电视、多媒体业，正向我敞开商机的大门：每隔一个星期就有人给我提供工作机会。我有套不错的公寓，可眺望哈吉·阿里清真寺，而且我有钱。夜复一夜，我对莉萨·卡特的爱慕越来越浓。

每回走到我喜爱的那些地方，那种感伤总挥之不去。就在新情爱和获得接纳把我更拉近这城市怀抱时，那股感伤却逼我离开她。走在从花神喷泉到科兹威路那段长路上，接受汗水洗礼时，我不知何去何从。再怎么频频思索或深入思量艰困的过去，或现在的感伤与前景，还是无法断然决定未来的路。有个环节缺失了：我确定自己欠缺某个周密的分析，某份证据，或让自己可以完全看清人生的视角转换，但我不清楚那是什么或该怎么做。因此，我走在汽车、摩托车、巴士、卡车、手推车狂奔乱窜的车流里，与游客、购物者曲折移动的人潮之间，任由自己的思绪飘荡进入热气里、街道上。

"林！"我穿过那道宽拱门，走向狄迪耶那排并成的长桌时，他大声叫住我，"刚锻炼完身体，non？"

"不是，走路，想事情。应该说是锻炼脑子，或许还有灵魂吧。"

"别担心！"他以命令的口吻说，向侍者示意，"我每个星期的每一天都在治这种病，或起码每个晚上。阿图罗，挪个位子给他，往下移一点，让他坐在我旁边。"

阿图罗是个意大利青年，狄迪耶的新欢，因为某个不为人知的事，惹上那不勒斯的警察而逃到孟买躲藏。他身材矮小，有着许多女孩大概会羡慕的娃娃脸。他会的英语很少，每次有人向他攀谈时，不管对方多友善，他都一律回以恼火的颤抖，使性子发脾气。因此，狄迪耶的许多朋友都不理他，使他们与狄迪耶的关系出现裂痕，最后，多则几个月，少则几星期，便不再往来。

"你刚错过了卡拉，"我与狄迪耶握手时，他更小声地告诉我，"她会很难过，她想——"

"我知道，"我微笑，"她想见我。"

饮料送上来，狄迪耶举杯与我的杯子相碰。我啜了一口，把杯子放回桌上，他杯子的旁边。

与莉萨共事的那群电影业人士，有几个人在场，他们与卡维塔的部分新闻集团同僚一同参加这个聚会。坐在狄迪耶旁边的是维克兰和莉蒂。自认识以来，他们从没有像眼前这么开心、这么健康。他们已在科拉巴区中心市场附近买了套新公寓，这是几个月前的事了。买房子花掉了他们的储蓄，且使他们不得不向维克兰的父母借钱，但那证明了他们对彼此的信心，表明他们看好蒸蒸日上的电影事业，而且这项改变带来的欣喜，仍洋溢于他们的脸上。

维克兰热情招呼，从椅子上起身拥抱我。在莉蒂的规劝下，还有他个人日益成熟的品味下，他那身西部枪手的装扮已一件件消失，剩下的克林特·伊斯特伍德式西部牛仔打扮，就只有银色皮带和黑色牛仔靴。他挚爱的那顶帽子，在他发觉自己出现在大公司董事会的机会，比出现在特技演出场合还要多时，就被毫无留恋地遗弃了，如今正挂在我公寓的墙上，成为我最珍爱的收藏品之一。

我俯身过去吻莉蒂时，她抓住我衬衫的肩膀部位，把我拉近她，凑耳对我说。

"保持冷静，老哥，"她喃喃说道，听得我一头雾水，"保持冷静。"

坐在莉蒂旁边的是电影制片人克利夫·德苏萨和昌德拉·梅赫塔。就像挚友之间有时会发生的，克利夫和昌德拉在这段时间似乎互换了一些身体上的东西，因而克利夫变得稍瘦，骨头棱角更明显；昌德拉则变胖，身材比例近乎完美。但他们在身体上的差异越大，在其他方面就越相似。事实上，这对情同莫逆的工作搭档经常一起工作、游乐连续四十个小时，许多头手动作、脸部表情、用语一模一样，因此在他们担任制片的电影片场里，大家都称他们是胖叔和瘦叔。

我走近时，他们举起手臂，以一模一样的热情动作招呼我，但他们高兴看到我的理由并不相同。自我介绍克利夫·德苏萨和卡维塔认识后，他就迷恋上她，一直希望我帮他掳获美人心。我与卡维塔认识更早得多，知道凡是不中她意的东西，谁都无法影响她接纳那东西。不过她似乎还颇喜欢他，他们有许多共通点，两人都年近三十而未婚，在那个年代，在印度的上层中产阶级圈，那可是很少见的。因而，在充满节庆的全年行事历上，每逢节日庆典，双方家长就会为此大伤脑筋。他们都是专业的媒体工作者，自豪于独立自主和专业本领。他们还受本能性的包容心态驱策，喜欢在每个看似利益冲突里，找出各自的观点，并予以不带偏见的检视。他们风采迷人，卡维塔的匀称身材和会勾人的眼睛，与克利夫四肢细长的瘦削身材、充满孩子气的纯真歪嘴笑容，似乎正是绝配。

就我个人而言，我喜欢他们两个人，自然乐于敲边鼓，撮合他们。在公开场合，我清楚表明我喜欢克利夫·德苏萨，私底下，只要有机会且不突兀，我就会不着痕迹地在她面前替他美言几句。他们有机会成为情侣，而且我觉得大有机会，我也衷心盼望他们能有好结果。

另一方面，昌德拉·梅赫塔之所以高兴见到我，只因我是他取得萨尔曼黑帮联合会黑钱最方便的渠道，也是他认为唯一和善的渠道。和前任帮主哈德一样，萨尔曼认为通过昌德拉·梅赫塔的关系打入孟买电影圈，对帮派本身大有益处。联邦和邦政府定的新法规，加强管制资金流动，使黑钱漂白更难。基于许多理由，特别是电影业本身令人无法抗拒的魅力，政治人物已为电影业豁免了许多金融、投资上的管制规定。

那些年，经济发展迅速，宝莱坞电影的风格再度流行，电影业重获信心。电影越拍越大、越拍越好，开始将触角伸向更广大的世界市场。但随着卖座电影的摄制成本大涨，制片人过去倚赖的资金来源入不敷出，基于合则两利的考虑，许多制片人、制片公司与黑社会发展出奇怪的合作关系：由黑帮出资拍摄以帮派杀手为主角的电影，电影大卖所赚的钱，则用于从事新的犯罪活动和真刀真枪的杀人行动，进而为黑帮再出资拍摄的新电影提供现成的编剧题材。

而我扮演的角色，可以说是充当中间人，促成昌德拉·梅赫塔与萨尔曼·穆斯塔安的合作。这份合作关系，让双方都赚了大钱。萨尔曼联合会通过"梅赫塔—德苏萨制片公司"，投入数千万卢比的黑钱，然后从电影票房赚取正当干净的白钱。与昌德拉·梅赫塔的第一次接触，即是他请我通过黑市换数千美元的那一次，这时已扩大为让这位肥胖制片人无法抗拒或拒绝的共生关系。他变得有钱，越来越有钱，但大笔投资他公司的那些人让他害怕，每次与他们接触，都因感受到他们的不信任而惴惴不安。所以，昌德拉·梅赫塔对我微笑，高兴见到我，只要见到我，便会颤抖地抓住我，想更拉近彼此的关系。

我不介意。我喜欢昌德拉·梅赫塔，而且我喜欢宝莱坞电影。他想把我拉进他不安而富裕的友谊世界里，我顺着他。

坐在他旁边的是莉萨·卡特。她浓密的金发先前剪短了，这时已留长，长到垂在她秀丽瓜子脸的两旁。蓝色眼睛清澈，闪着强烈的企图心；皮肤晒成古铜色，非常健康。她甚至又胖了一些，她为此大喊糟糕，但我和她视线内的其他男人则必然会觉得她更丰满迷人。她的一举一动还透着某种不同于以往的新特质：微笑里散发出不疾不徐而亲切的温柔，引来别人跟着大笑的爽朗笑声，还有一种轻松的精神，对别人怀抱异常的信心，却也很少失望过。几个星期，几个月来，我看着这些转变沉淀在她的身上，最初我以为那是我的爱意促成的。我们未公开宣布彼此的关系，她仍住在她的公寓，我住我的公寓，但我们是恋人，我们的关系不只是朋友。一段时间后，我领会到那些改变不是我促成的，而是她自己促成的。一段时间后，我渐渐了解她的爱藏得有多深，了解她的快乐和自信多么倚赖她将心中的爱公开，和他人共享。而恋爱中的她很美，她的眼睛给了我们晴朗的天空，她的笑容给了我们夏日的早晨。

我与她打招呼时，她吻我的脸颊。回吻她后，我后退一步，不解为何有带着忧心的浅浅皱眉，从她额头荡漾到她如矢车菊般蓝的眼睛。

再过去，坐在莉萨旁边的是报纸记者狄利普和安瓦尔。他们很年轻，大学毕业没几年，仍在孟买默默无闻的日报《正午报》里学习该学的本事。夜里他们和狄迪耶、狄迪耶那位矮小的爱人，一起讨论当天揭露的大新闻，仿佛他们在那些独家新闻的取得上扮演了关键角色，或他们遵照着自己的直觉，把那些事件调查到底，才揭开那些内幕。他们的兴奋、冲劲儿、企图心、对未来抱持的无限希望，让利奥波德这群人个个大为高兴，以致卡维塔和狄迪耶不由得偶尔回以语带嘲讽的批评。狄利普和安瓦尔大笑，往往不甘示弱地反驳，最后整群人高兴得大叫捶桌。

狄利普是旁遮普人，身材高、肤色白，有着淡黄褐色的眼睛。安瓦尔是孟买的第三代住民，比狄利普矮，肤色较深，神情较严肃。新血，那个下午的前几天，莉蒂微笑着如此告诉我。我来孟买后没多久，她也曾用那个字眼形容我。当我绕着长桌一路打招呼，看着那两个如此意气风发而坚定交谈的年轻人，我想起，在吸食海洛因和犯罪之前，我的人生原本和他们一样。我曾和他们一样快乐、健康、充满希望。我很高兴能认识他们，很高兴知道他们是利奥波德这群人欢笑与乐观的来源之一。他们出现在那里，理所当然，就像毛里齐欧的离去，乌拉与莫德纳的离去，我终有一天也会离去那样理所当然。

　　回应那两名年轻人亲切的握手之后，我走过他们身旁，来到坐在他们旁边的卡维塔身边。卡维塔起身拥抱我，那是充满感情的亲密拥抱，是女人知道男人可以信赖，才会给那男人的拥抱，或者女人确知男人的心属于别人，才会给那男人的拥抱。那是不同国籍的人之间少见的拥抱。得到印度女人这样的拥抱，对我而言，那是绝无仅有的亲密体验。而那很重要。我已在这城市待了几年；我能以马拉地语、印地语、乌尔都语和当地人无障碍沟通；我能与帮派分子、贫民窟居民或宝莱坞演员坐在一起，获得他们的好感，有时还会得到他们的尊敬；但在孟买所有印度人的圈子里，很少有像卡维塔这样亲昵的拥抱，让我觉得受到了接纳。

　　我从未把她亲昵而毫无保留的接纳，对我所代表的意义告诉她。在那几年的逃亡生涯里，我感受到非常多的好、太多的好，而那些好全被锁在我心中的囚室：那些恐惧的高墙、那个希望所寄的小铁窗、那张充满羞愧的硬床。这下我要把心里感受到的好大胆说出来。我知道，那充满爱的真诚时刻来临时，就该抓住，就该说出，因为那可能不会再来。以心相互感通的东西若不说出来，不有所动作，反倒将其锁藏起来，那些真实由衷的感受就会在想抓住而已太迟的记忆之手里枯萎、消失。

那一天，灰粉红色的黄昏之幕慢慢笼罩着下午时，我什么都没跟卡维塔说。我让自己的微笑，像用碎石头制成的东西，从她深情的峰顶落下，滑落到她脚边。她拉起我的手臂，带我认识坐在她旁边的那名男子。

"林，我想你应该没见过蓝吉特，"他起身，我们握手时，她说，"蓝吉特……卡拉的朋友。蓝吉特·楚德里，这位是林。"

我猛然了解莉蒂为什么会说那句让人费解的话——"保持冷静，老哥"，莉萨为什么抹不去皱起的眉头。"叫我吉特。"他主动说。他的笑容开朗、自然而有自信。

"你好，"我答，语气平淡，挤不出笑容，"很高兴认识你，吉特。"

"很高兴认识你。"他回应，以孟买一流私立中学和大学那种四平八稳且抑扬顿挫的悦耳声调说，那也正是我最欣赏的英语腔调，"久仰大名。"

"Achaa?"我不假思索地回答，完全是我这个年纪的印度人会有的回应方式。那个字的字面意思是"好"。在那种情境下，用那样的声调说出，意思是真的吗？

"真的，"他大笑道，松开我的手，"卡拉常谈起你。你简直是她心目中的英雄，我想这你一定知道。"

"有意思，"我答道，不确定他的话是否真如表面上看起来毫无虚假，"她曾告诉我，英雄只以三种状态出现：死了的、受伤的或可疑的。"

他头往后仰，哈哈大笑，嘴巴张大到露出整排漂亮无瑕的牙齿。他迎上我的目光，仍在大笑，左右摆头，惊奇不已。

那就是了，我心想。他懂她的玩笑，他喜欢她舞文弄墨。他知道她喜欢那样的玩笑，知道她聪明。那就是她喜欢他的理由之一。就是。

其他理由就比较显而易见了。他一身柔软灵活的肌肉，一般人的身高，即我的身高，有着开朗、英俊的脸庞。他的脸不仅汇集了端正的五官：高颧骨、高而宽的额头、富有表情的黄玉色眼睛、英挺的鼻子、带笑的嘴巴、沉稳的下巴，那还是张若在过去会被称作自信、勇敢的脸，让人想起独驾帆船的航海者、登山者、丛林冒险家的那种脸。他留着短发，发际线已开始后退，即使如此，也似乎很衬他这个人，仿佛那是身材健壮、身手灵活的男人较理想的发型。而他的衣着，我一眼就知道是什么等级的服装，桑杰、安德鲁、费瑟及帮里其他兄弟，去城里最昂贵几家店治装的成果，让我对那些衣服很熟悉。孟买市里，凡是讲求派头的帮派分子，见到蓝吉特那身打扮，都必然会噘起嘴，左右摇头，表示欣赏。

"哦。"我说，拖着脚想绕过他，以便与围着长桌而坐的最后一个朋友卡尔帕娜打招呼。她在梅赫塔—德苏萨制片公司当副导，正学习如何成为独当一面的导演。她抬头看我，眨了眨眼。

"等一下，"蓝吉特要求道，语调轻但急切，"我想告诉你有关你的小说……你的短篇小说……"

我转身向卡维塔皱起眉头，她耸起双肩，举起手，别过头去。

"卡维塔给我读了那些小说，我想告诉你，你写得真好。我是说，我觉得写得真好。"

"哦，谢了。"我喃喃说道，再次想绕过他。

"真的，我读过，我觉得写得真棒。"

一个你因为小心眼儿作祟而决定讨厌的人，兀自一本正经地真诚待你，这世上再没有比这更让人窘迫的事了，我感觉脸颊因羞愧而开始微微泛红。

"谢谢，"我说，眼睛和嗓音首度流露真正的心思，"实在很高兴听到你这么说，尽管卡维塔不该把那些东西拿给别人看。"

"我知道她不该，"他着急地说，"但我认为你该，我是说该把那拿给某些人看。那小说不适合刊登在我的报纸，那不是合适的发表园地，但《正午报》会是绝佳的发表地方，而且我知道他们会出相当漂亮的价码买下。《正午报》的主编阿尼尔是我的朋友，我知道他的喜好，知道他会喜欢你的短篇小说。我当然没把你的作品拿给他看，未经你的同意，我不会。但我告诉他我读过，我认为写得好。他想见你，如果你拿你的短篇小说给他看，我想你一定会和他聊得很愉快。总之，我就说到这里，他希望见你，但由你决定，不管你做何决定，都祝福你。"

他坐下后，我走过他身边向卡尔帕娜致意，然后在狄迪耶旁边坐下。与蓝吉特、吉特、楚德里的那番对话，占据了我的脑海，因而狄迪耶宣布他打算与阿图罗到意大利一游时，我只听到一部分。三个月，我听到他说。记得那时我在想，在意大利的三个月，最后可能会变成三年，我可能会因此失去他。那念头非常强烈，强烈到我不想去细想。没有狄迪耶的孟买，就像……没有利奥波德、没有哈吉·阿里清真寺或没有印度门的孟买，让人不敢想象。

我把那念头挥开，环视一桌大笑、喝酒、讲话的朋友，把他们的成就和希望倒进我眼睛，注满我空荡荡的心。然后我的注意力回到蓝吉特、卡拉的男朋友身上。我已在最近几个月做过他的身家调查，我知道他是家中四兄弟的老二，也有人说他是最得宠的儿子，他的父亲兰普拉卡什·楚德里是卡车司机，在孟加拉沿海城镇遭龙卷风摧残后，为灾区重新供应补给物资时，发了一笔财。原向政府的投标，在风灾过后，变成需要用到卡车车队、最后还需要包租飞机和船的大合同。楚德里的事业越做越大，与一家经营更多元的运输、传播公司合并，而根据合并案，他买下了孟买的一家小报。他把那份报纸交给儿子蓝吉特经营，那时候的蓝吉特刚拿到商学系学位毕业证，是他父母双方家族里第一个念完高中、上进修教育大学求学的成员。那次聚会时，蓝吉特经营那份改名为《每日邮报》的报纸已有八年，且众所周知他经营有成。因为这份成就，他得以进一步跨入独立电视制作这块新领域。

他有钱、有势、人缘好，在出版、电影、电视三个领域充满创业冲劲儿，俨然就要成为媒体大亨。谣传蓝吉特的哥哥拉胡尔对他心有不满，拉胡尔在少年时期初就帮忙父亲的运输事业，未能像蓝吉特和另两个弟弟那样接受私立中学教育。还有流言指向那两个弟弟，说他们有时会举办放浪形骸的派对，动用了大笔钱财疏通，才让他们免于麻烦上身。但蓝吉特本人在人际往来上，并未受到任何批评；除了少数几个让他隐隐忧心的问题，但他似乎人天相，总能逢凶化吉。

诚如莉蒂先前说过的，他是个黄金单身汉，多金又抢眼。他和朋友在一起时，听多过于说，笑多过于皱眉，自谦而体贴他人，圆融而热心有礼，我不得不承认他是个很讨人喜欢的人。而奇怪的是，我替他难过。在几年前，乃至几个月前，我大概会嫉妒他这么讨人喜欢，有太多人在我向他们问起这个人时，都说他非常和善而好相处，我大概会恨他。但眼前，我对蓝吉特·楚德里完全没有那样的感觉，反倒当我看着他，想起许许多多卡拉给我的感觉，在……空白了许久之后，脑海里首次清楚浮现她的身影时，我替这个多金而英俊的媒体大亨感到难过，希望他未来顺遂如意。

我隔着桌子和莉萨、其他人谈了半个小时，然后抬头看见强尼·雪茄站在宽敞的门道里，向我挥手。我很高兴终于有借口离席，转向狄迪耶，把他转过来面对我。

"听着，你如果真要去意大利三个月——"

"当然，我要——"他话没说完，就被我急急打断。

"如果你真的需要人在你不在时替你看房子，我想我已找到了理想人选。"

"哦，是吗？谁？"

"那两个乔治，"我答道，"双子座乔治和天蝎座乔治。"

狄迪耶大惊。

"但那……那两个乔治……他们，教我怎么说啊？"

"可靠？"我提议，"他们老实、干净、忠诚、勇敢，特别是，他们拥有在这类情况下最需要的特质，就是只要你表明希望他们在你公寓住多久，时间一到他们就会走人，连一分钟都不会多待。事实上，说服他们接下这件差事，就得费很大工夫。他们喜欢街头，他们不会想接下这差事。但我如果跟他们讲那是在帮我，他们或许会同意。要他们替你看房子，他们会很尽责，而且他们可以过上三个月安全无虞的生活，住在体面的房子里。"

"体面？"狄迪耶叱责道，"你什么意思，体面？我的公寓在孟买是没人能比的，林，这你是知道的。很棒，我可以理解。超棒，我可以接受。但体面，绝不行！这就像是说，我住在鱼市场里，然后，你说呢，每天拿着水管冲刷干净！"

"那你觉得怎样？我得走了。"

"体面！"他轻蔑地说。

"拜托，老兄，别再提了！"

"哦，好，或许你说得没错。我对他们没什么反感，那个来自加拿大的乔治，天蝎座乔治，会说一点法语，这倒是真的。好，好，告诉他们就么办。请他们来见我，我要跟他们讲，非常仔细地交代。"

我大笑着向他告别，走到餐厅门口和强尼·雪茄会合，他把我拉到身旁。

"可以跟我去吗？"他问。

"当然可以，走路或搭出租车？"

"我想搭出租车，林。"

我们费力穿过一拨拨行走的人来到马路边，拦下出租车。我们挥手要出租车靠边，坐进车里时，我面带微笑。几个月来，我一直想找个比偶尔给钱更有意义的办法来帮双子座、天蝎座乔治。狄迪耶打算和阿图罗赴意大利度假，正好给了绝佳的机会。我知道，住在狄迪耶公寓三个月，可以让他们多活几年：三个月免于街头生活的压力，享有只有家居和家中自己开伙所能提供的健康保障。我还知道，有了两位乔治住在狄迪耶的公寓里，兼替他看房子，他比较可能因为不放心而较快地回孟买。

"去哪里？"我问强尼。

"世贸中心。"他告诉司机，对我微笑，但明显有心事。

"怎么了？"

"佐帕德帕提有个麻烦。"他回答道。

"哦。"我说，心知要他觉得时机对了，才会告诉我那是什么麻烦，"宝宝还好吧？"

"好，很好，"他大笑道，"他抓我的手指头很有力。他会长得又高又壮，一定会比他老爸还高大。普拉巴克的宝宝，我太太席塔的姐姐帕瓦蒂生的小孩，也长得很漂亮。他的脸和笑起来的样子……很像普拉巴克。"

我不想去想我那死去的好友。

"席塔如何？那两个小女孩呢？"我问。

"他们很好，林，都很好。"

"你得当心了，强尼，"我提醒他，"不到三年三个小孩，不知不觉间，你就会成为有九个小孩在你身边爬的胖老头。"

"真是那样也不错。"他开心地吐了口气。

"工作如何？你替人……算税的工作做得怎样？"

"也很好，非常好，林。每个人都得缴税，但没有人喜欢缴税。我的生意不错。席塔和我，我们决定买下隔壁的房子，让一家人有更大的房子住。"

"太好了！我真等不及想看。"

我们沉默了片刻，然后强尼转过头，面带忧心，几乎是痛苦不堪。

"林，那时候你要我替你工作，跟你一起工作，我拒绝——"

"没关系，强尼。"

"不，有关系。我想告诉你，我那时该答应你，该和你一起做。"

"你有麻烦了？"我问道，不知他到底怎么了，"生意没你说的那么好？需要钱？"

"不，不是，我很好。但我那时候如果陪着你、看着你，你或许就不会在黑市做生意，跟那些混混儿工作这几个月。"

"不是的，强尼。"

"我每天都在自责，林，"他说道，嘴唇拉得很开，脸痛苦到扭曲，"我想你邀我跟你一起做，当你的朋友，是因为你那时需要一个朋友。我这个朋友当得不好，林，我很自责。每天我都为此心情不好，我很遗憾拒绝了你。"

我一只手搭上了他的肩，但他不愿正视我。

"哎，强尼，你得了解。对于我自己所做的，我并不觉得愉快，但也不觉得心情不好。你为此心情不好，我尊重，我欣赏你这点。你是好朋友。"

"不是。"他喃喃说道，眼睛仍看着下面。

"是，"我坚持道，"我爱你，老哥。"

"林！"他说，突然急切不安地抓住我的手臂，"拜托，拜托，小心那些混混儿，拜托！"

我微笑，想安抚他。

"老哥，"我不以为意，"你到底要不要告诉我，这趟来是为了什么事？"

"熊！"他说。

"熊？"

"嗯，老实说，只有一只熊是我们该烦心的。你认识卡诺？那只叫卡诺的熊？"

"当然认识，"我低声说，"那只浑蛋熊，它怎么了？又给关进牢里啦？"

"没有，林，它不在牢里。"

"那好，至少它不是累犯。"

"其实，你知道吗，它越狱了。"

"怎么会……"

"它现在是逃犯，警方悬赏追拿它的头，或手掌，或它身上的任何部位。"

"卡诺是逃犯？"

"对，他们甚至贴出了通缉告示。"

"贴出什么？"

"通缉告示，"他耐心解释道，"他们再度逮捕卡诺熊和那两个一身蓝的驯熊师时，替它和那两人拍了照，他们就用那张照片制作了通缉告示。"

"他们是谁？"

"邦政府、马哈拉施特拉警方、边界卫队、野生动物保护局。"

"天哪，卡诺干了什么？杀了谁？"

"它没杀人，林。事情是这样的，野生动物保护局制定了新政策，禁止虐待那些跳舞熊，他们不知道卡诺的驯熊师非常爱它，把它当大个儿兄弟看待，不知道它也很爱他们，他们绝不会伤害它。但政策就是政策，因此，野生动物保护局的人抓了卡诺，把它关进兽笼里。它一再哭喊，要找它那两个一身蓝的主人。那两个人在兽笼外，也不断哭喊。两个野生动物保护局的人负责看守卡诺，听他们鬼哭鬼叫听得心烦，于是走到外面，开始用铁皮竹棍狠狠地打卡诺的主人，卡诺看到蓝主人被打得那么惨，气得发狂，破笼而出。那两个驯熊师勇气大增，反过来痛打保护局的人，带卡诺跑掉了。现在他们躲在我们的佐帕德帕提，就是你过去住的那间小屋。我们得想办法把他们平安弄出城，问题是如何把卡诺从佐帕德帕提弄到纳里曼岬。那里有辆卡车等着，司机已同意把卡诺和那两个驯熊师载走。"

"不容易，"我喃喃说道，"而且有他妈的通缉告示追拿那两个蓝色的人和那只熊，真是伤脑筋！"

"肯不肯帮我们，林？我们很同情那只熊。爱是这世上很奇特的东西，两个人怀着那么浓的爱，即使那是对熊的爱，仍应该予以保护，对不对？"

"这个……"

"不是吗？"

"当然是，"我微笑道，"当然是，我很乐意帮忙，如果帮得上的话。而你也可以帮我一个忙。"

"没问题。"

"替我弄来一张有那只熊和那两个蓝色的人照片的通缉告示，我得有一份。"

"那张告示？"

"对，说来话长，别担心，看到了替我撕下就是，你制订了计划吗？"

出租车在贫民窟外停下，这时太阳已落到地平线下，天色灰暗到让几颗星星得以露脸，在外头尖叫、游玩的小孩回到各自的小屋，而缕缕炊烟从小屋升起，飘入越来越凉爽的空中。

"计划，"我们快步走过熟悉的小巷，沿路向朋友点头、微笑时，强尼正经八百地说，"就是把熊易容改装。"

"不懂，"我说，带着怀疑的语气，"在我印象中，它那么高，简直是个大块头。"

"最初，我们替它戴上帽子，穿上外套，甚至在外套上挂了把雨伞，像个在办公室上班的人。"

"看起来如何？"

"不是很理想，"强尼答，语气里毫无讽刺或嘲笑意味，"它看起来仍然很像熊，但是只穿了衣服的熊。"

"不会吧！"

"就是。因此现在计划改成穿上穆斯林的大号衣服，你知道那种衣服吗？来自阿富汗？全身包住，只剩几个用来看东西的洞。"

"布卡。"

"没错。几个男孩去穆罕默德·阿里路找到了最大号的，照理他们应该……啊！看！他们已经回来了，我们可以让它穿穿看，看看会是什么样子。"

我们碰到一群十二个男子和人数差不多的一群女人、小孩，就聚集在我居住、工作将近两年的那间小屋附近。我虽已离开这个佐帕德帕提，自认不可能再住进去，但每次看到那间寒酸的小屋，每次站在那儿附近时，总还是能感到欣喜激动。曾被我带去那贫民窟的少数几个外国人，甚至是卡维塔、维克兰等曾来贫民窟找我的印度人，都被那里的脏乱吓到了，一想到我曾在那里住那么久，就大呼不可思议。他们无法理解，每次我走进那贫民窟时，就很想放下一切，投入那个较简单、较贫穷，但给人更多尊敬与爱，与周遭众人心灵更相通、更无距离的生活。他们无法理解我谈到贫民窟的纯洁时，我要表达什么：他们去过那里，亲眼见过那里的悲惨和肮脏，看不到哪里纯洁了。但他们未在那奇妙的地方住过，不晓得要在如此交织着希望与悲哀的地方生存下去，人得正直到一丝不苟且心痛的程度。那是他们纯洁的来由：那里最大的特色，就是他们忠于自己。

因此，在置身于我曾住过而最喜爱的住家附近，我那失去正直的心因此激动不已之际，我加入了那群人。然后，一个全身罩得密不透风的庞大身影，从那小屋旁现身，站在我们之中，我吓得倒抽了一口气。

"见鬼了！"我说，呆望着那个高大的身形。蓝灰色布卡把用后脚站立的卡诺从头盖到脚底，我不禁想知道这件衣服原设计的穿着对象是身形多巨大的女人，因为这只熊站起来，比我们这群人里最高的男子还高出整整一个头。"真是见鬼了！"

我们看着那个大水桶状的身形，迈着缓慢又沉重的步伐，摇摇晃晃地往前走了几步，撞倒一张凳子和凳上的水壶。

"或许，"吉滕德拉①满怀希望地说，"她是很高、很胖……又行动笨拙的那种女人。"

熊突然弯下身子，四掌往前着地。我们的视线跟着它。罩着蓝灰色布卡的大熊缓缓前移，一路发出低沉的吼声。

"或许，"吉滕德拉修正道，"她是个矮胖……而怒吼的女人。"

"怒吼的女人？"强尼·雪茄反驳道，"搞什么东西，怒吼的女人？"

"我不知道，"吉滕德拉抱怨道，"我只是想帮忙。"

"你会把这只熊一路帮回牢里，"我喃喃说道，"如果你让它像这样走出这里的话。"

"我们可以再试试那帽子和外套，"约瑟夫主动提议，"或许换个较大的帽子……还有……还有比较时髦的外套。"

"我想问题不在时不时髦，"我叹了口气，"根据强尼告诉我的情况来看，你们得把卡诺从这里运到纳里曼岬，途中不能让警察发现，对不对？"

"对，林巴巴。"约瑟夫答。这时，卡西姆·阿里·胡赛因正和大部分家人在老家村子度过六个月的长假，他不在，约瑟夫就成为这贫民窟的头儿。这个曾因发酒疯毒打妻子而遭邻居痛殴、惩罚的汉子，如今已成为领袖。自遭痛殴的那一天起，这几年来约瑟夫一直滴酒不沾。他重拾妻子的爱，赢得邻居的敬重。他加入每个重要的联合会或委员会，工作起来比团体里任何人都卖力。他改过自新，兢兢业业于改善自己的家和整个贫民窟的福祉，因此，卡西姆·阿里提名约瑟夫暂代其职时，没有人提出别的人选，要卡西姆·阿里另作考虑。"纳

---

① 吉滕德拉，佐帕德帕提贫民窟的居民，林的朋友，与化名萨普娜的来自德里的杀手同名。

300

里曼岬附近停了一辆卡车。司机说他会载着卡诺，把它带出这个城市、这个邦。他会把它和那两个驯熊师载回他们北方的老家，一直载到戈勒克布尔那边，接近尼泊尔的地方。但那个卡车司机，他不敢来这儿附近接卡诺，他希望我们把熊带去给他。但该怎么做，林巴巴？如何把这么大的一只熊带到那里？巡逻警察肯定会发现卡诺并逮捕它，他们也会逮捕我们，因为我们协助逃亡的熊。然后？然后怎么办？怎么把它带到那里，林巴巴？问题在这里，因此我们才想到易容改装。"

"卡诺的主人 kahan hey？"我问。卡诺的主人在哪里？

"喏，巴巴！"吉滕德拉答，并把那两位驯熊师推上前来。

他们身上平常涂的亮蓝色染料已被洗掉，所有银质饰物也都全拿掉。长长的雷鬼式发缕和带有装饰的辫子藏在头巾里，一身素白的衬衫、长裤。那两个蓝色的人拿掉装扮，去掉涂料之后，似乎显得无精打采，比我在贫民窟第一次见到的那两个古怪家伙，瘦小了许多。

"我问你，卡诺肯坐在平台上吗？"

"肯，巴巴！"他们自豪地说。

"肯乖乖坐多久？"

"一个小时，如果我们陪它，在它身旁，跟它讲话的话，或许会超过一个小时，巴巴，除非它得去撒尿。如果那样，它总是会先讲。"

"好。如果要它坐在移动的小平台上，有轮子的小平台上，它肯不肯？"我问他们。

我解释我构想中的那种平台或台子，安在轮子上，供陈列水果、蔬菜等货物，在贫民窟四处兜售商品的那种台子，大家讨论了一番，清楚我的意思，并且找到了那种沿街叫卖用的推车，把它推到空地上。然后，两位驯熊师兴奋地左右摆头，说会、会、会，卡诺会肯坐在那样的移动台子上。他们还说，可以用绳子把它固定在台子上，只要他们先跟它解释那是必要措施，它不会反抗。但他们想知道我的构想。

"刚刚与强尼走进来的路上，我经过老拉克什巴巴的作坊，"我立即解释，"作坊里点着灯，我看到他制作的一些象神雕像，有些很大，用混凝纸浆制成，因此不会太重，内部全部中空。我想那雕像够大，足以套住卡诺的头，如果它坐下，还足以盖住它的身体，加上一些丝织品点缀，一些花环装饰……"

"所以……你认为……"吉滕德拉结结巴巴地说。

"我们应该把卡诺伪装成象神，"强尼·雪茄断言道，"把它放在手推车上，像尊象神像，一路推到纳里曼岬，这街道的中央。好点子，林！"

"但象神节已在上个星期结束了。"约瑟夫说，提到那个一年一度的节日。每年象神节时，数百尊象神像，有些小到可以捧在手里，有些高达十米，由人捧着或推着穿过市区，来到昭帕提海滩，然后在将近百万的围观人群中，将它们掷入海里。"那时我就在昭帕提的人群中，时机已经过了，林巴巴。"

"我知道，我那时也在场，我就是从那个得到灵感的。象神节过了，我想那没关系。在一年中的哪个时候见到象神像，我想我都不会觉得有什么奇怪。你们如果见到街上有人用手推车推着象神像，会起疑而发问吗？"

象头人身的象神，堪称是最受喜爱的印度教神，我想，如果有一小群人，推着手推车游街，上面摆着一尊大大的象神像，不会有人拦住检查。

"我想他说得没错，"吉滕德拉同意道，"没人会对象神有意见。毕竟象神是破除障碍之神，na？"

印度教徒视象神为破除障碍之神和解决问题的大神，有困扰的人向它祷告，就和有些基督徒向自己的守护圣徒祷告差不多，它还是协助诗文创作的神。

"把象神像推到纳里曼岬不会有问题，"约瑟夫的妻子玛丽亚说，"但如何把卡诺改扮成象神，那才是问题。光是替它穿上那身女人衣服，就费了很大工夫。"

"它不喜欢女人衣服，"一名驯熊师说，一副很有道理的样子，"它是公熊①，你知道的，对这种东西很敏感。"

"但把它化装成象神，它不会在意，"他朋友补充说，"我知道它会觉得那很好玩。它很喜欢引人注目，我得说。它有两个坏习惯，除了这个，就是挑逗女孩。"

我们用印地语交谈，最后那句话他讲得太快，我没听懂。

"他说什么？"我问强尼，"卡诺有什么坏习惯？"

"挑逗，"强尼答道，"挑逗女孩。"

"挑逗？他们在说什么？"

"这个……我不是很确定，但我想——"

"不，不要！"我打断他，推掉这个疑问，"请……别告诉我那是什么意思。"

我环视周遭一张张紧挨在一起的期盼脸庞，看到这小小的一群邻居和友人，为那两个走江湖卖艺的驯熊师，当然还有那只熊的问题如此操心，一时之间，我感到既惊奇又羡慕。那二话不说的集体投入，那毫无质疑的支持，甚至比我在普拉巴克老家村子所见到的合作更积极、更投入，这正是我离开贫民窟，去过更舒适、富裕生活后所失去

---

① 先前卡诺在警局被拘留时，为了加强林的同情心，驯熊师曾辩称卡诺是母熊。

的。在那之前，除了在我母亲如山高海深的爱里，我从未在哪个地方有过这样的体会。因为我曾在那个林立破烂小屋的地方，既散发崇高情操又充满不幸的地方，和他们一起体会过那种感觉，我一直想再重温那感觉，一直在寻找那感觉。

"唉，我其实想不出别的办法，"我又叹了口气道，"如果只是用破布或水果或别的东西把它盖住，然后把它按住，它会动，发出声响。如果被他们看到，我们会被拦住。但如果把它化装成象神，我们可以一路念诵、唱歌，围在它身边，发出声音，极尽所能嘈杂的声音。我想警察不会拦住我们。你觉得如何，强尼？"

"我喜欢这办法。"强尼说，开心地咧嘴而笑，很欣赏这计划，"我想这计划很好，可以一试。"

"对，我也喜欢这办法。"吉滕德拉说，兴奋地睁大眼睛，"但你知道，我们得快，卡车只愿意再等一两个小时，我觉得。"

他们都点头或左右摆头表示同意，包括吉滕德拉的儿子萨提什、玛丽亚，还有法鲁克和拉格胡兰，也就是因为打架而被卡西姆·阿里把两人脚踝绑在一起惩罚的那两个人，以及阿尤布和悉达多，也就是自我离开贫民窟后，负责主持免费诊所的那两名年轻人。最后，约瑟夫微笑表示同意。我们走过越来越暗的小巷，来到老拉克什巴巴的作坊，一间由两间小屋拼成的屋子，卡诺四肢着地，缓缓跟在我们身旁。

我们进入那个老雕刻家的屋子时，他扬起花白的眉毛，装出不理我们的样子，继续干他的活，替一段刚铸好的宗教用建筑雕带磨砂、抛光。那雕带是玻璃纤维材质，将近两米长。他俯身在长桌上工作，长桌以数块建筑工人的厚木板绑缚而成，放在两张木匠用的工作支架上。木屑和玻璃纤维屑呈小片状和涡卷状，布满桌面，连同混凝纸浆的皮撒在他光着的脚丫旁。数块雕塑好的形体：头、四肢、有着圆滚性感肚子的身躯，放在地板上，一大堆神圣的饰板、浮雕、雕像等物品之间。

他装得还有点像。这个艺术家以脾气坏著称，最初他以为我们是来恶作剧或玩骗人把戏，嘲笑诸神和他。最后，有三件事使他同意帮我们。首先是那两位驯熊师激动求助象神，那排除障碍之神排难解疑的本事，感动了他。后来我们才知道，在诸天神祇之中，象神是老拉克什巴巴个人最喜欢的。第二个是强尼暗暗表示这任务或许不是这老雕塑师的创作本事所能胜任的，反倒激起了他不服输的斗志。拉克什巴巴大喊道，只要他想，他可以把泰姬玛哈陵伪装为一尊象神雕像，替熊易容改装，对这个为全世界所知道且肯定的天才艺术家而言，根本是小事一桩。第三个，或许是影响最大的一个，就是卡诺本身。魁梧的卡诺，在屋外巷子里似乎等得越来越不耐烦，便自行进入屋子，在拉克什巴巴的旁边四脚朝天躺下。这位坏脾气的雕塑师，弯下腰搔它肚子，和它轻轻挥转的手掌玩着，立即变成咯咯大笑的小孩。

最后他起身，把我们赶出他的作坊，只留下那两位驯熊师和那只熊。木制手推车被推进屋里，精瘦结实、头发灰白的老雕塑师拉下门上的芦苇帘。

我们在外头等，不安但兴奋，趁这空当儿交换彼此过去的遭遇，戳破夸大不实的传闻。悉达多告诉我，贫民窟挨过了最近一次的雨季，损失甚小，未暴发严重疫情。卡西姆·阿里为庆祝第四个孙子出生，带着一家大小回卡纳塔克邦了，他的乡下老家。他的身体硬朗，精神很好，所有人都这么告诉我。妻子死于霍乱的吉滕德拉，似乎已从丧妻之痛复原，复原到碰上这种不幸者所可能复原的程度。他发誓终身不娶，但他工作、祷告、大笑，因而总是显得神采奕奕。他儿子萨提什自妈妈死后，有一段时间性情阴郁，动不动就和人吵架，所幸最后摆脱了悲痛冷漠的情绪，和一个女孩订了婚。那是他在贫民窟有记忆以来就认识的女孩，因为太年轻，还不能娶进门，但婚约让他俩喜上眉梢，让吉滕德拉很开心，开心儿子有了奋斗的方向。而那天晚上，那一群人，大家一个接一个，各以自己的方式称赞约瑟夫这位洗心革面、重获肯定的人，这位新领袖则不好意思地看着地下，只有在和站在身旁的玛丽亚一起难为情地微笑时，才抬起眼睛。

最后，拉克什巴巴掀开芦苇帘，示意我们进去。我们挤成一团，走进金黄色的灯光中。看着那件完成的雕塑，急促的呼吸声在我们之中响起，有人吸气，有人吐气。卡诺不仅被伪装，还整个变身为象头神。

一只大头套套在熊头上，头套下面，粉红色的躯壳罩着熊身，躯壳有着圆滚滚的肚子，伸出两只手臂。一条条浅蓝色丝织品，围绕着神像基部，神像则被安置在手推车上。一圈圈花环堆在推车平台上，套在神像的脖子上，以盖住头与身躯的接合处。

"它真的在里面，那只卡诺熊？"吉滕德拉问。

一听到他的说话声，熊立即转过头来。我们看到活的象神转动象头，涂了颜料的眼睛盯着我们。当然，那是动物的动作，完全不像人的动作。整群人，包括我，又惊又怕，猛然抽动身子。跟着我们的小孩尖叫起来，退到大人的腿后、怀里以求保护。

"我的天啊！"吉滕德拉低声细气地说。

"哇，"强尼·雪茄同样惊奇，"你觉得如何，林？"

"我……很庆幸自己没吓呆。"我喃喃说道，望着那神像低下头，发出低沉的吼声。我强自回过神来："快，行动！"

我们把神像推出贫民窟，一群支持者随行。一经过世贸中心，进入通往后湾区那条林立民宅的林荫大道，我们开始试探性地吟唱祷文。最靠近手推车的人，将手放在推车上，帮忙推或拉车。位在边缘的人，例如强尼和我，紧挨着别人，跟着吟唱。我们加快脚步，变成快走，吟唱变得更起劲。一时之间，许多帮忙的人似乎忘了我们是在偷偷运走熊，扯开嗓子，虔诚而激动地吟唱、应答，神情之投入，我觉得肯定和一个星期前他们真正护送象神时不相上下。

走着走着，我忽然想起这贫民窟竟不见流浪狗的踪影，着实奇怪。我注意到几条街上都没看到流浪狗。想起卡诺第一次到这贫民窟时，狗群的狂暴反应，我忍不住向强尼提起这事。

"Arrey, kutta nahin." 我说。咦，不见一只狗。

强尼、纳拉扬、阿里和其他几个人听到我这话，迅速转头盯着我，眼睛睁得老大，既惊且忧。果然，几秒钟后，一声尖锐的长嗥从我们左边的人行道上突然传来。一只狗从隐身处窜出，一路狂吠地扑向我们。那是只干瘪的杂种癞皮狗，体型比孟买大型鼠大不了多少，但吠声大得足以压过我们的吟唱声。

当然，不消几秒，就有更多流浪狗跟着狂吠。它们从左、右两边过来，有的单枪匹马，有的成群结党，恶狠狠地尖叫、嚎叫、低沉吼叫。为盖住狗叫声，我们吟唱得更大声了，时时刻刻盯着狗那作势要扑上猛咬的利嘴。

接近后湾区时，我们经过一处空地，一队婚礼乐师穿着抢眼的红、黄色制服，戴着饰有羽毛的高帽，正在那空地上排练歌曲。看到我们这小列游街队伍，他们心想，正好借机练习行进中演奏的技巧，于是转而加入我们的行列，跟在后面奏起一首当红的宗教歌曲。演奏谈不上特别悦耳动听，但也足以振奋人心。我们的偷渡任务一下子变得声势浩大，热闹非凡，人行道上开心的小孩和虔信的大人，受到这气氛感染，纷纷走下人行道，走向我们，加入吟唱的行列，本就如雷鸣般的吟唱声随之更声势浩大，队伍人数暴增到一百多人。

闹哄哄的人群和狗的狂吠声，无疑让卡诺不安，它在手推车上左右摇晃身子，哪里声音最大，头就转向那里。途中我们经过一群巡逻警察，我大胆往他们那一瞥，看见他们一动也不动地站着，张着嘴，一起转头，瞧向经过的我们，好似嘉年华会上穿插表演的一排大嘴小丑假人。

一路喧闹狂欢，感觉时间过得特别慢，我们终于来到了纳里曼岬附近，看到奥贝罗伊饭店的高楼。我担心甩不掉那支婚礼乐队，于是跑向后头，塞了一沓钞票给乐队团长，要他右转，往临海大道另一头走去，不要再跟着我们。接近海时，他带着团员右转，我们则向左转。或许是受到跟着我们这小列队伍游街大获肯定的鼓舞，这队乐师与我们分道扬镳，走向灯光更明亮的临海大道时，开始奏起混合舞曲。大部分群众跳着轻快的舞步，跟着他们走开，就连狗儿在被引到距离地盘太远之后，也选择掉头离开，悄悄回到肮脏阴暗的老窝。

我们沿着临海大道，把手推车推往卡车停放的荒僻地点。就在这时，我听到附近传来了一声汽车喇叭声。心想那是警察，我的心随之一沉，缓缓转头看，结果看到阿布杜拉、萨尔曼、桑杰、法里德站在萨尔曼的车子旁。他们把车子停在宽阔的铺着沙砾的停车场，停车场里空荡荡的，只有他们。

"你可以吗，强尼？"我问，"从这里开始由你负责，可以吗？"

"没问题，林，"他答，"卡车就在那里，我们前头，你看！我们可以搞定。"

"好，那我在这里闪人了，老哥，搞定后告诉我一声，我明天会去找你。还有，看看能不能替我弄来一张那个通缉告示，兄弟！"

"包在我身上。"我走开时，他大笑着说。

我穿过马路，与萨尔曼、阿布杜拉等人会合。他们在停放于海堤附近的一辆纳里曼厢型车旁，吃着买来的外带食物。我向他们打招呼时，法里德把用过的餐盒、纸巾，从车顶一把推落到停车场的沙砾地面。一股罪恶感，讲究环保的西方人必定会生起的罪恶感浮上心头，我的脸部肌肉不由得抽搐了一下。我在心里提醒自己，路上的垃圾会被捡破烂者捡走，他们就靠捡垃圾维生。

"你们干吗搞那套表演？"我与他们一一寒暄后，桑杰问我。

"说来话长。"我咧嘴而笑。

"你们推的那尊象神，真是吓人，"他说，"我从没看过像那样的东西。活像是真的，好像还会动。我的宗教情怀一下子给勾起不少。告诉你，老哥，回家后，我要花钱请人点个香。"

"别卖关子，林，"萨尔曼催促，"那是为了什么，yaar？"

"这个嘛，"我用快快不快的低沉嗓音说，心知任何解释听来都会很扯，"我们得把一只熊偷偷运出贫民窟，送到这个地点，就是这里，因为警方发了通缉令要逮捕它。"

"偷偷运出什么？"法里德客气地问。

"一只熊。"

"什么样的……熊？"

"当然是跳舞熊。"我生硬地说。

"你知道吗，林，"桑杰说，一边用火柴棒剔牙，一边开心地挤出怪脸，"你干了件很扯的事。"

"你是在说我的熊？"阿布杜拉问，突然对我们的话题感兴趣。

"对啊，去你的，都是你的错，如果你想追究到底的话。"

"为什么说那是你的熊？"萨尔曼想知道。

"因为是我安排的那只熊，"阿布杜拉答道，"我把它送去林兄弟那里，很久以前。"

"为什么？"

"哦，就为了拥抱。"阿布杜拉大笑着说。

"别说！"我紧抿着双唇说，用眼神示意他别谈那事。

"熊个没完没了，到底在干什么？"桑杰问，"我们还在谈熊吗？"

"妈的！"萨尔曼插话道，从桑杰的肩膀上方望过去。"费瑟一副很匆忙的样子，而且还带了纳吉尔来，看来有麻烦了。"

一辆同样是大使的车子压过沙砾路面，在我们附近停下。再两秒钟，又一辆车停下。费瑟和埃米尔从第一辆车跳下来，纳吉尔、安德鲁从第二辆车冲上前来。我看到还有一个男子下了费瑟的车，等在那里，盯着进停车场的路。我认出那是我朋友，面貌清秀的马赫穆德·梅尔巴夫。另有一名男子，身材粗壮的帮中兄弟拉吉，与男孩塔里克一起在第二辆车里等着。

"他们到了！"费瑟来到我们身旁时，气喘吁吁地宣布，"我知道，他们照理明天才会到，但他们已经到了。他们刚和楚哈、楚哈的手下会合。"

"已经？多少人？"萨尔曼问。

"只有他们，"费瑟答道，"我们如果现在动手，可以将他们一网打尽。他们帮中其他人在塔纳参加婚礼，那就像是上天发出的信号之类的，那是我们最好的机会，但我们得快！"

"真不敢相信。"萨尔曼低声说，好似在喃喃自语。

我的胃一沉，硬邦邦地堵在肚子里。我清楚地知道他们在谈什么，那对我们而言代表了什么。几天来一直有探子汇报和传言指出，瓦利德拉拉联合会的楚哈一派，已与那名幸存的萨普娜杀手、那杀手的两名家族成员，他的弟弟和姐夫搭上线。他们正计划攻击我们的组织，扩张地盘的帮派战争已白热化，楚哈的黑帮联合会和我们的联合会水火不容，楚哈急于想吃下我们的地盘。

那些伊朗人和萨普娜杀手，埃杜尔·迦尼阴谋夺权失败后脱逃的那些党羽，得知这两个帮派不和，抓住机会找上楚哈，想利用他的贪婪和野心向我们复仇。他们承诺供应武器新枪给他，答应把巴基斯坦海洛因买卖的门路、有利可图的门路介绍给他。他们是叛徒：没了埃杜尔·迦尼仍继续运作的萨普娜杀手；未获伊朗萨瓦克组织正式支持的伊朗人。恨把他们凑到一块儿，他们想替死去的朋友报仇，他们的仇恨与楚哈的仇恨合流，心里想的就是杀人。

鉴于情势紧绷，久久不得化解，萨尔曼早已派人渗入楚哈的帮派。那人叫小汤尼，来自果阿的帮派分子，孟买黑社会对他一无所知。他提供内部情报给萨尔曼，就是他的情报，使萨尔曼开始提防那批萨普娜杀手、伊朗人，提防即将来袭的攻击。费瑟证实他们已到了楚哈家里，我们每个人都知道，接下来萨尔曼会考虑的应对之道只有一个：开打、开战，一举歼灭那些萨普娜杀手和伊朗密探，然后干掉楚哈，吞并他的地盘，拿下他的买卖。

"去他妈的！莫非是上天在帮助我们？"桑杰高喊道，灰白色的街灯下，他的眼睛闪闪发亮。

"你确定？"萨尔曼问，皱起最严肃的眉头，盯着年纪比他大的朋友埃米尔。

"确定，萨尔曼。"埃米尔拉长声调说，用手梳过他圆钝头顶上灰白的短发。他边说话边用那只手捻着他浓密唇髭的须尾。"我亲眼看见的。攻击阿布杜拉的那些伊朗人半个小时前到达的。那些萨普娜浑蛋，你知道吗，他们已在那里待了一天。他们早上到的，小汤尼一知道，就以最快的速度告诉我们。我们在楚哈家旁盯着他们，已经盯了两个小时。小汤尼最近一次汇报时，跟我说他们就要全部到齐了，包括楚哈和他的心腹、萨普娜杀手、来自伊朗的家伙。他们在等那些伊朗人到，然后攻打我们。很快，或许明天晚上，最晚后天。楚哈还调了别人来，他们正从德里和加尔各答赶来。他们的计划大概是同时攻击我们约十个地方，使我们无法反击。我要小汤尼回去，伊朗人一到就通知我们。我们如往常般盯着那个地方，然后我们见到他们走进去，大概是早了一天，但我们很确定。不久后，小汤尼出来点了根烟，那是约定的信号。他们就是那批人，跟踪阿布杜拉的那批人。现在他们全在那里面，我们离开那里只有两分钟。我知道还早，但我们得去。我们得现在动手，萨尔曼，在接下来的五分钟内。"

"多少人，全部？"萨尔曼问。

"楚哈和他的手下。"埃米尔拉长声调慢吞吞地回答。我想他轻、慢、含糊的说话方式，让在场的每个人都勇气大增，他远不像，或似乎远不像，我们其他人那么紧张。他说："共有六个人，其中一个人是马努，他很能打，一个人能撂倒哈襄家三兄弟。他堂哥毕奇楚也很能打，'蝎子'的绰号可不是浪得虚名。剩下的包括楚哈那个浑蛋都很容易摆平，然后就是那些萨普娜杀手，有三个，来自伊朗的有两个。总共十一个人，顶多再加一两个。胡赛因正盯着那地方，如果再有人到，他会通知我们。"

"十一个，"萨尔曼喃喃说道，避开众人目光，考虑着眼前情势，"我们……有十一个，加上小汤尼，十二个。但我们得扣掉两个人，负责在楚哈家外面的街上把风，一边一个，以便我们进入里面时，如果警察响着警笛要来抓我们，他们可以拖延警方行动。我们进去之前，我会打个电话，把警察调开，但我们得非常确定。楚哈说不定还会调来别的人手，因此我们至少得留两个人在外面。杀进那里面我不怕，但我可不想再杀出来。胡赛因已在那里，费瑟，在外面街上把风的另一个人就是你了，行吗？除了我们，不准让任何人进出。"

"没问题。"那名年轻打手说。

"立刻去和拉吉检查枪支，把枪准备好。"

"我来搞定。"他说着，收走一些人的枪，小跑步到拉吉、马赫穆德等着的车旁。

"要有两个人和塔里克一起回哈德家。"萨尔曼继续说。

"是纳吉尔决定带他一起来的，"安德鲁插话道，"费瑟与埃米尔来通报我们消息后，他不想把他留在那里。我要他不要带那小子来，但你也知道，纳吉尔想做的事，谁也改变不了。"

"那就由纳吉尔带那男孩到索布罕·马赫穆德位于维索瓦的家，看好他。"萨尔曼安排道，"你跟他一起去。"

"噢，拜托，老哥！"安德鲁抱怨道，"为什么非得是我负责那差事？为什么我得错过这次行动？"

"我需要两个人看好老索布罕和那男孩的安全。特别是那男孩，纳吉尔不留下他是对的。塔里克是攻击目标，只要他还活着，这联合会就仍是哈德的联合会。如果让他们杀了他，楚哈的威权会提升，杀了老索布罕也是。把那男孩带离孟买，确保他和索布罕·马赫穆德平安无事。"

"但为什么我得错过这次行动，老哥。为什么非得是我？派别人去，萨尔曼。让我跟你去楚哈家。"

"你要跟我吵？"萨尔曼说，气鼓鼓地噘起嘴。

"不是，老哥，"安德鲁任性地吼道，"我干，我带那孩子走。"

"这下我们剩下八个人，"萨尔曼断言道，"桑杰和我，阿布杜拉和埃米尔，拉吉和小汤尼，法里德和马赫穆德——"

"九个，"我打断他道，"我们有九个人。"

"你该离开，林，"萨尔曼轻声说，抬起眼睛迎上我的目光，"我正要请你搭出租车，传话给拉朱拜，还有你护照工厂的那些小伙子。"

"我不要离开阿布杜拉。"我不带感情地说。

"或许你可以和纳吉尔一起回去。"与安德鲁交情甚好的埃米尔提议。

"我离开过阿布杜拉一次，"我义正词严地说，"我不要再犯，那像是命运安排的。我有预感，萨尔曼，预感不该离开阿布杜拉，我要参加，我也不要离开马赫穆德·梅尔巴夫，我要跟他们一起，我要跟你一起。"

萨尔曼盯着我，忧心忡忡地皱着眉。我忽然不合时宜地想起，他那稍稍歪斜的脸，一眼比另一眼稍低、鼻子因曾遭人打断而弯曲、嘴角带疤，在心事重重而皱起坚定的眉头时，反倒变得匀称而帅气。

"好。"他最终同意道。

"搞什么！"安德鲁勃然大怒，"他可以去，我却得去看小孩？"

"别发火，安德鲁。"法里德安抚道。

"不，去他的！我受够这个浑蛋白人了，老哥。哈德喜欢他，他去过阿富汗，那又怎样？哈德死了，yaar，哈德的时代已经结束了。"

"放轻松，老哥。"埃米尔插嘴道。

"轻松什么？去他哈德的，也去他的白人！"

"嘴巴放干净点。"我紧咬牙关，喃喃说道。

"要我干吗？"他问，把脸凑上来，一副要打架的样子，"哈，干你老姐！这下我的嘴巴如何？喜不喜欢？"

"我没有姐姐。"我用印地语说，语气平淡。一些人大笑起来。

"噢，或许我就干你老妈，"他咆哮道，"让你有个新妹妹！"

"够了，"我低吼道，摆出要和他对干的架势，"举起来！把你他妈的双手举起来！我们来打一场！"

情况本会一团乱。我不是很能打，但我知道招式，我能给对方重重一击。那几年间，我如果真碰上麻烦，我不怕把冷冷的刀子戳进别人身体。安德鲁很厉害，有枪在手上，他能要我的命。埃米尔绕到他身后，在他右肩的正后面挺他，阿布杜拉在我身旁的类似位置站定，两人的对决，眼看就要变成群架。我们每个人都知道这点，但那个年轻的果阿人没举起双手，时间一分一秒地过去，他看来只是嘴巴耍狠，并不是真的那么想动手。

纳吉尔出面打破僵局。他挤进我们两人中间，抓住安德鲁的一只手腕和衣领，我很了解那一抓的意思。安德鲁若想挣脱，就得杀死这个魁梧的阿富汗人。纳吉尔停住不动，待我投去叫人困惑的迷样表情，半指摘、半骄傲，半愤怒、半红着眼睛的感动之后，随即把那个年轻的果阿人往后推，穿过围住的人群，来到车边，将安德鲁推进驾驶座，自己爬进后座，和塔里克坐在一起。安德鲁发动车子，掉转车头，高速驶向临海大道，卷起沙砾和尘土。车子急速开过我身旁时，我看见窗边塔里克的脸。那是苍白的脸，只有双眼，像雪地里野兽的爪印，泄露出心思或心情。

"Mai jata hu."车子经过后，我重复道。我去。众人皆大笑起来。我不确定他们是在笑我语气的激动，或笑这句印地语的简单直接。

"我想我们懂你的意思，林，"萨尔曼说，"我想那很清楚，na？我安排你跟阿布杜拉一组，守在屋后。楚哈家后面有条巷子，阿布杜拉知道的。有两条巷子与那后巷相交，其中一条巷子出去是大街，另一条巷子绕过转角，通往那街区的其他房子。楚哈房子有个后院，我看过，那里有两个窗户，都装了粗条铁窗，只有一道门进出屋子。进门前得下两个台阶。你们两个守住那地方。我们动手后，别让任何人进入。如果预料得没错，他们会有一些人想从那里逃走。守住那里，别让他们越过一步。在那里，把他们挡住，挡在院子里。我们其他人会从前面进去。枪准备得怎样，费瑟？"

"七支，"他答道，"两支短猎枪、两支自动手枪、三支左轮手枪。"

"给我一支自动手枪，"萨尔曼命令道，"阿布杜拉，你拿另一支。林，你得和他共享那把枪。猎枪在屋里不好用，屋里又小又挤，而我们不希望误射到自己人。猎枪就部署在外面的街上，一旦需要时，给我们最大的火力掩护。费瑟，你拿两支猎枪，一支给胡赛因。解决之后，我们会从后门离开，经过阿布杜拉和林。我们不从前面离开，所以，我们一进到里面，看到想进来或出去的人，格杀勿论。另外三把枪给法里德、埃米尔、马赫穆德。拉吉，你得和我们共享。可以了吗？"

众人点头，轻轻左右摆头，表示同意。

"各位，如果等下去，我们会有另外三十个人、三十把枪加入，这你们知道的，但我们可能错过将他们一举歼灭的机会。事实上，我们已经讲了太久，讲了十分钟。如果趁他们还不知情，现在就动手，又快又狠，我们能把他们干掉，让他们一个都逃不掉。我想解决他们，今晚就立刻解决这件事，但要不要如此，我希望由你们决定，如果你们觉得还没准备好，我不希望逼你们进去。你们想再等更多人手加入，或现在就走？"

大伙一个接一个开口，很快都表示了意见，大部分只说了一个字"Abi"，意为现在。萨尔曼点头，然后闭上眼睛，用阿拉伯语喃喃祷告。再度抬起头时，他神情坚定，首次毫不犹豫的坚定，眼神里熊熊燃着怒火，冒着他一直不想染上身的狰狞杀气。

"Saatch... aur himmat."他说，看着每个人的眼神。真理……与勇气。

"Saatch aur himmat."他们答。

众人未再开口，拿起枪坐进两辆车，驶往短短几分钟的路程外，位于热闹的萨达尔·帕特尔路上的楚哈家。还未能厘清思绪，甚至还未能清楚思考自己在做什么，我就已经和阿布杜拉蹑手蹑脚地走在狭窄的暗巷里，巷子暗得让我能感觉到眼睛是如何使劲儿在睁大。然后我们翻过垂直的木围篱，落在敌人屋子的后院里。

我们在漆黑中站在一起一段时间，查看发亮的表面，让眼睛适应环境，同时竖起耳朵仔细听。阿布杜拉在我的耳边悄声说话，那声音让我吓得差点儿跳起。

"没事，"他低声说，听起来像羊毛毯子的窸窣声，"这里没人，附近没人。"

"看来很安全。"我答道，意识到自己压低嗓子的说话声，因怕得喘息而略显粗哑。窗子或屋子的蓝色后门外都没有灯光。

"这下，我信守承诺了。"阿布杜拉神秘兮兮地悄声说。

"什么？"

"你要我答应你，我要杀楚哈时，一定要找你一起干，还记得吗？"

"记得，"我答道，心脏跳得比健康的心脏还要快，"你要小心，我想。"

"我会小心，林兄弟。"

"不是，我是说，你对生活中所盼望得到的东西要小心，na？"

"我会试试看这门能不能打开，"阿布杜拉凑在我耳朵旁低声说，"如果可以，我会进去。"

"什么？"

"你在这里等着，待在门附近。"

"什么？"

"你在这里等着，待在——"

"我们两个都该留在这里！"我激动而小声地说。

"我知道。"他答道，像潜行跟踪的豹，轻轻移向门处。

我悄悄跟上去，但动作较笨拙，比较像是只睡了长觉醒来、身体僵硬的猫。我来到往下通往蓝门的那两级宽台阶时，看见他打开那门，一下子窜进屋里，像猛扑而下的鸟瞬间掠过的影子。他关上门，未弄出一点声响。

我独自一人在漆黑中，从腰背部的刀鞘里抽出小刀，右手紧握住刀柄，刀尖朝下。我盯着漆黑的院子，把全副注意力放在心跳上，想靠意志力放慢过快的心跳。一段时间后，果然奏效，我感觉心跳的次数在变少。随着脑海里只绕着单单一个静态的念头，我的心情随之更为平静。那念头就是哈德拜，还有他曾一再向我提起的那句箴言："为了对的理由，做了不对的事。"而在我身处于越来越恐怖的漆黑中一再念着那句话时，我知道，这场对付楚哈的战斗，这场战争，这场权力争夺战，和古往今来任何地方的任何斗争始终没有两样，永远都是不对的。

萨尔曼和其他人，一如楚哈、那些萨普娜杀手、他们其他所有人，全自以为他们的小小王国使他们成为老大，他们的权力斗争使他们握有呼风唤雨的权力。其实没有，那些东西没这能耐。那时候，我把这点看得非常清楚，让我觉得就像是弄懂一个数学定理般。让人成为老大的王国只有一个，就是人自己灵魂的王国。真正具有意义的权力只有一种，就是改善世界的权力。只有像卡西姆·阿里、强尼·雪茄之类的人，才是这样的老大，才拥有这样的权力。

我不安且害怕，耳朵贴着门，使劲儿想听到屋里阿布杜拉或其他人的动静。盘旋在我心里的恐惧，不是死亡的恐惧。我不怕死，我怕的是伤重到无法走路或看不见，或因为其他理由，逃不掉敌人的追捕。我最怕的就是被捕，再度被关起来。耳朵紧贴着门时，我祈祷不要遭到会让我失去行动能力的伤害。就让那在这里发生，我祈祷。让我挨过这一次，或让我死在这里……

我不知道他们从哪里蹦出来，我感觉有不止一只手碰到我，然后听到一个声响。两名男子把我猛然翻过来，重重摔在门上。我出于本能，伸出右手攻击。

"Chaku! Chaku!"其中一个人大喊。刀子！刀子！

我把小刀往上挥，但挥得不够快，无法伤到他们。一名男子掐住我的喉咙，把我钉在门上。那人高大，而且很壮。另一名男子用双手想逼我放掉小刀，他没那么壮，无法让我放下武器。然后，又一名男子从黑暗处跳下阶梯。多了两只手帮忙，他们扭弯我紧握的手，迫使我丢下小刀。

"Gora kaun hai?"那个新来的人问。这个白人是谁？

"Bahinchudh! Malum nahi."那个壮汉答。这个王八蛋！我不认识。

他盯着我，困惑之情显露于脸上。突然碰上一个佩带小刀、贴着门的外国人，这让他困惑起来。

"Kaun hai tum?"他以近乎友善的口吻问。你是谁？

我没答。我心里只想着，要想办法向阿布杜拉示警，我搞不懂他们怎能不发出声响就摸到我身边。后院院门开关时想必安静无声，他们的鞋子或印度凉鞋，想必是柔软的橡胶鞋底。总之，我让他们神不知鬼不觉地摸上来制伏我，我得向阿布杜拉示警。

我突然使劲儿挣扎，好似想挣脱。他们中计，三个人全对我大吼大叫，六只手抓着我，把我重重摔向蓝门。其中一个较矮小的男子窜到我左边，把我的左臂按在门上。另一个矮小男子抓住我的右臂。扭打之中，我把穿着靴子的脚往门重重踹了三下。阿布杜拉肯定听到了，我心里想，行了……我向他示警了……他一定知道出状况了……

"Kaun hai tum?" 那个壮汉又问。他收回掐住我喉咙的手，握成拳头，停在我脑袋边，我视线的最上方，作势要揍我。你是谁？

我还是不回答，死盯着他。他们的手，像镣铐般硬，把我固定在门上。

他出拳砸向我的脸。我使劲儿把头稍微撇开，但腭部、脸颊还是中了拳。他的手指上戴着戒指，也或者戴了指节铜套。我看不到，但感觉到坚硬的金属在骨头上划出口子。

"你在这里干什么？"他用英语问，"你是谁？"

我不讲话，他又出拳，我脸上挨了三拳。我知道这个……我心想。我知道这个……我回到监狱，回到澳大利亚，回到那个惩戒队，拳头、皮靴、警棍。我知道这个……

他停下，等我开口。那两个较矮小的男子朝他咧嘴而笑，然后朝我咧嘴而笑。"Aur." 其中一个人说。继续，再打。那个壮汉往后退，朝我身体猛挥拳。那是缓慢、从容、很有职业水平的几拳。我感觉体内的空气被抽掉，仿佛生命本身开始从我身上流掉。他往前移，贴近我的胸腔、喉咙和脸。我感觉自己正涉水走进遭击败的拳击手摇摇晃晃倒下的那片黑水。我完蛋了，完了。

我不气他们，是我自己没搞好。我让他们不知不觉地摸上来制伏我，很可能是走过来制伏我的。我是去那里打斗的，理该有所防备。错在我，我不知怎么没察觉到他们，把事情搞砸了，那是我自己的错。我唯一想做的，就是向阿布杜拉示警。我无力地踢着身后的门，希望他听到，逃掉、逃掉、逃掉……

我落进伸手不见五指的漆黑中，整个世界的重量跟着我一起往下掉。踢门时，我听到有叫声，我感觉到阿布杜拉打开了门，我们掉进门后撞上他。我的眼中有血，眼睛肿起，漆黑之中，我听到有人开了两枪，看见闪光。然后，整个世界一片光亮，有人开了另一道门。我眨眼望向那亮光，看见有几名男子朝我们冲来。那人再度开了两枪、三枪，我从那个壮汉的身下翻出，看见我的小刀，就在我的眼睛旁，在敞开的蓝门附近的地板上闪闪发亮。

　　我伸手欲抓住刀子时，其中一个矮小男子想爬过我身上，爬出门。我想都没想就把刀往后一挥，刺进他臀部。他尖叫着，我爬上去，挥刀划过他眼睛附近的脸皮。

　　真是不可思议，些许别人的血，或大量别人的血，如果你应付得来的话，竟能让你臂力大增，让你发疼的伤口因肾上腺素分泌而不觉疼痛。我火冒三丈，浑身是劲，猛然转身，看见阿布杜拉和两个人扭打成一团。房间的地板上躺着人，我算不出有多少人。噼啪、嗒嗒的枪声，从四周、从上面、从屋里其他房间传来。他们似乎是同时从几个地方进入屋子，四周传来叫喊声、尖叫声。我闻到这房间里有尿味、屎味、血腥味。有人腹部受伤了，我希望那不是我，我左手拍打着自己的肚子，寻找伤口。

　　阿布杜拉正和那两名男子打得难分难解，又是摔、又是挖眼睛、又是咬。我正想爬过去，就感觉到有只手抓住我的腿，把我往后拉。手劲儿很大、非常大，是那个壮汉。

　　他已中枪，我很肯定，但他衬衫或长裤上都见不到血渍。他拉着我，像拉着陷入网子的乌龟。来到他身边时，我举起小刀刺向他，但他先我一步出手，抡起拳头打中我的右睾丸。他未能一击致命，一击中的，但那一击还是让我痛得缩起身子滚到一旁。我感觉到他猛然爬过我身旁，以我的身体为支点，勉强站起身子。我往后滚，吐出胆汁，看见他站起来，往阿布杜拉跨出一步。

我不能让那发生。我的心已有太多次因想到阿布杜拉的死，想到他独自一人身陷枪林弹雨里而惶惶不安。我忍住疼痛扭动身子，在地上挣扎着想起身，几次滑倒，身上流着血，最后终于跳起，把刀子插进那壮汉的背里，刺中他的背部上方，紧邻肩胛骨的下缘。我感觉到刀子下的骨头颤动，刀尖被震得偏向肩膀。他真壮，我挂在他背后的刀子上，他拖着我又走了两步，身子才一软倒下。我倒在他身上，抬头看阿布杜拉。他的手指插在一人眼里，那人头往后仰，靠在阿布杜拉的膝盖上，下巴松垂，脖子像点燃的引火物般噼啪作响。

有人拉住我，把我拉往后门。我出手攻击，但强而有力的手轻轻掰下我手上的刀。然后我听到有人在说话，马赫穆德·梅尔巴夫的声音，我知道我们安全了。

"快，林。"那个伊朗人说，语气急切，在刚刚一番嘶吼、血腥的厮杀后，似乎显得太小声。

"我需要枪。"我小声而含糊地说。

"不，林，结束了。"

"阿布杜拉呢？"马赫穆德把我拖进后院时，我问。

"他在忙。"他答道，我听到屋里的尖叫声一个个戛然而止，像夜色笼罩着寂静的湖面时，鸟儿一个个悄然无声，"能不能站？能不能走？我们得立刻离开！"

"可以！没问题。"

我们来到后院院门时，我们的人一排冲过我们身旁。费瑟和胡赛因中间扶着一个人，法里德和小汤尼也扶着一个人，桑杰右肩扛着一个人，把那人紧按在他胸膛和肩膀上，边走边啜泣。

"萨尔曼死了。"马赫穆德严肃地说道，在我们让路给快步跑过的他们时，眼睛随着我目光移动，"拉吉也是，埃米尔受了重伤但还活着，不过伤得很重。"

萨尔曼，哈德联合会里最后一个明理之人，最后一个哈德类型的人。我快步走向小巷那头，等着的车子旁，感觉自己的生命正一点一滴流失，就像那个壮汉把我顶在门上猛搡时一样。结束了，那个老派黑帮联合会跟着萨尔曼一起走了，一切都变了。我望着与我同车的人：马赫穆德、法里德、受伤的埃米尔。他们打赢了这场战争，萨普娜杀手终于被铲除殆尽。以萨普娜之名开始的一章，打打杀杀的一章，永远阖上了。哈德的仇报了。埃杜尔·迦尼背叛、夺权的阴谋，终于被彻底消灭。而那些伊朗人，阿布杜拉的敌人，再也构不成威胁：他们安静无声，就和阿布杜拉正……忙着的那间血腥、没有尖叫的屋子一样安静。楚哈的帮派被歼灭。边界战争结束，结束了，命运轮盘转了整整一圈，一切都将改观。他们赢了，但他们全在哭，他们全部在哭。

我把头仰靠在椅背上。夜色，那道将承诺与祷告合而为一的光之隧道，在窗外跟着我们飞掠。我们握紧的拳头缓慢而孤寂地松开，解放了跟身心一样满布抓痕的手掌。向来如此，且永远必然如此，愤怒软化为忧伤。就在一个小时前我们所想要的东西，如今无一处比一滴眼泪的坠落还有希望或意义。

"什么？"马赫穆德问，脸凑近我的脸，"你说什么？"

"我希望那只熊逃掉。"我透过裂开流血的双唇，小声而含糊地说。悲痛的心情开始从我受伤的身躯里升起，睡意像晨间森林里的浓雾，贯穿我哀伤的心。

"我希望那只熊逃掉。"

第十三章

阳光在水面上碎裂，在宽阔的弯月形海湾的滚滚波涛之上，洒下一道道亮如水晶的银链。浑身如火的鸟，在夕阳下成群盘旋、转身，动作整齐划一，如迎风飘飞的横幅丝质旗子。我在宛如一座白色大理石海岛的哈吉·阿里清真寺，有矮墙围绕的院子里，看着远道而来的朝圣信徒和本地的虔诚信徒离开清真寺，循着平坦的石头步道，朝海岸曲折前行。他们知道上涨的潮水会淹没这步道，届时只有搭船才能回家。那些忧伤或忏悔的人，一如前几日其他忧伤或忏悔的人，在前来朝拜时，将花环抛进渐渐退潮而越来越浅的海水中。然后，那些橘红色花朵、褪了色的灰白色花朵，会乘着上涨的潮水漂回，怀着上千个伤心人向海水倾诉的爱、失落及渴望，在每个由潮水涨落掌控进出的日子里，替步道戴上花圈。

而我们这一帮兄弟，如他们所说，来到这清真寺，向我们的朋友，萨尔曼·穆斯塔安的灵魂，献上最后的敬意和祷告。自那一晚他丧命后，这是我们第一次全员集合。与楚哈和他的手下火并之后，几个星期以来，我们散居在各地躲藏疗伤。报纸上当然是一片讨伐之声，"尸横遍野""大屠杀"这两个字眼，横陈在孟买各日报的大标题上，就像涂在狱警含糖小圆面包上的奶油。要求伸张公权力、严惩暴徒的声浪甚嚣尘上。孟买警方若要抓人，当然可以抓到。他们无疑知道，他们在楚哈家发现的那一小堆尸体，是哪个帮派干的。但有四个有力的理由要他们不要行动，对孟买警方而言，那些理由比报纸上不明事理的愤慨，更让人信服。

第一，不管是那屋里的人，屋外街上的人，或孟买其他地方的人，都没人愿意出来做证指控他们，甚至连不公开的指控都不愿意。第二，那场火并铲除掉的萨普娜杀手，是警方自己也很想干掉的人。第三，楚哈领导下的瓦利德拉拉帮在数月前，杀害了一名在花神喷泉附近撞见他们从事大型毒品交易的警员。那案子一直未正式破案，因为警方没有证据可呈上法庭。但他们知道，几乎在发生案子的那一天就知道，那是楚哈的人干的。警方原本就希望干掉楚哈和他的帮众，楚哈家那场血腥杀戮，就和他们原先构想的行动差不多，要不是萨尔曼先一步动手，他们迟早也会这样做。第四，我们从楚哈的非法交易所得中，拿出一千万卢比，大手笔打点了一小群法医，使那些正派警察最后也不得不无奈耸肩，放过此事。

警方私底下告诉桑杰，亦即哈德汗黑帮联合会的新老大，形势对他不利，他已用光所有机会。他们希望平静，当然还有源源不断的收入，如果他管不住手下，他们会替他管。在收受他一千万卢比的贿赂之后，放他回街头活动的前夕，他们告诉他："顺便告诉你，你帮派里那个叫阿布杜拉的家伙，我们不想再见到他。永远不想。他在孟买死过一次。如果再让我们碰上，他会再死一次，而且这一次，绝没有活命的机会……"

低调了数个星期后，我们陆续回到这座城市，重拾我们在这帮派里——大家都已知道由桑杰主持的帮派里，所负责的工作。我离开位于果阿的躲藏地，回到孟买，在维鲁与克里须纳的协助下，继续主持护照业务。最后，桑杰终于通知大伙儿重聚，地点是哈吉·阿里清真寺。我骑着恩菲尔德摩托车来到清真寺，和阿布杜拉、马赫穆德·梅尔巴夫一起走上那条石头步道，跨过荡着小浪的海面。

马赫穆德跪在我们一群人前面，领头祷告。这座孤悬海上的清真寺，周围有许多小阳台，我们在其中一个小阳台上，上头没有其他人。马赫穆德面朝麦加，白衬衫随着海风鼓胀又塌陷。其他人在他身后或跪或站，他代表众人说道：

> 一切赞颂，全归真主，全世界的主，
> 至仁至慈的主，
> 报应日的主！
> 我们只崇拜祢，只求你佑助。
> 求你引导我们上正路……①

联合会的穆斯林核心分子法里德、阿布杜拉、埃米尔、费瑟、纳吉尔，跪在马赫穆德后面。桑杰是印度教徒，安德鲁是基督徒。他们跪在我旁边，法里德那五人的后面。我低头站着，双手紧握在身前。我懂那些祷文，懂那简单的站立、跪下、鞠躬仪式。我大可以加入他们，我知道我如果和他们一起跪着，马赫穆德和其他人会很高兴，但我办不到。对他们而言，混帮派与信教并行而不悖，在这里，我作奸犯科，在那里，我恪守宗教仪礼，这是轻松又自然的事，但我办不到。我的确向萨尔曼说了话，低声祝福他不管在哪里，都得到安息。但我清楚地意识到心中的罪恶，清楚地感到浑身不自在，因而，除了

---

① 此为《古兰经》第一章的部分经文。

那段简短的祈祷，我说不出别的。因此，我静静地站着，在紫色黄昏替这缭绕祈祷声的阳台洒上金色和淡紫色的余晖时，感觉自己像是个骗子，像是那虔诚肃穆之岛上，监视他人行动的密探。而马赫穆德的祷文，似乎正切合我已然消亡的廉耻心和日渐淡薄的自傲：那些已招来祢谴怒的人……那些已走上歧路的人……

祷告结束，我们依照习俗相互拥抱，走回那条步道，朝岸上走去。马赫穆德走在最前头。我们都已用自己的方式祷告过，都已为萨尔曼哭泣过，但我们不像到这圣寺朝拜的虔诚信徒。我们个个戴墨镜，个个穿新衣。除了我，每个人都把这一年或一年以上所赚的黑钱，化作金链、高档手表、戒指、手环戴在身上。我们大摇大摆，十足帮派分子的样子：那是在打打杀杀中练出一身好体格的帮派分子，身怀武器且一副凶神恶煞样，踩着小舞步的走路模样。那是很古怪的一行人，而且是令人胆寒的一行人。因而，我们把带来施舍的一捆捆卢比钞票，送给那跨海步道上的职业乞丐时，得费好一番工夫才让他们安心收下。

他们开了三部车，停在海堤附近，差不多就是我遇见哈德拜那一晚，我和阿布杜拉所站的地方。我的摩托车停在他们车子后面，我在他们的车旁停下，与他们道别。

"一起吃顿饭，林。"桑杰提议，发自肺腑的邀请。

我知道，在清真寺经过感伤的祷告之后，那会是很有趣的一顿饭，且会有上等毒品和精心挑选的开心、漂亮蠢女孩助兴。我感激他的好意，但我心领了。

"谢了，老哥，但我和人有约。"

"Arrey，带她一起来，yaar，"桑杰提议，"是个妞，对不对？"

"对，是个妞。但……我们有事要谈，我晚点会去找你们。"

阿布杜拉和纳吉尔想陪我走到摩托车处，只走了几步，安德鲁就跑上前来，把我叫住。

"林，"他说，说得又急又紧张，"我们在停车场发生的事，我……我只是想说……对不起，yaar。我一直想道个歉，呃，你知道吗？"

"没关系。"

"不，有关系。"

他用力拉我的手臂，手肘附近，把我拉离纳吉尔，拉到他刚好听不到的地方，然后凑近我，轻声而急促地说："我并不为自己那样说哈德拜而愧疚。我知道他是老大，知道……你可以说是爱他……"

"对，我可以说是爱他。"

"但我并不为自己那样说哈德拜而愧疚。你知道的，他爱讲那些神圣的大道理，但当他需要人来当替死鬼，好让警察不再找他麻烦时，他还是会甩开那些道理，把老马基德交给迦尼。马基德是他的朋友吧，yaar，但他却让他们把他分尸，好让警方转移侦查方向。"

"这个……"

"那些规矩，有关这个、那个、所有一切的规矩，你知道的，全都废了，桑杰已要我管理楚哈的那些妞，还有录像带。费瑟、埃米尔已开始经营赤砂海洛因。我们就要靠那个赚进他妈的数千万，我要跻身联合会，他们也是。所以，哈德拜的时代，就像我说过的，结束了。"

我回头凝视着安德鲁浅黄褐色的眼睛，吐了长长的一口气。自停车场那一晚后，我对他的反感一直积压着，随时可能爆发。我并未忘记他说过的话，并未忘记我们差点儿打起来。他那段简短的话，使我更火大。要不是刚参加完我们两人共同好友的葬礼，我大概已动手打他。

"你知道吗，安德鲁，"我低声说，"我得告诉你，你这番小小的道歉，让我不是很舒服。"

"我要道歉的不是这个，林，"他解释道，皱起不解的眉头，"我要道歉的是你妈，我曾那样说她。对不起，老哥。真的很对不起说了那样的话。把你妈，或任何人的妈扯进来，总是很不应该，任何人都不该拿那种下流话说男人的妈。那时候，yaar，你大可以他妈的开枪打我。而……我很庆幸你没有。母亲是神圣的，yaar，我知道你妈一定是个很好的女士。所以，我请求你，请接受我的道歉。"

"没关系。"我说着伸出手。他伸出双手抓住我的手，使劲儿握手。

阿布杜拉、纳吉尔和我三人转身离开，走向摩托车。阿布杜拉出奇地安静。他那种静默，让人觉得不祥、不安。

"你今晚要回德里？"我问。

"对，"他答道，"午夜。"

"要我陪你去机场吗？"

"不，谢了，最好不要。应该不会有警察盯着我，你如果去，他们反倒会看着我们。但或许我会在德里见到你。在斯里兰卡，有个任务，你该和我一起去执行。"

"我不懂，老哥，"我迟疑道，咧嘴而笑，惊讶于他的正经八百，"斯里兰卡那里正在打仗。"

"这世上没有人、没有地方不在打仗。"他答道，我忽然想到，他从没对我说过这么有深度的话，"人所能做的，就只有选队伍开打。那是我们唯一享有的机会，为谁而打、打谁，人生就是这样。"

"我……希望人生不只是如此，兄弟。但去他妈的，你说得或许没错。"

"我想你可以和我一起干这事，"他力劝道，明显不安于他要求我做的事，"那是为哈德拜做的最后一件事。"

"什么意思？"

"哈德汗，他要我替他执行这任务，在那个……怎么说，信号，我想，或者说是信息，从斯里兰卡发出时。如今，那个信息已经来到。"

"对不起，兄弟，我不懂你在说什么。"我轻声客气地说，不想让他更严肃，"放轻松，解释给我听。什么信息？"

他用乌尔都语跟纳吉尔说，说得很快。年纪较大的纳吉尔点了几次头，然后说到名字，或者说到不要提到名字。纳吉尔转头向我露出亲切、开朗的笑。

"斯里兰卡战争，"阿布杜拉解释道，"两边在打仗，一边是泰米尔之虎，一边是斯里兰卡政府军。泰米尔之虎是印度教徒，僧伽罗人是佛教徒。但在他们之间还有别的族群，泰米尔穆斯林，那些人没有枪、没有钱。他们到处被杀，没人替他们打仗。他们需要护照和钱（黄金），我们要去帮他们。"

"哈德拜，"纳吉尔补充说，"他订了这计划，只有三个人。阿布杜拉、我、一个白人你。三个人，我们一起去。"

我欠他一份人情。我知道，纳吉尔绝不会提到那事，我如果不跟他去，他也不会怨恨我。我们一起经历过太多苦难。但他的确是我的救命恩人，我很难拒绝他。而且在他投向我的微笑中，那难得开朗的微笑中，还有别的东西，或许是洞明事理、慷慨大度的东西。他所要给我的，似乎不只是和他一起拼命、让我还人情债的机会。他为哈德的死而自责，但他知道我仍为哈德死时，我未假扮成美国人陪在哈德身边而内疚、羞愧。他在给我机会，我把目光从他的眼睛那儿移开，转而注视阿布杜拉的眼睛，又回去看他的眼睛时，心里这么想。他在给我机会了结这事。

"那你打算什么时候出发？大概的时间？"

"很快，"阿布杜拉大笑道，"几个月，就几个月。我会去德里，时机到了，我会派人来带你过去。两三个月，林兄弟。"

我听到脑海里有个说话声，或者其实不是说话声，只是低回的话语，像石头啞啞掠过平静湖面的声音，杀手……他是个杀手……别干那事……逃开……立刻逃开……而那话说得当然没错，说得对极了。如今，我很希望我可以说，那时候我只花了几下心跳的时间，就决定加入他的任务。

"两三个月。"我答道，伸出手。他把两只手叠在我的手上，握住我的手。我望着纳吉尔，盯着他的眼睛微笑说道："我们来执行哈德拜的任务，我们会完成。"

纳吉尔紧咬牙关，脸颊肌肉紧绷隆起，下拉的嘴部曲线更显夸大。他对自己穿着凉鞋的双脚皱起眉头，好似那双脚是不听话的小狗。然后他突然扑向我，双手交扣在我身后，把我紧紧箍住。那是从不懂得如何用肢体表达内心感受，但跳舞时例外的男人的拥抱，摔角场上那种粗暴的拥抱，而且，就和开始的时候一样，结束得也突然而狂暴。他猛挥开粗壮的手臂，用胸膛把我往后顶，摇头、身子颤抖，好似人在浅水里，有只鲨鱼刚游过他身边。他迅速抬起头，泛红的眼眶显露深情，但不幸的马蹄形嘴形里，抿着严正的警告。我知道，我如果提起他深情流露的那一刻，或以任何方式谈起，我会永远失去他这个朋友。

我发动摩托车，跨坐上车，双脚踩地把车滑离人行道边缘，朝纳纳乔克、科拉巴的方向驶去。

"Saatch aur himmat（真理与勇气）。"我骑过阿布杜拉身边时，他大喊。

我挥手，点头，但无法重复这句口号回应他。我决定参加他们的

331

任务前赴斯里兰卡，而那决定里有多少真理或勇气，我不知道。我离开他们，离开他们所有人，投入暖热的夜，投入拥挤而走走停停的车流。那时，我觉得那里面似乎没有多少真理或勇气。

抵达通往纳里曼岬的后湾路时，血红的月亮正从海上升起。我把车停在冷饮摊旁上锁，把钥匙丢给店老板，一位贫民窟的友人。月亮出现后，我走上人行道，人行道旁是弧形的长长沙滩，常有渔民在那里修补渔网和破损的船。那天晚上在萨松码头区有庆祝活动，把住在沙滩小屋和简陋棚子的居民吸引了过去。我走的那条马路上，几乎空无一人。

然后我看到了她。她坐在一艘废弃渔船的边缘，船身有一半埋在沙滩里，只有船头和几米长的舷缘突出于周遭沙滩之上。她穿着纱尔瓦长上衣，下面是宽松的长裤，双膝曲起，下巴抵在双臂上，盯着黝黑的海水。

"这就是我喜欢你的原因，你知道的。"我说着，在她身旁那艘搁浅渔船的舷栏上坐下。

"嗨，林。"她面露笑容地答道，绿色眼睛如海水那样黑，"很高兴见到你，我以为你不会来了。"

"你留的口信听起来很……急迫。我差点儿赶不来。好在我在狄迪耶前往机场的路上碰到了他，他告诉了我。"

"好运发生在命运厌烦于等待之时。"她喃喃说道。

"又来了，卡拉。"我大笑。

"老毛病，"她咧嘴而笑，"难改，而且更难骗人。"

她打量了我片刻，好似在地图上寻找熟悉的参考点。她的笑容慢慢消失了。

"我会想念狄迪耶。"

"我也是，"我低声说，心想他大概已在空中，在去意大利的路上，"但我认为他很快就会回来。"

"为什么？"

"我安排那两个星座乔治住进他的公寓，替他看房子。"

"啊！"她脸部的肌肉抽搐了一下，完美的嘴摆出完美的亲吻嘴形。

"对啊，如果这还不能让他早早回来，就没什么能做到了，你知道他有多爱那套公寓。"

她没答话，目光专注不动。

"哈雷德在这里，在印度。"她语气平淡地说，看着我的眼睛。

"哪里？"

"德里，哦，应该说是德里附近。"

"什么时候？"

"两天前收到的消息，我叫人查过，我想是他。"

"什么消息？"

她望向别处，望向海，慢慢叹了口长气。

"吉特有渠道取得各电讯社的消息。其中一家发来一则消息，提到有个名叫哈雷德·安萨里的新精神领袖，从阿富汗一路走过来，所到之处吸引大批信众跟随。我看了那消息，请吉特替我查证，他的人送来了那人的形貌特征，是吻合的。"

"哇……感谢上帝……感谢上帝。"

"对，或许。"她喃喃说道，眼里散发出些许以往的调皮、神秘。

"你肯定是他？"

"肯定到我想亲自去那里找他。"她答道，再度望着我。

"你可知道他人在哪里，我是说现在？"

"不很清楚，但我想我知道他要去哪里。"

"哪里？"

"瓦拉纳西。哈德拜的恩师伊德里斯住在那里，他现在很老了，但还在那里传道授业。"

"哈德拜的恩师？"我问，震惊于我和哈德相处了数百个小时，听他大谈哲学，却从未听他提起这名字。

"对，我见过他一次，就在一开始，我第一次到印度，和哈德在一起时。我……我不知道……我想你会把那叫作精神崩溃。那发生在飞机上，飞往新加坡的飞机上。我甚至不知道自己怎么上了那飞机。我崩溃，根本可以说是精神溃堤了。而哈德也在同班机上，他揽住我，我把所有事……毫无遗漏地……告诉他所有事。然后，我就在山洞里，洞里有尊大佛和那位叫伊德里斯的老师，哈德的恩师。"

她停住，随着回忆陷入往事，然后摇醒自己，回到眼前。

"我想那是哈雷德要去的地方，去见伊德里斯。那个老师令他着迷，他心心念念想着见他。我不知道他过去为什么从未去找他，但我想那是他现在要去的地方，或者他已在那里。他过去老向我问起他。伊德里斯把他知道的解析理论全教给了哈德，还有——"

"什么理论？"

"解析理论，哈德这样称呼它，但他说那是伊德里斯取的名字。那是他的人生哲学，哈德的哲学，关于宇宙无时无刻不在日趋——"

"复杂，"我打断她的话，"我和他谈了不少那理论，但他从未把那叫作解析理论，而且他从未提起伊德里斯。"

"那倒有趣了，因为我认为他爱伊德里斯，你知道的，就像爱父亲一样。有一次，他称他是师中之师。我知道他想在那里退隐，离瓦拉纳西不远处，陪在伊德里斯的身边。总之，那就是我决定找哈雷德

334

的头一个地方。"

"何时？"

"明天。"

"那好，"我答，避开她的目光，"那是不是……和之前……呃……你和哈雷德的事有关？"

"你有时候就是这么不上道，林，你知道吗？"

我猛然抬头，但没搭腔。

"你可知道乌拉在城里？"片刻之后她问。

"不知道。她什么时候来的？你见过她？"

"重点来了，我收到她的信息。她在总统饭店，想立刻见我。"

"你去了？"

"我其实不想去，"她若有所思地说，"如果你收到那信息，你会去吗？"

"我想会。"我答道，凝望着海湾，缓缓起伏的海面，浪身如蛇，波光粼粼，"但不是为了她，而是为了莫德纳。我不久前见过他，他还是很迷恋她。"

"我今晚见过他。"她轻声说。

"今晚？"

"对，刚刚。她在场，那让我很不安。我去饭店到她房间，房间里有另一个男子，名叫拉梅什——"

"莫德纳跟我说过他，他们是朋友。"

"然后，他开了门，我进去，看见乌拉坐在床上，背靠墙。莫德纳横躺在她大腿上，头往后仰，靠在她肩膀附近的墙上，那张脸……"

"我知道，惨不忍睹。"

"很诡异，让我很不安，那整个场景，我不清楚为什么。乌拉告诉我，她继承了父亲的一大笔钱，她家很有钱，你知道的。她出生时，德国那个镇，几乎全归她家所有，但她沉迷毒品之后，家里和她断绝了往来。有好几年，家里没给她一毛钱，直到她父亲死了才改观。因此，继承了那笔钱后，她想回来找莫德纳。她说，她良心不安，活得痛苦。然后她找到他，他在等她。我去看她时，他们在一起，像是某……某种爱情故事。"

"他料得真准，"我轻声说，"他告诉我，他知道她会回来找他，而她真的回来找他了。我一直不相信他说的，认为他根本就是疯了。"

"他们坐在一起，他横躺在她大腿上的样子。你知道《圣殇像》吗？米开朗基罗的作品？他们看去就和那雕像一模一样。真是怪，教我瞠目结舌。有些东西诡异得叫人生气，你知道吗？"

"她想干什么？"

"什么意思？"

"她叫你去饭店干什么？"

"哦，是这个，"她说，露出浅浅微笑，"乌拉总是有事要找人帮忙。"

我扬起眉毛，迎上她的目光，但没说话。

"她要我替莫德纳弄本护照，他在这里几年了，签证早已过期。而且挂着他本人的名字，西班牙警察会找他麻烦。他需要新护照以便回欧洲，他可以装成意大利人或葡萄牙人。"

"那交给我，"我平静地说，心想我终于知道她为什么要我来找她了，"我明天会开始弄。我知道如何联系他，跟他拿照片之类的东西，虽然他那张脸过海关时绝不可能会被认错，但我会搞定。"

"谢了。"她说，热情如火的目光正视着我，让我的心脏开始怦怦直跳。跟不该爱上的人独处，狄迪耶曾如此告诉我，永远是笨蛋才会犯的错。"你现在在做什么，林？"

"跟你一起坐在这里？"我答，微笑。

"不是，我是说你接下来有什么打算？要待在孟买？"

"为什么？"

"我是问你……要不要跟我一起去找哈雷德。"

我大笑起来，但她没跟着笑。

"这是我今天所收到的第二好的邀请。"

"第二好？"她拉长音调说，"那第一好呢？"

"有人邀我上战场，在斯里兰卡。"

她紧抿嘴唇，回应给我愤怒的表情，我举起双手作投降状，急忙开口。

"纯粹开玩笑的，卡拉，纯粹是玩笑。放轻松。我是说，真的有人邀我去斯里兰卡，但我只是……你知道的。"

她不再绷着脸，再次露出笑容。

"我不习惯，我们好久没见了，林。"

"那……你为什么邀请我？"

"有何不可？"

"交情没有好到那种程度吧，卡拉，你知道的。"

"好吧，"她叹口气道，朝我瞥了一眼，别过头去，看海风把沙滩吹出波纹，"我想我希望找到类似……类似我们在果阿所拥有的东西。"

"吉特……如何？"我问，不理会她新起的话题，"你要出远门去拉拢哈雷德，他怎么说？"

"我们不干涉对方的生活，各自做想做的事，各自去想去的地方。"

"听来……很惬意。"我绞尽脑汁寻找发自肺腑而又不致冒犯的字眼后，如此表示，"照狄迪耶说的，你们的交往没这么云淡风轻，他告诉我，那个人向你求婚了。"

"他是求了婚。"她说，语气平淡。

"然后？"

"然后什么？"

"然后，我是说，你愿意嫁他？"

"会，我想会。"

"为什么？"

"有何不可？"

"又来了。"

"对不起，"她说，疲倦的笑容发出一声叹息，"我一直在和另一种人厮混。为什么嫁吉特？他人好、健康、有钱。而且我想，我会比他更懂得如何善用他的钱。"

"因此你想告诉我的，就是你愿意为这份爱情而死。"

她大笑，然后转向我，突然又变得严肃。她的双眼，因映照月光而变浅；她的双眼，如雨后水莲般绿；她的长发，黑如森林中的河石；她的头发，握在我手中，像承托住黑夜本身；她的双唇，闪着点点白光，那柔软如山茶花瓣般的双唇，因神秘的低语而充满热情。美极了，而我爱她，仍爱得那么深，那么浓，但完全没有激情或热情。那让我深陷的爱，那无奈、教我朝思暮想、教我雀跃的爱，已然消失。在那……冷冷爱慕的片刻里，我猛然意识到，我想……她曾教我神魂颠倒的那股力量，也消失了。或者，不只如此，她的力量已进入我心里，成为我的力量。我信心满满，不再迷失。然后我想知道怎么回事，我不想只接受我们之间已成事实的感情结局。我想知道一切。

"你为什么没告诉我，卡拉？"

她极度痛苦地轻叹一声，伸直双腿，把脚丫埋进沙中。望着软沙从她移动的脚上泻下，她开口说话，语气平板冷淡，仿佛她正在写信，或者可能在回想她已写好、但从未寄给我的信。

"我知道你会问我，我想那就是我等这么久才跟你联络的原因。我让人知道我在附近，我向人问起你，但今天之前，我一直什么都没做，因为……我知道你会问我。"

"如果那让你觉得舒坦些的话，"我打断她的话，声音比我原想的要刺耳，"我知道你烧掉周夫人的房子——"

"迦尼跟你说了那事？"

"迦尼？没有，我自己想出来的。"

"迦尼替我搞定了那事，他安排的，那是我最后一次和他讲话。"

"我最后一次和他讲话，是在他死前约一个小时。"

"他有跟你提起她的什么事吗？"她问，或许希望我若知道部分细节，她就可以少费些唇舌。

"关于周夫人？没有。他什么都没说。"

"他跟我说了……许多，"她叹了口气，"他填补了一些空白，让我对事情有了全盘了解。我想是迦尼的一番话，让我忍不住要教训她。他告诉我，她派拉姜跟踪我，拉姜把你与我做爱的事告诉她之后，她通过与警方的关系，要警方逮捕你。我是一直恨她，但是那件事让我想动手。我实在……那太过分了。她不让我拥有，拥有与你共处的时光，她不愿让我拥有。因此我请迦尼替我教训她，他安排了那件事，那场暴乱。那是场大火，有部分起火点是我亲自点的。"

她突然住口，盯着自己埋在沙里的脚，咬紧牙关。她的眼睛闪着反光。一时之间，我想象她看着"皇宫"大火四起时，那双绿色眼睛想必映着通红的火光。

"我也知道在美国的事，"片刻之后我说，"我知道那里发生的事。"

她迅速抬头看我，解读我的眼神。

"莉萨。"她说。我没回答。然后，一如所有女人，她立即了解那是怎么回事，随之露出笑容。

"很好，莉萨和你，你和莉萨，那……很好。"

我的表情没变，她再度低头看沙，脸上的笑容渐渐消失。

"你杀过人吗，林？"

"什么时候？"我问，不确定她是在谈阿富汗，或对付楚哈及其帮众那场规模小得多的战争。

"这辈子。"

"没有。"

"很好，"她低声说，又叹了口气，"我多希望……"

她再度沉默了片刻。沙滩上空无一人，沙滩外的更远处传来庆祝活动的声音：铜管乐队的乐声喧天，人群开心的笑声更为响亮。较近处，海洋的乐声浩浩荡荡涌上相应和的柔软海岸，我们顶上的棕榈树在凉爽的海风中颤动。

"我去那里时……我走进他的房子，走进他站着的那个房间时，他对我微笑。他……真的……很高兴见到我。一眨眼，我改变主意，我心想……完了。然后，就在他的笑容里，我看到了别的东西，下流的东西……他说……我就知道这几天你会再来找我爽……或类似这样的话。他……他可以说是，他开始往四处看，好像在确认不会有人突然冲进来抓我们……"

"过去了，卡拉。"

"他看见枪时的反应，让我更受不了，因为他开始……不是讨饶……而是道歉……非常、非常清楚的，他知道他对我做了什么事……他知道……那件事的每个部分，知道那有多恶劣。那让我更受不了。然后他死了，没流多少血。我以为那会流很多血，或许晚点会流很多血。剩下的我全不记得，只记得我最后在飞机上，哈德揽着我。"

她静默无语。我俯身拾起一只圆锥形贝壳，壳身以螺旋状渐渐收细，最后止于被蚀毁的壳尖。我把贝壳往手掌心猛按，直到穿过皮肤，然后奋力一掷，贝壳越过波纹条条的沙滩，掉进海里。我再度看她时，发现她正盯着我，眉头深锁。

"你想要什么？"她直截了当地问。

"我想知道你为什么从没跟我谈过哈德拜。"

"你想听实话？"

"当然。"

"我无法信任你，"她严肃地说，再度别过头去，"这样说不尽然对，我的意思是我不知道你可不可靠。我想……现在我知道了，你向来都很可靠。"

"是。"我咬牙切齿，嘴唇没动。

"我曾试着告诉你，我曾要你在果阿留下，跟我在一起。你知道那事。"

"那就会有不同的结局。"我厉声说道，但随即和她一样叹口气，缓和严厉的口气，"如果你告诉我，你在替他工作，你替他吸收了我，那结局大概会不一样。"

"我逃开……去果阿时，我心情很差。萨普娜的事，那是我的点子，你知道吗？"

"怎么会，天啊，卡拉。"

她眯起眼睛，打量着我脸上的愤怒、失望。

"杀人那部分不是。"她解释道，一脸震惊。我想，她为我误解了她的话，为我相信她想得出萨普娜杀人那种计谋，才露出那震惊的表情。"那全是迦尼的主意，是他对我的构想进一步的发挥。他们需要把东西顺利运进、运出孟买，需要那些不愿帮忙的人转而愿意帮忙。我的构想是打造一个公敌萨普娜，好让每个人为了消灭他而与我们合作。照原先的计划，我们要用海报、涂鸦，一些根本不会伤人的炸弹骗局，营造有个危险、富有群众魅力的领袖在外头的气氛。但迦尼认为那样不够吓人，因此他开始叫萨普娜杀人……"

"然后你离开……前往果阿。"

"对。你知道我是在哪里第一次听到那些凶杀案，听到迦尼如何糟蹋我的构想的吗？就在你带我去吃午餐的地方……天空之村。那时你的朋友在谈那件事，那一天，听到那消息，我真是吓呆了。然后，有一阵子，我反对继续那样做，我努力想制止。但没有用。然后哈德告诉我你在牢里，但你得待在那里，直到周夫人觉得满意为止。然后他……他要我对那个巴基斯坦人，那个年轻将领下工夫。他是我的线人，他喜欢我。所以我……我接了那任务。你在牢里时，我在做那人的情报，直到哈德得到他想要的东西为止。然后我就……金盆洗手。我受够了。"

"但你回去找他了。"

"我想让你留在我身边。"

"为什么？"

"什么意思？"

她皱起眉头，似乎恼火我这一问。

"你为什么希望我留下来和你在一起？"

"那还不够明显吗？"

"不够，对不起，我要清楚的答案。你爱我吗，卡拉？我不是问你是否像我爱你一样爱我。我是问……你是否爱过我？你有爱过我吗，卡拉？"

"我喜欢你……"

"是噢……"

"真的，我喜欢你，在我所认识的人里，我最喜欢的就是你。对我而言，这已经很重大了。"

我紧咬着牙，别过头不看她。她等了一会儿再度开口。

"我不能告诉你哈德的事，我不能。如果说了，那会像是背叛他。"

"背叛我就微不足道，我想……"

"唉，林，事情不是那样的。如果你当初留下来和我在一起，我们两人就不会再和那个圈子有瓜葛，但即使如此，我还是不能告诉你。总之，现在说来，那不重要。你当初不肯留下来，所以我认定再也不会看到你。然后哈德传话来，说你在吉多吉那里，沉迷白粉，不想活了，他需要我帮忙把你弄出那里。因此我回去那圈子，回到了他身边。"

"我就是不懂，卡拉。"

"不懂什么？"

"你替他和迦尼工作了多久，在萨普娜那件事之前？"

"差不多四年。"

"因此，你想必见过许多类似的事，至少听过那类事。别当我是三岁小孩，你为孟买黑帮工作，或为那黑帮的一支派系工作。你为孟买最有势力之一的黑帮老大工作，像我一样。你知道他们杀人，在迦尼用他那帮萨普娜杀手疯狂大搞之前就知道。既然如此……萨普娜的事，为什么会让你突然惶恐不安？我搞不懂。"

她一直专注地看着我。我知道她很聪明，能看出我是在用这些疑问反击她，但她的眼神告诉我，她听出的不只是这个。我虽极力隐藏，但我知道她已听出我语气里带着伤人的怀疑，带着理直气壮的责难。我说完时，她吸了口气，像是要开口，然后又停住，仿佛在重新思考她的答案。

"你认为我离开他们，"最后她还是开口了，面露惊讶之色，微微皱起眉头，"去果阿，是因为我想……呃……为自己所做的坏事，或者为自己的助纣为虐取得饶恕？你是不是这样认为？"

"难道不是？"

"不是。我是想得到饶恕，现在仍想，但那时离开不是为了这个。我离开他们，是因为我对萨普娜杀人的事，竟然毫无感触。迦尼把我的构想扭曲成那个样子，最初我的反应是震惊……而且……可以说是非常不安。我不喜欢那样，认为那很蠢，没有必要，会让我们所有人都惹上不必要的麻烦。我劝哈德拜不要这样做，想制止他们。但那件事在我的心中没有激起任何感觉，即使他们杀了马基德时也是。而我……我喜欢他，你知道吗？我喜欢老马基德。从某方面来说，他是他们之中最好的人。但他死时，我没有任何感觉。当哈德告诉我，他得把你留在牢里，任你遭人毒打时，我也没有感觉，一丝感觉都没有。我喜欢你，喜欢你胜过任何人，但我并未觉得难过或心情不好。我可以说是理智地了解那件事，认为那不得不发生，而你运气不好，就让你碰上了。我毫无感觉，就在那一刻，我想到是该离开了，在那一刻，我知道我必须离开了。"

"果阿的事呢？你总不能说那是船过水无痕。"

"是不能。你来果阿，找到我时，那……很好，好似我知道你会找到我。我开始认为……这就是那个……这就是他们所谓的那个……但后来你不肯留下。你得回去，回到他身边，而我知道他要你，甚至可能需要你。我不能告诉你我对他的了解，因为他有恩于我，而且我不知道你可不可靠，因此我让你走。你离开时，我心里毫无感觉，完全没有。我之所以想得到饶恕，不是因为我的所作所为。我之所以想得到饶恕，现在仍想，因此我才去找哈雷德和伊德里斯，那是因为我对自己的任何所作所为都不觉得难过，无一丝悔恨。我的心是冷的，林。我喜欢人，喜欢东西，但我完全不爱这些人与东西，甚至不爱自己，我对我爱的人与东西的死活、存废不是很在乎。而你知道吗，怪的是，我并不是很希望自己在乎。"

答案出来了。一切豁然开朗。打从那一天在山上，在让人冻僵的冰天雪地中，哈德告诉我她的事之后，我所需要了解的真相和细节，全呈现在眼前。我原以为，逼她说出她的所作所为和她那些作为的原因之后，我会觉得……或许会获益良多、茅塞顿开。我原希望光是听她告诉我，就会得到纾解、慰藉，但结果不是那样的。我觉得空虚，那种空虚，难过但不苦恼，可怜但不心碎，受伤但心不知为什么反倒更清明、更干净。然后，不必了解那空虚所包覆的平和世界，我就知道那空虚是什么东西，它有个名字，有个我们常用的字眼来指称，那就是自由。

"不论是真是假，"我说，伸出一只手贴在她的脸颊上，"我原谅你，卡拉。我原谅你，我爱你，我会永远爱你。"

我们的嘴唇相接，像暴风雨时，在海上旋涡里涌起交合为一的波浪。我感觉自己在往下掉，最终摆脱在我心中像片片莲花花瓣绽放的那份爱。我们顺着她的黑发一同倒下，倒到废船空洞处仍然温热的沙地里。

我们的嘴唇分开时，星星飞穿过那吻，进入她海绿色的眼里。渴望的岁月从她的眼里进入我的眼里，激情的岁月从我灰色的眼睛进入她的眼里。所有的饥渴，所有苦苦追索的肉体渴求，在我们眼睛之间奔流：我们相见的那一刻、利奥波德酒馆引人大笑的妙语、站立巴巴、天空之村、霍乱、黑压压的老鼠、在累极而睡的前一刻她悄声诉说的秘密、淹大水时，在印度门下面那艘飘着歌声的船、我们第一次做爱时的那场暴风雨、果阿的欢欣和寂寞、那场战争的前一晚，将影子映在玻璃窗里的我们的爱……

我们没再说话，我走路送她到停在附近的出租车时，没有以往的如珠妙语。我又吻了她，长长一吻，告别之吻。她对我微笑，赏心悦目的微笑，美丽的微笑，几乎是她最漂亮的微笑。我看着出租车的红灯逐渐模糊，最后消失在远处的夜色中。

独自一人在静得出奇的街道上，我开始走回到普拉巴克的贫民窟，准备去骑我的摩托车，我始终把那里当作普拉巴克的贫民窟，如今仍是。我的影子跟着每座街灯旋转，不情愿地拖着身子走在后头，然后蹿到前头。海洋的歌声渐退，马路离开弧形海岸，进入新半岛上树木夹道的宽阔街道。这个不断扩张的岛屿城市，以石头夹着灰浆层层叠砌，填海造陆，开辟出这个半岛状的海埔新生地。

庆祝的声音从周遭的街道涌入这条马路。节庆已结束，人群开始返家。骑单车的大胆男孩在行人间高速穿梭，但绝不会撞到人，连衣袖都不会碰到。美丽非凡的女孩身穿亮丽的新纱丽，在年轻男子瞥来的目光间优雅走过，而那些男子的皮肤和衬衫上散发着檀香皂的香味。小孩睡在大人肩膀上，松垮垂下的手脚，像是晾衣绳上洗过的湿衣服。有人唱情歌，每一句歌词都有十余人加入合唱。男男女女，不管是要走回贫民窟小屋，还是高级公寓，都面带微笑，倾听那些浪漫而愚蠢的歌词。

在我附近唱歌的三名年轻男子看到我笑，举起手表示怀疑。我举起手臂，跟着他们合唱，看到我竟会唱他们的歌，他们既惊又喜。虽是素昧平生，他们揽住我，把我们因歌而相连的灵魂送往那不可征服的破败贫民窟。卡拉曾说，这世上每个人，都至少在某个前世是印度人。想起她，我大笑起来。

我不知道要干什么。第一件要做的事，再清楚不过，魁梧的阿富汗人纳吉尔，我欠他人情。先前，我跟他说起我仍为哈德的死愧疚时，他跟我说：好枪、好马、好朋友、轰轰烈烈的一战，你想大汗还有更好的方式结束他的一生吗？那想法或感觉，有一部分也切合了我的心情。不知为什么，我无法解释，甚至无法向自己说明白，我觉得与好朋友一起出生入死，执行重要任务，既理所当然，也符合我的个性。

而且还有许多我必须学习的东西，许多哈德拜生前想教我而来不及教的东西。我知道他的物理学老师，在阿富汗时，他跟我提起的那个人在孟买；另一位老师伊德里斯，则在瓦拉纳西。我若顺利完成纳吉尔的斯里兰卡任务回到孟买，将有一大片学习天地供我发掘、享受。

与此同时，在这城市，我在桑杰联合会里的地位非常稳固。那里有事做、有钱、有些许权力。短期内，在那帮派里，我可以高枕无忧，不必担心遥远的澳大利亚法网上身。在那联合会、利奥波德酒馆、贫民窟，我都有朋友，而且，说不定有机会找到心爱的人。

来到摩托车旁，我继续走，走进贫民窟。我不清楚为什么。我在凭直觉行事，或许还受了满月的牵引。那些窄巷，那些充满艰苦与梦想的曲折小巷，教我觉得既熟悉且安心，因而不禁讶异自己竟曾觉得这里可怕。我漫无目的地四处走，曾让我治过病、曾与我为邻的男女孩童，抬头看到我走过时，个个笑脸相迎。我走在薄雾之中，闻到烹调气味和香皂味，见到牲畜棚和煤油灯，见到乳香和檀香的烟气，从上千间小屋的上千座小神庙里缕缕升起。

在某个小巷的转角，我撞上一名男子，我们互相道歉，抬起脸，同时认出对方。那是马希什，那个在科拉巴警局拘留所和阿瑟路监狱帮过我的年轻偷窃犯。维克兰付钱把我救出监狱时，我顺便要求狱方放了他。

"林巴巴！"他大喊道，双手抓住我的两只上臂，"真高兴见到你！ Arrey（嘿）！有什么事吗？"

"我只是来看看。"我答，跟他一起大笑着，"你在这里做什么？你看起来很不错！身体怎么样？"

"没问题，巴巴！ Bilkul fit, hain!"我非常壮！

"吃过了吗？要不要一起喝个茶？"

"谢了，巴巴，不用。我的约会已经迟了。"

"Achcha?"我低声说。哦，是吗？

他弯身过来悄声说。

"这是个秘密，但我知道你可靠，林巴巴。我们正和萨普娜那个窃盗之王的某些同伙开会。"

"什么？"

"真的，"他悄声说，"那些人，他们真的认识那个叫萨普娜的家伙，他们几乎每天和他讲话。"

"不可能。"我说。

"千真万确，林巴巴。他们是他的朋友，我们正在招兵买马，打造穷人军队。我们要让那些穆斯林知道，谁才是马哈拉施特拉这里真正的老大！那个叫萨普娜的家伙，他进入帮派老大埃杜尔·迦尼的豪宅里把他杀了、分尸，尸块丢在他房里各处！之后，那些穆斯林开始懂得怕我们。我得走了，不久后会再见面的，对吧？再见了，林巴巴！"

他跑着离开，跑过数条小巷。我转身走开，失去笑容，心情陡然变成焦虑、愤怒、悲凄。然后，就像这座城市，孟买，我的孟买，一贯的作为，用她宽阔的臂膀，不离不弃、不断滋养我心灵的臂膀撑住我。我不知不觉走到一群虔诚信徒的四周，他们有男有女，聚集在一间新搭好且宽大的陋屋前，屋主是蓝色姐妹花。人群后面的人站着，其他人或坐或跪在陋屋门口半圆形的柔和灯光里。而在门内，身子四周罩着灯光，缕缕蓝色香烟缭绕的，就是蓝色姐妹花本人。她们的脸上洋溢着幸福，面容安详。她们绽放柔光，如此慈悲，如此超凡入圣的平和，教我破碎而无所依的心暗暗发愿要爱她们，见到她们的每个男女都如此发愿。

就在此时，我感觉有人在扯我的衣袖，我转头见到一个宛如鬼魂的人。那人有着极灿烂的微笑，身材却很矮小。那鬼魂般的人摇我，开心地咧嘴而笑，我伸手将他拥在怀里，然后按照对父亲或母亲的传统招呼礼，迅速弯下身子碰他的脚。那是基尚，普拉巴克的父亲。他说，他和普拉巴克的母亲鲁赫玛拜、普拉巴克的遗孀帕瓦蒂来城里度假了。

"项塔兰！"我开始用印地语对他说话时，他告诫道，"你把你可爱的马拉地语全忘了？"

"对不起，爸爸！"我大笑道，改用马拉地语，"看到你真是太高兴了，鲁赫玛拜在哪里？"

"走！"他答道，把我当小孩般牵着我的手，穿过贫民窟。

我们来到几间小屋聚成的小群落，那些小屋位于弯月形海湾的附近，簇拥着库马尔的茶铺，我的小屋也在其中。强尼·雪茄在那里，还有吉滕德拉、卡西姆·阿里和约瑟夫的妻子玛丽亚。

"我们刚刚还在谈你！"我与他们握手、点头致意时，强尼大喊道，"我们刚在说你的小屋又空了，我们回忆起第一天的那场火，大火，na？"

"是大火。"我低声说，想起死在那场火灾的刺子和其他人。

"所以，项塔兰，"身后有人用马拉地语叱责道，"现在你大得不愿跟你卑贱的乡下母亲讲话了吗？"

我猛然转身，看见鲁赫玛拜站在我们身旁。我弯身想触碰她的脚，她把我拦住，双手合十向我致意。她的笑容和蔼可亲，但人看起来更悲苦、更老，丧子之痛已使她的黑发里冒出白发，但头发渐渐长了回来。我曾见过的披下如垂死影子的那头长发，正在渐渐长回来，那浓密的头发向上一甩，散发出活泼的希望。

她示意我瞧向站在她身边的女人。那是帕瓦蒂，一身寡妇白，一个小小男孩站在她旁边，紧抓着她的纱丽裙，撑住身子。我向帕瓦蒂致意，然后把目光转向那男孩，注视着他的脸，吃惊得说不出话来。我转向在场的大人，他们全都在微笑，左右摆头，露出同样的惊讶之情，因为那男孩是普拉巴克的翻版。他不仅像普拉巴克，而且根本是和他，那个我们所有人都最爱的人，同一个模子里刻出来的。小男孩对我微笑时，露出的就是他的笑容，我在普拉巴克那浑圆的小脸上所见到的，包容全世界的灿烂笑容。

"Baby dijiye？"我问。可以抱他吗？

帕瓦蒂点头。我向他张开双臂，他走过来，毫无勉强。

"他叫什么名字？"我问道，扶着他在我大腿上蹦跳，看着他笑。

"普拉布，"帕瓦蒂答道，"我们叫他普拉巴克。"

"嘿，普拉布，"鲁赫玛拜命令道，"亲项塔兰叔叔一下。"

那男孩迅速亲吻我的脸颊，双手猛然使劲儿抱住我的脖子，抱得很紧。我也伸手抱住他，抱在怀里。"你知道吗，项塔兰，"基尚建议道，轻拍自己圆滚滚的大肚子，笑容满面，"你的屋子现在没人住，我们全在这里，你今晚可以留下来，可以睡在这里。"

"想清楚哦，林。"强尼·雪茄提醒道，对我咧嘴而笑。圆月在他的眼里，月光下他结实的白牙泛着珍珠色。"你如果留下，消息会传出去。届时，今晚会开起热闹的派对，然后，你醒来时，会有长长的一排病人，yaar，等着让你看病。"

我把男孩还给帕瓦蒂，手往上抹过脸，埋进头发里。望着周遭的众人，倾听这贫民窟的呼吸声、叹息声、大笑声、奋斗声，我想起哈德拜生前极爱说的一句话。他曾多次说，每个人的心跳，都是充满可能的天地。经过这么久之后，我似乎终于完全理解了这句话的意思。他一直想让我知道，每个人的意志，都有改变自己命运的力量。我原本一直认为命运是不能改变的，在我们每个人生下来时就注定了，就和星体的运行路线一样永远不变。但这时我猛然意识到，人生比那还奇特、还美。事实上，不管人置身在哪种赛局里，不管运气多好或多坏，人都可以靠一个念头或一个爱的行为，彻底改变人生。

"哦，我很久没睡了，现在可不习惯睡地上。"我笑着对鲁赫玛拜说。

"你可以睡我的床。"基尚主动表示。

"不，不要这样！"我不赞同。

"我是说真的！"他坚持把他的折叠床拖出他的小屋，拖进我的小屋，在这同时，强尼、吉滕德拉等人抱住我，施出摔跤般的戏谑动作让我屈服，我们的叫喊声、大笑声阵阵飘向亘古如斯的永恒大海。

因为这就是人生，一脚往前跨一步，再来就是另一脚。抬起眼睛再度面对这世上的咆哮和微笑。思考、行动、感觉，把我们人生的小小后果，加进淹没世界再退去的善恶浪潮中；把我们如影随形的苦难，拖进另一个夜晚的希望里；把我们勇敢的心，推进新一天的光明里。怀着爱，热切追求我们自身之外的真理。怀着渴望，对获得拯救的纯净、不可言喻的渴求。只要命运继续等着，我们就活着。主帮我们，主原谅我们，我们活着。

图书在版编目（CIP）数据

项塔兰.3／(澳)格里高利·大卫·罗伯兹著；黄
中宪译. — 北京：北京联合出版公司, 2020.10（2023.9重印）
　ISBN 978-7-5596-3830-4

　Ⅰ.①项⋯ Ⅱ.①格⋯ ②黄⋯ Ⅲ.①长篇小说—澳
大利亚—现代 Ⅳ.①I611.45

中国版本图书馆CIP数据核字(2020)第155849号

北京市版权局著作权合同登记　图字：01-2020-3457号

SHANTARAM by Gregory David Roberts
Copyright © 2003 by Gregory David Roberts.
Publication arranged by Regal Hoffmann & Associates LLC, through The Grayhawk
Agency Ltd.
Simplified Chinese translation copyright © 2020 by Beijing Xiron Books Co., Ltd.
ALL RIGHTS RESERVED
本简体中文版翻译由野人文化股份有限公司授权

项塔兰. 3

作　　者：〔澳〕格里高利·大卫·罗伯兹
译　　者：黄中宪
出 品 人：赵红仕
责任编辑：夏应鹏

北京联合出版公司出版
（北京市西城区德外大街83号楼9层　100088）
河北鹏润印刷有限公司印刷　新华书店经销
字数264千字　880毫米×1230毫米　1/32　印张11.25
2020年10月第1版　2023年9月第5次印刷
ISBN 978-7-5596-3830-4
定价：48.00元

大魚讀品

A

BOOK

MUST

BE

THE

AXE

FR

THE

FROZEN

SEA

INSIDE

US

所谓书，必须是砍向我们内心冰封大海的斧头

-

卡夫卡

KAFKA

BIG FISH BOOKS

大鱼读品是磨铁图书旗下优质外国文学出版品牌，名字来自美国小说家丹尼尔·华莱士的小说《大鱼》。我们认为小说中的大鱼象征着无限的可能性，而文学一直在试图通向无限。

大鱼团队将持续地去发现这个世界精神领域的好东西，通过劳作，锤炼自己，让自己有力，让好作品更好地被传播，从而营养自他，增进自他福祉。

大鱼的读书观、选书观基本可以用卡夫卡的这句话高度概括：所谓书，必须是砍向我们内心冰封大海的斧头。

THE UNLIKELY PILGRIMAGE OF HAROLD FRY

一个人的朝圣

[英] 蕾秋·乔伊斯 著 黄妙瑜 译

欧洲首席畅销小说，热销 5 年不衰，入围 2012 年布克文学奖。全球销量过 400 万册，简体中文版销量过 150 万册。

这一年，我们都需要他安静而勇敢的陪伴。

THE LOVE SONG OF MISS QUEENIE HENNESSY

一个人的朝圣 2：奎妮的情歌

[英] 蕾秋·乔伊斯 著 袁田 译

《一个人的朝圣》相伴之作
系列简体中文销量超过 300 万册！
当哈罗德开始旅程的同时，奎妮的旅程也开始了。
哈罗德被千万人爱着，奎妮也一样。

这一年，我们都需要她安静而笃定的陪伴。

MISS BENSON'S BEETLE

本森小姐的甲虫

[英] 蕾秋·乔伊斯 著 李松逸 译

《一个人的朝圣》作者蕾秋·乔伊斯全新力作，再度书写我们内心的朝圣之旅。
这是一个关于反叛与出逃、颠覆索然无味的生活，突破困顿与平庸的故事。

有关于三个人，两位女性，一次冒险。

RACHEL JOYCE

PERFECT

时间停止的那一天

[英] 蕾秋·乔伊斯 著 焦晓菊 译

触动万千读者的全球热销书
《一个人的朝圣》作者口碑新作

别害怕失去生活的勇气，因为它一刻也未曾离开过我们。

THE MUSIC SHOP
奇迹唱片行（2021年新版）

[英] 蕾秋·乔伊斯 著 刘晓桦 译

当你静下来聆听，世界就开始变化。
这儿有家唱片行。一家明亮的小小唱片行。
门上没有店名，橱窗内没有展示，店里却塞满了古典乐、
摇滚乐、爵士乐、流行乐等各种黑胶唱片。它时常开到
深夜。
孤独的、失眠的、伤心的或是无处可去的……形形色色
的人来此寻找唱片，或者，寻找自己人生的答案。而老
板弗兰克，40岁，是个熊一般高大温柔的男人。只要告
诉他你此刻的心情，或者讲讲你的故事，他总能为你找
到最合适的唱片。
一个关于跨越藩篱、不要畏惧未知的疗愈故事，一首跳
动着希望和温暖的动人情歌，还有声音那抚慰人心的神
奇力量。

A SNOW GARDEN & OTHER STORIES
一千亿种生活

[英] 蕾秋·乔伊斯 著 吕灵芝 译

全球热销书《一个人的朝圣》作者蕾秋·乔伊斯
首部不可思议的魔力治愈故事集。
我们的相遇不过是一个无比平凡的意外，生活还有一千
亿种可能。
致所有独自行走在热闹生活中的你。

《带上她的眼睛》中英双语版

刘慈欣 著 [美] 周华 (Joel Martinsen) 等 译

收录银河奖一等奖作品、入选七年级教材的《带上她的眼睛》、银河奖读者提名奖作品《吞食者》《诗云》《思想者》、网友票选人气中篇《山》等八个中短篇科幻故事。

向外探索宇宙星空，向内探索地心世界。本辑围绕宇宙中不同形态的智慧生物展开浪漫的科学想象，将艺术哲学和科技发展融合，讲述不同物种之间的文明交流与碰撞。

收录银河奖特等奖作品《流浪地球》、银河奖大奖作品《全频带阻塞干扰》《地球大炮》《中国太阳》、入选 2018 年高考阅读题作品《微纪元》、宁浩电影《疯狂的外星人》原作《乡村教师》等六个中短篇故事。

围绕太阳灾变、人类浩劫这一科幻主题，讲述人类在绝境中寻找希望，在宇宙剧变之中以信仰的力量对抗命运。

"整个宇宙，不过是百亿年前一次壮丽焰火的余烬。"

《流浪地球》中英双语版

刘慈欣 著 [美] 韩恩立 (Elizabeth Hanlon) 等 译

《时间移民》中英双语版

刘慈欣 著 [美] 刘宇昆 (Ken Liu) 等 译

收录银河奖大奖作品《赡养人类》《镜子》、柔石小说奖短篇小说金奖作品《赡养上帝》等七个中短篇科幻故事。

围绕时间与空间这一科幻主题，讲述了人类探索无限生命与科技的浪漫幻想。

"他率领着这个时代的 8000 万人，沿着时间踏上了逃荒之路。"

SHANTARAM

项塔兰

[澳大利亚] 格里高利·大卫·罗伯兹 著　黄中宪 译

一个文艺大盗的 10 年流亡，成就一部传奇经典，
人生低谷时必读的涤荡心灵之书！
全球畅销 600 万册，发行 122 个版本，被译成
39 种语言。

THE AWAKENING

觉醒

[美] 凯特·肖邦 著　齐彦婧 译

她一遍遍问自己：什么才是真正的生活？
美国女性文学代表作，因"大逆不道"成为禁书，
再版 100 余次，121 年来长销不衰，被誉为"蒙尘的经典"。
因在文学上的卓越贡献，作者故居被评为美国国家历史
名胜。
作品被选入大学教材，成为美国大学生必读书。
作家、资深媒体人郭玉洁 4600 字深入导读。

SOUFFLÉ

忧伤的时候，到厨房去

[土] 爱诗乐·沛克 著　韩玲 译

莉莉娅某天醒来发现，她的婚姻可能并不是看上去那么
美好；马克仍然无法面对挚爱的妻子离开后空荡荡的公
寓；菲尔达深陷在原生家庭的泥淖中。但是他们都只想
做的事情是——随着心中还留下的热情走：带着一颗自
由的心灵为真正爱的人下厨。
"看到季节的更替清晰地反映在农贸市场里时，他才第
一次明白整个世界就是一件完整的艺术品。"
纽约，巴黎，伊斯坦布尔。三个城市，三场挫败，三个
厨房，一曲人生的舒芙蕾之歌。

EN MAN SOM HETER OVE

一个叫欧维的男人

[瑞典] 弗雷德里克·巴克曼 著 宁蒙 译

北欧小说之神巴克曼公认口碑代表作
全球销量超过 1000 万册，豆瓣读者 9.2 高分推荐
改编电影提名奥斯卡最佳外语片
来，认识一下这个内心柔软、充满恒久爱意的男人。

BJÖRNSTAD

熊镇

[瑞典] 弗雷德里克·巴克曼 著 郭腾坚 译

全球热销1300万册的瑞典小说之王
弗雷德里克·巴克曼
《一个叫欧维的男人》《外婆的道歉信》
《清单人生》之后超越式里程碑新作

读第一遍，有100处细节征服你；
读第二遍，又有100处。

我们守护什么，我们就成为什么。

VI MOT ER

熊镇 2

[瑞典] 弗雷德里克·巴克曼 著 郭腾坚 译

李银河、吴磊、马天宇、冯唐、李尚龙、七堇年、笛安、
陶立夏、柏邦妮书单
不仅关于冰球和运动，更写尽了成长为一个真正的人
所面临的一切抉择和思索。

我们守护什么，我们就成为什么。

FREDRIK BACKMAN

OCH VARJE MORGON BLIR VÄGEN HEM LÄNGRE OCH LÄNGRE

人生第一次

[瑞典] 弗雷德里克·巴克曼 著　余小山 译

第一次相遇，第一次告别，第一次陪伴，第一次的爱。
这个奇妙又温柔的故事，让你想起那些和家人、爱人共度的好时光。
外面世界的精彩，远不敌眼前人的可爱。

김탁환

살아야겠다

我要活下去

[韩] 金琸桓 著　胡椒筒 译

以 2015 年韩国流行传染病 MERS 为事件背景，以三位普通患者的经历为主线，还原冰冷数字背后一个个真实而有尊严的生命的容貌。
我不是怪物，不是"传播病毒的人"。我和你一样，只是一个被莫名其妙的厄运砸中，拼命想回到平淡日常生活的普通人而已。

공지영

도가니

熔炉（10周年修订版）

[韩] 孔枝泳 著　张琪惠 译

读者票选能代表韩国的作家、韩国文学的自尊心孔枝泳口碑代表作
孔侑念念不忘，亲自投资主演同名电影，位列豆瓣电影 TOP20，9.3 超高分
韩国前总统李明博激赏，李现、朴赞郁、张嘉佳郑重推荐
**我们一路奋战，不是为了改变世界，
而是为了不让世界改变我们。**

채식주의자

素食者

[韩] 韩江 著　胡椒筒 译

亚洲首位国际布克文学奖得主获奖作品
享誉全球的现象级杰作，锐利如刀锋，把整个人类社会推上靶场。
为了逃避来自丈夫、家庭、社会和人群的暴力，她决定变成一棵树！

흰

白

[韩] 韩江 著 胡椒筒 译

国际布克文学奖得主韩江再度入围国际布克文学奖之作
英国《卫报》评选"今日之书"
这是韩江在白纸上用力写下的小说，是 63 个有关白色事物的记忆。
我想让你看到干净的东西，比起残忍、难过、绝望肮脏和痛苦，我只想让你先看到干净的东西。

엄마를 부탁해

请照顾好我妈妈

[韩] 申京淑 著 薛舟 / 徐丽红 译

她为家人奉献了一生，却没有人了解她是谁。
缔造 300 万册畅销奇迹的韩国文学神话，获第 5 届英仕曼亚洲文学奖
作者申京淑为第一位获得此奖的女性作家
每读一遍都热泪盈眶，真诚的文学饱含永不过时的情感和力量。
读完这本书，我很想给妈妈打个电话，问她：
"妈妈，你也曾有自己的梦想吧？"

레몬
黄柠檬

[韩] 权汝宣 著 叶蕾蕾 译

黄柠檬，是姐姐死前穿的连衣裙的颜色。
如今，它是复仇的颜色。
50 位韩国作家票选 2019 年度小说！
纽约时报编辑选书，Crimereads 年度最佳犯罪小说
一本小说版的《寄生虫》，悬疑与情感交织的心灵之诗
若有一天神也对我们闭上双眼，我们该如何面对人生的废墟？

TELL THE WOLVES I'M HOME
告诉狼们我回家了

[美] 卡萝·瑞夫卡·布朗特 著 华静文 译

《杀死一只知更鸟》之后，我们终于再次等到一本感人至深的成长经典。横扫《出版人周刊》《纽约时报》等各大畅销榜，入围国际都柏林奖长名单，获评全球亚马逊编辑推荐年度最佳图书。

世界上，有各种各样的爱，这些爱很难用"对"或"不对"，"好"或"不好"去定义和评判。爱是需要学习的，如何去爱，如何去表达爱。

FISKARNIR HAFA ENGA FÆTUR
鱼没有脚

[冰岛] 约恩·卡尔曼·斯特凡松 著 苇欢 译

2017 年布克国际奖提名作品
诺贝尔文学奖候选人、冰岛桂冠诗人约恩·卡尔曼·斯特凡松的文学力作
世界上最痛苦的事情一定是不曾尽力去爱。

HIMNARÍKÍ OG HELVÍTI

没有你，什么都不甜蜜

[冰岛] 约恩·卡尔曼·斯特凡松 著 李静滢 译

冰岛值得阅读的桂冠级诗人小说家，入围2017年布克文学奖

一场大风雪，一个男孩的三天三夜，那个古老迷人的冰岛世界。

HARMUR ENGLANNA

天使的忧伤

[冰岛] 约恩·卡尔曼·斯特凡松 著 李静滢 译

冰岛桂冠级小说家，诺贝尔文学奖实力候选

英、法、西、德、冰、丹、挪等权威媒体盛赞本书"天堂般美妙""每一段都像诗""不可替代的光芒""美的奇迹"。

无尽的风雪、海浪群山，一个男孩和一个邮差的奇异之旅。

HJARTA MANNSINS

世界尽头的写信人

[冰岛] 约恩·卡尔曼·斯特凡松 著 李静滢 译

当空中有云，海里有帆，鱼群昼夜不停。我想给你写信。

诺奖实力候选人、冰岛桂冠级诗人小说家斯特凡松步入世界文坛代表作，译为 27 种语言。

我们在字里行间纠缠着爱，所以才有了历史。

WHERE'D YOU GO, BERNADETTE
伯纳黛特，你要去哪

[美] 玛利亚·森普尔 著　何雨珈 译

"大魔王"凯特·布兰切特被小说折服，主演同名电影
席卷46国，全球销量超过700万册！
蝉联《纽约时报》畅销榜、美国国家公共电台畅销榜
长达88周Goodreads 超过30万读者打出满分好评
136家媒体"年度图书"推选！

단순한 진심
单纯的真心

[韩] 赵海珍 著　梅雪 译

我是被亲生父母抛弃的孩子，却也是被陌生人珍视的孩子。
著名韩国作家殷熙耕、《82年生的金智英》作者赵南柱
挚爱作家赵海珍
金万重文学奖、大山文学奖获奖作首度引进。
一个关于寻找名字的故事。我们每个人的名字，都是我们
曾在这世上存在的证据。

불편한 편의점
不便的便利店

[韩] 金浩然 著　朱萱 译

无论是什么关系，只要能一起吃炸鸡的，就是一家人。
韩国小说家金浩然人气代表作，《请回答1988》
之后，最有人情味的胡同故事。
上市1年售出80万册，韩国25座城市市民票选
2022年年度之书。
生活就是一种关系，而关系就在于沟通。幸福并不
遥远，它就在和身边人分享心声的过程当中。

NAIV.SUPER.

我是个年轻人，我心情不太好
（20 周年纪念版）

[挪威] 阿澜·卢 著 宁蒙 译

北欧畅销书，挪威版《麦田里的守望者》
被无数读者津津乐道 20 年。
给每一个迷茫的孩子和心情不太好的大人。

DOPPLER

我不喜欢人类，我想住进森林

[挪威] 阿澜·卢 著 宁蒙 译

北欧畅销小说《我是个年轻人，我心情不太好》第二
季
被无数读者津津乐道 15 年并畅销不衰，风靡全球 41
国。打动了每一个在现代都市中生活、扮演某种角色，
并感到疲倦的人。
逃避不可耻，还很有用。

L

我的人生空虚，我想干票大的

[挪威] 阿澜·卢 著 宁蒙 译

北欧畅销小说《我是个年轻人，我心情不太好》炫酷
新作。

哪怕一件事并不科学，也不一定是件坏事。比如说，
爱就是不科学的，而做一次注定会失败的尝试，是真
的毫无意义吗？

被无数读者津津乐道 20 年并畅销不衰，风靡全球 41
国。打动了每一个在现代都市中感到年龄焦虑，情绪
枯竭，觉得人生没有意义的人。

DANIEL WALLACE

BIG FISH
大鱼

[美] 丹尼尔·华莱士 著　宁蒙 译

出版 20 周年修订典藏版
豆瓣电影总榜 TOP100 口碑神作原著!
精彩程度不输电影!

不要相信所谓真的,相信你所爱的。

조남주

82 년생 김지영

82 年生的金智英(2021 读者互动版)

[韩] 赵南柱 著　尹嘉玄 译

豆瓣 2019 年度受关注图书,《新京报》年度好书,《新周刊》年度书单
孔刘、郑裕美主演同名电影,郑裕美凭此片荣获影后

愿世间每一个女儿,都可以怀抱更远大、更无限的梦想。

**2021 新版,编辑部特制作独立附册"觉醒与回响",
精选 15 封具有代表性、令人触动的信件,这些信件均
获得了读者本人的授权。**

귤의 맛

橘子的滋味

[韩] 赵南柱 著　朴春燮 / 王福栋 译

《82 年生的金智英》作者赵南柱耗时五年全新力作,
书写青春期绿色的苦涩、黑色的迷茫,橘色的温柔。
她们哭着、笑着,共同治愈心灵的创伤,一同长大。
回头再看那个把重要的祈愿埋进时光胶囊的夜晚,她们
终于能说出——
有你在,真是万幸。

蟲師
虫师

[日] 漆原友纪 日本株式会社讲谈社 单元皓 译

日本文艺漫画经典，时代的眼泪

日本讲谈社首度官方授权简体中文版
《虫师》盒装爱藏版（全 10 卷 + 特别篇）
2003 年获日本文化省媒体艺术节漫画类优秀奖
日本文化厅日本媒体艺术 100 选排名第 9，超过
《海贼王》《全职猎人》。

JONATHAN LITTELL

LES BIENVEILLANTES
善良的人

[美] 乔纳森·利特尔 著 蔡孟贞 译

龚古尔文学奖、法兰西学院小说大奖双料得奖之作
从青年知识分子，到刽子手。伴随他的除了步步高升，
还有噩梦、眼泪和呕吐物。
一部纳粹军官的回忆录，揭露内心的痛苦、挣扎、阴暗
与不堪。每个对自己有期望的读者都不应该错过这本书。

LISA GENOVA

EVERY NOTE PLAYED
无声的音符

[美] 莉萨·吉诺瓦 著 姚瑶 译

人如何生活，取决于他认为自己还有多少时间。

第 87 届奥斯卡金像奖获奖影片《依然爱丽丝》原著小说
作者，哈佛大学神经学博士莉萨·吉诺瓦撼动人心之作！
入选 2017 年 Goodreads 年度最佳小说，美国亚马逊接
近满分好评。

**第一本以"渐冻人症"患者为主角的小说，这本书让你
重新认识生命。**

五部跨越百年的女性经典，一条关于女性自我发现、自我创造的精神之路。

A ROOM OF ONE'S OWN
一间自己的房间

[英] 弗吉尼亚·伍尔夫 著 宋伟航 译

激发女性精神觉醒的心灵之书

JANE EYRE
简·爱

[英] 夏洛蒂·勃朗特 著 陈锦慧 译

一颗勇敢、自由而激越的女性心灵，追求尊严与独立的永恒楷模。

LITTLE WOMEN
小妇人

[美] 露易莎·梅·奥尔科特 著 梅静 译

美国文学史上不朽的女性经典，送给所有小女孩、大女孩的礼物。

THE SELECTED POEMS OF EMILY DICKINSON
孤独是迷人的

[美] 艾米莉·狄金森 著 苇欢 译

精选狄金森经典诗作 160 首，中英双语。
一颗有创造力的心灵一定能找到其独自玩耍的方式，她选择了诗歌。

LES INSÉPARABLES
形影不离

[法] 西蒙娜·德·波伏瓦 著 曹冬雪 译

《第二性》作者西蒙娜·德·波伏瓦生前从未公开手稿首度面世。
一部曾被萨特"判死刑"的小说，以波伏瓦少女时代挚友扎扎为
原型，悼念她生命中最刻骨铭心的友谊。

武志红

为何家会伤人（百万畅销纪念版）

武志红 著

知名心理学家武志红
从业 25 年来公认口碑代表作！
100 万册畅销纪念版，
中国家庭问题第一书！

家是港湾，爱是退路。

和另一个自己谈谈心

武志红 著

**百万级畅销书《为何家会伤人》作者、知名心理学家
武志红 2021 温柔新作
四合一便携小开本，提炼从业 20 多年来思想精华，
随时随地反复阅读**

拆解为孤独、自恋、成长、梦想的四本分册，对应人
生四大课题。挖掘现象下的潜意识，展现思维盲区，
剖析行为背后深层的心理动机。对于刚刚接触心理学，
或有自我探索需求的读者很友好，适合作为入门书。

HALF THE SKY

天空的另一半

[美] 尼可拉斯·D. 克里斯多夫 雪莉·邓恩 著
吴茵茵 译

每一个地球公民的必读书。——比尔·盖茨
普利策新闻奖得主讲述女性的绝望与希望。

A PATH APPEARS

天空的另一半 2

[美] 尼可拉斯·D. 克里斯多夫 雪莉·邓恩 著 张孝铎 译

一本写给每个世界公民的慈善行动手册
普利策新闻奖得主深入探访全球弱势群体，用 19 个故
事告诉你何谓"善者生存"。

只有我们付出的，才是我们拥有的。

THE KON-TIKI

孤筏重洋

[挪威] 托尔·海尔达尔 著 吴丽玫 译

畅销 70 年，被译介为 156 个版本，全球销
量超过 3500 万册！入选联合国《世界记忆
名录》，改编电影提名奥斯卡最佳外语片。
木筏横渡太平洋！

NOSOTRAS：HISTORIAS DE MUJERES Y ALGO MÁS

女性小传

[西] 罗莎·蒙特罗 著 罗秀 译

一部女性心灵史，大胆呈现女性身上全部和完整的人性
西班牙国家文学奖得主罗莎·蒙特罗女性领域经典力作
用炙热而刺耳的文字，写下阿加莎·克里斯蒂、波伏瓦、弗里达、武则天等 106 位杰出女性的低吟与沸腾。

THE MOMENT OF LIFT

女性的时刻

[美] 梅琳达·盖茨 著 齐彦婧 译

比尔·盖茨夫人、《福布斯》权力榜女性领袖梅琳达·盖茨首度出书
比尔·盖茨亲自晒书推荐，入选奥巴马年度书单，巴菲特、奥普拉、马拉拉、艾玛·沃森、杨澜联合推荐！她和她讲述的女性故事，激励每个人摆脱无力感，认识到自身无限潜能；分享全球女性的困境与抗争，分享个人成长经历、微软职业经历、与比尔·盖茨的相恋过程和婚姻生活。

WILD

走出荒野

[美] 谢丽尔·斯特雷德 著
靳婷婷 张怀强 译

连续 126 周盘踞《纽约时报》畅销榜！
仅美国就卖出 300 万册！
罕见地横扫 17 项年度图书大奖！版权售出 40 国！
每个人的生命中，都有一片荒野，
需要你自己探出一条路来。

SMOKE GETS IN YOUR EYES

好好告别

[美] 凯特琳 · 道蒂 著 崔倩倩 译

媒体力赞: "大开眼界""一本改变你死亡观的书""不被道蒂的讲述启发是不可能的""让你一路笑不停的奇书"!!

我们越了解死亡,就越了解自己。

FROM HERE TO ETERNITY: TRAVELING THE WORLD TO FIND THE GOOD DEATH

好好告别

世界葬礼观察手记

[美] 凯特琳·道蒂 著 崔倩倩 译

美国传奇殡葬师凯特琳·道蒂游历印尼、日本、墨西哥等 10 余个国家和地区,亲身走访科罗拉多州的露天火葬、印尼公共墓室、墨西哥亡灵节、日本琉璃殿骨灰供奉等。在这些葬礼文化中,既蕴涵着当地的历史传统,也让我们看到关于葬礼更多的可能性。

我们没有义务远离死亡,也没有义务对死亡感到羞耻。

WILL MY CAT EAT MY EYEBALLS?

猫咪会吃掉我的眼珠子吗?

[美] 凯特琳·道蒂 著 崔倩倩 译

Goodreads 读者奖,《纽约时报》畅销书
作者是愿意回答各种奇怪问题的传奇殡葬师凯特琳·道蒂
直接 大胆 精彩 爆笑 涨知识 深有启发
一本书扫除认知盲区,满足所有好奇心,原来谈"死"可以这么有趣!

可是我偏偏不喜欢

吴晓乐 著

也许他们说的都是对的，也许符合标准的人生都是很好很好的——可是我偏偏不喜欢

《你的孩子不是你的孩子》作者吴晓乐非虚构力作，关于性别、成长、职业选择、梦想、与家人关系等主题的 21 篇犀利随笔。

献给和社会格格不入的你。

你的孩子不是你的孩子

吴晓乐 著

一位家庭教师长达 8 年的观察，9 个震撼人心的真实家庭故事。

数月雄踞博客来总榜 No.1，同名网剧被称为"中国台湾版《黑镜》"。

这世间最可怕的伤害，打的旗号叫"为你好"。

THE ANIMAL DIALOGUES

遇见动物的时刻

[美] 克雷格·查尔兹 著 韩玲 译

克雷格·查尔兹的大半生都在荒野中探险。他写下自己与 30 多种动物的偶遇过程，他了解每一种动物的生活习性和动物王国中蕴含的野性之美。每一次相遇，他都将自身还原为生命的原始状态，去感受自然界的生存、繁衍、搏斗与死亡。

本书献给每一个热爱动物的孩子和大人，让你的世界宽阔而柔软。

TRACKS
我独自穿越沙漠

[澳] 罗宾·戴维森 著 袁田 译

一次澳大利亚洲内陆的探索与发现之旅，也是一个女人单纯且充满激情地寻找自我和追随内心的精神冒险之旅。

1975 年，27 岁的普通澳大利亚普通女子罗宾·戴维森，来到澳大利亚爱丽丝泉，学习和了解骆驼的习性和以及喂养、训练它们的相关技巧。两年后，凭着那股对沙漠和自我探寻的渴望，罗宾接受美国《国家地理》杂志的资金支持，带上四匹骆驼、一条狗，踏上穿越澳大利亚腹地 2000 多公里的沙漠的征程。

VIVIAN MAIER: STREET PHOTOGRAPHER
我是这个世界的间谍：
薇薇安·迈尔街拍精选摄影集

VIVIAN MAIER: SELF-PORTRAITS
我与这个世界的距离：
薇薇安·迈尔自拍精选摄影集

[美] 薇薇安·迈尔 摄　约翰·马卢夫 编

"她用孤独隐秘的一生，服事了影像的光辉与不朽。"

街头摄影界的凡·高　传奇保姆摄影师薇薇安·迈尔隐没 60 年作品　精装、大开本首度原版呈现

"这些是她最棒的一些照片，也许也是她留下的作品中最有启发性的了。"——《洛杉矶时报》

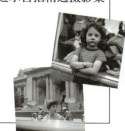

Big Fish
磨铁图书旗下品牌

大鱼读品

出 品 人 | 沈浩波
产品经理 | 任 菲 牛长红 商瑞琪 邱郁 赵士华
营销编辑 | 叶梦瑶 徐 幸 王舞笛
书目设计 | 付诗意 沐希设计 拾拾

主 编 | 冯倩
版权支持 | 程欣

豆瓣账号 | 大鱼读品   联系邮箱 | bigfishbooks@xiron.net.cn
地 址 | 北京市西城区德外大街 83 号德胜国际中心 B 座 10 层

微信公众号
大鱼读品 BigFish

微博
大鱼读品 BigFish